特事科

铁血阿郎 著

人民东方出版传媒
東方出版社

图书在版编目（CIP）数据

特事科 / 铁血阿郎著 . —北京：东方出版社，2019.7
ISBN 978-7-5207-0855-5

Ⅰ . ①特… Ⅱ . ①铁… Ⅲ . ①长篇小说—中国—当代
Ⅳ . ① I247.5

中国版本图书馆 CIP 数据核字（2019）第 041163 号

特事科
（TESHI KE）

作　　者：铁血阿郎
出版统筹：吴玉萍
责任编辑：罗佐欧
出　　版：东方出版社
发　　行：人民东方出版传媒有限公司
地　　址：北京市朝阳区西坝河北里 51 号
邮政编码：100028
印　　制：北京市大兴县新魏印刷厂
版　　次：2019 年 7 月第 1 版
印　　次：2019 年 7 月第 1 次印刷
开　　本：880 毫米 ×1230 毫米　1/32
印　　张：12.75
字　　数：240 千字
书　　号：ISBN 978-7-5207-0855-5
定　　价：39.80 元
发行电话：（010）85924663　85924644　85924641

目　录
CONTENTS

第三辑　父辈的旗帜

第一辑

猫骨美人

奉城市惊现多起离奇古怪事件，人心惶惶、猜测纷纭，当地多家报纸的民生版掀起铺天盖地的议论，这几起案件，似非人力所能及……

狐妖作祟的传言甚嚣尘上。

究竟是恶作剧，还是更大的阴谋？

不管是作案者，还是受害者，表象欺骗了多少人？

一 寻死觅活的教导主任

鹏泰小区是位于奉城市中心的一个老旧小区，至少有三十年的历史，小区居民大部分是离退休老人，和一些无所事事的中年人，总的来说，就是闲人比较多，也因此小区文娱活动丰富，上过好几次省级报纸，甚至前任省长视察该小区的时候，还题字“远亲不如近邻”一幅。

今天一大早，鹏泰小区比省长视察那天还热闹，因为小区老住户、六中的教导主任老李，一大清早的就穿了条大裤衩爬到自家阳台外面闹自杀。

老李家住六楼，下面是硬邦邦的水泥地面，他一脸生无可恋地晃荡着两条腿，如果掉下来，保准摔得比西瓜还碎。

片警小熙拿着扩音喇叭声嘶力竭地劝着。

“老李！你可千万想开点呀！你只是犯了一个所有男人都会犯的错误呀……”

小熙劝得一脑门汗，而看热闹不嫌事儿大的四邻八里和六中小孩儿们，各个争先恐后地拿着手机上蹿下跳地录像。

这就是传说中的远亲不如近邻？

一个多小时过去了，老李仍然在阳台上令人胆战心惊地晃荡着，小熙实在喊不动了，哀怨地看着那个站在不远处树底下的年轻女人，她远远地站在围观人群之外，面无表情，僵硬得如机器人般戴着眼镜四处环视。

小熙心中怨怒，这衰人来卖什么呆的！

还什么专家，真是指望不上了！

小熙拿起喇叭，有气无力地接着劝：“老李，生命诚可贵，偷情不可怕！你要想想你的生活，你的幸福，怎么可以轻易放弃……你要这么就没了，别说保险金，连丧葬费、工亡补助金都领不到……”

小熙劝了好一会儿，又去打量那个年轻女人，只见她竟然拿出了一个单筒望远镜，找星星找月亮一样到处瞄准，嘴巴里还念念有词的样子。

小熙欲哭无泪，这个叫作丁忧的女人是哪门子心理专家呀？刚从精神病院放出来的吧？

这老李早上搂着老婆睡得好好的，非说自己有生活作风问题要死要活，好不容易盼星星盼月亮，盼来个心理专家，却比围观群众还吃瓜！

“大姐……”小熙带着哭腔求着一身黑的丁忧，“你就行行好……你是心理专家，你疏导疏导……跟老李谈谈心……多大个事儿啊！用不着寻死觅活啊！”

丁忧放下单筒望远镜，她从里到外都散发着一种参加葬礼的肃穆气质，她很冷静地看着小熙，一本正经地回答：“理论上说，我不是心理专家，我只是获取了相关知识，并得到了学位而已，我并没有实际应用过这些技能……”

难得这个时候，她还这么谦虚理智。

但是谦虚显然不是她的优秀品格，丁忧话锋一转：“以我的智商与能力，即使第一次应用，也不会有什么问题。”

小熙能从她面无表情的脸上，看出升腾的光辉，他有种想死的冲动，尤其是当丁忧又把单筒望远镜拿起来，接着找星星找月亮的时候。

竟然是军用的高倍望远镜，配置不错，小熙几乎要吐血身亡。

小熙心中无比怨怒，每一个老百姓的生命都至高无上！蔑视他人的生命就是犯罪！

小熙跟老李不算很熟，但也比较了解他。

老李是那种人，人不坏、心肠热，但是比较蛮横、不讲道理，尤其是面对调皮学生的时候，就是一个人见人厌、鬼见鬼愁的暴君，教导处主任嘛！

不过经老李手的学生，毕业之后踏入社会，都会比较尊敬他，对他大为改观，并且承认老李虽然简单粗暴，但的确对他们好。

小熙急得满头大汗，丁忧还在不慌不忙地仰头通过望远镜，细致而真切地观察老李的一举一动。

难道丁忧等着老李掉下来吗？小熙万念俱灰。

就在这时，两个瘪嘴老太太遛弯回来，向旁边的人打听发生什么事儿了。

“看着小李子不是那种人，怎么可能在自己家里搞破鞋呢？”老太太一惊一乍，“还被林大妮撞破了？林大妮那么厉害，他还敢搞这个？”

“大娘！错了！屋里除了大妮姐根本没有别人！今天一大早，李大哥就发神经，坐在窗台上说自己偷了人，对不起大妮姐，寻死觅活的！这屋里就一个大妮姐啊……”小熙誓死捍卫老李的清白。

瘪嘴老太太眼睛瞬时亮了，问：“小李子偷谁了？”

小熙张口结舌，对这种胡搅蛮缠的人，他真无言以对。

林大妮就是老李的老婆，六中的体育老师，还是一个退役的运动员，之前练柔道的，撂倒三五个大汉不成问题。

“把电话打进去，外放。”丁忧总算说了一句有行动力的话了。

小熙比较聪明，立刻把电话打进了老李家，好歹那里面除了林大妮，还有一个帮忙的片警，只不过老李在阳台上摇摇欲坠，谁也不敢上去，万一没搂住，一把推下去算谁的！

电话刚接通，小熙嘀咕了一句，那边外放了，小熙把手机递给丁忧。

只听着震天一声吼。

“让他死去！他丢得起这人！老娘丢不起！”

是老李的老婆林大妮，换谁现在都不能有好心情，尤其是脾气暴躁的林大妮，大清早睡得好好的，自己老公闲得没事，一脚把老婆踹下床。

老李还作死地义正词严地骂道，哪里来的死女人！怎么跑到我的床上来了！做这么见不得人的丑事，对得起自己的父母吗？

教导主任当得脑中毒了吧？

林大妮瞬时晕头转向，还没明白怎么回事儿，老李又搞出了下一出……

老李掀开被子，看自己只穿着内裤，床单还是湿的，地上的女人光不出溜，忽然间大吼一声，哭天抹泪的，就跑到了阳台上寻死觅活。

我对不起我老婆哇！

魔障了？

林大妮真丢不起这个人！

小熙这么长时间，也没有劝明白老李，实在是心里苦哇！

因为他没法向老李证明，老李没有出轨，更没法向老李证明，林大妮会原谅他所谓的“出轨”，因为老李现在还觉得屋里的林大妮是一个野女人。

“我认为，你只是情绪激动，肾上腺素上升，才会说出这样的所谓气话……”丁忧不紧不慢地说，“你丈夫要跳下去，从概率上说，他最大可能不会是死，而是变成植物人，这取决于他下落的姿势……”

丁忧这种陈述的论调，有一种让人信服的魔力。

“在十秒钟之内，他会向左上方看，然后看地面，一、二、三、四、五、六……他会接着看你一眼，他的左脚会抬起，然后放下，再抬起，再放下……你有十秒的时间考虑，让他活，还是让他死……一、二、三、四、五……”

丁忧的语速并不快，也没有压迫性的语气，但是却给人一种千钧一发、分秒必争的感觉。

在丁忧不紧不慢的冷静声调中，林大妮的暴怒完全化为了乌有，她愣愣地看着阳台上的老李，老李也回头看了她一眼，满是不可置信的迷茫，丁忧的预测，竟然都对了！

“你个死鬼！你给我死回来！”林大妮怒吼一声，冲到阳台上，一把搂住自己老公的脖子，把自己老公仰面拽到地上，真是雷厉风行、迅雷不及掩耳。

果然娶妻当娶女汉子！

老李被林大妮的雷霆之怒勒得昏死过去，整个人都红了，晕厥在阳台上。

林大妮惊慌失措地喊道：“我是不是把老李勒死了？……”

她开始哭天抢地。

“没关系，他只是缺氧、心律不齐、惊吓过度……”丁忧说完，把电话挂了。

小熙软软地瘫倒在地上，果然是死里逃生！

老李当了十多年教导主任，怎么这么可怜，有精神病呢?

“大姐，”小熙对丁忧翘起了大拇指，“你好厉害啊……”

没热闹可看了，围观的人三三两两散去，竟然还有几个六中学生，不知好歹的很遗憾的样子。

丁忧没有管围观人群，而是走进低矮的楼口，抖开伸缩拐杖，她个人非常喜欢电梯，作为一个残障人士，上六楼，真得是爬的。

“十月二十日，”丁忧低声对录音话筒说，“这是奉城本月第五起人格异常事件，仍然没有人员伤亡……”

二 人格异常事件

“事发地点，鹏泰小区；受害人，李某某，年41岁；事发经过，早上六时许，李某某起床，误认为昨夜与其发生关系的李妻为其他女性，爬上阳台寻死……未果，欲送往人民医院精神科保护性监禁……”丁忧接着说，她说完这几句话，才上到二楼缓步台，她得一节台阶一节台阶上，先把右腿迈上去，再借助右腿和左手拐杖的力量把左腿归上去，依次反复，而不像正常人，一只脚踏上台阶，另一只脚就踏上下一个台阶。

正常人是上楼梯比下楼梯累，而丁忧下楼梯比上楼梯更麻烦、更不稳当，她还没有想怎么下六楼，她只是打算半个小时之内上到六楼。

她到二楼的时候，医护人员已经抬着五花大绑的老李下来了，楼道本就狭小，看样子应该错不开。

丁忧抬眼示意对方停在二楼三楼之间的缓步台上。她慢悠悠地走上去，反正她想快也快不了。

医护人员虽然有些不爽，但也没敢说什么，他们可没有胆量惹眼前的人，况且老李没什么生理上的病患，也没那么急去医院。

丁忧扒开老李眼皮，用手电筒照了老李的瞳孔，用两根手指测了他下颚的脉速，做了简单的检查之后，在他的皮下静脉抽了一小试管的血。

“到医院之后，打一针利尿剂，别忘了尿检。”丁忧冷冷淡淡地说，把试管放在口袋里收好。

“是，丁医生。”医护人员连忙抬着老李挤过去，路过后面的小熙的时候，眼神里充满了无奈与同情。

小熙也非常无奈地对他们苦笑了一下，虽然对一个年轻人来说，丁忧走得异常缓慢，但是小熙不敢超过她，也不敢说先上去看看，只能憋屈地跟在她屁股后面。

他很好奇，丁忧的腿脚到底是怎么回事，显然不是先天性的疾病，像小儿麻痹之类的，但是她也够厉害，不上楼梯，根本看不出来她腿脚有问题。

小熙一直百思不得其解，这也不是什么杀人越货抢银行的大案，就是一个寻常的家庭纠纷，怎么会请得动这么一尊大神呢？

他早上心急火燎出警的时候，受宠若惊地接到了派出所所长的电话，所长在电话里，千叮咛万嘱咐，说上面十分重视这件案子，以及本市发生的一系列类似案件，并派了特案专家来协助，让他一定要招待好，要知无不言，言无不尽，要十分配合，而且听所长话里话外的意思，是局长大清早把他吵醒的，但局长又强调，领导不能到现场，也不能多派警力，按正常程序进行，不能反常引起注意。

一切的结果下来，就是他这个小片警迎难而上，也是，这种事情，还能派一队特警来吗？

他想不出来，这样的案子，又没死人，又没伤残，又没啥社会影响力，不是什么大案要案，上面咋那么重视呢？

派来一个特案专家，还是一个挺唬人的机构，什么特事科，不知道是隶属于国安局还是国防部的，他级别太低，不知道究竟，反正是一个挺厉害、挺神秘的机构。

这个所谓的专家，更让他大跌眼镜，白白净净、文文弱弱的，就像一个刚毕业，甚至没毕业的女大学生，却一点青春活泼的气质都没有，呆板刻板，不近人情。

然而人不可貌相，小熙由最初对丁忧的轻视、而后的不满，到现在已是满满的好奇，这人绝对不是省油的灯。

“丁医生，刚才有点太着急了，对你不够礼貌，对不起啊……”小熙讪讪地没话找话，丁忧很拽地没理他。

“丁医生，你真的好神呀！你咋知道老李会在十秒钟内上看下看呢？”小熙继续努力，而这个问题，他真是十分好奇。

丁忧心不在焉的，好长时间没说话，忽然反应过来了似的，“很简单，计算一下时间就可以，他有一组动作周期为45秒，间隔为650秒，我观察了他四组动作，合理推测了他第五组动作而已。”

小熙张口结舌，这也可以呀？

为了不冷场，小熙锲而不舍地接着搭讪，“我刚才没注意，一时急了，就叫您大姐了，我想您应该没我大吧？丁医生……”

丁忧不说话。

“丁医生，我今年二十三岁，刚从警校毕业，工作才半年……”小熙有点不想说什么了，丁忧真是冷美人。

“我比你大。”正在小熙气馁的时候，丁忧忽然又开口了。

小熙受宠若惊，开始唠唠叨叨，他经常要和大爷大妈交流，养成了磨磨唧唧的性格，“我算是上学早的，因为我九月份生的，其实应该第二年才上学，但是我妈想，那样好像就晚了似的，所以我没过七岁生日就上学了，也算早上了。丁医生，你什么时候上的学啊？”

丁忧没有回答他。

小熙继续自言自语：“所以，我二十二岁开始工作，工作半年以后，正好二十三了嘛！比别人早赚了一年钱，嘿嘿……丁姐，你啥时候工作的啊？”

“二十一。”丁忧过了好半天才回答他，她不知道为什么要回答这种无聊的问题，但是有人跟她说过，不涉及原则底线、个人隐私的问题，最好回答，这是对对方的尊重。

二十一？小熙脑子一转，特案专家，不可能不学无术，怎么也得大学毕业吧？

“你好厉害啊，二十一岁就大学毕业了？”小熙很崇拜，“我看你这么厉害，怎么也得硕士吧？”

“能力和学历并不对等。”丁忧回答。

小熙心细如发，感觉到自己似乎问了一个不该提的事情，敢情丁忧是自学成才的？他连忙补救道：“是，是，有些博士还在市场卖猪肉呢，有好些个网络黑客，都是初中没毕业的人呢……”

丁忧顿了顿，没太理解小熙的话，只能说：“我没卖过猪肉，但是我卖过人肉。”

人肉这玩意儿还能卖？

她是一个实诚人，可惜小熙当成她罕见的开玩笑了，还人肉？！

“人肉？”小熙哑然失笑，但忽然发现，这应该不是开玩笑，他前面的那个人，看上去不是一个会开玩笑的人。

丁忧抬起眼睛看前面的路，想到这应该是一个涉及个人隐私的话题，“在南美洲一些部落里，有人认为人肉可以当药引，无知得可笑。回答你之前的问题，我二十一岁的时候，完成了博士学业……”

小熙的冷汗瞬时流了下来，他决定不套近乎了，瞬间冷场，楼梯间里陷入了尴尬的沉默。

因为小熙忽然发现，他似乎能把这位丁医生，和坊间流传的某一个人对上号了。

而丁忧在他前面的阴影也变得那么阴森可怖。

“闪开！闪开！”小熙正在心里发毛的时候，身后暴起了一声响，把他吓了一跳，之前一点声都没有，难道来人的脚掌上，有猫的肉垫吗？

他还没来得及避让，就有一个人挤了过去，他定睛一看，不由得眼睛都直了，人间尤物啊！长腿翘臀，细腰美背，长发如瀑，一身紧身衣把火爆的身材勾勒得凹凸有致。

那大美女挤过他之后，没有挤着前面的丁忧。第一，丁忧身材纤瘦，不占地方；第二，丁忧这样的，容易挤翻了。

“转过身！转过身！”小熙看着前面的大美女，心花怒放，默念着。

天可怜见的，大美女经过丁忧的时候，竟然真的转身，露出侧身和侧脸，那脸真的毫不逊色于她的身材，倾国倾城，波涛汹涌，看到这样的人间尤物，小熙幸福得都快眩晕了。

“把钱准备好，老娘可不是白干活的！”大美女毫不客气地对丁忧说。

“要钱找欧加拉，我没有钱。”丁忧说。

美人相轻，大美女翻了一个白眼，“没有妖魔鬼怪，我撤了，让她记得给老娘钱，要不然，她钓一个带把的，我就咔嚓一个……”

小熙目瞪口呆，好生猛的女人！

大美女马不停蹄转身往回走，经过小熙身边的时候，训斥道：“看什么看！没见过美女啊？”

小熙充耳不闻，恋恋不舍地回头看，大美女却像风一样消失了。

果然是风一样的女子。

难不成，这个案子真像坊间传闻的那样，是所谓的狐妖作祟？

丁忧皱着眉头，她压根不认为这种案子是什么狐妖作祟，封建迷信、无知可笑，所以她对现任的特事科负责人许靖南请了一个神棍过来的做法非常不以为然。

许靖南做事，实在是太小心谨慎，步步为营了！

丁忧注意到奉城这几起案子，并要求介入的时候，其他人并不同意，因为觉得过于大材小用了。

似乎只是恶作剧，需要特事科出马吗?

“我所关注的，并不是案件本身，而是人。”丁忧说。

许靖南拍板同意。

这一系列诡异的案子，背后的人才最重要。

许靖南走马上任没多久，他是一个背景复杂、能力出众的人，可以说，支离破碎、几乎被遗忘的特事科是在他手中起死回生的，有人认为他的贡献可以媲美于特事科的组建者。

没有人能详细而准确地说明特事科这个组织是做什么的，所有信息都是传闻，传闻它在二十世纪六十年代，由一位出色的数学家组建，这位数学家据说名叫丁诚诚，是丁忧的外祖父；传闻特事科隶属于国防科工委；传闻特事科的业务范围无所不包，只要许靖南想，他可以在任何事情上都插一手；传闻许靖南是丁诚诚选中的人，这个人有着不为人知的过去；传闻特事科在二十世纪八十年代以前解决过很多几乎会颠覆政权的事件，但在九十年代的时候差点被解散；传闻特事科里有很多极具牺牲精神的人，他们的名字和事业都不为外人道，他们生活艰苦，默默地保护着祖国与世界。

曾经有一个不能提及名字、十分令人尊敬的人概括过特事科的存在。

世界在变小，人类关系更加紧密，我们需要一个机构，能超越国家、种族、宗教等一切隔阂与障碍，来造福于全人类。

三　行为反常的女孩

“不要听他招摇撞骗……”越法混血的欧加拉看着自己精致的指甲说。她出身于犹太巨商之家，她的母亲是法籍犹太人，她的父亲是越南华裔，比她的母亲更富传奇色彩，欧加拉本人也有一箩筐的风流韵事，早年凭借惊人的美貌与情商，周旋于欧美的上流社会，裙下之臣无数，据说一位社交名媛因为嫉妒她，竟然从非洲弄来一个巫师作法诅咒她。

招摇撞骗？欧加拉因为家族偏好，特别喜欢中国文化，成语运用得相当成熟。

丁忧终于爬到了老李家，门虚掩着。推门进去，老式的木质装修，黄色的木质衣柜，墙角边条什么的，让空间显得非常逼仄。

屋里面目全非，好像被打砸抢了一般，是林大妮母老虎发威的后果。

小熙很同情老李，果然是家有悍妻，不能不乖。

丁忧绕过倒在地上的冰箱，踏过砸碎的彩电，走到坐在地上捶胸顿足、哀号不已的林大妮面前，“抬起头。”

“你是那个算命的？”林大妮抽泣着抬起头，真是一个五大三粗的人，看样子身高体重都至少有一百八十，她听出了丁忧的声音，所以用了“算命的”这个称呼。

丁忧没有理会，皱着眉头，弯腰看了看林大妮的眼睛，摇摇头，转身去看现场。

“有病啊！”林大妮嘀咕一句。

丁忧跟没有听见一样，“我走了……”

“完事了吗？”小熙问，他深知请神容易送神难，但是就这么完事了，他跟上面也不好交代啊。

丁忧微微偏着头，很奇怪地看着他，“没有啊，我走了……”

小熙无可奈何地看着丁忧的背影，这人好怪呀！她是来一日游的吗？

等丁忧出了门，另一个一直守在楼上的片警低声和小熙说了一句，“怎么什么怪人都有啊！”

小熙知道丁忧下楼肯定特别慢，连忙给对方使了一个眼色，过了好一会儿才敢说：“那是那谁啊！”

“谁啊？”对方问道。

小熙看了一眼对方，在自己脖子上做了一个斩首的手势。

对方恍然大悟，“就是那个新来的首席法医，刚来就让所有法医进行技能测试，卡掉了一半多的人，那个母夜叉？瘸子？杀人犯？”

小熙低声说：“得了，跟咱们不是一类人，人家二十一岁博士毕业，人家神人，咱普通人，跪舔吧……”

“你要舔啊？”对方猥琐地笑了。

“你想啥呢！我舔脚底板都舔不到！”小熙指了指林大妮，虽然林大妮完全沉浸在自己的悲伤和气愤中，但他俩也不能说太多了。

忽然林大妮哀号一声，“我家老李还没穿衣服呢！怎么就被绑走了？”

说着她翻箱倒柜，拽出几件衣服，就旋风般冲了出去。她这么大的块头，跟龙卷风差不多，几乎把两位片警掀翻了。

“我在六中，跟警察走访学生与老师。我让徐敬接你去了，到六中和我会合。”许靖南在电话里说，能听出他那边比较嘈杂。

难得大领导亲自出马，虽然许靖南对很多人员和机构都有调动权力，但真正属于他的兵很少，应该是没有，他是在一个风雨飘摇的时间点上担当大任的。当时的负责人唐家林因为桃色风波被勒令停职检查，许靖南这个无迹可寻的人就横空出世了。好歹唐家林之前是驻欧洲大使，但许靖南之前是干什么的，没人知道，他就像孙悟空一样，是从石头缝里蹦出来的。

“嗯，有什么线索吗？”丁忧问，她不习惯用手机，因为她几乎不用，这个手机还是许靖南硬塞给她的。

“唉！”许靖南叹口气，“现在的孩子！”

丁忧没明白什么意思，六中的学生在庆祝？

丁忧边听手机，边缓慢下楼，突然身后林大妮龙卷风一般飞来，挟带着一堆衣物，直接把她撞飞出去。林大妮至少能装下两个她，这个速度下来，丁忧手里的手机脱手而飞，甩出窗外。

林大妮根本没有管撞到人，马不停蹄地飞走了。

许靖南还要说些什么，就听见手机里一阵风声，等风声停了，继续说道："你下楼的时候小心些，徐敬应该差不多到了。"

徐敬是真正属于许靖南的兵，他曾当过特种兵，是一个非常帅气的小伙子，因为太帅了，所以有一段惨痛的经历。

徐敬是到了，但他没有想到，一部手机从五楼的窗户里飞出来，他下意识地冲上去，跃起，干净利落地抓住手机，身手相当漂亮，四周的观众们，像看到电影精彩镜头一般，稀稀拉拉地响起一片掌声。

徐敬脸红了，他看到一个旋风一样的大块头从楼道里冲出来，冲向他，连忙避开，就听到手机里传来了许靖南的声音。

"老大，我已经到了。"徐敬对电话说。

"忧忧呢？你们两个碰到了吗？"许靖南问。

"老大，电话是从五楼窗户里飞出来的。"徐敬说。

"快上去看看！"许靖南命令，有些急躁。

"是！老大！"

"呃……"丁忧呻吟了一下，整个人趴在墙上是什么感觉？就像是一只苍蝇，被一巴掌拍上去一样。

她隔了大概三米被拍到墙上，透气窗的棱角刚好卡在她胸前，一口气都喘不上来，幸亏眼镜结实，还没碎，丁忧用力推开墙面，摸了一下鼻子，一手的血，眼冒金星。

"丁医生……"徐敬在她身后关切地问道，"你没事吧？"

丁忧一手捏住鼻子，一手摆了摆，瓮声瓮气地回答："没事……去六中找许靖南吧！"

"真没事儿？"电话里的许靖南显然不信。

"我撞墙上了……"丁忧嘟嘟囔囔地说，她气还没喘顺。

丁忧被撞得不轻，在六中的许靖南也有些焦头烂额，但好在他特别有耐心，脾气特别好。

成熟男人的魅力，在萝莉堆里太招蜂引蝶了，他好像对明察暗访没什么经验，还穿了一身西装，身板长相配西装，六中的小姑娘们花痴大发了。

“哇！好帅啊！”

“哇！好迷啊！”

“哇，欧巴穿衬衫西装，真的好帅啊！哇，欧巴留平头好帅啊……”

“大叔，大叔，你来当我们的教导主任吧！”

对这帮孩子，许靖南只能和蔼可亲地微笑着，保持着他一贯的慈祥作风。

这助长了敌对势力的嚣张气焰。

一个溜光水滑的小女生仗着自己青春无敌，大喊一声：“大叔大叔，我爱你！你喜欢我吗？”

许靖南无可奈何，他刚才已经郑重其事地告诉了学生们，他们的教导主任今天早上差点自杀身亡，但是显然，学生们并不同情关心教导主任的遭遇，女生们对许靖南更感兴趣，男生们对女生们的行为更嗤之以鼻。

在小女生的穷追不舍下，许靖南招架不住了，“同学们，我希望你们能给我提供一些关于你们教导主任的线索，不同寻常的细节，或是你们觉得特殊的事情……”

又一个溜光水滑的小女生打断了许靖南的话，“我有关于教导主任的线索！欧巴！”

“这位女同学请说。”许靖南指着她。

小女生兴奋地大叫：“欧巴，你好帅呀！你当我们的教导主任吧！”

许靖南满头黑线，这帮孩子们都在想什么？看来只能无功而返了，孩子们都在胡闹，根本提供不了任何证据。

就在这个时候，许靖南看到一辆厢式车开进校园，后座车窗摇下，丁忧鼻青脸肿地对他招手。

丁忧显然已经听到了许靖南那边吵闹的内容，虽然她现在的脸上很难看出表情，但她浑身散发着所有人都欠她八百万的冷峻气场。

许靖南遥遥地点点头，最后对这帮花痴的孩子撂下一句：“如果你们有什么线索的话，跟这些警察叔叔、哥哥说，大叔已经有大婶了，同学们再见！”

“你怎么撞墙了？”许靖南上车后，把车窗关死，问丁忧，轻轻碰了碰她红肿的额头。

没想到这么一碰，丁忧鼻子又开始流血了，许靖南连忙把手绢拿出来，堵住她的鼻子。

是灰色的棉布方形手绢，很怀旧，这年头，还有用手绢的男人！

丁忧接过手绢，按住自己的鼻子，“我凝血功能差。”

她摘掉眼镜递给许靖南，许靖南合上眼镜，在眼镜腿末端转轴的地方，按了一下，那个地方，有一个一毫米见方很细小的按钮，眼镜的镜片似乎闪了一下。

丁忧把手机递给许靖南，“三分五十八秒。”

她的所有东西不仅结实，还很高科技，眼镜是一个微感应光敏摄像工具，很先进的监视设备，通过软件，眼镜拍下的东西都传送到了手机里，所以她必须拿着手机。

“这个女孩吗？”许靖南暂停视频，指着上面一个穿着六中校服画着眼妆的女生问。

丁忧点点头。

“我也注意到她了。”许靖南说，照片上的女孩，显然不像其他看热闹的人，脸上有不安忐忑的神情。

“六分十九秒。”丁忧说。

那是老李被林大妮撸下去的时刻。

那个女孩，明显是如释重负的神情。

许靖南沉吟了片刻，“刚才在操场上，我问话的时候，她脸上有负疚的表情。”

他真厉害，操场上百十号人喧闹沸腾，他竟然能注意并分辨出每个人的表情。

一阵上课铃响起，学生们陆陆续续都回到了教学楼里。

“是她做的吗？”许靖南问丁忧。

四　五个受害者

丁忧摇摇头，“不是，她不具备这种技能。”

许靖南放大照片，能看出来智商高低？

“她的眼影画得不均匀，也不对称，显然她不是一个双手灵活的人。”丁忧说着把那一试管的血从口袋里拿出来，给许靖南看。

亮晶晶的，有亮晶晶的杂质，好像里面有极其细小的银粉一样。

“人的血？”许靖南问，“怎么会这样？”

“我怀疑是鲨鱼皮纳米颗粒。”丁忧说，把试管收好，“但是还需要进行成分测定，省医院没有相关设备，我需要去实验室测。”

“鲨鱼皮纳米颗粒？”许靖南问，“做什么的？”

“是一种新型药物包膜，”丁忧解释，“它在人体里的溶化吸收可以精确到数学方程式，如果以它做药物包膜的话，那么药物成分在人体内的吸收就可以有精确的时间表和速率，是可控的。”

“这种技术还没有投入生产吧？”许靖南问。

“成本高昂，鲨鱼皮是贵重药材，纳米化技术操作也需要大量财力，而且还没有完全通过人体试验，这项技术只在医学领域尖端被探索和试验，《柳叶刀》上有几篇相关文章，但是传统医药市场和大规模药企还没有对这项技术产生重视……”

许靖南听着丁忧的长篇大论，从包里拿出一个平板电脑递给丁忧，“这是之前四个案子的资料，还有相关的现场调查报告、照片，没办法，不是什么大案子，都是草草了事，所以资料不是很多，我让电脑技术科在网上收集一些相关的帖子和信息……”

丁忧接过平板电脑，开始翻看。

“一项高新技术，成本很高，只在世界上的尖端实验室里有一些样品？”许靖南问。丁忧木木地抬起头，点点头，又接着看平板电脑，“什么样的人，会把这个东西用在一个初中教导处主任身上？”

许靖南已经捋顺了五个案子的受害者。

第一个案子发生在九月份，奉城西区农贸大市场的市场管理办主任，一个满身横肉的大胖汉子，偷了女同事的肚皮舞服饰，用她的化妆品，把自己浓妆艳抹一番打扮，涂着两个红脸蛋，拿着两个扭秧歌的八角帕子，一路婀娜地扭动身姿，从办公室小蝴蝶一样飞到了市场大厅，跳上猪肉案子，热情如火地跳了一曲拉丁天后夏奇拉的名曲《臀部不说谎》。

全市场的小伙伴们都惊呆了……

第二个案子发生在九月末，跟第一个案子有点相似，沃尔玛超市的经理，在晚上七点左右、客流量最大的时候，穿着啤酒推销员露肚皮的短T恤，露大腿的超短裙，在收银出口做老鸨状，挥着一幅红艳艳的毛巾，一边抛媚眼，一边尖着嗓子招呼着："大爷再来啊！大爷不送啊！姑娘们都热情着呐！顾客就是上帝……"

顾客们都不买东西了，纷纷和他合影，沃尔玛当天的相机销量，一小时就赶超一个月了。

还有宠物店店长，把店里的宠物都放出来了，跟着它们对路上的行人吠叫了小半天，还把前来维持治安、抓宠物的一个警察的胳膊咬伤了。

最近的是一个新郎在结婚典礼上，把新娘扔进蛋糕里，把丈母娘坐在屁股底下，深情款款地对老丈人做了爱的表白，把老丈人气得心脏病发，现在还躺在医院里，两个新人已经领证，转眼就离了。

这几个案子，包括今天老李跳楼事件，无一例外地都上了本地新闻头条。第一起案子刚出现的时候，还有心理专家出来解释，说是现代人生活节奏太快，心理压力太大，需要用一些博人眼球，甚至于伤风败俗的方式来释放自我，大家要有足够的认识，要给他们足够的宽容。

但是类似事件越来越多，狐仙作祟的说法就甚嚣尘上，还传得有板有眼，说是净月公园5A景区施工，惊扰了山里的千年狐妖，狐妖生气了，就出来捉弄人。

当事人第二天清醒之后，都一口否认自己做过那么丢人现眼的事，即使有人拿着视频照片来佐证，也被当事人推翻了，说自己肯定不会做这样的事，自己当时啥都不知道，好像缺失了那段记忆一样。

老百姓们传的狐妖作祟，许靖南和丁忧肯定不信。

“有打击报复的可能性，但五个人之间没有相互联系，互相之间都不认识。”许靖南说。

丁忧抬起眼睛看他，把鼻子上的手绢拿起来，已经不流血了，“先给我吧。”

许靖南点点头，这时候电话响了，手机自带的铃声，不知道是短信还是邮件。

是丁忧之前用的手机，许靖南把手机递给丁忧。丁忧擦了擦鼻子，收起手绢，把平板电脑放在一边，拿起手机，是一封邮件，“我之前发了邮件，让德国马普医疗实验室给我寄一份鲨鱼皮纳米颗粒的样本，有时差，他们现在回我邮件了，鲨鱼皮纳米颗粒只在欧洲的三个实验室有，上面说，他们已经派了一个实验员，带着样品乘飞机从汉堡到中国，今天夜里能到。”

然后她抬起头看着许靖南。

“嗯，我安排人去接。”许靖南说。

丁忧摇摇头，“上面还说，剑桥实验室的样本失窃了，我找他们要样本，是不是找到了失窃样本的下落，他们问我需不需要通知剑桥实验室。通知吗？”

“不用让他们先知道。”许靖南摇摇手指，“我告诉欧加拉，让她处理这些事。”

“噢……”丁忧说，开始回邮件，“请联系，欧加拉·坦格里安·维尔斯坦因·黎，电话……”

“让欧加拉向剑桥实验室要失窃报告和监控录像，那种高端实验室，安保措施很严格。”许靖南征询丁忧的意见。

丁忧点点头，“前四个受害人，都没有做详细的身体检查，只有简单的医疗报告，入院时，瞳孔放大，心率过速，血压和体温都高于正常值，现场调查报告没有什么有用的。”

证据太少了，这些像恶作剧一般的案子，都没有被严肃认真对待。

“奉城是国内一线城市，入境出境人流量很大，我会让海关查有医疗背景的近期入境人员。”许靖南说，“快到中午了，我们去派出所，徐敬开车。”

“是，老大！”一直没什么存在感的徐敬回答。

“什么人？”丁忧皱着眉头，“会用这么贵重的鲨鱼皮纳米颗粒做这么无聊的事情？”

“我让警察把这个孩子带到派出所问话。”许靖南指着眼妆没有画好的女生说，“这孩子肯定知道点什么。”

肯定知道点什么？

“你……”丁忧别扭地用手指划着桌面，在上面喷着挥发性消毒剂，用纸巾擦啊擦，那女生坐在她对面，十分钟内，目睹着丁忧先把凳子擦了一遍，又开始擦桌子。

一个有洁癖的人，真不该在审讯室里待着。

丁忧抖了抖档案，翻开，继续上面的话：“你叫……谭小雅？”

谭小雅看上去已经被教导处主任约谈得死猪不怕开水烫，翻了一个白眼，“大婶！我中午饭还没吃呢！”

一个初中生，在派出所的审讯室里这么个表现，肯定不是什么善茬，至少也是一个被家长惯坏了的熊孩子。

“噢……”丁忧郁闷地说，她不知道许靖南打什么主意，干吗让她进来审问啊，她不太习惯和活人打交道，“我也没吃饭，你和你们的教导主任老李，有什么恩怨，为什么要迫害他？”

“我闲的啊？你胡说八道！”谭小雅身体一紧，双手握拳，肩膀耸动，尖声叫道。

丁忧皱了皱眉头，“你的身体出卖了你，你的肢体语言表明，你进入了防御机制，你在隐瞒什么，告诉我……”

谭小雅的头发都要炸开了，“我有权保持沉默，我不回答你的问题。”

“你香港电视剧看多了吧？米兰达规则适用于英美法律，中国内地与香港一国两制。”丁忧一本正经，“在中国的刑事诉讼法中，并没有赋予犯罪嫌疑人与被告人以沉默权，根据《刑事诉讼法》第 93 条，犯罪嫌疑人对侦查人员的询问有‘应当如实回答’的义务。”

丁忧看着谭小雅，看得她直发毛，又拿出今天拍的照片给她看，“你看第一张照片，是在老李坐在阳台上要跳楼的时候，你的双手紧握，眉头皱缩，你的微表情表示，你处在一种紧张不安的情绪中；第二张照片，是在老李妻子将他救下之后，你的双手放开了，面部表情也变得平和放松，你处于感觉到安全的姿势。当然，你可以辩解，你担心你的教导主任，但你不是这样的人。”

“放屁！”谭小雅骂道，完全暴露了一个小泼妇的本色。

丁忧点点头，“嗯，你不是这样的人，你的担心与放松，并不来源于老李的获救，而是你的危险解除，如果老李真的自杀死亡，你就涉及谋杀，你现在年满十四周岁，需要承担刑事责任。而且看校方记录，因为欺负小学部同学，煽动两个班级打群架，向老师投掷黑板擦……你被老李全校点名批评过好多次，你存在作案动机。”

“你机器人吗？大婶！”谭小雅怒道，“我要告诉我爸！说你欺负我！你知道我爸是谁吗？你再惹我，我让我爸一枪崩了你……”

五　恶人还需恶人磨

“我不知道你爸是谁……”丁忧一板一眼地回答，“但是我知道《中华人民共和国枪支管理法》明确规定，任何单位或个人非法持有、私藏枪支，都是违法犯罪行为。由于枪支、弹药一旦失控，就可能成为犯罪分子的作案工具，被一些犯罪分子用来实施杀人、抢劫、绑架等违法犯罪，犯本罪的，处三年以下有期徒刑、拘役或者管制；情节严重的，处三年以上七年以下有期徒刑。显然你对我的威胁，表明你或你父亲，有对我实施犯罪的意图……”

谭小雅的冷汗流了下来，不是狭路相逢勇者胜，而是狭路相逢呆者胜。

“你父亲把枪放哪里了？”丁忧问她，“我把这个记下来了，但是我们最好还是先回到上一个问题，你应该交代你对老李做了什么，中国法律讲究坦白从宽，抗拒从严，老李家人依然保留对你行使民事和刑事诉讼权，但是警方根据你的配合情况，可以酌情对你宽大处理……”

谭小雅不再嚣张，呆呆地看着丁忧。

丁忧也呆呆地看着她。

两人都不知道往下该如何进行了。

这时候，许靖南推门进来，把一袋肯德基的外卖汉堡套餐放在谭小雅的面前，“是小雅吧？还没吃中饭，下午还要上课，不能饿着，先吃点吧！”

谭小雅抬头看许靖南，觉得他身上散发着像天使一样的光辉，眼泪汪汪的，“大叔……”

“她下午不能去上课，”丁忧说，“她刚刚说，她父亲私藏枪支，我们需要搜查她家，让她现场指证……”

谭小雅眼泪汪汪，眼影都花了，“我就是胡说八道，吓唬人啊……”

“即使是恐吓威胁，也需要有事实基础，你们家即使没有枪支，也可能会有管制工具，这同样是违法行为，而且威胁恐吓警方工作人员，罪加一等……”

谭小雅嘴唇抖动着，像一只小老鼠一样，现在不管丁忧和许靖南问她什么，就算是她家存折放哪儿，她也会毫无保留地招出来……

“好了……”许靖南按住丁忧的肩膀，慈祥地说，“小雅，我们不认为你是什么坏孩子，只不过有些调皮罢了，老李这样你也不想，你只不过是想恶作剧而已，我们不会难为你，只要……你乖一些，合作一下……”

说着，许靖南用另一只手，把丁忧面前的本子和笔推到谭小雅面前。

谭小雅流着眼泪，在上面写了一个网络账号和密码，哭着说：“天涯奉城板块……”

“好好吃饭吧！别耽误下午上课。”许靖南把本子收起，把丁忧拉出审讯室。

“枪支，弹药。”丁忧仰着头对许靖南说。

“我们先去吃点东西。”许靖南拉着丁忧。

“我不饿。”丁忧摇摇头。

许靖南苦笑，“一般这么威胁别人的孩子，都比较崇拜自己父亲，而且都是胡说吹牛的。”

丁忧不太满意他的解释。

“已经有人去谭小雅家里了，”许靖南和善地微笑，“不要这么质疑地看着我，我不会骗你。”

“噢……”丁忧点点头，“搜查报告记得给我，我会记得的。”

许靖南点头，接起响了的电话，“是，知道了，把大家请到一楼的户籍科。”

“徐敬说，民警已经把前三个案子的受害人叫来了，在五楼的会议室里。”他对丁忧说，“我让他把人带到户籍科，这边走。”

“还有一个呢？”丁忧一边走，一边问。

“那个新郎官在省医院，他的岳父还没有出院，他在那边希望弥补关系，他不愿意过来，警方不能强迫他。”许靖南回答，“我们一会儿去省医院看老李的时候，一并看了。”

位于一楼的户籍科里有一个小会议室，许靖南和丁忧进小会议室的时候经过户籍科办公室，他们刚进去，几个女警就嘁嘁喳喳地议论开了。

"哎！你们说，看着真年轻，也就三十多岁？混到局长见了都点头哈腰的地位，是不是什么二代啊？"一个女警语气里满是羡慕，"要是能嫁这样的人，一辈子不愁了！"

一个年长的女警打击她，"姑娘们别痴心妄想了，这人看上去客客气气，有修养又有礼貌，但绝对不是我等凡人能巴结得上的……但这到底是什么事儿呢？动静弄得有点大！"

女人多的地方，八卦就多，几分钟的时间，小道消息和少女春心洒了一地。

"他旁边那个女的挺奇怪的，怎么鼻青脸肿的，被人打了似的。"有人说。

"嘘！别说了，有人来了！"年长女警忽然提醒大家。

只见徐敬迈着标准的便步从外面走来，就像在训练场上遛弯一样，他把三个形态各异的受害者送进了小会议室之后，走出来站在门外，以标准军姿站岗。

"这小伙长得好精神、好英俊呀！好像从征兵广告里走下来似的。"小女警们开始犯花痴。

年长女警倒了一杯水，给徐敬送过去，打听了一些他的情况。徐敬有问必答，回答得非常简单直接，就像回答首长提问一样，但没想到年长女警醉翁之意不在酒，忽然话锋一转，问徐敬："小伙子有对象没？要不要找一个？我们这的小姑娘都是部队转业、家世清白……"

噌的一下，徐敬脸红到脖子根，没想到他这么不禁逗，小女警们嘻嘻哈哈地闹成一团。

而小会议室里，显然也很热闹。

"我真的记不得了！我怎么可能干这么丢人现眼的事情呢？"

"绝对是有人打击报复！"

"是警察在陷害我！"

"你扯吧！我那天都看到了，你就趴在地上，对着人就吠！还把警察同志咬伤了！你当打狂犬疫苗不疼吗？谁陷害你啊！"

"你当我那天去市场没有看到你扭个大屁股搁那里跳肚皮舞吗？"

……

会议室里几乎吵翻天了。

丁忧和许靖南就坐在那里，没有说话，只是静静地听着。

丁忧的意思，有类似经历的人聚在一起，可能会互相激发记忆。

“你肯定是杀猫太多了！遭报应了！才变成狗的！”

“谁杀猫太多了！你放屁！”

“谁不知道你那个宠物店里，是条狗，你就当个祖宗供着；是只猫，你就卖给粤菜馆！”

“好像你是菩萨不杀生似的！谁不知道你去广州酒家，专门点‘龙凤斗’吃！”

“猫？我怎么感觉……好像见过一只猫似的……”

“一只猫？”

“猫？”

这事儿跟猫有什么关系？

六　神秘的小白猫

“几位，猫怎么了？”许靖南问。

猫怎么了？

几个人忽然都不说话了。

“杀猫虐猫，并不触犯法律，你们怎么不说话？”丁忧问。

几个人神色各异。

许靖南笑了笑，咳了一声。

宠物店长拍了一下桌子，站起来说：“什么大不了的事情啊！我小时候被猫挠过，所以就特别讨厌猫。那天有一个可漂亮的小白猫跑到我店里跟一个比熊玩，我看它就不爽，拿飞镖射它，没想到那死猫把我挠了就跑了，看我手臂伤还没下去呢！”

许靖南笑着点点头，以眼神示意坐在宠物店长旁边的超市经理。

“我女儿今年一岁，刚会走路，那天我看她在小区花园里跟一只小白猫玩，那小白猫竟然把爪子放在她脸上了，多危险啊！我一生气就踢了那小白猫一脚，把它踢飞了。”

最后一位是市场办主任，“我那天看水产铺卖鱼的扔了一条小鱼给一只小白猫，不知道是不是你们说的那只，就随口开了一个玩笑，不能给有毒的鱼，猫吃了中毒死了，就不能做‘龙凤斗’了！”

“猫？”丁忧费解地看着许靖南。

“天下大事，无奇不有……”许靖南看着她，眼神温暖，从手机上调出一张图片给几个人看，“是不是这样的一只猫？”

图片被剪切过，背景做了处理，只抠出来一只小猫咪，睁着圆溜溜的眼睛看着镜头，棕色的眼睛，雪白的绒毛，小猫步走得很雅致，小雪球似的煞是可爱。

“哎！好像是这只啊！”

“对对对！就是这只死猫挠我……”

“挺像的，但是猫长得都差不多吧？”

许靖南把手机收好，站起来说：“感谢诸位的配合，耽误大家时间了！”

等三个受害者都走出会议室后，许靖南附在丁忧耳边低声说：“剑桥实验室监控录像上截取下来的。”

“去省医院。”许靖南和丁忧走出来，围在徐敬身边的女警们呼啦一下散开了。

小帅哥虽然好好玩，但许靖南看上去很和蔼，却自有一种威慑力。

徐敬逃出重围，如释重负。

“你脸怎么这么红？过敏吗？”丁忧问他。

徐敬脸更红了，支支吾吾地说：“我去开车。”

许靖南扫了一眼那些躲起来的小女警，对发生了什么心知肚明，徐敬是部队里长大的男孩，军人里女性本来就少，而且性别模糊，尤其是发生了那件事之后，这些生龙活虎的女人对徐敬来说不亚于洪水猛兽。

小伙子真是还得练呀！

车上，许靖南看了腕表，“已经下午两点了，忧忧，你饿不饿？要不要先吃点东西？”

虽然从早上六点开始，丁忧就没有喝过水吃过东西，但她还是摇摇头。

许靖南笑了，真没办法。

下午两点，道路畅通。大约过了半个小时，车行进到省医院。

丁忧像是忽然想起了什么似的，抠着光秃秃的手指尖问：“你刚才的意思是不是，其实按照正常的生理代谢，你们也饿了？”

许靖南笑着耸耸肩，不置可否。

丁忧很纠结地咬着嘴唇，伸出一只外科医生的细白手掌，“我出门没有带钱。”

许靖南把皮夹拿出来，抽出一百块钱递给丁忧，丁忧从纸抽里抽出一张纸，垫着纸捏住一百块钱。

徐敬直接把车开到了医院住院部大厅门口，他还是挺细心的，这样不用走楼梯。

厢式车底盘高，许靖南先下车，再紧紧扶住丁忧的手臂，把她扶下车。

丁忧下车之后，快步走向大厅里的便利店，在货架上，随便拿了两个面包去结账，用纸巾兜住找回的零钱，拿着面包和零钱，回到许靖南和徐敬那里，一人给一个面包，把零钱还给了许靖南。

她水都不买，就让人干啃面包吗？

这时候，她才发现一个圆脸的女孩站在她身后，怯生生的，一副欲言又止的样子。

女孩终于鼓起了勇气，怯怯地做自我介绍："丁医生，你好，我很崇拜你，我是院长助理战春风。我们院长很重视你们过来，但是特事科的联系人说要低调，不要引起注意，所以院长让我来接待你们。我们院长很想来的，但是不让他来，绝对没有招待不周的意思，见谅啊……"

丁忧没说话，因为不知道说什么。

"没关系，战春风，很不错的名字，"许靖南转头对徐敬说，"身上有钱吧？去买瓶水，在车上等我们，先垫垫肚子，晚上回去我再给你们做正餐。"

徐敬点点头，"有钱，老大。"

"哎呀！"战春风听到两人的对话，"你们还没吃饭啊？我先带你们去医院食堂吃点东西吧！我们食堂的大厨师还是有几手的，本帮菜做得很好，上次市长过来看住院的老干部就是在食堂吃的，还跟大师傅握手了呢！"

"不用！"丁忧一口回绝，"李姓患者的检查结果出来了吗？出来了给我。"

战春风一脸崇拜地看着丁忧，递给她一个文件夹，"已经出来了，这里就是，患者来了之后，就打了一针利尿剂，一个小时之后，人就清醒了，但是现在病房里面，患者妻子正在跟患者处理家庭纠纷……"

战春风尴尬地笑了，处理家庭纠纷，那绝对是说小了，林大妮正在大展"雄"风，闹得天翻地覆。

"尿检做迷幻剂代谢检测了吗？"丁忧问。

"没有，丁医生，我们这是医院，没法做迷幻剂检测，但是尿样已经送到法医办公室了，回来的人说已经被接收了，应该正在处理吧？"

"小战……"许靖南和蔼可亲地对战春风说，"已经有人跟你交代了吧？我们这次来要见两个人，除了老李，还有那个新郎官，我们先去见新郎官吧！"

战春风连忙做了一个请的手势，"这边请，丁医生小心，我们去副楼的普通病房，有电梯。"

她知道丁忧腿脚不方便，她知道得还不少。

“爸爸啊！爸爸啊！您原谅我吧！”

病房前，一个年轻男人蔫在地上，沙哑着嗓子哽咽着，旁边人来人往，已经见怪不怪了。

“爸爸啊！我真的真心爱小丽啊！你们不要拆散我们啊！小丽啊！你原谅我啊！”

战春风鬼马地指着年轻人，“这位就是了，待在这里小半个月了，天天这么求着，老爷子气没消呢，但新娘子已经心软了，前天还扔了一袋面包和一袋牛奶给他呢！”

许靖南低头看了一眼丁忧，人家都知道面包要配着牛奶呢。

看这男人哀毁骨立的样子，应该没啥心情回答过多的询问，许靖南直接上去开门见山，给他看了小白猫的照片，“先生，你见过这只猫吗？”

新郎官看见照片上的猫，大喜过望，一把抢过手机，抱着冲进病房。

“小丽，小丽！你看这只小猫咪，多可爱啊！跟你那天逗的一模一样啊！我给你弄过来啊！我们在家养一窝这样的猫……”

许靖南有点尴尬，敲门走进病房，夺回新郎官手里的手机，还不忘对病床上的老人说：“不好意思，抱歉打扰您老休息了，祝早日康复。”

“嗯。有联系。”许靖南对丁忧说。

老李的病房门虽然紧闭着，却还能听见里面雷鸣似的喊叫。

“你个衰货！你个死人！老娘八辈子的脸都被你丢没了！要不是看你躺在床上！怕你真死！老娘收拾不死你……”

在林大妮的暴怒中，间或能听见老李蚊子似的反反复复地哀求：“老婆，我真错了……我再也不敢了……”

砰的一声，门被林大妮踢开，林大妮风一样地冲出来，差点又把丁忧撞飞，幸好丁忧被许靖南搂住。

又是砰的一声，门被摔上。

林大妮冲出十米，又悄悄地小碎步跑回来，看着丁忧，神神秘秘地小声问：“哎！大医生，你可厉害啊！我老公不会又有什么事吧？”

丁忧对她有心理阴影，面对许靖南站好，正好许靖南比她高一头，现在许靖南的身体就如同长城一般伟岸高大，是安全的屏障与港湾。丁忧低着头，背对着林大妮摆手，“理论上说，不会有什么问题，只要注意休息就可以了……”

林大妮瞬间底气足了，又震天地怒吼：“老娘不管你了！你死在医院得了！老娘回去上课了！”

旋风般地，林大妮不见踪影了。

丁忧被震得肩膀都缩起来了。

过了好一会儿，许靖南温柔地拍拍她的肩膀，“已经走远了。”

“李先生，你见过这只猫吗？”许靖南给老李看手机里的照片。

一个五大三粗的汉子，脸色蜡黄，半生不死。

“见过……但是猫都长得挺像的……”老李虚弱地说，“那天课间，小学部几个低年级的小孩儿，不回教室上课，在操场上逗猫，我把他们赶回教室，一气之下，就把那只猫丢房顶上了。后来就不知道它怎么跑的了。”

“谢谢协助。”许靖南说，“好好休息，不打扰你了。”

丁忧伸长脖子，看着许靖南手里的照片，那只猫，长得真的非常非常可爱。

但那究竟是一只什么猫啊？

七　诱敌深入

“它是一只长毛猫，”丁忧说，“它肯定会掉毛。”

“我会让人去老李的办公室和家里检查，重点收集猫毛。”许靖南说，“至于其他四个人，时间太长，估计没有什么证据可以采集了。”

“剑桥实验室。”丁忧提醒他。

“我会让欧加拉跟那边联系，提供相关证据。”许靖南说。

“两位，还有车里的一位，要不要去食堂吃点什么？”战春风满是期待地看着他们，“好不容易来一趟，我们尽一份地主之谊。”

“我要去法医办公室，”丁忧一点也不领情，“没有人跟我说接收了尿样，但是按照时间算，应该出结果了！”

“我们还是先走了，小战，谢谢你，”许靖南对战春风说，“代我向你们院长致谢！”

“您太客气了，许先生。”战春风转向丁忧，一脸的自豪与崇拜，“丁医生，我真的非常尊敬你。”

这是她第二次对丁忧表达倾慕之情。

“为什么？”丁忧问她，总算脑袋开窍，问了。

“因为！”战春风满是自豪地说，“您刚来就组织了一次全省法医的技能测试，把一半人都判为不合格！”

“怎么了？的确是他们在证据的保存和鉴别上，没有达到规定。”丁忧说。

“丁医生，我喜欢你的魄力！”战春风两眼放光，“我的男朋友也是法医，技能测试他过了，这证明他很优秀！”

丁忧莫名其妙地看着战春风，“那只能证明他及格而已。”

战春风不再说什么了，她的一腔热情已经达到冰点了。

“我不知道为什么通过率这么低……”丁忧在车上自言自语。

“卷子做得好，不代表能力强。”许靖南说，“况且，你找的那张测试卷子，是好几个大学教授一起出的，里面的专业术语和外文太多，而且比较生僻。”

“但是，只能这么做测试啊！找不到那么多尸体和案件。”丁忧辩解。

“一线工作和教学，有很大区别，”许靖南很耐心，“你没有注意到吗？通过的大部分都是刚毕业参加工作的人，而一些经验丰富的老法医分数都不高。”

丁忧低头想了想，“我试着做了一下那个卷子，是满分，那为什么会聘我当首席法医？”

许靖南不知道如何解释才能简单明白，“你是法医办公室的首席法医，并不是地方公安局的法医……”

丁忧显然没有明白。

“你不是地方聘任的，是特事科通过刑侦学院人才引进机制聘任的。”许靖南说。

“你聘任的我？”丁忧问他，难道不是因为她才能出众而聘任，而是……

“不是我，我才接手特事科，是我的前任，唐家林。”许靖南说，“任何事，任何人并不是非黑即白，人与人的能力，都不能以固定的标准来衡量。”

丁忧睁大眼睛看着他，“我的报告建议未通过测试的人降薪，没有通过吗？引入竞争与淘汰机制可以提高工作效率。”

“忧忧，你太武断了。你的报告没有被批准。”

“哦……”丁忧看上去除了有些费解，似乎并没有受挫的感觉。她的感觉很迟钝，因为她现在还没感觉到本省整个公安系统对她的愤怒与不屑，引进的狗屁人才，就特事科花样多，考试有个屁用，上面的领导顾着特事科的面子，就折腾下面的人……

忽然车剧烈地颠簸了一下。

法医实验室在奉城郊区的刑侦学院里，从省医院出发，大概一个小时的车程，他们现在已经出了城区，正在一条宽阔的马路上行驶，路两边都是法国梧桐，已经开始落叶。因为是郊外，车流量比较小，但徐敬还是按照限速行驶。

颠簸过后，徐敬一个急刹车，把车停在路边。

“怎么了？”许靖南问。

“有情况，老大！”徐敬按住后腰。

“非特殊紧急情况，不准动武！”许靖南说。徐敬这人虽在奉城，但浑身每个细胞好像都还在赞比亚似的。

徐敬没有回答，而是下车，神色凝重地在车边巡视一圈，然后在车与马路牙子之间单膝跪地，弯腰探头看向车底。

许靖南透过车窗，很放心地看着徐敬，这个小伙子是属于军队的，军队之外，他在哪儿都很违和。可惜的是自从那次绝密任务之后，徐敬相当长的一段时间里回不去军队了。许靖南还记得自己把徐敬领回来的时候，小伙子就像一个受委屈的缉毒犬。徐敬不适合当特种兵，唯一的原因就是他长得太英俊了，一个醒目的人不容易隐藏。那次绝密任务是一次国际会议，徐敬担任警卫，因为长得太好，被参会的美国大使的女儿拍照上传 Facebook 导致会议地点与会议内容泄密，徐敬成了背黑锅的，受牵连被解除职务回国冷处理。

“这小伙子长得是真好看。”许靖南有所感触地低声对丁忧说。

丁忧扭头盯着许靖南几秒钟，“我更好看。”

许靖南忍不住笑了，他也就三十多岁，但眼角有皱纹，虽然丁忧总是一脸外债八百万的表情，但看起来比他年轻好多。

许靖南偷偷地撩了撩丁忧的头发，“你最好看，我们下车看看。”

“徐敬，怎么了？”许靖南问徐敬。

“老大，”徐敬保持不动，把一只手伸向车底，“下面有一只猫。”

“猫？”丁忧吃惊道，立刻也坐了下去，她只能坐，不能蹲，弯腰看向车底，正好与徐敬面对面，车底很暗，但能看到一只大概三十厘米长的长毛猫缩在车底下，圆溜溜亮晶晶的眼睛看看徐敬，又看看丁忧，继续去看徐敬，看来这是只母猫，喜欢帅哥。

丁忧一直在看猫，即使猫不看她，她慢慢探身，慢慢探身，竟然钻到了车底下。

“好像是那只猫！”丁忧伸手去抓猫。

但是小猫很灵活，尾巴一扫，堵住了丁忧的脸，一转身，龇出小尖牙，对她喵了一声，飞快地向后退。

丁忧一着急，就想用手头的伸缩拐杖去戳小猫。

小猫相当大胆，也极具挑衅性，灵活地避开了丁忧的拐杖，小小利爪，挠了她的手，对她龇牙咧嘴。

这只猫够聪明，知道如何诱敌深入，丁忧被挠了一爪子，更不死心，又往车底下钻了钻，但是猫多大？她多大？

小猫相当嚣张地耀武扬威，像是在炫示自己娇小似的，还跳了跳，先跳上前，整个扑在丁忧脸上。丁忧只觉得一团软乎乎、毛茸茸的东西摊开在脸上，猫毛扎得鼻子里、眼睛里、气管里都是，差点一口气喘不上来，手里的拐杖开始乱戳。

那小猫一击得手，轻快而神速地弹开。

丁忧人很纤瘦，但力气真不小，竟然把油箱戳爆了，汽油淋了她一身。

空前的战况，许靖南压根儿就没有看到，因为他站在车旁边，他至少要看着过往车辆，不能把丁忧压了。

徐敬特种兵出身，危险情况见得多了，但是人猫大战，他无从下手。

小猫大败丁忧，相当得意地喵了一声，就想逃跑。

丁忧抬起头，满脸都是汽油，对徐敬喊道："活捉这只猫！"

只见一团小白球，箭一样冲出车底，还真挺厉害的，一点猫毛都没有沾到汽油。

"是！"徐敬立刻跃起，拔足狂奔，去追那只小白猫。

他的特点与优点就是军人的天职是服从命令，让去捉猫，就去捉猫。

只不过，马路边都是农田和果林，虽然已经到秋天了，但还有未收割的庄稼，他在这茫茫原野里，追一只灵活的小猫，任务艰巨！

"派一辆车来，我们离法医实验室大概还有二十公里，在国道边苹果林处。"许靖南已经闻到了汽油味儿。

丁忧艰难地从车底下爬出来，整个人都不好了。她上午的时候，被人拍在墙上，好像被打了，现在是被浇了一身汽油。

她一直流年不利。

靠着车轱辘，丁忧喘口气，"那只猫呢？"

"徐敬去追了。"许靖南回答，脱下自己的西装，要给丁忧披上。

丁忧抬起手阻止他，"我身上都是汽油。"

"你不冷吗？"许靖南问她。

丁忧垂头丧气地站起来，把外套脱了，里面是一件长袖T恤，"有些冷，今天空气湿度低，汽油挥发得比较快……”

许靖南直接把西装披在她的身上。

“如果现在有一点火的话，我就会被烧死。”丁忧说，把胳膊套进西装的袖子里。

“我在这里，不会有人烧到你。”许靖南说。

丁忧很嫌弃地撸着自己头发上的汽油，“有人会想烧死我吗？”

许靖南没有回答这个问题，他不会骗丁忧，他们要去的法医实验室，里面的人要是知道丁忧现在一身汽油，估计很多人都想来凑一把火。

等徐敬抓猫和车辆救援的时间里，丁忧用许靖南的手机找到天涯社区，登录了谭小雅的账号。

“我已经让电脑技术科查了。”许靖南说，“你看谭小雅的站内信和城市回帖。”

“《最爱的人就要和别人结婚了，新娘不是我，呵呵》，是这个帖子吗？”

一看帖名，就像一个怨妇的絮叨。

“我十八岁就把自己整个身体和心都交给了这个男人，我们交往了十年，我为他打了五次胎，我心疼我的孩子，他每次都抱着我哭，我痛，他心疼我，也心疼我们的孩子，但是，他说等我们有足够的钱，有足够的能力，能给我们的孩子幸福生活的时候，我们才能让我们的孩子来到这个世界上，我们不能让未来的孩子吃苦，所以我们要努力……”

就是一个怨妇与渣男的故事，各打五十大板。

“难道不会避孕吗？”丁忧自言自语，然后她就看到后面了，作为一个学医出身的人，她都明白。

“看他那么难受，我怎么舍得让他戴？……我那时候，傻得冒泡，把自己毫无保留地给他，他说什么就是什么……但没有想到十年了，我人老珠黄，我没法再怀孕，他事业小有成就，他就去找一个家里有钱的、刚大学毕业的小婊子了……那个小婊子，凭什么抢我最爱的人？”

这种帖子很类型化，点击率也比较高，点击率高的原因，可能是写的人把两人之间的两性生活写得淋漓尽致、生动翔实。

“怎么有一张照片已删除呢？”丁忧问。

“是第四个受害者，那个新郎的照片。”许靖南回答。

八　不堪回首的记忆

有点连接上了。

丁忧皱着眉头看下去，第一页，满满的全是作者爱的宣言与生活点滴，还有大量抨击渣男的回复，零星两个骂女人傻叉的，到底有多贱，才能贴男人贴成这样，打胎打得没法再生，男人转身娶个新人。

当楼主死性不改地写道："某某某，不管你伤我多深，我仍然爱你如海，跟我的替代品幸福地生活下去，有一个可爱的孩子，有一个美满的家庭，一定要幸福……我的爱伴你天涯海角，我的魂伴你日日夜夜……"

一个 ID 为"猫骨美人"的人回帖："别这么矫情，你的魂只要每天夜里十二点把他叫醒一次，你就，呵呵……"

然后是谭小雅 @ 了猫骨美人："我也觉得这个姐姐说好听就是圣母，陷得太深，说难听就是脑残矫情！要换成是我，要是我的男人干出这种事情，我就得狠狠收拾他一顿！"

猫骨美人回复她："别这么暴力啊！要是有我看不惯的人，或是得罪我的人，我就会让他出糗，出很大的糗，呵呵。"

谭小雅回复猫骨美人："我现在倒是很想让六中的教导主任出糗，出大糗，他让我在我男神面前丢死人了，我和我男神再也不可能了！"

猫骨美人回复谭小雅："呵呵。"

然后在站内信里，两人有大量的私信往来，谭小雅添油加醋地描述了自己苦追男神的过程。

很恶俗的桥段。

谭小雅和另一个班级里的大姐大都喜欢这个男神，甚至因此爆发了一场战斗。两人之间的战斗很快升级成两个班级之间的战斗，最后以谭小雅胜利告终，但是她因此被通报批评，好在她的情敌战败之后，退出了斗争。

然后谭小雅就开始追人了，经常给男神送吃的，嘘寒问暖，关怀备至，最后她决定鼓起勇气，给男神一封情书，但是这封情书，被早已看到苗头不对的男神班主任截获，给了教导主任老李。

男神是尖子生，重点培养的对象，而谭小雅是小太妹，差学生，老李区别对待，把谭小雅当成早恋典型，升旗仪式上反复批斗，男神得知了详情，就开始对谭小雅避而不见。

落花有意流水无情，谭小雅失意了，一腔怒火指向老李。

她也把老李描述成了一个非常暴虐的人。

“我会让他出大糗的……呵呵。”猫骨美人的回信。

在十月十五日，一个星期以前。

“我想要这个人的账号。”丁忧指着猫骨美人。

“正在破解密码。”许靖南说，网络上没有现实生活和身份的束缚，完全可以信口开河，信口雌黄，但是发生了这几起案子，这个猫骨美人，绝对是有猫腻的。

不能不查。

“老大！”

徐敬一身麦秸，一身尘土，抓着小白猫，军姿站在许靖南面前请示。

看来小白猫真的不是很好抓，徐敬至少在田地里打了好几个滚。

小白猫更凄惨，萎靡不振，在徐敬强有力的大手下，耷拉着四条小腿，一身长毛乱糟糟的，里面混着麦秸枯叶和灰土，小白猫都变成小灰猫了，蔫蔫地喵喵叫着。

“把它看好，它是证物。”许靖南说。

“徐敬……”丁忧一直看着那只猫，“手臂平伸，把它提在前面。”

徐敬照做，悬空提着，小白猫无力地挣扎着，四条小腿挠着空气。

“反正回去也要清洗。”于是乎，丁忧拧着自己的外套，把外套上的汽油，都淋到了小白猫的头上。

“你要是敢挠我，我就敢烧你！”丁忧收好衣服，睚眦必报地瞪着小白猫。

小白猫眼泪汪汪的样子。

“别跟一只小猫一般见识。”许靖南说道。

法医实验室位于奉城的刑侦学院内，刑侦学院前面一个湖，后面一座山，风景优美，风水也好，特别适合埋人。

虽然像很多大学一样地处幽僻之地，但刑侦学院却和大学很不一样，最重要的区别是，里面除了研究人员，就是学生，学生都是有一定工作经验的人，它类似于美国 FBI 在匡提科建立的联邦调查局国家学院，很多在自己的岗位上工作突出、对工作单位非常有价值、前程远大的优秀警务人员都有机会在这里接受专门的培训，培训结束后，回到各自单位，成为骨干力量，并平步青云。

刑侦学院地方很大，人却很少，路上行人寥寥无几，显得很肃穆。

丁忧提溜着小白猫就下车了。

因为是专业人士学习的地方，所以工作区域和教学区域没有分开，实验室里，正好赶上最后一节课，好多人围聚在一起，研究一具碳化的尸体。

大家看到丁忧这么狼狈，都不免多看了两眼，有好奇，甚至有窃喜，看来她真不讨人喜欢。

“省医院送来的尿样的检查报告，二十分钟之后给我！”

丁忧先把许靖南的西装和手帕扔进了焚化炉，然后去了浴室。

法医办公室一般都配备有浴室，毕竟做完法医工作之后，都要清理自己。

浴室里丁忧并没有脱衣服，而是穿着衣服站在热水喷头下。

她正在给小白猫剪指甲，她凝血功能不太好，手背上还在流血，小白猫前后四只脚都被捆绑上了，毫无反抗之力。

说是认真的人最有魅力，这么一看之下，丁忧真是魅力无边了，耐心细致，技能纯熟。她不仅给小猫剪了指甲，洗了澡，吹了毛，竟然还用棉签把小白猫的耳朵、鼻子、口腔全部清理干净，还原了一只条顺毛亮、溜光水滑的小白猫！

也难为她了，绑得那么严实，她也能把小猫清理得不带一个细菌！

说是猫最讨厌洗澡，但这只猫倒是没这个坏习惯，刚开始的时候，还不停地挣扎，后来就舒舒服服地享受了。

“重量，2.03 千克。”丁忧洗完自己，换了一身衣服，披着白大褂，开始研究小白猫，先称了体重，拿着本子记下：“类别，猫科；品种，不详；卫生状况，良好，没有寄生虫与致病菌……”

她在小猫的脖子上缠上一根绳，把它绑在试验台上，然后就把它的四肢都松绑了，反正猫也就是爪子厉害，剪完指甲还能干吗？

“咦……”丁忧托起小猫的前爪，开始纠结，“猫的血管在哪里？”

小猫像是听懂了似的，把眼睛瞪得溜圆，毛都炸开了，看到丁忧手里的针管后，开始发疯，不安地扒拉着丁忧的手，可怜兮兮地喵喵叫着。

卖萌没用，至少在丁忧这里没用。

“你别乱动，”丁忧严肃地警告它，“第一，你要是乱动，我可能扎到不该扎的地方，我手受过伤，很不稳当；第二，第一次没扎到血管，我会扎第二次，第二次没扎到，我会扎第三次……”

小猫非常通人性，立马就老实了。

以小猫的角度，能看到丁忧的手心有一条近乎断掌的伤疤，丁忧治病救人的生涯，就是这个伤疤断送的。刚才洗澡的时候，它当然也看到了丁忧水流下的身体，又没有避着，干吗不看，它只是一只猫而已，不能看女人洗澡吗？

要是小猫能做人类的思考，它肯定会想，这女人身上这么多伤痕，还有一条腿从膝盖以下就是假肢，她肯定是坏人，她看着那么纤瘦，竟然还有若隐若现的腹肌，她竟然有肌肉。

这女人一定是坏人，她一定是心狠手辣的蛇蝎杀手！

我们的小猫心里肯定是这么想的。

脱衣不见骨，穿衣不见肉，虽然胸小了点，身材真是不错的。

“怎么……”丁忧咬了咬嘴唇，“怎么鉴别性别？”

她还真不知道怎么鉴别猫的性别，她只知道猫肯定是有公母之分的。

她卡壳了……实在不行做 DNA 测试？时间太长。

有叮叮当当悦耳的高跟鞋声传来，即使只是走路的声音，却也充满了诱惑力，尤其是对男人来说，好像是抓着心肝、踩着前列腺似的。

还有淡淡的诱惑香水味道，仅仅是声音和味道，就已经让人不可自拔、心猿意马。

“实验室里不能涂香水！”丁忧冷冷地说，她以为是来给她送尿检报告的。

幸好现在实验室里只有一只猫和她，要是有几个血气方刚的小伙子，一定恨死她，煞风景，不懂怜香惜玉。

“哦，抱歉，”娇媚入骨的女声，带些异国口音，声音加值两百分，“你在做什么？”

小白猫看着来人，一副见了美女丢了魂的样子。

“这是公猫还是母猫？”丁忧在小白猫身上翻来翻去。

一双纤纤玉手，涂着鲜红色的指甲，轻轻挑开小白猫的后腿，“我来看看，哎哟，我们的小猫猫还是小姑娘呢……”

小白猫发出愤怒的低吼，今天绝对永生难忘，这是它作为猫的生涯中最不堪的记忆！

九　人民群众的敌人

一举一动、一颦一笑，皆是风情万种，绝对尤物中的尤物，美人中的美人。

欧加拉穿着红色紧身礼服裙、红色风衣，红色细高跟鞋鞋跟至少有十五厘米，大波浪的乌黑长发垂至腰际，红唇雪肤、眉目含情，她喜欢妆容、服饰、指甲都一个色系，亏得是她这种美女，才能驾驭这么高难度的同色风格。

丁忧的目光停留在欧加拉至少有 D 罩杯的胸部——前面的一个文件夹上。

“我要去机场接人，正好经过这里，顺便进来看看你和许先生都有什么交代。”欧加拉说着把胸前的文件夹递给丁忧，“刚才看到一个女孩子在门外站了好久，要敲门都不敢敲，快哭了的样子，我就问她怎么了，她告诉我，要把这个报告给你，但是不敢，我就勉为其难，给带进来了。”

丁忧翻开文件夹，“尿检结果显示，有迷幻剂代谢物……”

“忧忧……”欧加拉如春风般地看着她，“那女孩子好可怜，你不要太严厉了……”

“哦……”丁忧随口一说，显然没听进去，她把小猫放进一个大小正好的笼子里，竟然还用锁锁上，“这是高强度的钛合金笼。”

然后丁忧提着笼子，拿着试管、本子，问欧加拉：“许靖南和徐敬呢？”

欧加拉耸耸肩，“他们在楼下，因为剑桥实验室的行政主管也过来了，所以许先生需要和我一起去接人。我发现许先生的办公室里，竟然有好多美食制作方面的书籍，真是一个宜家宜室的好男人。”

欧加拉喜欢运用成语，但显然有的时候运用得不是很到位，但有的时候又能产生意想不到的效果。

“接完人之后，先把东西送到我这里。”丁忧吩咐。

两人走在走廊里，如此艳光四射的美女，是众人的焦点，好多人都偷偷地看欧加拉，显然欧加拉习惯并享受着这种聚焦。

“忧忧……”欧加拉说，“别斯特罗夫斯基先生特地提到了你，希望能与你叙旧，你不要去机场吗？”

丁忧摇摇头，“我不去，我不想与他叙旧。”

法医实验室楼下，许靖南和徐敬果然已经在了。许靖南换了件衣服，徐敬也清理干净了。

“钥匙挂在脖子上。”丁忧把小白猫笼子递给徐敬，“一定要看好它，不能让它离开你的视线范围，不管你在吃饭、睡觉、洗澡还是上厕所，一定要看好它！”

“是！”徐敬郑重其事地点头，“丁医生。”

“我要去电脑鉴证科看看。”丁忧说。

“他们已经破解了猫骨美人这个ID的密码。”许靖南说，“你可以去看一下，你不和我们一起去机场接别斯特罗夫斯基吗？”

丁忧摇摇头，“我不去。”

许靖南没有勉强，“徐敬回宿舍看好猫，欧加拉我们两个去机场接人，忧忧上车，我们带你到电脑鉴证科。”

刑侦学院很大，电脑鉴证科离法医实验室也有将近五公里，丁忧靠走的确有些远。

送完丁忧，许靖南和欧加拉前往机场。

许靖南在开车，欧加拉坐在副驾驶的位置，将近半个小时，两人之间没有交流。

终于欧加拉忍不住了，“许先生。”

“请讲，欧加拉。”许靖南微笑着。

“许先生，唐先生陷入泥潭之后，你为什么会接手特事科？”欧加拉问。

许靖南云淡风轻地一笑，“我失业了两年，需要这份工作。”

欧加拉决定套话，“不是因为忧忧吗？”

“特事科的性质决定很多信息是保密的，理论上说我接手之后，才会知道人员构成。”许靖南回答。

不管许靖南知道不知道，他的前任唐家林是给他挖了一个深坑。

欧加拉笑了，秋水般的明眸看向许靖南，许靖南正在专心开车，外面的行道树在窗外飞驰而过，“那么你接手前，怎么也应该知道特事科的性质吧？”

“我们解决无法解决的问题，在水面之下。”许靖南回答。

欧加拉似乎对这个回答还算满意，“许先生，我们解决问题都是在水面之下。我认识忧忧很久了，我甚至曾经为她的死讯感到悲伤。当她再度出现在我面前的时候，我很高兴，尤其是我发现，多年后她还是这种脾气秉性，我更高兴了。但是……我觉得，我越来越不了解她了，她有的时候让我很困惑，我觉得你也应该多考虑这些……”

“欧加拉，我也认识忧忧很久了。”许靖南一贯地温和，“你的消息来源很多，是不是听到了什么风声？”

欧加拉非常妩媚地一笑，“许先生，人都是有秘密的，友情提示你，多关注蛛丝马迹……”

在许靖南这个层次，有风吹草动，他当然不会一无所知，只不过他知道的有点多。

“那你现在知道什么？”丁忧问。

“因为猫骨美人用的是代理服务器，还没有追踪到真正的 IP 地址，要获得嫌疑人的住址，肯定要等一段时间，但是她的账号密码已经破译出来了，你可以登录上去看，不过……丁医生，你确定要看吗？”

丁忧没有理解对方又尴尬又害怕的表情，为什么不看？

在不怀好意的期待中，丁忧点开了猫骨美人的主页，先看了站内信。

除了小广告，第一个就是——

“我们法医实验室新来了一个首席法医，就没有见过那么冷血神经病的人！我希望她能被烧死在荒郊野岭，然后派我去鉴别这具烧得透透的尸体，我会得意扬扬地说，她就算烧成灰，我都认识！

“她姓丁，跟一个母夜叉似的，好像所有人都欠她一百万！就是一个冷血动物！一点人类的感情都没有！她真的好像不是人耶！我就没有见过她吃过饭、睡过觉！我们有一次为了证明，她是不是从来都不睡觉，故意凌晨一点打电话给她，说一个检测结果出来了，没有想到，她十分钟就到了实验室！也不知道她是从哪里冒出来的！

“传说，她天天晚上躺在解剖台上，多恐怖的一个人啊！

“她是一个工作狂，就要把所有人都逼成工作狂吗？我连和我男朋友去度假的时间都没有，再说早上迟到一两个小时算什么啊！至于要扣钱吗？不就是小数点算错几位吗？她能保证自己不出错吗？至于打回重做吗？多大个事儿啊！贱人！”

……

上班迟到一两个小时？精密测验算错小数点？多大个事？

丁忧摇摇头，她不敢苟同。

猫骨美人的私信很多，还有让她去看链接的，关于丁忧的有二十多条控诉。

看上去这些人其实并不忙，真忙的话，还能挖出这个猫骨美人？

“丁医生？”调查员很贱地问她，“需要我把这些人找出来吗？我绝对没有投诉过你！”

“不需要，如果我真的被烧死的话，你记得要去举证。”丁忧说，她想到了之前跟许靖南的对话，她问许靖南会不会雇用自己，许靖南非常干脆地回答说不会。

这个猫骨美人，真的把自己当成了正义战士了。

在私信里，有一条是：“看我相册”。

猫骨美人的回复是：“真可恶，哼哼”。

丁忧去看了相册，其中最引人注意的是两张，一个是市场办主任，抢一个衣衫褴褛的老大娘卖的烤红薯，大娘泪眼婆娑；还有一个是超市经理，正在训斥一个很土气的农村妇女，一个脏兮兮的小孩，拉着妇女的衣角号啕大哭。

照片评论是清一色的指责和诅咒，什么贪官污吏、狗仗人势、欺负弱小之类的。

她想起了那只小白猫，她需要做一些试验。

小白猫是喜欢帅哥的，乖乖地趴在笼子里，萌萌地眼巴巴地看着徐敬。

可惜徐敬意志坚定，不会招架不住把它放走。

徐敬有跑步的好习惯，当然不忘记看猫。

年轻身体好，他先脱光身上的衣服，再找换的衣服。

小白猫竟然惊恐地睁大眼睛，忽地闭上了，又忽地睁开了。

但是徐敬找衣服穿衣服很快，两分钟就完事了，小白猫圆溜溜的眼睛眨了几次，意犹未尽的样子。

电话响了。

“徐敬，”是许靖南，“二十分钟之后到刑侦学院门口，来取丁医生要的样本，给她送过去。”

外面的天已经完全黑了，但是徐敬不怕，他决定带着小白猫跑过去。

丁忧说得很直白，但欧加拉解释得很委婉，不过别斯特罗夫斯基此行也不是为了和丁忧叙旧，送样本用不着劳烦一位行政主管，他万里奔忙，只是为了一睹欧加拉的美人风采。

别斯特罗夫斯基是奔着欧加拉来的，一见之下，不虚此行，果然是大美女，名不虚传。

只可惜欧加拉不是很买他的面子，若有若无地总拿许靖南当挡箭牌。

十　意乱情迷的夜晚

夜晚的刑侦学院，地大人少，显得鬼气森森。

丁忧离开电脑鉴证科，走在没有路灯的小路上，冷风阵阵，她还在往法医办公室走。

“什么人？”丁忧厉喝一声，这么一喝，气场完全出来了，怪不得好多人怕她。

“丁医生！”徐敬提着猫笼子和样品箱跑上来，“我来给你送样品。”

徐敬先把手机递给丁忧。

“我让徐敬把别斯特罗夫斯基先生拿来的样本给你送过来了。”许靖南说。

“好的。”丁忧说，许靖南提了一句别斯特罗夫斯基，她也没有想起来应该向客人问声好，直接把手机还给徐敬。

“送她回去，徐敬。”许靖南说。

“是！老大！”徐敬回答。

别斯特罗夫斯基撇着嘴对欧加拉说：“那位小姐可完全没把我当回事儿，希望您这位美丽的小姐千万不要这样，否则我就太可怜了。”

欧加拉对他浅浅一笑，许靖南刚要挂掉电话。

“许先生，能把电话给我一下吗？”别斯特罗夫斯基对许靖南说，欧加拉充当翻译。

“别斯特罗夫斯基先生想和你说话，忧忧。”许靖南询问丁忧。

“我不是特别想和他说话。”丁忧一脸纠结。

但许靖南还是把电话给了别斯特罗夫斯基。

别斯特罗夫斯基在电话里谈笑风生，欧加拉太美了，所以他表现欲特别强。

欧加拉对许靖南说：“找到她了，我们也就放心了，我刚才非常忐忑不安呢！”

欧加拉的行为举止也反常。

许靖南敲着方向盘，欧加拉没往下说，因为有外人在。以过往经验来说，丁忧很容易在世界上消失不见。

虽然刑侦学院是一个相对比较安全的地方，但是这个世界上没有绝对安全的地方。

“他们在聊什么？”许靖南问欧加拉，领导都是有翻译的。

“扯一些没有用的事。”欧加拉仔细倾听，她只能听到别斯特罗夫斯基的话，听不到丁忧的，但是听着别斯特罗夫斯基话语间隔，丁忧应该没说什么，“在说研究生时候的学术奖学金……”

别斯特罗夫斯基笑得好嚣张，他就仗着丁忧远在千里之外，打不着他。

欧加拉忽然噗嗤一声笑了，“我想起来这件事儿了，这位先生和忧忧是同学，老别斯特罗夫斯基先生，也就是这位先生的父亲，是学院的行政主任，在一年级的时候，老别斯特罗夫斯基先生暗箱操作，把应该忧忧得到的进入高级实验室的名额给了这位花花公子，忧忧不同意，这位花花公子很嚣张地对忧忧说，你要是打得赢我，我就把名额还给你……”

他们在欺负别斯特罗夫斯基是外国人，听不懂中文！

许靖南笑了，“忧忧把他打了？”

“打得很惨……”欧加拉的表情很精彩，“唐先生出面才摆平，虽然惹了点麻烦，但是大快人心，好多人都讨厌这种仗着父母权势胡作非为的纨绔子弟。”

“他还说样本里面有一份报告，希望丁医生能特别注意一下。”欧加拉听了别斯特罗夫斯基的话，翻译给许靖南，两个人就像聊天一样，反正那外国人也听不懂他们在说什么。

“这位女士，还是这样的怪脾气……”别斯特罗夫斯基一直在摸自己的脸，他是典型的花花公子的长相，花花公子的心肠。

“你的脸怎么了？先生？”欧加拉从后视镜里看到别斯特罗夫斯基一个劲儿地摸自己的脸。

“我在怀念在学校的生活……”别斯特罗夫斯基把手机还给许靖南。

欧加拉笑而不语。

别斯特罗夫斯基以为大美人对他有意思，笑得更开心了。

他当然不知道欧加拉想的是，他怀念的是被打得像颗猪头吧？

“让徐敬加强戒备。”许靖南吩咐欧加拉。

“会发生什么吗？”欧加拉问。

“让他当心点。”许靖南没多说。

“报告？”丁忧把电话还给徐敬，“他就说了一句不是废话。”

“丁医生，我送你回去。”徐敬非常敬业。

实验台上，丁忧倒了一点牛奶给笼子里的小白猫，但是却被它打翻了，牛奶流了小白猫一脚。

“把它从笼子里弄出来，清理干净。”丁忧对徐敬说。

这细致活真不是大小伙子干的，小白猫太小了，笼子更小，徐敬笨手笨脚地把小白猫捞出来。

小白猫喵的一声叫了，四只小爪子并用，紧紧勾住徐敬的手臂，它真的不放心徐敬，担心他会把自己给摔在地上。

徐敬只能把它捧在胸前，要把它拿到水池边，给它洗脚。

但是小白猫相当不见外，直接贴在徐敬胸前，非常得意地喵喵叫了两声。

与此同时，丁忧翻开报告看了一遍，冷冷地看着躺在徐敬怀里相当受用的小白猫。她的眼神很冷，把小白猫吓得小毛脑袋全都埋进了徐敬的胸口。

“已经很晚了，”丁忧说，“你回去吧，把它锁在笼子里，一定要看好！”

“丁医生，我应该在这里陪你。”徐敬抱着小猫。

“你回去吧，你在这里没用，你会用这些仪器吗？我要留下来测这两个试管和颗粒样本。”丁忧指了指台子上放着的从老李身上抽出的血、从小猫身上抽出的血、鲨鱼皮纳米颗粒等。

徐敬不同意，“我在外面站着。”

“不要在我眼前，不要影响我工作。”丁忧不再管他，反正徐敬在外面站岗，会很安静。

只要小猫不叫就行。

已经很晚了，小猫会躺在笼子里，舒舒服服地睡觉。

当所有人都是工作狂吗？

老李的血样和鲨鱼皮纳米颗粒样本对照很容易，把成分分析一下，就对应上了。

但是小猫的血样，丁忧弄了很长时间，皱着眉头看着跟样本一起过来的报告，剑桥实验室的失窃报告，一群搞科研的人，做事情很认真仔细，钻牛角尖。

他们搜集证据虽然没有遗漏，但他们只收集到猫毛，猫毛上没有毛囊，根据猫毛做了成分分析，根据成分分析，得出了小白猫大致的生活轨迹。

丁忧对比了一下，猫毛和在老李办公室收集到的猫毛成分相同，是小白猫身上的。

让她为难的是那管猫血。

时间一点一滴地过去了。

徐敬已经做好站一通宵岗的准备，脚底下小猫呼呼睡着，跟一个小绒球似的，着实可爱。

通宵工作不是很容易猝死吗？

丁忧太把工作当回事儿，太不把自己当回事儿了。

他看了一下手表，凌晨一点了。

“回去休息吧。”一只手轻轻地拍了拍他的肩膀。

“是，老大！”徐敬没有磨蹭，立马拎着笼子走了。

他不是心眼多，他是乖。

徐敬走后，整栋楼就两个人了吧？

可能一楼门卫室里还有人，但是这里不会有人了。

“什么人？”丁忧专心致志地看着大屏幕，一脸凝重。大屏幕上是看不懂的图形，实验室里只有她一个人，所以她就把不需要的灯都关上了。

昏暗的灯光，液晶屏的光，显得实验室里有些阴森恐怖。

“忧忧，回去休息吧，明天再继续！”许靖南说。

“我在等……”丁忧说，“我在等迷幻剂在我体内失效……”

“迷幻剂？”许靖南吃了一惊。

“我们来的时候开的那辆车，油箱里被放了迷幻剂，我把油箱捅破了，淋了一身汽油，吸收了迷幻剂。”丁忧回答。

“你有什么感觉吗？需不需要看医生？”许靖南走近她，关心地问。

“我就是医生，这些剂量，可以自然代谢出去。”丁忧回答。

许靖南觉察到有点不对劲了，“忧忧，你还好吧？”

“还……好……吧？”丁忧一直在显示器的阴影之下，看不清她的脸，更看不清她的表情，只是能感觉到，阴暗中有种不祥的意味。

许靖南小心翼翼地走过去，他有些搞不清楚状况了，但是不管是第六感觉，还是他的观察分析，似乎没有什么危险存在。

他轻轻地碰了碰丁忧的胳膊，丁忧迅速地一抬手，把他的手甩到一边。

“你再离近点。”丁忧似乎很冷静。

难不成还会吃人？

许靖南不动声色，慢慢靠近丁忧，在她背后，大概离她的身体只有一拳的时候。

忽然形势巨变，丁忧以迅雷不及掩耳之势，霍然把许靖南扑倒。

“砰”的一声，许靖南猝不及防，被她压在身下。

丁忧虽然不重，但毕竟是一个大活人。

许靖南没动，丁忧手里没有武器。

“他把迷幻剂下在了汽油里……”

“忧忧，你还好吗？”许靖南问，虽然躺在冰冷的地上，语气还是很平和。

看上去，似乎不是很好……

有窸窸窣窣的声音，丁忧的手在黑暗中摸索着，她解开了好几颗纽扣，手指跟探针一样，大胆而直接。

过了良久……

许靖南紧紧把丁忧裹住，以防她乱动，“不行，这地方不行！”

“为什么？”丁忧在许靖南耳边问，温热而潮湿的气息弄得他很痒，这个男人血气方刚，男欢女爱、干柴烈火有什么不可以。

丁忧不知道徐敬已经回去了，她本就不太注意这些。

但许靖南不行！实验室里，这太没羞没臊了！

十一　不可告人的绝密文件

因为许靖南把丁忧的身体都固定住了，所以她只能去咬许靖南的脸和耳垂。

许靖南是正常男人，只能极端克制自己的反应，“别闹，回家上床，这里绝对不行！”

就在他们两个纠缠不休的时候，电话铃响了。

许靖南腾出一只手，在实验桌上摸到电话听筒，把听筒拽下来放在丁忧耳边。

丁忧吮吸着许靖南的嘴唇，听着听筒里的声音。

“我靠！真二十四小时待命啊，我还以为……”对方显然发现电话接通了，自知失言，赶忙说，“丁医生，IP 地址已经查出来了，是——”

电脑侦查科的宅人们真是好事！特地打了这个电话，看看丁忧是不是一天二十四小时都在工作状态，他们赢了。

报完地址之后，对方问：“丁医生，你要不要去？”

“有调查人员去了吗？”丁忧从许靖南身上稍微拔起来一点，她下面躺着的许靖南一直都没有动，她就躺在许靖南身上，歪着脖子在许靖南耳朵旁边打电话。

“有……”对方回答，语气有些不自然，他听到了一些声响，隐约觉得自己好像做了什么不地道的事儿。

“那我就不去了。”丁忧把电话挂掉，叹口气，脑袋垂了下去，抵着许靖南的额头问，“你喝酒了？”

“没喝。”许靖南回答，他身体很烫。

“你看显示屏上的东西。”丁忧对他说。

“我看不懂。”许靖南回答，他真看不懂，波形、柱形、一层叠一层的。

所谓闻道有先后，术业有专攻。

“地上凉不凉？”丁忧竟然懂得关心人了。

“还好。”许靖南回答，他其实觉得热。

“下面的对比项是我的DNA序列……”丁忧垂着头解释，“上面另一组DNA序列是……像不像？”

“这是你的专业，你如果说像，那就像了。”许靖南从地上起来，也把软趴趴地趴在他身上的丁忧扶起来。

总躺在地上，不是回事儿！

“我要2001年解密的美国中央情报局21897号档案全文。”丁忧说。

中央情报局的档案，她还真不见外！

“我要报复！”丁忧狠狠地说。

睚眦必报，是她的风格。

许靖南抱着她，搂着她的肩膀，轻吻她的额头，在她脖颈间深深地吸气，“太晚了，回去吧！”

“我脚软，走不了路。”丁忧瘫在许靖南怀里，“把我放在椅子上。”

丁忧现在很不爽，怒火腾腾，她对事不爽，对人也不爽。

“明天早上再说，先回家！”许靖南说。

“你回去吧，我在这里等天亮就成。”丁忧动着手指头，“我有睡眠障碍，不睡觉可以的。”

“你这么不吃饭、不睡觉下去，不行。”许靖南决定用强的，直接拖着她的胳膊，把她夹起来就走。

“你要去哪儿？”丁忧跟布娃娃一样任其摆布。

“跟我走……”

夜晚，欧加拉孤枕难眠，她虽然生性风流，却也很挑剔，别斯特罗夫斯基实在难以下咽。

于是乎她就开始看人事档案，有两种人，人事档案特别少。

一种是特别简单的人，一种是特别复杂的人。

特事科的人，大部分都属于后者，许靖南的档案，除了姓名之外，几乎一无所有。

“谜一样的男人……”欧加拉的手指头点着电脑屏幕上许靖南的照片，嘴角带着一抹笑。

她又把丁忧的档案翻了出来，丁忧的档案是另一种情况，好多好多，但是大部分都被涂黑了，“哎哟，宝宝，你做了不少坏事儿啊……”

回忆到过往的种种，欧加拉有些担心，悠悠地自言自语：“太危险了……”

“有人在调我的档案看。”丁忧说。

“没关系。”许靖南回答她，“能看到你档案的都是有权限的，权限不够也看不到什么。”

“你怎么有这么多做饭的东西？”丁忧看着许靖南的厨房问。

“我失业了两年，打算如果再找不到工作，就去当厨子。”许靖南笑着回答，是一句自嘲。

丁忧有些拘谨地搓着手，“你的西装和手帕，我给烧了。你去睡你的吧，我自己在客厅待着就行，我不会偷你东西。”

许靖南看着丁忧，两人对视了很长时间。

这时候许靖南的手机响了，他拿出手机，把丁忧推进卧室，关上门，“上床睡觉！”

他自己则看着紧闭的卧室门，在客厅里打电话。

丁忧趴在门上，仔细地听许靖南打电话，她头发没干，水一滴一滴地流到地上。

“你好，邱太太，没关系，不打扰，”许靖南接起电话，防窃听专线，“希望您能对我说实话，我们通力合作……”

他电话打了将近一个小时，那位邱太太也真是没办法了，大晚上打搅许大领导休息。

许靖南打完电话，关上客厅的灯，悄悄地拉开卧室的门，他想看丁忧有没有睡着。

丁忧下意识地向后退，但踩在水里，差点滑倒，许靖南眼明手快，一把把她拉住。

“怎么不睡呢？”许靖南把她扶住问。

丁忧刚才就站在门后，但她不能说自己一直在偷听许靖南打电话，所以她理直气壮地说：“你不跟我睡，我就不睡。”

黑暗中，丁忧的皮肤泛着莹莹的青色，她是一个肤色非常白的人，夜色里，却显得很诡异。

因为黑，所以看不清许靖南的表情。

丁忧把卧室的灯打开了，瞬间一亮，许靖南又立刻把灯关上了。

良辰美景，一夜无眠。

美好的一天又开始了。

许大领导真是一个宜家宜室的好男人！

大清早的，他竟然榨了豆浆、果汁、蔬菜汁，蒸了鸡汁小笼包，煎了鸡蛋馒头片，还拌了好几个凉菜……

他是不是受了刺激，一夜没睡，就一直在做饭？

不管如何，许靖南体力是真不错。

现在他坐在沙发上，大清早看着美食频道，上面正在讲怎么做佛跳墙。

“我觉得做做家务做做菜，可以让人冷静下来，心态平和。”许靖南面对电视机，背对着身后的丁忧说。

“不好意思。”丁忧说，从表情上看不出来她满意不满意。

“卫生间里有洗漱用品，我在二十四小时便利店买的，你洗漱完，吃点东西。”许靖南的视线一直没有从电视屏幕上移开，“我们集中精力处理眼前的事情，至于其他，来日方长。”

“好。”丁忧没精打采地回答，昨晚没开灯，她想看的看不到。

等丁忧进了卫生间，许靖南拨通了徐敬的电话。

“是！老大！”徐敬回答。

许靖南对徐敬布置任务，因为挖坑埋人，他比较擅长，丁忧只适合硬碰硬，要阴谋诡计肯定不行的。

徐敬的优点是服从命令，不问原因。

小猫在丁忧的试验台上，欧加拉在旁边卖呆，她还是涂香水了，不涂香水，她就觉得自己的美色没有充分发挥。

丁忧一如往常地表示抗议，抗议就是抗议而已。

“合理的分析解释应该是这样的。”丁忧对欧加拉说，也不知道欧加拉到底感不感兴趣。

但欧加拉是一个情商非常高的女人，表现出了相当感兴趣的样子。

“怎么样？我在听，我觉得这几个案子很好玩，不可思议，充满了奇思妙想！”欧加拉非常敬业地捧哏。

丁忧显然不太关心听众的感受，“剑桥实验室被盗的鲨鱼皮纳米颗粒，被犯罪嫌疑人用来作为迷幻剂在人体内的载体，这样的话，迷幻剂在人体内的发作时间与强度就可以被控制了。”

“你的意思是这几起案件，受害人做了一些匪夷所思的事情，是因为中了迷幻剂？”欧加拉真是一个好的捧哏。

“人的心底都是有欲望的，”丁忧想到了昨晚，“这是一种新型迷幻剂，它无限地放大了人心底的欲望和隐秘，模糊了真实与幻想的界定，受害人的行为是在迷幻剂作用下本我的释放。”

“解释一下？”欧加拉俏皮地歪着脑袋，手指头还去咯吱小白猫。

“例如那个超市经理，他做出那种行为，可能源于他对顾客的厌烦，加之又必须取悦顾客的矛盾心理。市场办主任，他一直都很不解他的女同事为什么要跳肚皮舞，肚皮舞有什么好跳的？但是他又不能去尝试肚皮舞，男的哪有跳肚皮舞的？宠物店长，为什么他不能作为一只宠物呢？有人照顾，又没有生活压力。那个新郎，他觊觎他岳父的财产和人脉，这些能改变他生活的资本……至于教导主任老李，他可能一直有着在自己老婆淫威之下出轨的幻想……”

“似乎有些牵强附会。”欧加拉耸耸肩。

丁忧点点头，“是的，人本身就很复杂。”

“人都会有些阴暗的想法，但是大多数人只是想一想而已。我们也想做一些疯狂的事情，但是理智告诉我们，不能做，然后我们就不做了，”欧加拉意味深长地说，“我虽然不想像这几位受害者一样惊世骇俗，却希望我能有这样神奇的药物，增加我的勇气，让我更勇敢地去追求自己想要的，忧忧，你呢？”

“我能克制住。”丁忧回答。

“为什么克制？克制什么？”欧加拉好奇地问。

“荷尔蒙导致的冲动。”丁忧回答，“力比多。”

“力比多？是不是性的欲望？”欧加拉笑了，“这需要克制吗？多美好的事物？”

“会带来死的本能。”丁忧不再继续讨论这个问题，转而说，“电脑侦查科已经查到了猫骨美人的IP地址，今早已经有鉴证人员去了那里，跟物业公司和联通网络核查过，房产和网络都是在一个叫作邱小福的青少年女性名下，中国籍，海关没有这名女子的出入境记录，现场也没有找到她，是一套一室一厅、一厨一卫的寓所，衣服和洗漱用具表明是一个人独居，房间里有猫毛，但是却没有猫砂、猫粮之类养猫需要的物品，还有反常的是，整个寓所里面，没有任何食物，米面粮油都没有，只有一箱牛奶……”

“现在的年轻人，哪有自己在家里做饭的？”欧加拉不以为然，“多大？十七岁？在中国十七岁自己住，有点太小了吧？”

“我六岁就自己住了。”丁忧回答，“邱小福的父亲很富有，在海外也有工厂公司和固定资产，邱小福虽然没有出入境记录，但是她母亲有，她母亲有英国国籍，剑桥实验室样品失窃的时候，邱小福的母亲正好在英国，出入境申报单上写，她携带有一只猫。”

“好像很合理，已经提交海关，禁止邱小福出入境了，但毕竟不是大案子，可能……”欧加拉说，“我猜想，海关检查不知道会不会很严格，但是特事科的面子很大，海关那边不会草率，可惜这只小猫猫了，这么可爱，要不然我领养得了……它主人都要逃之夭夭了。”

“你不能领养它，过两天我要解剖它。”丁忧很无情地说。

笼子里，小白猫吓得毛都炸了，很无辜、很可怜。

“你好残忍！心狠手辣！”欧加拉捂住胸口。

“交给徐敬。”丁忧提起笼子，正好徐敬走了进来。

“我觉得刚才的解释，关于人心底阴暗面的解释，还是有些不合理。”等徐敬提着笼子离开后，欧加拉对丁忧说。

“我也觉得心理学这东西就是胡扯。”丁忧说，“但是你听不懂也没关系，反正也不是讲给你听的。”

欧加拉点点头，她觉得，这姑娘真容易得罪人。

夜深人静，丁忧正对着电脑屏幕认真地写报告，周围很安静，只能听见电脑运行的声音。

忽然丁忧的电脑屏幕闪了一下，出现蓝屏，她眼睛眨也不眨地看着，半分钟之后，电脑自动重启，进入 DOS 界面，屏幕上蹦出一行字："不许解剖我的球球！小心我把你裸照发上网。"

"你怎么可能有我的裸照？"丁忧敲击电脑，打出了一行拼音。

屏幕上很快闪现了一张图片，是从脖颈到臀部的裸背。

"这是我吗？"丁忧看着那个裸背问，她不认识自己吗？

许靖南有些头疼地点点头。

"拍到脸了吗？有正面吗？"丁忧敲击键盘。

屏幕上又闪现了三张照片，有侧面、有正面，有清晰的面部。

许靖南喉结滚动，这是洗澡的时候被拍的，丁忧皮肤和发质都很好。

丁忧打量了一眼许靖南，眼神含义不明，在键盘上敲下一行拼音，"随意。"

然后她就把电源线拔了。

她把电源线拔了！

许靖南没说什么，但显然他有复杂的心理活动。

过了没几分钟，电话铃响了，铃声急促，丁忧过了一分钟才接电话，却什么都不说。

一个带着哭腔的声音从电话那头传来，"你怎么拔电源线呢！你怎么可以欺负我的球球！求求你，我给你打马赛克好不好？"

"猫在我手里。"丁忧说了一句话就把电话撂了。

是洗澡时的裸照，不是不雅照，但许靖南绝对绝对不想这些照片出现在网络上！

丁忧倒一点不介怀，"我要再看一下 21897 号档案。"

十二　GOD 之死

很多人都认为 21897 号档案中的实验是一个彻头彻尾的笑话，其实不然，美苏冷战期间美国中央情报局投入数千万美元的“窃听猫”计划绝不是一个笑话！

价值数千万美元的猫，只有那么一只，失不再来。

因为 21897 号档案被部分解密，所以“窃听猫”计划很多人都有所耳闻。

冷战期间，美苏两国间谍战无所不用其极，也促使相应科技快速发展。

美国在活体猫上植入了窃听装置，并改造了它的神经结构，使其可以被远程操控，在此项计划里，美国投入了数千万美元，失败了无数次，才制造出一个可以投入实战的窃听猫，在表面上，它就是一只慵懒而敏捷的猫，但它的身体里埋藏着窃听和收发装置，几百只猫都因为排异反应而死去，仅有几只幸存下来，而这幸存的几只还要接受神经再造，因为窃听猫需要去苏联大使馆搜集情报，而不是去撵狗捉老鼠，在神经再造后，只有一只猫可以被远程操控、有效服从指令。

这只可怜的猫，是幸运的也是不幸的，它被研究者们誉为上帝的宠儿，代号 GOD。GOD 在几次模拟实验中都出色地完成了任务，它按照远程操控的指令侵入过美国白宫和联邦调查局总部等戒备森严的地方，并向研究者们传送出了一些机密对话。

模拟实验的结果令人振奋，研究者们认为，GOD 可以轻易侵入苏联大使馆，并截获绝密情报。

在憧憬与兴奋中，GOD 开始第一次实战，研究者们在苏联大使馆附近把它放下，满心期待它迈着慵懒的步伐大摇大摆地钻入草坪，进入大使馆，优雅地趴在多勃雷宁大使的窗外，机敏地窃听大使一口俄语讲着红色电话。

但是计划赶不上变化，过高的期待带来无比的绝望。

GOD 扭着猫步直奔苏联大使馆，但它只走出十米不到，一辆轿车飞驰而过，把它撞飞了出去。

GOD 死了，没有人看清那辆轿车的牌照。

美国国务院拒绝再出几千万美元去制造下一个GOD，“窃听猫”计划因此而烂尾。

从解密文件上看，一只被寄予奇功希望的窃听猫在首战中竟然被汽车撞飞了！这个计划就是一个浪费了几千万美元的笑话而已！

但其实不然，这背后有更深层次的博弈，谁知道那辆飞驰的汽车是从哪里来的？大使馆附近，马路那么宽，它为什么偏偏把GOD撞死了？

在GOD刚被制造出来的时候，道高一尺魔高一丈的克格勃就通过秘密间谍知晓了它的存在，战斗民族解决麻烦的手段简单粗暴，不就一只吗？花几千万美元复制一个？划不来！对自己没有价值，那就撞死得了！

有可能是出于保密的考虑，也可能是觉得大马路上撞死一只猫动用外交豁免权太掉价，所以对GOD执行死刑的人车速非常快，逃得也一点痕迹都没有。

“剑桥实验室安保严密，但也有漏洞，它防人，但防不住太小的东西。”丁忧翻看报告，“进入二十世纪以后，生物技术发展得很快，在试验领域已经可以通过改写DNA编码避免基因缺陷或制造基因缺陷，也可以海选出符合要求的基因序列，因为有‘窃听猫’的实验基础在，所以他们选择了继续以猫做研究的捷径，筛选并改造DNA编码，培育出不会对金属和电磁波产生排异反应的猫，重构神经结构……我没想到的是，除了遗留的窃听装置外，他们竟然还在猫的眼晶体中放了微型监视器……”

“你真的要解剖那只很可爱的小猫吗？”许靖南问丁忧，重点是“很可爱”，他很少用这样显年轻的词语。

“虽然不可能批量生产，但那样的猫肯定不止一个，为什么不解剖？”丁忧反问。

许靖南什么也没说，丁忧身上不具备傻白甜的一丁点特征。

许靖南本能上不喜欢枪支合法的地方，他不喜欢海港城。

只要有足够的技术手段和权限，就可以对GPS芯片进行反向追踪，可以知道定位信息被反馈到哪里，小白猫的身体里，除了监控系统和窃听装置外，也植入了GPS芯片。

海港城远东酒店二十一楼的走廊里，富丽堂皇的欧式风格，从水晶灯到客房门框都是金光闪闪的。

一身金闪闪的欧加拉风情万种地站在消防通道边，眉目含情地问许靖南："用得着这么严阵以待吗？"

不远处的一间客房门前，聚集着荷枪实弹的突击队员，拿着冲锋枪的徐敬站在最前面，还有两个小伙伴跪在地上手里拿着撞门器。

"以防万一。"许靖南回答，手里拿着对讲机一声令下，"上！"

欧加拉轻轻吸气，心里盘算着实木的橡木门要赔多少钱。

三秒钟，训练有素的突击队员就破门而入；十秒钟之后，一声尖叫响起；十五秒钟后，徐敬通红着脸跑了出来，对许靖南喊："老大，安全！"

"欧加拉，请。"许靖南很有风度。

欧加拉飞了一个媚眼，摇曳生姿地向客房走去。

一个精灵似的少女裹着被子缩在床上，声嘶力竭地大喊大叫："你们这是非法入侵！是非礼……"

许靖南没有进门，而是把其他人都招呼出来，徐敬的脸依然跟火烧一样红。

欧加拉看许靖南把门关上，不动声色笑吟吟地看着少女。

这少女很漂亮，瘦、幼、白、美，长发披肩，一双古灵精怪的大眼睛如猫咪一般，她用力地捶着床铺，"你们欺负我，我要找我妈妈！我要找我爸爸！"

"小朋友，"欧加拉端详着自己精致的指甲，"穿好衣服跟我们回去吧！你爸爸妈妈管不了你这个熊孩子，所以放弃了。"

少女睁着大眼睛，警惕地看着欧加拉。

欧加拉水汪汪的眼睛笑意盈盈，"那几个小伙子可都是身强体壮、秀色可餐，你有什么吃亏的！"

少女的大眼睛转动了一下，吃吃笑，"闯进浴室的哥哥最帅！"

许靖南不擅长电子产品，但他还是亲力亲为把收缴到的手机、笔记本电脑等都过了一遍。

案犯邱小福的罪行证据确凿、无可抵赖。

不过她手里有这么强大的武器，却只做了几场恶作剧，实在是太有钱任性了吧？

这种事情定案的话，还不好定，危害公共安全罪？案由和案发经过又不可能公开。

而且邱小福的父母真是大手笔，为了让女儿免于刑责，竟然无偿提供了十只猫。

丁忧看着试验台上摆着的一排猫笼子，十只形态各异的猫，果然还是那只小白猫看上去最机灵可爱。

丁忧有点过敏，打了一个喷嚏，“有钱就可以无罪开释吗？”

欧加拉非常轻佻地看着那些猫，“有钱能使鬼推磨，有钱就是了不起，小白猫球球你可不能乱动呀！”

丁忧又打了一个喷嚏，一脸嫌弃，“把这十个东西拿走，不要放我这里！”

“少安毋躁，就在你这儿中转嘛，等软件和终端到了，国安局会来人一并拿走的。”欧加拉看着自己的指甲，“邱小福的父母是我见了都要礼让三分的人物。”

“无聊。”丁忧非常简洁地概括了邱小福的行为。

欧加拉深表同意，这小家伙以为自己是宇宙无敌超级美少女战士，以为自己是手持达摩克利斯之剑的战士。

丁忧从笔筒里面拿出一把手术刀，轻敲桌面，打量着那十只猫。

欧加拉大惊失色，“忧忧！千万别上手！这些猫一只就价值五十万美元！”

丁忧还没动手，只见许靖南不知道从哪里冒出来，一个箭步上前，把丁忧的手腕钳住，把手术刀甩回笔筒。

“进来吧！把猫拿走！”许靖南对门外说，只见几个穿工作服的人鱼贯而入，一言不发地提着猫笼子，就把猫都拿走了，这些人看着很平凡，一点特征都没有，就像宠物店的工作人员一样。

这才是最厉害的地方，他们像各行各业的普通人，泯然于众。

丁忧扭动手腕，许靖南触电似的把她的手腕放开。

欧加拉察言观色，了然于心。

“我先去送人。”许靖南又匆匆离开，这几天他很忙，要打点方方面面的事情。

“你们背着我干了什么事儿？”欧加拉凑在丁忧面前问。

丁忧看着欧加拉，她不知道欧加拉指的是什么。

欧加拉摇着一根手指，非常精明地打量着丁忧，“你做任何事情都是有目的的！为什么？”

“我要找证据，要么被他藏起来了，要么在他身上，我认为他身上应该有一处非常有价值的文身。”丁忧一本正经地回答。

“什么文身？”欧加拉问，她觉得丁忧在玩火。

“我没看到。”丁忧回答。

“怎么可能！”欧加拉难以置信。

“首先，没开灯；其次，脱衣服太慢，穿衣服太快。”丁忧面无表情地回答。

欧加拉噗嗤一声笑了出来，她实在受不了丁忧说话这么直白，毫无美感，“精诚所至，金石为开，多几次总能看到！但是忧忧，我的建议是，深渊会吞噬你，不要深陷在过去！”

十三　眼见未必为实

邱小福坐在会客室的沙发上，抱着小白猫球球，一个劲儿地嘘寒问暖："球球！我真的对不起你，那个可恶的巫婆有没有欺负你……"

"你利用这只猫，入侵了剑桥实验室，偷窃了鲨鱼皮纳米颗粒，你也利用这只猫给几个被害人下了迷幻剂……"许靖南站在邱小福对面。

邱小福穿着一身粉色的公主裙，看上去特别乖巧可爱，但却是一副死猪不怕开水烫的表情，她父母有钱有势，谁也奈何不了她！

"我们看看教导处主任老李的几个学生对他的评价，这是老李住院之后，他以前的几个学生自发为他录的。"斜倚在窗前的欧加拉说。

一个三十岁左右的男人出现在视频里，端坐着说话："李老师，我希望你赶快好起来，这是我奶奶在庙里求的符，你千万别骂我封建迷信啊！我奶奶是农村人，她就是认为你被附身了，一定要让我给你带来！其实在上学的时候，我很讨厌你！你就是一个暴君！当时就那个想法，你也得承认，你长得凶神恶煞的，大嗓门，脾气暴，骂人很不好听……我不听话，经常在走廊里被你罚站、写检讨……我是奶奶带大的，爸妈都不管我，你说我奶奶养我倒了八辈子霉，将来不能指望我给她老人家养老送终，她老人家还得天天去给我送牢饭，听了你这话，我恨死你了！决定一定要出息，孝敬奶奶，让你好好看看！后来你也知道，我还真考上了国本大学，现在也有了一个好工作，老婆也好，奶奶刚有了重孙子。我上大学之后，奶奶跟我说，那时候你天天晚上下班之后，都去奶奶的菜摊把剩下的菜买走，让奶奶赶紧回家去，也不知道你家里怎么能吃得了那么多的菜。奶奶还说，你不让奶奶告诉我，说我很聪明，但是没有动力，憋着一股劲儿，才能冲出去，我现在生活好了，觉得最应该感谢的人，真的是你！李老师！"

有人走进视频里，是一个少妇，抱着一个一岁多的宝宝，还有一个老态龙钟的老奶奶，一直找不到镜头，坐好之后，一家四口齐声说："李老师，你赶快好起来吧！"

之后还有好几个人，都表达了对老李的感激和回忆，希望他能好起来。

老李当了十多年教导主任，学生很多，视频时间挺长的。

许靖南看到丁忧一脸不爽的表情，决定从现在开始，把邱小福这个叛逆少女全权交付给欧加拉。

“球球？”欧加拉对邱小福说，“你妈妈告诉我，你小名也叫球球，球球，你觉得老李踢猫，脾气差，是坏人吗？”

邱小福的眼神有些黯淡。

“至于其他人，球球，”欧加拉和颜悦色，“那个新郎官的确是一个渣男，他活该，但是他的前女友，这个女人也真是蠢得够呛，你可能没有再看你作弄渣男后她的帖子了，她竟然说，她心疼渣男，她还跑去看渣男，渣男为了表示对新娘子的忠心，竟然在大庭广众之下把她打了一顿，她不思悔改，认为渣男打她是因为在乎她，我也无话可说了……”

哼！自作孽，不可活！邱小福翻了一个白眼。

“好吧，市场办主任吃猫，他的确有这个爱好，以你的角度，他可以不算好人，但其实他抢大娘的烤红薯，大娘哭得很委屈的那张照片，只是角度问题，你看其他的几张照片……”

欧加拉接过许靖南手里的遥控器，把好几张照片放了一遍：“你能看出来了吧，其实是大娘要把红薯塞给市场办主任，你可以理解为行贿受贿，毕竟市场办主任也有一定权力，但是放照片到网络上的人，只放了那颠倒黑白的一张，可真是有无事生非的嫌疑。”

“超市经理，那件事的起因，有很多证人可以作证，双方都有问题，那个小孩子在超市的地上拉了臭臭，但是他妈妈却不想处理，认为这应该是超市保洁的工作，两人就吵起来了。”

“至于宠物店长，你站在自己的角度去评判吧！”

小白猫喵了一声，邱小福脸上有了羞愧的表情。

眼见未必为实，因不了解而产生偏见是不成熟的表现。

“你以为你是正义战士，但这些都是冤假错案，如果老李从楼上掉下来，他很可能会死亡或成为植物人！你对我下的迷幻剂会在短时间内影响我的智商和判断力！”丁忧非常严厉。

“我错了，对不起。”邱小福带着哭腔小声说，“但是对于你的遭遇，我不觉得我有错呀……”

邱小福打心底里觉得，对于其他受害者，她真是错了，但对于丁忧这个魔头来说，她的所作所为绝对是匡扶正义、大快人心的。

“犯了错误就要接受惩罚，得罪我就要付出代价，我才不管你爸妈是谁！”丁忧说着，以迅雷不及掩耳之势在邱小福脖子上扣了一个银白色的项圈，看上去还挺好看的，和邱小福衣服颜色很配，跟 cosplay 一样。

项圈上闪了一下红色，又变为绿色，邱小福惊恐地扒拉着项圈，“这是什么？你要对我做什么？”

“你会知道的。”丁忧不做解释，转身就离开了会议室，许靖南跟了出去。

会议室里就剩下了邱小福、欧加拉，还有一直没有存在感的徐敬。

邱小福泪眼婆娑地看着欧加拉和徐敬，她脖子上的项圈是什么东西？丁忧要对她做什么？

但是欧加拉也不知道那是什么东西，徐敬更不知道了！

许靖南把丁忧拉进自己的办公室，“忧忧，不需要表现得那么强势，会适得其反。”

“怎么了？我就是一个有仇必报的人。”

“你惩罚邱小福，是因为她犯了错误，而不是得罪你，”许靖南分析，“但是你这么一说，她反而不会关注自己犯了什么错误，而会单纯地认为，是得罪你才遭罪，这样，首先不利于她自我反省，其次不利于你们两个人之间的关系。”

“我讨厌这种人，仗着父母权势为非作歹、横行霸道，却不用付出任何代价！一点也不在乎他们对受害者造成了多大伤害！”丁忧怒道。

父母丧，为丁忧，没有古文常识的人，不会起这个名字，但有古文常识的人，也不会取这个名字，寓意不好，除非它表示实际情况。

许靖南揉着丁忧的肩膀，“直到现在，邱小福本人和大部分人，都不认为她做了不好的事，甚至一些人会认为邱小福在惩恶扬善，邱小福自己也以为自己是一个正义战士。”

“那个教导主任老李差点跳楼，会成为植物人！”丁忧说。

“老李的脾气和行为，让人误解为他是一个坏人，但其实不然，六中里面有一些家庭困难的学生，他会在后面为他们争取学生补助，但是在前面，他也会不留情面地责骂他们，出于学习、纪律等原因。作为一个重点中学的教导主任，他有很多生财的途径，但是他现在仍然住在旧楼里，家境甚是贫寒。他不是一个坏人，只不过表现得不是那么让人喜欢，同样，忧忧你也是，你的心是好的，你的姿态不那么让人喜欢。”

“嗯？”丁忧疑惑地看着他。

许靖南真是当领导的料，这么喜欢谈心，“人需要温和的外表，真正的强大不是表现得强势，我知道你的想法，但是现在的你不需要武装，你要让人了解你，被了解，就会被喜欢。”

丁忧摇摇头，“我不希望被了解，不希望被喜欢，如果一个人了解我，就不会惧怕我了。”

“重视与尊敬，不来源于恐惧，”许靖南微笑着问她，“被人喜爱与平等相待不好吗？”

丁忧摇摇头，小声说：“我不习惯，我现在所得到的一切，都是自己争取的，我不习惯。”

“你是一个战士。”许靖南无奈地笑道，“希望越来越多的人能看到表象之下。”

丁忧看了许靖南三分钟，他在有些事情上很磨唧、躲闪、瞻前顾后，“你的目的不是对我进行心理疏导，想问什么就直接问。”

许靖南有点尴尬地抿嘴，“哦，是有点事情想问你。”

十四　风雨欲来

丁忧等着许靖南发问，她大概知道许靖南想问什么，但没想到许靖南竟然问她，邱小福脖子上戴的是什么。

他果然是一个避重就轻、有话不说的人！

丁忧嘴角一挑，从随身带的工具箱里抽出一份说明书，扔到许靖南办公桌上，“自己看吧！”

许靖南瞟了一眼说明书，“你知道我不懂英文。”

丁忧皱着眉头，忽然把工具箱放在许靖南的办公桌上：“把衣服脱了！”

许靖南笑了，打量着工具箱，这箱子里有不少东西，他很坚决地回绝：“这里绝对不行！”

“手伸过来！”丁忧命令，在许靖南伸过来的手掌上写了两个字，“我写的是什么？”

许靖南看样子出身不错，家教也好，但他的手绝对不属于一个养尊处优的人，他没种过地，但绝对没少玩枪。许靖南能感觉到丁忧冰凉的指尖在自己手上写了什么字，“文身。”

“你身上有一处文身，你知道文身的内容！”丁忧看着他，眼神坚定。

许靖南笑了，“我身上没有你能看到的纹身，在合适的地方、合适的时间，我可以脱下来给你看。”

丁忧探视着许靖南的眼睛，他是一个深不可测的男人，“你什么时候知道的？”

许靖南有强大的内心和自制力，所以他现在还可以保持与丁忧的眼神交流，“事发之前，我就知道将要发生什么。”

丁忧的脸色变得惨白，心底的乌云浮了上来，她一把扯过工具箱。

邱小福可怜兮兮地抓着脖子上的项圈，“这是什么东西呀！大美女！大帅哥！”

“挺漂亮的嘛，跟你的衣服相得益彰！”欧加拉笑吟吟地摆弄项圈，“这怎么打开呀？也没有挂钩，也没有锁孔的……”

“是声纹解锁，还是指纹解锁？天呀！那个巫婆要对我做什么？”邱小福叫嚷着，未知才最可怕。

就在她们努力研究项圈的时候，忽然门外传来一声巨响。

徐敬一个箭步就冲了出去，欧加拉和邱小福也跟了过去。

只见走廊里烟尘滚滚，烟雾警报声大作。

“发生什么事了？要报警吗？”欧加拉紧张地问。

“不用！等一会儿烟雾就会散了！”警报声停止，许靖南的声音从烟雾中传来。

烟雾虽浓，但散得挺快，只见许靖南办公室的门大开着，他整个人似乎站在废墟中一般，难得的是，他的衣衫还挺整齐，“徐敬，帮我把书架立起来，把书放回去。欧加拉，麻烦帮我把这份说明书翻译一下。”

“这是怎么了？天崩地裂了吗？”欧加拉瞠目结舌。

许靖南显然不愿多说，他把说明书交给欧加拉，招呼徐敬：“欧加拉，把说明书内容解释给邱小福。徐敬，我们两个把办公室收拾出来。”

邱小福一双大眼睛里满是惊恐，这怎么像恐怖袭击一样？

“姐姐！这是发生了爆炸吗？”会议室里，邱小福瑟瑟发抖。

欧加拉不知道。

但邱小福连珠炮似的发问：“是那个恶毒的、要解剖我球球的巫婆吗？我看她都不在，她好恐怖呀……”

“不要想当然，不一定是她做的，”欧加拉虽然这么说，但底气不足，“我们还是看一看这个说明书吧！上面说，你这个项圈好像是一个定位装置，可以设定声纹解锁和指纹解锁，咦，这里面夹了一张纸条，上面写，延时启动的定位装置，三小时后程序启动，佩戴者的活动范围不能超过定位点周围六平方米，超过之后，项圈释放电流，会产生八级疼痛……”

邱小福的表情更加惊恐，“真的吗？定位点在哪里？现在过了多久了？赶紧让我去！”

她先入为主地认为丁忧可以炸了许靖南的办公室，还有什么事儿做不出来？

恶人果然还需恶人磨。

邱小福紧赶慢赶跑到了定位点，一间比连锁酒店还要逼仄的小房间，丁忧已经站在房间里等她了，丁忧难道是变魔术的吗？

“你要是想尝试八级疼痛是什么感觉的话，就往门外走一步，但是当你下一次再出范围的时候，就会变成九级疼痛，所以要慎重。”丁忧对气喘吁吁的邱小福说。

邱小福怒极，握着粉白的小拳头，“你这个恶魔，你会下地狱的！”

丁忧冷冷地看她，毫无感情地回答：“我已经在地狱中了。”

邱小福看着丁忧的样子，忽然愣住了，不知道应该说些什么。

欧加拉有些紧张，心不在焉地对邱小福说：“犯错误就要接受惩罚。”

丁忧缓慢地走出房间，她脚下一个踉跄，却正撞上了门外的许靖南，“小心，我是地狱里的魔鬼。”

邱小福“哇”的一声哭了出来，“我做错什么了吗？”

她做错了好多事，但跟丁忧现在的状态没有关系。

许靖南想去扶丁忧，却又犹豫不决。

“闪开！”丁忧推开许靖南，走了出去。

“我不知道前因后果，我跟着去看看！”欧加拉匆匆追了上去，匆匆地对许靖南说。

“她知道了。”许靖南低声回答欧加拉。

“你如此善于伪装的人！难道这种情况不会撒谎吗？”欧加拉怒火中烧。

邱小福惊恐地看着一切，可怜兮兮地坐在了床上。

“这里跟连锁酒店的经济间差不多，有卫生间和浴室、床、电视机……你还需要其他的东西吗？”许靖南竟然还是一副和蔼可亲的面孔。

“可以要……”邱小福小心翼翼地问，“可以要一台电脑吗？”

“可以。”许靖南耐心而和善，这让邱小福更加认定丁忧是神经病了。

丁忧根本走不快，所以欧加拉很快就在电梯间里追上了她。

“你也知道吧？”丁忧冷静地用伸缩拐杖敲着电梯按钮。

欧加拉点点头，她妩媚的面容蒙上一层阴影。

“他事先就知道！”丁忧冷静地走进电梯，“你知道他事先就知道吗？”

欧加拉站在丁忧身侧，很艰难地回答：“我是过了好久才知道的。”

丁忧嘴角噙着一丝冷笑，“很好。”

她头也不回地走进了明媚而冷冽的阳光中。

夜里，欧加拉躺在邱小福监禁室的床上，“你现在还认为自己是一个正义战士吗？”

邱小福摇摇头，非常羞愧而难过。

“你怎么看丁忧这个人？”欧加拉问邱小福，“实话实说。”

“恶毒、讨厌、恐怖，不近人情、神经病……”邱小福对丁忧是满肚子怨气。

“我喜欢她……”欧加拉悠悠地说，“我喜欢她的执着、坚强、勇往直前、九死不悔。小朋友，你要学会透过现象看本质，不能因为不了解就妄下断言，你不知道忧忧经历过什么，她曾经是最年轻的心外科主刀医生，前途不可限量，但却卷入了谋杀阴谋，断送了职业生涯，之后她去金三角地区当无国界医生，她所带领的医疗小组被毒枭绑架，在一次武装冲突中，除她之外的小组成员全部遇害，她的腿就是在那时候出事儿的……”

邱小福靠着欧加拉丰满的胸部，一语中的，“她怎么那么倒霉！”

欧加拉不能多说，丁忧是一场影响深远的阴谋的牺牲品。

“不管对人，还是对事，不要因为主观感受就妄下论断，不要再理所当然地犯错了！”欧加拉轻轻地拍着邱小福。

欧加拉心绪不宁，她隐隐觉得，一场翻天覆地的风雨将要袭来。

第二辑

漫长的婚约

刑侦学院停尸间男尸忽然复活，引起一连串诡异事件，法医大楼倒塌、市法医实验室遭到打砸，尸体被强抢火化……一段陈年旧案浮出水面，幕后黑手究竟是谁？

法律，有多少人可以逍遥法外？

道义，谁知复仇者最后的哀鸣。

一　天崩地裂

欧加拉穿着一身大红色的紧身裙，挽着一个大红色的爱马仕铂金包，蹬着一双大红色的细高跟鞋，抱着一只雪白的小猫，婀娜多姿、顾盼生辉地走在法医大楼冷清的走廊里。她是过来找丁忧的，但她推开丁忧办公室的门，里面却是空空如也。

就在这时，警铃大作。

欧加拉抱着小白猫，茫然四顾，“发生什么事情了？”

不知道从哪里冒出来的徐敬匆匆忙忙冲进来，“欧加拉！下楼！”

说着，徐敬提起欧加拉手中的小白猫球球，率先冲了出去。

整栋大楼的警铃不停地嘶吼着，警示灯不停地闪烁着。

平时根本不知道法医大楼里有这么多人，一出事儿，人全拥出来了，好像从老鼠洞里钻出来似的，大家都埋头狂奔，拥进消防通道，有序撤离。

秩序井然、毫不混乱，从这里就能看出专业与非专业的区别。

欧加拉顺便拉住一个经过她身边的小伙子，问道：“先生，发生什么事了？”

那小伙子本来想甩手走开，但冷不丁瞥了欧加拉一眼，立刻定住了。

好美丽的女人，他有目醉神迷的感觉，嘴巴张大，愣住了。

“先生，发生什么事情了？”

小伙子被欧加拉的美貌所震惊，吭哧吭哧地憋红了脸，“说是地下停尸间发生事故，需要全楼撤离，美女，赶紧走吧！”

欧加拉松开手，笑道：“谢谢！”

她是典型的桃花眼，眼含秋水，眉目含情，任何时候都让人感觉到热情、亲切，当然也风骚。

小伙子站在原地，半天舍不得离开，从此，他火热的心里，要常驻一位不可取代的女神了！

停尸间，全都是死人，能发生什么事故？

不过现在地面震动，仿佛楼都要倒了一般。

“欧加拉！”徐敬又跑回到她身边，他刚才给许靖南打了一个电话，“老大让我们立刻离开这栋楼，撤离到外面的安全地带，请跟我走！”

徐敬肚子那块鼓鼓囊囊的，还不停地蠕动，原来是为了方便，他把小白猫球球放进了衣服里，衣服塞到裤子里，像一个袋鼠一样。

欧加拉点点头：“嗯。”

就在这时候，整栋大楼震动了一下，“砰”的一声，对面实验室的窗户碎了一地，实验室里的小白鼠也开始躁动不安地在笼子里打转。

欧加拉穿着细高跟鞋站不稳，徐敬连忙抓住她的胳膊，欧加拉顺势倒向他的怀里。

美人在怀，徐敬窘迫得脸都红了。

但却未曾想，欧加拉倒进去，刚好压在了徐敬的肚子上，那里还有一个球球呢！

小白猫喵的一声尖叫，被压得痛极了，四肢爪子乱抓，快要钻进了徐敬的裤子里。

徐敬连忙把欧加拉推开，紧紧裤子，把球球往上推了推。

“不好意思！”欧加拉道歉，“我没站稳。”

大楼不停地晃动着，玻璃接二连三地碎落，桌子上的物件啪啦啪啦地往下掉……

“欧加拉！快走！”徐敬急道。

欧加拉点点头，在徐敬的拖拽之下，往消防通道里跑去。

好多人在低声议论。

“他妈的！当初谁没事儿闲的，要把易爆物品仓库设在停尸间旁边的啊！”一个人骂骂咧咧地说。

“停尸间里不都是死人吗！死人不是很安全吗！不是说易爆物品放在那里最安全，不会有人偷！”

“妈的！想偷放在哪儿不能偷？一会儿刑侦学院炸飞了，大家一起上天，就都安全了！”

“别说那么晦气的话！”

“怎么回事儿？有人偷东西，偷到刑侦学院来了？”

“不是！说是运来一个尸体，在停尸间诈尸了！”

“诈尸，就是诈了一具尸体而已！楼怎么会动？”

“谁知道？！”

活见鬼！

“诈尸？”欧加拉问徐敬。

“不知道，老大没说。”徐敬回答。

说着，两个人随着大队人马冲出大楼。

欧加拉整理好衣服，提好高跟鞋，正色问徐敬：“我头发没有乱吧？妆没花吧？”

徐敬有些茫然，不知道应该怎么回答。

“男人啊！”欧加拉无可奈何地摇摇头，“把球球拿出来，我要问邱小福。”

邱小福被关在监禁室里，已经快疯了，所以欧加拉经常把球球抱出来到处溜达，球球体内有监视设备和窃听装置，它看到的和听到的可以通过电脑反馈给邱小福，邱小福只能过过干瘾！

徐敬把球球从怀里掏出来，在欧加拉的指导下，托着球球的腋下，把它平举在胸前。

球球可真狼狈不堪，软趴趴的，耳朵耷拉，一身乱毛黏在身上。

欧加拉手机响了，是邱小福打来的电话：“大美女，你美得无懈可击，话说刚才电脑屏幕晃得我都要吐了！”

难得欧加拉逃命还逃得这么美，小白猫球球一副生无可恋的表情，拼命想往徐敬怀里钻。

它觉得自己很难看，也不想见人。

雌性动物的通病啊！

欧加拉环顾四周，惊问道：“忧忧呢？”

大楼前空地上站了很多人，却没有丁忧。

而法医大楼兀自不停地抖动着。

警笛声轰鸣，只是几分钟，就有两装甲车的特警，呼啸而来。

“各科室、各部门负责人清点人数！”许靖南从装甲车后面闪现出来，很有派头和气场。

有一小堆人，在窃窃私语。

“西南方向说话的那堆人，怎么了？”许靖南拿着扩音喇叭，站在空地中间的大型雕像的石台上问。

这样一来，他能比大部分人高出半米。

西南方向，又窃窃私语地嘁嘁喳喳半天，终于推出了一个大嗓门的人，吼了一嗓子：“我们的负责人丢了！”

“哪个部门？”许靖南问。

“法医科学！”大嗓门的人号叫着，“丁医生不见了！”

二　诈尸

“还有没有少其他人？”许靖南拿着喇叭问。

“有尸体进入停尸间……”大嗓门的人中气很足，离得老远喊，声音还挺大，“要负责人签字！丁医生在，运尸车的司机、搬运工，至少两个人！”

这时候，一个中年胖子从远处一颠一颠、气喘吁吁地跑过来，许靖南看他跑过来，从石台上跳了下来。

“我觉得，特事科对刑侦学院应该没有管辖权。”欧加拉低声说。

许靖南远远地对徐敬和欧加拉招手。

“第一批搜救人员进入大楼主体！注意搜索生命迹象！”许靖南对一个全副武装的人吩咐，“注意自身防护，先到易爆物品仓库，做排爆……”

全副武装的人点点头，做了一个手势，带着一小队人马鱼贯进入大楼。

这时候，又有警笛声响起。

消防车和救护车来了，消防车来了三辆，救护车来了两辆。

“这是刑侦学院人事负责人林书记。”许靖南把中年胖子介绍给徐敬和欧加拉。

林书记看来很缺乏锻炼，脸红脖子粗，汗水直流，满头大汗地跟徐敬和欧加拉握手，“幸会！幸会！”

消防车里下来几个消防员，大声嚷嚷着：“谁是负责人？谁是负责人？出来一下！”

林胖子赶紧招手，“我是！我是！”

“我们人要进去了！”带头的消防员火急火燎地说，“赶紧简单介绍一下情况！”

林胖子抹着一脑门的汗，支支吾吾，说不出话来。

人命关天，许靖南可顾不上是否会越俎代庖，“这座大楼负二层和负三层是停尸间，负二层西侧有一个易爆物品仓库，仓库里面有几个储藏区，最里面的储藏区存放有烈性炸药，大概十五分钟前，大楼主体有剧烈震动，估计是一个储藏区爆炸了，其他储藏区目前为止应该没有爆炸，否则这栋大楼便会被炸毁！你们来之前，已经有一队特警分队，共十人小组，进入大楼主体排爆，他们的对讲机频率是530MHZ。诸位进去之后，互相联系，互相协作，在停尸间里，至少还有三个人被困！”

许靖南说得很快，林胖子在他旁边，一个劲儿地点头。

消防员也频频点头。

“有任何进展，我们会和你们联系！”许靖南额头上已经沁出了细密的汗珠，他转向林胖子，“林书记，麻烦尽快调出这栋大楼的施工结构图和建筑平面图！”

风风火火地又冲进去一队消防员，林胖子已经手足无措，说：“这个东西，这个东西……应该在档案室！”

“徐敬！”许靖南对徐敬下命令，“跑步前进！去取法医大楼的建筑平面图和施工结构图！跑步去，跑步回！”

“林书记，请打电话，让档案室的人员赶快找出图纸，送出来！有没有电子档案？如果有的话！尽快发送过来！”

“欧加拉！你去西南方向，法医科学部门那儿，询问事情经过！”许靖南对欧加拉说。

“好的，许先生。”欧加拉点点头，穿着高跟鞋，快步走过去。

林胖子抹着满脸的汗水，打电话，彩铃声很大。

是定制的彩铃。

“你要找我吗？嘿嘿，我就是不接电话！你很着急吗？嘿嘿，我就是不接电话！急死你，急啊急死你……”

可能这号码的主人，选这个彩铃只是觉得标新立异，但是现在真是应景了。

林胖子急死了，但是对方彩铃停止了，从让人恨不得打其一顿的欠揍彩铃，变为了更加让人绝望的电子女声：“您所拨打的用户，暂时无法接通，请稍后再拨……”

在林胖子给档案室的人打电话的同时，许靖南也在不停地拨丁忧的电话，丁忧的电话更干脆。

"您所拨打的电话已关机……"

是已关机而不是不在服务区，因为丁忧几乎从来不用手机，所以许靖南打的这个电话不一定在哪里。

"徐敬！去档案室，直接破门而入！自己找图纸！让邱小福帮你！"许靖南又给徐敬去了一个电话。

只能这样了，徐敬指望不上什么人了！

下午两点，正常上班时间，法医大楼里清出一批人，但是档案室怎么没有人呢？

办公室座机没有人接，个人手机也没有人接。

欧加拉办事效率很高，法医科学部门男性居多，都是中青年男性，她这么一个风情万种的大美女去问话，当然一问十答，言无不尽。

她向许靖南招手，许靖南跑过去。

"许先生，大概是这么一个情况！我说得言简意赅一些！"欧加拉指了一下围绕在她身边的人，照顾得面面俱到，"一个小时前，运尸车从省医院送来一具尸体，忧忧去签收；半个小时前，这位小李跟忧忧、还有两位抬尸工将尸体送进停尸间；十五分钟前，停尸间警报响起，紧接着就是易爆物品仓库的警报，易爆物品仓库的警报一响，所有人都必须立刻撤离！"

欧加拉指着一个十分矮小的眼镜男。

那个眼镜男小李哭丧着脸，即使大白天，还忍不住发抖，"抬尸工把尸体抬进去，我和丁医生看着，没想到，刚放在台子上，丁医生要对尸体做常规检查，那个尸体就坐起来了！"

诈尸？

许靖南看着眼镜男小李，示意他不要太激动。

小李激动得语无伦次，"我看那尸体坐了起来，停尸间都是冷光灯，我和两个抬尸工吓死了，我撒腿就跑出来了，但不知道那两个抬尸工跑哪里去了！"

丁忧当时应该没有跑，首先，她在检查尸体，离得最近，其次，她就算是要跑，也没有那个身体条件。

“停尸间的警报应该是忱忱启动的。”欧加拉说，“但是易爆物品仓库呢？”

许靖南摆了摆手，“把对讲机给我，我要进去！”

“许先生，里面有救援人员了，您最好不要进去，您应该在这里运筹帷幄，以大局为重！”欧加拉劝阻。

“现场协调沟通，欧加拉你完全能够胜任！”许靖南对她说，“我需要进去，那两个抬尸工，已经跑出了停尸间，停尸间里，只有忱忱和……”

许靖南没有说下去，只有丁忱和那具诈尸的尸体！

许靖南脱下西装外套，穿上消防服，拿着手机和对讲机。

把对讲机调到正确频率。

对讲机里有嘈杂的声音。

“请求支援！请求支援！”

“各单位注意！各单位注意，迅速前往第一储藏间！迅速前往第一储藏间！”

三　四个女儿四个妈

整个大楼，支离破碎，静悄悄的，没有人。

许靖南很快地下到负二楼。

刺鼻的硝烟味，电路已经坏了，没有任何光亮。

在烟雾中辨不清方向，许靖南只能根据红外探测仪向生命体聚集的地方去。

“怎么了？”他问。

“发现两具烧焦的尸体。”乌烟瘴气中，一个人回答。

高强的探照灯照射下，满地狼藉的储藏间里，两具严重烧焦、已经炭化的尸体坐在货架下面，一具尸体的手臂抬起，食指和中指，并拢着前伸，另一具尸体，脑袋和脖子向前伸去，嘴巴凑到第一具尸体的手指处。

两具尸体烧得黑漆漆的，摆出这种姿势，显得十分诡异和别扭。

“他们在借火……”

看来这里面有几个老烟枪，一语道出。

“借火？”许靖南分析，“这里面之前肯定弥漫着易燃气体，要不然不能把人烧成这样！纵深下去，排查爆炸隐患！”

“下落的墙体已经把停尸间的门挡死了！”一个人急匆匆地说，似乎刚从别的地方回来。

“我过去看看！”许靖南说。

易爆物品仓库和停尸间的距离不近，大概有二三十米的距离，尤其在这种断壁残垣、障碍重重、伸手不见五指的地方，更加跋涉艰难。

“小心地上障碍物！”前面的人头顶探照灯说。

虽然楼上的大楼主体还没有破裂倒塌，但这地下，可真够狼藉的了，几个人磕磕绊绊的，半天才走到一堵墙前面。

“西侧是易爆物品仓库，东侧应该是停尸间，但是现在路已经被堵死了！”一个人说。

“试一试在楼上打一个孔洞，或者能不能把这面墙清走？”许靖南问。

“兄弟，这是倒下的承重墙，很沉的，”一个人说，估计是小组长，“而且刚好卡死了，没法直接给抬走。”

“爆破呢？”许靖南问。

“爆破太危险了……”小组长说，“这楼和地下室已经松动了，爆破的话，稍微掌握不好强度，就会让大楼垮塌，我们救援人员都会被埋在下面，很危险！除非……”

“除非什么？”许靖南问。

“除非，赶紧拿来建筑图纸，看看能不能从别的地方进入，这里是肯定不行了！”

图纸，图纸在哪里？

徐敬的图纸呢？

到哪里去了？

徐敬一点工夫都没有耽误，他是跑步去的档案室，速度快得让怀里的球球都晕头转向了，电脑屏幕前的邱小福直接躺在床上嚷嚷，“到地方再叫我起来！”

档案室在刑侦学院的图书馆大楼里，徐敬直接跑到门口，大门却紧锁。

他砰砰地敲门，但是没有回应。

徐敬很急，但是不能破坏公物，过了十分钟左右，旁边的一个办公室里，一个大妈慢悠悠地探出头来问：“小伙子，急什么啊？”

“同志，你好！”徐敬有礼貌地急着问，“档案室的人呢？我有急事！”

“不要急啊！小伙子……”大妈慢慢悠悠地回答，“那几个姑娘做美容去了，你等上一两个小时，人就能回来了，要是真的很急，那就……”

徐敬等着她能给出什么中肯的建议，没想到大妈最后来一句：“你要是真的很急，不能等的话，那就先回去，明天再来吧！”

人命关天！

就这效率和工作态度？

都已经下午两点多了，竟然还要等一两个小时再回来，那怎么不直接下班呢？

徐敬忍无可忍，直接一脚飞踹，把档案室的铁门踹开了，相当威风凛凛。

那大妈一声惊叫：“啊呀！你干吗啊！快来人啊！打砸抢啦！”

徐敬没有理她，直接闯进去。

档案室里面有四个办公桌，每个办公桌都配备着一个苹果一体机，电脑倒是都没有关，只不过电脑桌面上乱七八糟，不是八卦娱乐新闻，就是淘宝网页……

办公桌桌面上也都是一些零食、拆开的快递盒子、指甲油、睫毛膏、气垫粉饼等，还有一本摞一本的美容时尚杂志……

这里工作的人生活真的好幸福！

办公室里面还有一扇小门，可能是放档案的地方，徐敬又把那扇门踹开了，里面的东西真的让他大跌眼镜。

里面的空间稍微比外面的大一些，有一百多平方米，放了四排柜子，四排柜子开的合的，乱七八糟，堆的有衣服、鞋子、跳绳、呼啦圈、瑜伽垫……

最让徐敬难以直视的是，一个柜门上，还搭着一个红色的胸罩。

徐敬都不知道应该怎么找东西。

他只能出来求助。

那个大妈一声吼，已经吼出来几个大妈，都挤进了档案室，围在一堆指责徐敬的破门而入。

“同志！法医大楼发生事故！消防队正在营救，我需要法医大楼的建筑图纸，你们单位的林书记说在这里！能不能帮我找一下！”徐敬着急死了，头一次说这么多话。

但是大妈们显然关注点不在这里，叽叽喳喳地说开了。

“我就说那栋楼，好晦气！出事儿了吧！”

“放死人的地方能不晦气？每次经过我都绕着走的！”

“我老头还让我去那里养着呢！说那里干净，我才不去！”

“炸了吧？”

“死人了吧？能赔多少钱？”

……

“同志们！”徐敬要发疯了，“能不能帮忙找建筑图纸？”

一个打扮很时尚、保养得也非常好的大妈白了他一眼，“我们是办公室的，又不管档案室，我上哪里给你找！自己找！”

“那档案室的人呢？”徐敬问。

“不是跟你说，出去美容了嘛！”一个大妈不耐烦地横了他一眼，“烦不烦？”

“啧啧……”另一个大妈往里面的房间指指点点，“你说大姑娘也不注意，胸罩就那么搭着！”

“你说这小伙子长得还不错啊！”

“一看就是底下跑腿的，没用！长得好又不能当饭吃！哪像姑娘，长得好，顶百用！”

“哎呀！你姑娘长得好，给你找个条件那么好的女婿！”

“不算好，不算好，家里有点小钱，不到十个亿，爸是政协委员，妈是人大代表……”

“是不是要结婚了？”

“马上结了！明天就派请帖，”时尚靓丽的大妈眉飞色舞，“小丫蛋们都是一起长大的，这不一块陪着做美容去了嘛！”

徐敬需要克制住想打人的冲动，不能靠旁人，只能靠自己！

但是打架斗殴、擒贼擒王，他在行，找图纸，他实在不在行！

他只能一个架子一个架子地翻找……

这时候，一个身材瘦小的男青年挤进来，对着在门口站着指指点点、评头论足的大妈们作揖打躬，“大姐们！大姐们！我们保证会把这里恢复成原样的！丽丽马上就要结婚了，你们也挺忙的，写请帖啊，还有买喜糖啊！这么一堆事儿呢，回去忙吧！啊！求求各位大姐了！”

几个大妈终于嘀嘀咕咕地走了。

总算走了！

瘦小青年走到徐敬身边，“是徐敬兄弟吧？我们书记，林书记，让我来帮你找东西！我叫张勇胜。是法医大楼的建筑图纸？”

徐敬连忙点头，总算有一个来帮忙的了！

张勇胜经常干一些鸡零狗碎的事，相当有经验地先把档案室里无关紧要的衣服、鞋子、胸罩什么的收拾到一个盒子里，放在外面。

他翻找着柜子，还不忘和徐敬聊天：“那帮姑奶奶来上班之后，就坐在外面上网淘宝买东西，这里就当她们的更衣间，她们也没有怎么动过这些档案，这对我们来说是好事儿，至少这些档案没有被弄乱，法医大楼盖了至少有十年了，档案肯定在这里，你要是找近几年的，根本就没有！”

“谢谢你！张同志！”徐敬满怀感激，尤其是在经受了那些大妈的摧残之后。

球球也从徐敬的领子里，探出毛茸茸的小脑袋看。

“还好，别客气，那么见外干吗？这是我的分内事！我们赶紧找到，赶紧送过去！说是里面还有人呢！那边刚清点完人数，除了停尸间的丁医生，别的房间里也有人没出来呢！”张勇胜嘴不停，手也不停。

“是这个吧？ 2000 年的，法医大楼 2000 年建的！”张勇胜把 2000 年的档案找到，“找到图纸后，小徐兄弟，麻烦你送过去，看你是当过兵的吧！跑得肯定比我快，我还得把这里收拾完，这些姑奶奶，我可得罪不起。”

“张同志，没关系，你不用收拾，是特殊情况，我会向上面汇报！损失由我方承担！”徐敬一本正经地说。

张勇胜笑了笑，“小徐兄弟，你不明白，我收拾，是因为惹不起几位姑奶奶，这里有句话，‘四个姑娘四个妈，四个老爸大处长，好事儿聚一堆儿！’说的就是档案室这四个姑娘，她们四个的妈，刚才那几位大姐里有三个，还有一个欧洲旅游去了，半个月了还没回来呢，不懂啥意思啊？你想想啊，上班时间一个人都见不着，没点门道，谁能这么做？这倒是没关系，只要别太嚣张就好！”

“那年，学院就建了一个大楼……”张勇胜抽出来一个文件夹，打开看一眼，“小徐兄弟，快去！就是这个！”

“张同志，谢谢你！我会报告的！”徐敬接过文件夹，风一样向外跑去。

时不待人！

四 紧急营救

“有些人被物品砸伤，所以没法撤离，”欧加拉拿着对讲机说，“请几位按照建筑图上的标志，按图索骥，人命关天，希望大家一定要尽力，谢谢了！”

徐敬跑出图书馆的时候，张勇胜连呼带喘地追上他，把建筑图纸在一楼复印了好几份，让他一并带走。

欧加拉拿到图纸和复印件，根据询问的结果，在上面着重标了几个地方，都是可能有人员滞留的房间。

救援人员拿着图纸，在大美人的鼓舞下，干劲十足地冲进了大楼。

球球终于被徐敬从怀里掏出来了，喵喵叫着，急急地不停对欧加拉叫。

“球球，你要说什么？”欧加拉把它抱过来问，“我可听不懂小动物的话！”

这时候，四个花枝招展的年轻女子从不远处打打闹闹地走来。

球球又开始炸毛了，喵喵叫个不停。

“大家先不要吵！”许靖南叫停了议论。

他们正拿着徐敬费尽千辛万苦找来的图纸复印件，研究对策。

有要先把碍事的承重墙砸开，从门进入停尸间的，有要在承重墙上打个孔进入的，有要在楼上砸个洞进入的……

公说公有理，婆说婆有理，一直没有个定论。

“我们的救援时间如果拖得太长，里面的人会不会受影响？”许靖南问。

“这上面标了，有通风系统，氧气应该足够！”小组长回答。

“现在的情况，有可能是这面墙在起支撑作用，”许靖南分析，“我们不能贸然动它，万一地下室下沉怎么办？既然有通风系统，我们为什么不从外面的通风管道进入停尸间？”

“哎呀！”小组长一拍大腿，一语道破梦中人，“兄弟！我们咋就没想到啊！里面的人出不来，我们又不是出不去！怎么就想从这里进呢！”

“组长，待时间太长有感情了，舍不得走呗！”一个消防员打趣道，“我们先去外面看看能不能行，您就在这里守着吧！”

“人都出来了吗？”许靖南摘下消防头盔问欧加拉。在一片混乱中，有能者脱颖而出，刑侦学院的林书记已经坐在救护车旁一个劲儿地吸氧了，白占医疗资源。

“有一个被电脑砸伤头部的，伤势较重，其他都是砸伤手脚，皮肉伤不严重，已经让一辆救护车把头部受伤的伤者送往医院了，还有一辆留下来，以防万一。”欧加拉条理清晰地回答。

“就差停尸间的忧忧了？”许靖南确定一下。

欧加拉点点头，面有难色，“现在关于停尸间里的情况，我们一无所知，除了忧忧，还有一个所谓的诈尸……”

许靖南面色严峻地点点头，跟着救援人员去大楼北面的通风出口。

球球一下子从欧加拉身上跳下去，往许靖南那边跑。

欧加拉连忙把它抱回来，“别去啊！这可不是改善关系的好机会，我听说诈尸碰到猫，会变本加厉！”

欧加拉抱回球球的时候，徐敬跑向许靖南，“我去！”

“你能进出自如，但是你又不能把人带回来。”欧加拉对球球说。

“哎哟！这小猫猫好可爱啊！”四个花枝招展的女孩过来，要逗弄球球。

球球很抗拒地冲着她们喵喵叫。

“你们是哪里的？”欧加拉问四个人。

显然，相较于刚从大楼里死里逃生的人来说，她们的心情也太好了些。

一个女孩嗲声嗲气地对欧加拉说：“大姐，我们是档案室的啊！这猫是你的吗？借我们玩玩呗！”

欧加拉虽然不太清楚详情，但也知道，是这些人不在档案室，才让徐敬差点找不到建筑图纸，不过她们就算是在档案室，也没有任何用处！

她理解了球球的反应，把它抱走，“不好意思，几位，我们球球不喜欢你们，她可能不喜欢玩忽职守的人吧！”

“大姐，真小气！”另一个女孩翻个白眼，物以类聚，人以群分，她们说话都自我感觉特别良好，让人觉得不舒服。

而她们对欧加拉的称呼，似乎是对于美貌远远超出自身的人的酸，也就剩了一个年纪轻有优越感了。

球球在欧加拉怀里，喵喵叫个不停。

欧加拉笑了笑，“让我猜一猜，你的猫语，要论仗着父母胡作非为，她们可比你讨厌多了！”

球球点点头，又摇摇头。

“你一点不讨厌。”欧加拉安抚球球的情绪。

球球点点头。

有了球球，欧加拉和邱小福沟通一点障碍都没有。

欧加拉虽然不是中国人，也没有在中国待太长时间，但她对一些社会现状还是门清道明的，暗箱操作潜规则不过尔尔。

那几个人，她慧眼一看就知道，一门心思都在穿衣打扮、攀比富贵上，家里有点小权小势，安排了清闲体面的工作，但是一点责任心都没有，看那白得发亮的脸和烦琐复杂的美甲，肯定是才做完，还翘着手指头走路，现在都快到四点了。

估计取个车就下班了！

那几个女孩，在欧加拉把球球抱走之后，继续唧唧歪歪。

“拽什么拽啊！长得一个风骚样！不知道是谁的小蜜，整得跟个外国人似的，腔腔调调……”

欧加拉笑了笑，不和她们一般见识，还要抱紧以正义战士自居的球球。

“能打开吗？”许靖南问。

几个消防员满头大汗地把通风口的盖子卸下，拧得够紧的了。

“长官！我进去！”徐敬自告奋勇。

许靖南看着通风口，“你进不去。”

对于通风口来说，徐敬过于魁梧了。

“先下去两个。”许靖南指着一个瘦小的消防员说，“小伙子，你在前面，我跟在你后面。”

“瘦子绝对没问题，”小组长看瘦小的消防员钻进通风口，“但是兄弟，你好像也有点难度。”

“没关系！”许靖南把外面的衣服都脱了，只穿了一件衬衫，也下进了通风口。

前面的瘦子全副武装，而他真是轻装简行。

停尸间因为停放尸体，像是已经开始腐烂的尸体、溺水死亡的尸体、巨人观的尸体等，会产生一些有毒有害的气体，所以停尸间的空气流通非常重要。

这方便了许靖南的营救工作，两个人顺着畅通的通风管道爬行。

已值深秋，天气很凉，许靖南只穿着一件衬衫，隔着薄薄的衬衫，贴着冰冷的管道，而管道又挤压着他全身的骨骼和肌肉，他虽然不算魁梧的人，但是通风管道对于一个中等身材的成年男性来说，还是有点太挤了。

许靖南这么一路艰难痛苦地挤过去，尤其是两肩和手臂，早已鲜血淋漓。

“这里也有一个通风口！”瘦子报告。

“再往前去，不是这个！”难得许靖南还计算着距离。

在黑暗中，两人爬行着，冷气森森，除了冷，还有阴冷，毕竟他们身下，还有那么多的尸体。

科学上说，人死什么都没了，但是实际上，死亡的气息是可以被感受到的，就像爬行在停尸间通风管道里的两个人。

爬在前面的瘦子，不断地打冷战。

“停！”许靖南忽然说，把瘦子吓个半死。

“是这里吗？”瘦子牙齿打战地问。

五 往事难言

忽然下面有声音传来，“什么人？”

是丁忧的声音！

现在正好是下午四点半，从警报响起，到现在，已经过去了两个半小时。

在这两个半小时里，丁忧一直在停尸间待着，而且没有电，没有电就没有光！

但听她说话的声音，还很镇静，反正她也不是正常人。

“忧忧，你还好吧？”许靖南问。

“还可以，但是如果你们再晚一些，就要有人死了！”丁忧在下面回答。

“下面除了你，还有人吗？”许靖南问，他是在问诈尸。

“有一个有生命迹象的人，他被当成尸体运来，”丁忧说，停了几秒钟又开始继续，“在检查台上，他忽然坐起，其他人就都走了……”

死人忽然坐起，其他人不是走的，是跑的！

“我们现在要做的，是赶紧把他运送出去，他现在必须赶紧去医院！”丁忧说。

“小伙子，我先下去，你在这里！”许靖南对瘦子说。

然后，他撬开通风口，跳了下去。

下面映入他眼帘的一切，还是挺恐怖的。

一处不是很明亮的冷光源，斜照着检查台，检查台上躺着一具“尸体”，“尸体”脖子上，还插着一个塑料管，看上去像是水性笔的笔管。

丁忧站在检查台旁边，她的脸上有血迹，白大褂上也有，手上也有。

在冷森森的光下，这一切有说不出的诡异和恐怖。

“我为他做了紧急气管造口术！”丁忧解释，“以他现在的情况，从上面肯定出不去。”

当时情况非常紧急，人一下子都跑没了，丁忧虽然按下了警报器，但没有想到那边一下子爆炸了，她必须当机立断。

那具坐起来的“尸体”，又跌了回去，不是正常的尸跳反应，一般尸跳没有这么大幅度的，就蹬个腿啥的。

丁忧连忙把“尸体”的眼睛扒开，用手指用力按压瞳孔，瞳孔凹陷变了形状，她把手指拿开，瞳孔又恢复了形状。

他奶奶的！这哪里是死人！这是一个假死的活人！

丁忧这么一弄，“尸体”的脸忽然紫胀起来，好像是被憋的。

丁忧连忙用刀片把“尸体”的脖子切开，她手上没有其他工具，只能用手，把手伸进刀口里，摸到气管，有点像橡皮筋，黏黏糊糊是因为皮肉和血，滑滑的有点弹性，那是气管。丁忧用两根手指撑开气管，把自己签字的笔，笔芯和两头，都用牙齿咬掉，把笔管插进了“尸体”的气管里！

整个过程血腥暴力，还在停尸间这么恐怖的地方，周围的格子里还躺了好多真的死人。

但好歹“尸体”可以呼吸了。

“门外面被一扇墙堵死了，”许靖南说，“如果强制爆破拆除的话，可能会导致停尸间甚至大楼的垮塌！”

丁忧很淡定地看着他，“强制爆破吧！”

她指了指身后一面墙，满满的整整齐齐放尸体的格子，“这面墙是全钢结构，整栋大楼倒了，它也不会倒塌。”

许靖南看着她，他大概猜到了丁忧想怎么办。

“在力学结构上，0101 和 0110 这两个格子，最下面最右边和最左边两角的格子是在巨大冲撞下，保存完好概率最高的，我们，还有他，先躲在这两个格子里，然后让外面进行爆破拆除。”

“好！”许靖南当机立断。

“你可以先从通风管道出去。”丁忧指了指上面，“我爬不上去，先帮我把他放进 0101。”

台子上躺着的“尸体”，看样子“生前”应该是一个健身教练，一个人占一个格子都嫌挤。

“我留下，”许靖南说，“上面的小伙子，听到了没有？你出去之后，就告诉大家，人先撤离，定时爆破！我们人在 0101 和 0110 号格子里！”

“是！哥！”上面通风管道里的瘦子噌噌地往回爬。

时不待人。

丁忧没有和许靖南废话，赶忙打开 0101，里面是空的，两人力气都不小，平稳地把健身教练抬进去，关好，锁扣扣上，省得他因震动而弹出来。

然后，许靖南走得比丁忧快，去把 0110 打开，这回不是空的了。

里面躺着一个蜡人，可能是车祸致死，脸上全部是蜂蜡修补的，蒙着一层白色的霜，好像会忽然睁开眼睛似的，说不出的诡异。

“放到 0102。”丁忧说，跟着许靖南把尸体抬出来，放进旁边空着的 0102。

放好尸体后，许靖南先跳进 0110，然后把丁忧拉进来，“我躺下面。”

丁忧点点头，把白大褂和外套都脱下，要垫在下面。

“白大褂垫在下面，外套盖在身上！”许靖南说。

一切按照他的来，两人没时间废话，赶紧躺好再说。

许靖南先躺下，躺在白大褂上，但根本不顶用，还是刺骨的寒冷。

丁忧趴在他身上，把外套盖在背面。

许靖南用手撑着，把格子关上。

丁忧身上，有类似于消毒剂一样特别干净的味道，职业关系，她不涂香水，但是离得特别近的时候，能闻到人特有的与众不同的体香。

现在，他们两个离得就特别近，非常近。

“忧忧，你的头发撒我一脸。”许靖南说。

“哦。”丁忧试着晃脑袋，因为一个格子塞两个人实在太挤，她的手都抽不出来，但这样反而把头发弄得更乱。

“往上来点。”许靖南说，把脸上和嘴上的发丝都吹到一旁，顺滑凉丝丝的头发贴在脸上，是一种很奇特的感觉。

“你胳膊上的是血？”丁忧问，她碰到了许靖南的胳膊。

“嗯，长胖了。”许靖南笑着说，一只手臂环抱着丁忧，把她的胳膊也抱了进去，一只手臂撑着旁边。

“我不怕，我不害怕。”丁忧忽然说，她能感觉到许靖南平稳的呼吸和心跳。

“我知道，我就是抱着你而已，如果我们被甩出去的话，还在一起。”许靖南说。

其实这么样，挺浪漫的，虽说地点有点瘆人。

“理论上说，我们不会被甩出去。”丁忧用额头抵住许靖南的鼻子，“问你一个问题。”

“现在别问关于文身的问题，可以吗？”许靖南回答。

“文身？我倒是想到了一个很好的办法去查你身上的文身，用麻醉剂使你陷入昏迷，然后脱光你的衣服，一平方厘米一平方厘米地在你身上找……但是这个办法也有不合适的地方。”丁忧说话仿佛是对着许靖南的颈动脉。

“药翻我可没那么容易。”

“这倒不成问题，只不过你智商本就很一般，致人昏迷的麻醉剂量对人的智力会造成不好的影响，我担心……”

许靖南很无语，他听出来丁忧的中心思想是嫌弃他智商不高，不想让其更低了。

六　密码

“那个文身是一个密码，是吗？你知道密码的内容。”丁忧问许靖南的颈动脉，她要是咬下去的话，许靖南会大出血。

许靖南也感到些微的不安，“能不能把这些忘掉？你不应该去那里，你也不应该经受那些。”

“忘不掉，我必须让作恶者接受惩罚。”丁忧说，“我没有选择的余地，但你不一样。”

许靖南沉默，关于那段复杂的往事，丁忧说得对，她没有选择余地，她被迫经受那一切。丁忧智商与天分极高，博士毕业，主刀过重要的实验性手术，前程远大，但却卷入了一场谋杀，欧加拉多方周旋使她加入无国界医生组织，丁忧本来应该去哥伦比亚的，但被算计去了东南亚，她所遭遇的一切并不是她自己能左右的。

但许靖南不同，他可是自愿去当卧底的，没有人逼他，他自己决定去的，那段经历使他成长很多，他使自己幸免于难，不沦为炮灰。

但他们两个有相似处，都是在孤立无援、四面楚歌中成长起来的。

“你说过我不了解你，因为我没经历过你的生活，我只是想证明我可以感同身受。”许靖南低声说。

“别把脏水泼到我身上！”丁忧怒道。

“我也觉得我当时脑残，应该是这个词，谁叫我喜欢你呢？”许靖南的语气有点无赖。

虽然已经停电了，但冰柜里还是冷得刺骨，霜凝结在裸露的皮肤上，引起阵阵刺痛。

“我喜欢你长得漂亮，性格好。”因为处于密封的空间中，所以许靖南说话很没有顾忌，美丑这种东西见仁见智，但他竟然觉得丁忧性格好，真是情人眼里出西施！

对于这个不可思议的答案，丁忧也觉得头疼，所以她就去抠底下的冰碴。许靖南握住她的手，摩挲着她的掌心，冰凉的外科医生的手，掌心有贯穿伤，“我最喜欢的是你强悍的表象下的无助。我小时候觉得好奇怪，为什么这个漂亮的小女孩这么有意思呢？为什么这个小女孩和其他的孩子都不一样呢？为什么她没有爸爸妈妈呢？为什么她总板着一张脸，为什么她总喜欢和各种势力对抗呢？她这么小，这么弱，却习惯于用一种强悍的外表来伪装自己，让自己显得那么不可战胜。”

“我做到了。”丁忧看着无边的黑暗，她习惯于一个人对抗严寒，对抗黑暗，“我没有无助过，我就是不可战胜的。”

“忧忧，你之所以成为你，是因为你的经历，你的一切，”许靖南继续说，在黑暗和死亡归属地，时间似乎变得漫长了，人也特别容易感情用事，“十四岁的时候，我觉得你会成为我的一个榜样，因为你让我看到了，人可以有截然不同的人生轨迹，十七岁的时候，那是你我人生发生巨大改变的一年，我从未经历过你所经历的生活，但是那次选择之后，我觉得可以与你感同身受。”

“我觉得，”丁忧咬咬牙，挤出一句话，“我是必须这么选择，要不然，我会被退学，我的案底被翻了出来，我没有其他路可以走了，我不想成为街上的垃圾，我一直在努力地脱离从前，我必须这么做！但是你家里条件那么好，你父母那么好，你爷爷又那么厉害，所有人都喜欢你，都尊敬你，你会有很好的前程、很好的生活，但是你跑去当卧底，你闲的啊你！”

没想到，丁忧一口气说了这么多，她真是憋坏了。

“当时可能是一时冲动的决定，”许靖南笑了笑，他的后背已经开始冰凉了，底下的冰在融化，还有点疼，“但是我现在绝对不后悔，我绝不后悔我为国家做的贡献。”

时隔多年，丁忧对他的这个选择也相当不理解，“你就是闲的！你扔了别人做梦都想要的生活！”

要不是空间狭小，伸展不开，她已经要开始打人了。

“你说过，我从未经历过你的生活，我当时是那么回答的，我可以经历。”许靖南为了防止丁忧乱动拳头，把她的两个手臂都紧紧搂住，“二十五岁的时候，一次契机我发现，我可以真正地了解你，即使你经历了那么翻天覆地的变化，但是你仍然是你，不可能被任何困难打倒，那时候我们是相同的，孤军奋战，只不过我永远比不上你的一点是，我没有你那么有斗志……”

"斗志？"丁忧问。

"好战，不认输，一根筋儿，"许靖南说，都不是什么褒义词，"人家都说，不撞南墙不回头，不见棺材不掉泪，你是撞了南墙也不回头，进了棺材也不掉泪……"

"我为什么要哭？"丁忧问，他们现在处的地方，宽泛上说，也算是一个棺材了，只不过，在这个棺材里，有一个很温暖很宽厚的后盾，她习惯孤立无援，却不习惯有一个温馨的港湾。

"呵……"许靖南笑了，"我还喜欢你这点，在任何不该一本正经的时候一本正经，那都是以前了，至于现在，我们经常在不该相遇的时间和地点，遇见彼此，这次应该是最好的相遇，你也不能说我不了解你，因为不会有人比我还了解你，我认为经历了这么多的风风雨雨，我们适合生活在一起。"

"我最了解我自己。"丁忧说，她这话太伤人心。

"你要有婚姻和家庭生活的话，除了我找不到别人。"许靖南说，关于这点，他很自信。

"唉！"丁忧竟然罕见地带有感情地叹了气，"关于这点我表示认同，但是你跟我不一样，除了我，以你的条件，你可以找一大把、一大把，年轻的、漂亮的、温柔的、贤惠的，各种各样的。"

"但是，其他人都不是你，你是独一无二的，忧忧。"许靖南声音沉郁，"我不知道你拒绝我的理由，但是这么多年了，我不在乎继续等下去。"

丁忧的内心处在一种非常纠结的状态，显然猫骨美人邱小福的迷幻剂会让人把内心最隐秘的欲望用行动表现出来，如果她心里没有这个想法，她那天晚上也不会把许靖南扑倒。

关于这点，自诩最了解她的人许靖南也心知肚明。

现在的问题在于丁忧一直这样，客观原因是什么？

这个环境，虽然很适合开诚布公、推心置腹，但是时间没有给予他们这个机会。

"好像要爆破了！"丁忧说。

"知道了。"许靖南说，用手撑住左右。

“林书记，空地上的人需要全部撤离！”欧加拉对林胖子说，“强制爆破的时候，楼体可能会倒塌。”

林胖子脸上一阵红一阵白，这栋楼很值钱的啊！

“林书记！”欧加拉说，她知道林胖子心里在想什么，“即使不做强制爆破的话，这栋楼现在也是危楼，学院对它的检测和维修费用，也跟新盖一座大楼差不多，甚至要超过新盖一栋大楼！”

林胖子的脸上表情纠结，支支吾吾地说：“里面还有很多仪器很值钱啊！我们要不先把仪器搬出来吧！”

“林书记！人命关天！”欧加拉发火了，“现在里面除了许先生和丁医生，还有一个危重病人，生命是无法用价格衡量的！”

林胖子继续支支吾吾：“人命怎么也是有价的，怎么也不可能贵过一栋大楼啊！再说，那人是被当作死人送来的，也不一定救得活啊！大楼倒了就真的倒了，救不回来了……”

欧加拉气得脸都白了，但是，首先对刑侦学院，他们特事科真没有管辖权，其次以欧加拉的国籍和身份，真的不适合强求。

许靖南现在还在里面，许靖南的地位用强的还可以，但是还要再进去把他叫出来，下令强制爆破？

这么一来回，人就真的死透了！

欧加拉都要急死了，这要换成丁忧的话，肯定二话不说先把林胖子胖揍一顿，她可不管自己是不是刑侦学院的，林胖子是不是书记。

“拆！谁要拦，我就把谁扔里面炸了！”

欧加拉好怀念丁忧。

七　人间惨剧

就在这时，一辆低调奢华的劳斯莱斯缓缓驶近，驾驶室里走出来一个中年人，穿着制服的应该是司机。

司机走向欧加拉，问道："黎小姐吗？"

欧加拉点头："是。"

大家都习惯叫她欧加拉，但是不熟悉的人大多数都叫她维尔斯坦因小姐，叫她黎小姐的应该是认真了解过她的人。

球球跳到地上，非常欢实地上蹿下跳，拽着司机的裤子，但是司机没有理它，拿出一张支票对欧加拉说："黎小姐可以填写任意金额，我们老板会为学院再建一栋法医大楼。"

"你们老板？"欧加拉疑惑地问。

司机礼貌地笑道："黎小姐，再见！"

礼貌、干净、服饰整洁，隐形富豪的司机。

欧加拉拿着支票，若有所思，"强制爆破！"

爆破人员已经等得心焦了，抓心抓肝地想把林胖子扔一边去，一听欧加拉这么说，呼啦一下干起来了，疏散人群的疏散人群，安装爆破装置的安装爆破装置。

球球跟在司机后面跑，在司机上车之后，还趴着两只小前爪想一起上车，没想到司机一点也不给面子，把它提起来扔了出去，发动车子绝尘而去。

一团小白绒似的球球，孤独地在路上看着那绝尘而去的劳斯莱斯，似乎成了一具雕像，悲痛欲绝的雕像。

欧加拉走过去，轻轻把它抱起来。球球的棕色大眼里满含泪水，脸上的毛都湿了，它太伤心了。

"爸爸吗？"欧加拉柔声问它，她看了支票，知道是谁开的。

球球伤心欲绝，点点头。

"犯错误就要接受惩罚，"欧加拉安慰它，顺便安慰邱小福，"知错能改，善莫大焉，等你改正好错误，接受了应有的惩罚之后，你爸爸妈妈会来看你的。”

球球把两只前爪搭在眼睛上，什么也不说了，满是伤心。

“真可惜——”欧加拉看着已经开远了的车，“是个已婚男人——”

刷的一下，球球又把脑袋抬起来了。

“我对已婚男人没有任何兴趣！”欧加拉看着球球，连忙撇清自己。

轰隆一声巨响，地动山摇，过了大概五六分钟，是杂乱无章的脚步声。

停尸间的格子坚固性不错，但是不怎么隔音，毕竟里面躺着的人也不会嫌吵。

丁忧和许靖南的0110被霍然拉开，只觉得恍如隔世。

丁忧先被一个人拉出来，然后许靖南自己出来，救援人员连忙把毯子给他们两个人披上，真是要冻死了！出来的时候，两个人身上还冒着白气，尤其是许靖南，他穿得少，还躺在下面。

许靖南习惯了丁忧换一个地方，翻脸比翻书还快，好像完全不知道之前发生了什么一样，他就喜欢她这种专注、心无旁骛。

他怎么这么重口味！

“已经做了气管造口，条件所限，没有消毒，”丁忧紧紧跟在救护人员旁边，“立刻给患者打一针强心剂！他在冷冻室里冻了这么长时间，这让他的情况更加危险！”

“是！丁医生，你们也最好尽快检查一下！”救护人员抬着担架，匆匆往外走。

救护人员正在跟丁忧说话，交换患者情况，忽然听见“扑通”一声响，乌烟瘴气中，他就看不见丁忧了。

声音从下面传来：“当心地上，快点出去，出去别忘了立刻打一针强心剂！”

丁忧本身腿脚就不稳当，还在这坑坑洼洼、东一块砖西一块板的地方，很容易就被绊倒在地上，额头还被地面磕破了。

许靖南跟在她身后，连忙把她拉起来，“怎么了？”

“应该不会脑震荡，”丁忧有点头晕，“我们赶快出去，我要和救护车一起去！”

许靖南拉着她，几乎是把她夹出去的，好在丁忧没有再摔倒。

两人一出去，就听见外面的惊呼声。

任何地方都不缺看客。

“尸体”被救护人员抬出去的时候，停尸间诈尸的事情已经传得人尽皆知。

好多闲人都在那里指指点点。

“就是那个人！诈尸的！”

“还挺年轻的啊！什么急症死了的啊？”

“挺健壮的啊，身材不错！”

“诈尸的死人啊！你敢不敢去看？”

“凑近点看，谁不敢！”

“你敢！你去！”

“大家让一让，让出救援通道！”抬着担架的人喊着，“强心针！”

一个急救医生拿着强心针跑来，巨大的针管，一针就扎进了“尸体”的心脏。

“哎呀！这么粗的针管！死人也得被扎得死透透了！”一声尖利的叫声。

“哎呀！不得了了！”又是一声喊。

怎么闲人都聚在一堆儿了？！

一剂强心针下去，那“尸体”又忽地坐了起来，把所有人都吓了一跳。

只见“尸体”圆瞪双眼，一丝不挂地跳下去，身材果然非常好，人高马大，一身的腱子肉。

“尸体”力大无穷，抢过担架，抡圆了膀子，担架扫过一圈，撂倒了一个急救医生、两个抬担架的男护士、好几个看热闹的人。

天已经黑了，凭着路灯和车灯照亮，深秋入夜，气温很低。

但是“尸体”根本不觉得冷，身体赤裸，狰狞恐怖，忽然在灯光下，发现了目标似的直直地冲向一个在路灯下拿着手机拍照录像的女孩，怒吼着：“你个小骚货！你敢杀老子！”

那个女孩儿已然呆傻，一动不动，直到“尸体”冲向她，钳住她的脖子，把她用力撞向路灯柱子。

“尸体”疯了似的，一个劲儿地撞，鲜血从他脖子的造口处喷涌而出。

那女孩的脑袋，已经被他撞碎了。

远处的徐敬飞快地跑过去，一把拉开“尸体”，把他摔在地上，膝盖抵住后腰，反剪双手控制住，“尸体”兀自不停地扭动挣扎，渐渐地动作微弱。

强心针太好使了！

刚才被“尸体”撞翻在地上的医护人员们，打滚挣扎，站都站不起来。

丁忧正好从废墟中爬出来，尽力走过来，她没有管徐敬制服的“尸体”，直接去查看那个女孩子，翻检她的瞳孔，问道：“你能说话吗？”

就在这时，一声哀号：“苗苗！我的宝贝儿！啊！你怎么了啊！”

一个中年大妈冲过来，一脚踢飞了丁忧，也不知道她哪来的那么大力气，抱着女孩，一个劲儿地猛晃，哭号着：“苗苗！苗苗！你醒醒啊，你这是怎么了？苗苗！乖宝宝！你别吓你妈啊……”

那苗苗在中年妇女的蹂躏下，最后翻了一个白眼，过去了。

她妈看上去不像是亲妈！

丁忧被踢飞，刚好头磕在马路牙子上，但还是拼尽最后一股子气，怒喊道：“你他妈的！别摇！找死啊！”

然后，她也过去了，她是晕过去的。

何曾想，丁忧枪林弹雨中幸免于难，在停尸间跟一个诈尸的人待了两个多小时，在尸体冷冻格里也待了不短的时间，完好无损，就是出来的时候，着急了摔倒一次。

但是！

她怎么最后，会在这里翻船！

被一个中年大妈一脚踢飞在马路牙子上，撞出了脑震荡，晕倒了！

传出去，丢死人了！

不管怎么说，丁忧也比中年大妈的亲生女儿要好些，她只是脑震荡，那个苗苗是被自己亲妈给晃死了。

苗苗被“尸体”袭击，在路灯柱子上，受到了致命的多次撞击，脑组织受损，这时候，一定要轻拿轻放，接受专业的救治，还可能活过来，但是她亲妈一上来就哭天喊地，这么不知轻重地晃来晃去，死定了，死透透的了！

所谓，不作死，就不会死！

现场乱得越来越像一锅粥了，哭的、闹的、跑的、跳的，乱嗡嗡的一群人里，一大部分都是捣乱的。

轰隆一声，摇摇欲坠的法医大楼，终于倒塌了。

八　可笑的闹剧

等丁忧醒过来的时候，满眼白晃晃的，是一个大白天，单人病房里好像没有什么人。

不对，也有，算是人吧！

丁忧痛苦地睁开眼睛，头痛欲裂，她记忆中最后的一件事就是，她在制止一个人的鲁莽行动，会死人的，然后就是不停地颠簸。

她眼前，是一个简易床桌，桌面上趴着球球，毛茸茸的，还散发着好闻的柠檬香味，应该是洗过澡了，球球瞪着圆溜溜的棕色大眼看着她，乖乖的、静静的，它要一直这样，就好了。

“什么时间？”丁忧皱着眉头，迷迷糊糊地问。

这可难倒了球球，它知道丁忧的意思，但苦于自己不会回答，没法说出时间。

丁忧脑袋清醒了，也意识到这个问题，换了一个问题：“那两个人呢？那个被误诊死亡的男人，还有被那个男人袭击的女孩？”

球球眨了眨大眼睛，想了好一会儿才想出来该怎么回答。

它站起来，在床桌上走了几步，然后向后一仰，四爪朝天，一动不动，令人忍俊不禁，但是它的意思表达得很明确。

死了，死透透的了。

丁忧顿时火气上来了，头又疼了，“成事不足败事有余！不让乱动！”

她火大，其一是女孩的死，完全是她妈乱上加乱；其二是那个男人也没救活，有她误诊的可能性。

“忧忧，你醒啦？”总算有一个会说话的进来了，球球一下子就活了回来。

欧加拉拎着一个篮子，容光焕发地从外面走进来，她妆容一直都比较固定，红唇雪肤，波浪大卷发，她穿着一身纯蓝色的驼绒大衣，纯蓝色的修身西装，纯蓝色的高跟鞋，戴着珍珠项链，一定的，她的指甲也是蓝色的。

欧加拉的风格，一般人都无法驾驭，但是她驾驭得非常好，果然底子很重要。

她拎着的是一个果篮，果篮上面竟然还有一只穿着小洋裙的泰迪熊，二十厘米高，大倒是不大，只不过她来看丁忧，拿着泰迪熊有点搞笑。

"看病人要带水果的。"欧加拉把果篮放在病床旁边的矮柜上，想了想，把泰迪熊拿出来，给桌子上的球球玩。

"死的是什么人？"丁忧问欧加拉，她手腕上还打着点滴。

"你救的那个男人，本来是抢救回来了，"欧加拉很了解人的心思，"徐敬在制服他的时候，特意避开了他颈部插着的那根管子，医生说，他当时打了强心针，有那么大的反应是极为罕见的，抢救回来之后，第二天凌晨，忽然转危，这次就没有救回来，很可惜，至于那个被袭击的女孩，到医院之前就脑死亡了。"

"不对，"丁忧在床上看点滴滴完了，自己把针管拔出来，"既然已经抢救回来了，怎么又会死呢？医疗事故吗？还是强心针的后遗症？"

欧加拉耸耸肩，"术业有专攻，忧忧，这我真的不太清楚了，但是许先生带着徐敬去处理了。"

球球在玩泰迪熊，看来泰迪熊就是给它买的。

丁忧沉思，"有没有做尸检？"

欧加拉苦笑，"还不太清楚。"

"他第一次死亡原因是什么？"丁忧又问。

"忧忧，"欧加拉没有办法，只能说，"医嘱是要你卧床休息，不要像好奇宝宝一样问个不停，会有人调查这件事儿的，也会有人把结果告诉你的。"

丁忧不再说话，歪着脑袋开始想，她的头上两块伤，一块是在停尸间摔倒磕伤的，一块是在马路牙子上撞的，后一个伤比较严重，头上缠着厚厚的纱布。

病房的环境倒是不错，外面秋高气爽、艳阳高照，房间里有单独的卫生间，墙上还挂着一台液晶电视。

电视上正在播放着当地新闻，现在最火的新闻就是刑侦学院法医大楼倒塌。

问题是新闻里铺天盖地都是一个女孩的照片，那女孩长得还不错，又是家人朋友采访，又是领导同事认可的。

非常隆重、盛大，普天同悲的样子。

丁忧皱着眉头看电视，欧加拉要给她换台。

“不用，看下去。”丁忧制止了她。

“赵苗苗，年仅二十五岁，一个如花年华的女孩，明天就是她最好朋友的婚礼，她是伴娘，但是她再也不能穿上那身漂亮的伴娘礼服了，因为在前日的事故中，她舍己救人，献出了自己年轻的生命……”

“当时苗苗，呜呜……我们都看到了，楼塌了，有一个小孩子在地上都傻了，是她冲上去，把小孩子推开，但是自己却被砸中了，呜呜……苗苗多好的一个人啊……”一个年轻漂亮的女孩对着镜头哭。

“赵苗苗同志，是一个好人，工作认真负责、勤勤恳恳，在档案室工作了这么多年，把档案整理得井井有条，上班从来没有请过假，从来没有迟到早退过，是一个积极向上的人，是一个非常好的员工，失去她，是我们遭受的巨大损失！”林胖子一边擦汗一边说。

“我们苗苗！我们苗苗！”一个中年大妈抱着照片痛哭流涕，“我们苗苗，多好的孩子啊！怎么说没就没了呢！让我们老两口怎么办啊……”

“她不是？”丁忧迷糊了，“她不是在那里干什么，然后被撞死的吗？”

欧加拉略显讽刺地笑了笑，“地方特色吧，说是她的父亲是什么什么人，一定要给自己女儿弄一个烈士称号，媒体也趋炎附势，就陪着演这场戏，年终岁尾，说是还要提名什么十大感动人物。”

也是，女儿死得是有点冤，莫名其妙地被撞路灯柱子，最要命的是被自己亲妈给晃死了。

“不对！”丁忧忽然想起来什么，“我记得当时发生的事情，好像是男性死者奔着这个赵苗苗去的！”

“那个男的叫作刘辉，生前是一个健身教练。”欧加拉说。

“刘辉当时是奔着赵苗苗去的，还说着什么。”丁忧努力思考着，当时乱，现在脑子又有点晕，“你记不记得当时的事儿？欧加拉。”

欧加拉摇摇头，“我离得有点远，当时人仰马翻的，没有注意。”

即使头晕得厉害，丁忧也努力地思考着。

“医嘱，忧忧，注意休息，不要劳累过度，用脑过度，反正已经在医院了，你就趁机好好休息休息吧，养精蓄锐。”欧加拉劝着丁忧。

丁忧没理她，也没有听到欧加拉说什么，过了好一会儿，她忽然想起来，“刘辉当时好像在说，让你杀我，让你杀我！”

“难道？”欧加拉问道，“难道刘辉不是因为强心针的关系，精神失常撞死了赵苗苗？”

丁忧摇摇头，“应该不是无理由杀人。”

欧加拉恍然道：“他就是要杀赵苗苗！”

九　健身教练之死（一）

两人正说着，外面有脚步声响起。

丁忧和欧加拉互相对视，都不说话了。

好几个人走了进来，有许靖南和徐敬，还有刚刚在电视上哀悼好员工赵苗苗的林胖子红光满面地带着刑侦学院的几个行政领导，最后面跟着帮徐敬找过建筑图纸的张勇胜。

张勇胜长得比较矮小，还拎了一大堆东西，牛奶水果八宝粥之类的，感觉人都被堆起来了，看来他应该从事着跟班打杂擦屁股的工作。

徐敬本来想要帮张勇胜拿东西，但是张勇胜千推辞万推辞，不让他帮忙，说是自己的分内事儿。

“小丁啊！”林胖子只要没有正经事儿，就变得十分自信，嗓音洪亮，“醒了吧！感觉还可以吗？我们几位领导代表刑侦学院来看你了！”

丁忧十分防御性地看着他们，在被子底下抠手指。

“小丁啊！好好养病！不要有什么心理负担，”林胖子继续发表感慨，“都说你是刑侦学院的明日之星！你看不是吗？你才来几个月，法医大楼就塌了，你来了，就让我们这边有了翻天覆地的变化！没事儿！我们再盖一栋楼！更好的！新年新气象！小丁，好好休息，大家都盼着你生龙活虎地回去呢！”

林胖子唠唠叨叨的一通，丁忧就一直看着他没说话。

还是欧加拉熟知人情世故，让徐敬帮着张勇胜把东西都放在矮柜边上，一边笑一边说：“林书记，您太客气了，您还亲自来，忧忧都不好意思了，您看她都无言以对了！”

丁忧又看向她。

就是塌了一栋楼而已，丁忧可不会无地自容。

“林书记，谢谢您啊！”许靖南也跟林胖子寒暄，“当时情况紧急，我们有礼貌不周的地方，您也见谅。”

“许老弟，你说啥呢！”林胖子故作豪爽，“都一个系统的，抬头不见低头见，别见外！”

“哪里，哪里！林书记，”许靖南很自然地、恰到好处地笑着说，“刑侦学院是您管辖范围，我们当时有点撒野了，还好您是一个大度的人……”

丁忧已经把头垂了下去，她要被他们烦死了。

幸好林胖子贵人事忙，待了二十分钟，就带着人浩浩荡荡地走了。

许靖南送他们出去。

丁忧长长地吁了一口气。

欧加拉也皱着眉头，小声嘀咕了一句：“面目可憎。”

她也不太喜欢这么虚伪、流于形式，但好在她虽然不喜欢，却能应对得滴水不漏。

“刘辉要杀的就是赵苗苗！”丁忧确定林胖子一行人走远了才说。

“他为什么要杀赵苗苗？”欧加拉问。

“先从调查两人的人际关系入手。”许靖南回来说道。

“赵苗苗的死因没有什么可质疑的，是脑部受到严重创伤导致的死亡，”丁忧说，“刘辉呢？他两次被认定死亡，都是什么原因？”

“有法医正在做尸检，忧忧，你现在要卧床休息，我和徐敬去调查这件事情，欧加拉先出来一下！”

“我！”丁忧说着想下床，但是竟然感觉到手足无力，支撑不起来自己，而且她摸了摸，她的假肢竟然被卸掉了！

够狠！

“遵医嘱，好好休息！”许靖南一声令下。

“我就是医生……”丁忧尚且不服，小声说着，但是她左摇右晃，也没能把自己弄起来，只能忍耐下去，“好吧！但是你们一定要告诉我进展！”

许靖南点点头，跟欧加拉一起出去。

球球色眯眯地一头栽进徐敬的怀里，丁忧开始发呆。

欧加拉跟着许靖南走出门，许靖南走到一间没有人的储藏间，把门关上，透过玻璃看外面人来人往的走廊。

“欧加拉，麻烦照顾好忧忧。”许靖南背对着欧加拉，“不要让她惹事。”

“许先生，你可以放心。”欧加拉察言观色，“是不是很棘手？”

许靖南点点头，“赵苗苗的家人要把她打造成一个烈士，刘辉的家人不同意尸检。”

真是挺难的。

“如果调查深入的话，赵苗苗真实的死亡原因肯定掩盖不住，她成为烈士这件事，也就会成为泡影，但也不排除她家人手眼通天依然能把她打造成一个烈士，但是如果她家人有这么大的能力，许先生，你的阻力会很大。”

许靖南表示认同：“她的父亲是市人大代表，她爷爷十多年前是副市长，人脉和关系还在。”

欧加拉想了想，“但是这样疑点更重了，刘辉家人不同意尸检，是不是有什么幕后交易？忧忧记起来，当时刘辉奔着赵苗苗去，说是她杀了自己。”

“相对于以权压人，用钱买通的可能性更大。”许靖南分析，“特事科已经提交了对刘辉强制尸检的报告，应该马上能批下来了，只要防着刘辉家人强行把尸体拉走火化，我已经让人看着了，防止抢尸事件发生。”

欧加拉有点发愁，许靖南现在真是阻力重重，“许先生，一切小心，但是既然他们两家都达成协议了，各怀鬼胎，我们似乎没有必要这么刨根问底了吧？”

欧加拉的意思很明显，赵苗苗家里要把赵苗苗打造成烈士，刘辉家人不要尸检要立刻火化，显然这两家私下里，不管是钱，还是权，还是什么其他好处，各取所需，已经商量好了，特事科，还要不要调查了？

调查了又有什么意义？

“让真相水落石出，”许靖南说，“让无辜者沉冤得雪，让施害者受到严惩，很重要。”

欧加拉笑了，“这一点，你们有点像。”

“照顾好她，让她吃点东西。”许靖南把门打开。

“放心，许先生。”

“忧忧，你要不要喝点汤？”

“刘辉的第一次死亡报告上面说，是性猝死。”丁忧翻着报告。

球球本来在玩泰迪熊，一听到这句话，立刻支起了身子，侧耳倾听，邱小福对这些少儿不宜的东西可一点不会放过。

“性交期间，过度兴奋引发急性心肌梗死，抢救无效猝死。”丁忧一边看，还一边说出来，“报告上说，诱因应该是事前饮酒。”

“这种事情的话，是两个人吧？”欧加拉指出了一个关键，“女的呢？”

丁忧摇摇头，“没提，没有120急救车的出警记录，说明是其他人送他过来的，找到是谁送刘辉去医院的，那个人应该能知道，上面怎么没有家属签字？重症抢救都需要家属签字的！”

“那怎么找啊？”欧加拉问，没有签字，怎么能知道谁送刘辉去的医院？

“可以问当时的轮班医生，没有签字，就抢救，就确定死亡，肯定是有人跟他说了什么。欧加拉，给许靖南打电话，让他注意这点。”

十　健身教练之死（二）

省中心医院，许靖南接了电话。

“知道了，我们就在医院。”许靖南跟欧加拉说完，撂下电话。

“你确定吗？”许靖南接着问一个三十岁左右的男医生，“你确定，那个叫作刘辉的病人是性交猝死吗？”

男医生点点头，“我们当时给他做了急救，也没有救回来，他当时的症状，很符合性交猝死的情况，没穿衣服，勃起状态，急性心肌梗死。”

许靖南不是医生，只能大致听一下而已，反正丁忧正在那里孜孜不倦地翻看报告，“女方呢？一直没出现，那是谁送刘辉来的？”

男医生意味深长，“那名死者是健身教练，健身教练。”

许靖南问：“你的意思是，女方可能是一个见不得光的人？”

男医生笑了，“先生，你想想，一个健身教练性交猝死，可能对方是他的顾客，一个寂寞少妇，有钱有势人家的少奶奶，她们不就好这口嘛，这样的人，碰上这样的事，早就躲起来了……”

服务得真周到，死在床上，真可谓是鞠躬尽瘁死而后已。

“谁送他来的？”许靖南问。

“我记得是一个中年人，秃头，应该只是一个司机，跟男的没什么关系，人送来待了一会儿就走了。”男医生说。

“一个危重病人，没有人要留下司机？”许靖南问。

男医生一时语塞。

“不需要缴纳入院押金？不需要在抢救单上签字？”许靖南接着问，“病人生死未卜的情况下，你们就把送他来的人放走了，这是正常的手续吗？”

男医生开始冷汗淋漓。

“没家属签字，就确定死亡，送去停尸间，这也是正常程序吗？”许靖南问男医生，“医生，你为什么不说实话？”

男医生面有难色，半天才说：“先生，我只是下面办事的，别难为我。”

“医者父母心，”许靖南非常诚恳，“你这么草率地确定一个人死亡，你觉得自己是一个合格的医生吗？他在刑侦学院的停尸间里又活了回来，最后还是难逃死亡，作为一个医生，你没有什么事实想要说出来吗？”

“我只能这么做。”男医生面有愧色，看了看急救大厅的门外，“我读了十年书，干了三年轮值，我很辛苦，我有家要养，我不能丢了这个工作，先生。”

“我理解，但是，如果这是有预谋的，你就是帮凶，你就是从犯。”许靖南说。

男医生流着冷汗，半晌，许靖南就一直那么等着。

“我……”男医生磕磕巴巴的，“他是十点被送来的，十一点就被拉走了。”

说着，他的眼睛瞟着外面，“那个司机开着的车，是黑色的奥迪车……我什么也没跟你说，先生。”

许靖南点点头，“医生，你可以回去了。”

男医生下了刑场一样，败逃回去。

省医院急救大楼前面是一条宽阔的马路，左右十米，各有一个十字路口，十字路口红绿灯上，有监控录像。

“收治医生检查得不仔细……”丁忧看着报告说，“他根本没有做病理检查与毒性测试，当时刘辉处于假死状态，常规的临床检测手段检查不出来他还有没有生命体征，他玩忽职守是绝对的，但并不一定是谋杀从犯。”

“玩忽职守？”欧加拉笑了，“我只是觉得，一个早上十点的性猝死患者，正常的男女关系，两情相悦，谁会早上十点尽鱼水之欢？”

“什么意思？”丁忧把报告铺了一床，问欧加拉。

“我认为是这样的……”欧加拉解释，“健身教练刘辉，与他的某个客户，在上午偷情，偷情过程中，刘辉忽然出现什么什么……”

欧加拉说不出来那个术语，丁忧试探地提醒，“急性心肌梗死？”

“对！刘辉和他的那位神秘客户在欲仙欲死的关键时刻，忽然出现急性心肌梗死，这时候他的神秘客户吓坏了，如果她的情人死在床上怎么办？她当时可能会想逃走，但是她没有逃走，她决定求助，这时候她会求助什么人？”

“丈夫和男朋友是不是不可能？”丁忧问。

“当然不可以啦！你在外面偷情，敢让自己的老公知道吗？”欧加拉说，忽然注意到球球的表情异彩纷呈，觉得自己应该注意一下用语，“她会向什么人求助？肯帮她、又不会把她的秘密泄露出去的人，而且从后续的发展上来看，这又是一个能摆平这件事的人。”

“嗯，这是合理解释，”丁忧思索着，“死亡认定过于仓促和草率，说明有人要把这件事尽快掩盖下去。”

“一个有能力的人，”欧加拉笑着，“如果没有后来刘辉在刑侦学院借尸还魂，还遇上你这个妙手回春的医生，这一切就会悄无声息地结束了。”

欧加拉好厉害，竟然用了三个成语，语境还很合适。

“他怎么也死了。”丁忧淡淡地说，“问题是那个帮神秘顾客摆平刘辉的人，知不知道这件事是意外，还是谋杀。”

忽然，欧加拉的手机响了。

“长官，”徐敬拿着手机对许靖南说，“欧加拉的电话。”

许靖南的手机没电了，接过徐敬的手机，“什么事情？欧加拉。”

“许先生，强制尸检的申请通过了。”

“让法医立刻尸检。”许靖南说。

“忧忧要去。”欧加拉主要是要说这事儿。

“随她去吧！”许靖南实在是没有办法。

许靖南挂了欧加拉的电话，他和徐敬两个人才走进交通局大楼。

“徐敬，”许靖南吩咐徐敬，“我一会儿给你打好招呼，你在这里看省医院急救大楼前那条马路的监控录像，九点到十点半之间，找出符合要求的奥迪车，司机是一个秃顶的中年男子，把符合要求的所有车牌号和交管信息找出来，然后去市区法医实验室找我。”

“是！老大！”徐敬回答，这项工作他还是可以胜任的，找车，找人嘛！

至于许靖南，他只能去市区法医实验室，因为刑侦学院的法医大楼都塌了。

十一　疑点重重的尸检报告

丁忧很酷地拄着拐杖，头上缠着一圈纱布，苦大仇深地看着一个年纪很大的老法医检查尸体。

老法医颤颤巍巍、慈眉善目的，一边检查尸体，一边和丁忧聊天。老法医很少有这种机会，在法医室里能跟活人聊天。

“小姑娘啊，你也是法医啊？”老法医问丁忧。

“嗯。”丁忧心不在焉地回答。

“多大了啊？结婚没？老公干什么的啊？一般女孩子干这行，都不好嫁人……”老法医唠叨着。

过了半晌，丁忧才反应过来，问了一句：“啊？”

敢情她一句也没有听进去。

老法医相当习惯没人回答，在这种地方，有人回答才是见了鬼。

“这个气管造口做得太粗糙了。”老法医一边说，一边把尸体脖子那块的皮割开，掀起，露出红色的肉。

“我做的。”丁忧勇于承认。

“刀口没问题，就是工具选择得不好，法医一般下手没这么细的，都是死人嘛，小姑娘，以前不是法医吧？”老法医问。

“我是临床的。”丁忧回答。

“临床好好的，治病救人，怎么改行当法医了呢？”老法医问。

“我手受过伤，”丁忧挥了挥自己的手掌，掌心直通到手背的贯穿伤，“伤了神经，再做手术的话，掌握不了精度。”

“真可惜，”老法医摇摇头，“省医院定的是急性心肌梗死？”

“嗯。”丁忧回答，关于工作，她就比较积极了。

“唉！市法医实验室，没有人想检查这具尸体，只能我老头子上阵了。”老法医叹口气，一边说一边用巨大的骨钳，把尸体的胸骨全部剪断，一阵咔嚓咔嚓的清脆响声。

“为什么没有人想检查？”丁忧真是脑袋缺根弦儿。

“省医院都定了是急性心肌梗死！干吗还检查啊！不是找不自在吗？”

老法医一边说，一边用扩胸器把剪断胸骨的尸体的胸腹全部撑开，露出里面鲜红的内脏器官。

“那你为什么检查？”丁忧问。

“人死为大，不能不明不白！”老法医看着内脏，摇摇头，“真不是心梗死的。”

丁忧探头去看，红艳艳的器官，心脏皱缩成一团，一个泡一个泡的，像是一个放大的桑葚。

“没有冠状动脉粥样斑块，没有附壁血栓，没有脱落，没有心包填塞，理论上说不是心肌梗死的症状……”丁忧看着尸体的内脏，她没有戴手套，所以不能翻动。

“小姑娘还行啊，知道死亡原因吗？”老法医问她。

丁忧皱皱眉头，“我得一只手扶着拐杖。”

说着，她用另一只手拽出一副一次性手套，借助于拄拐的手，把一次性手套戴上，在尸体的内脏里掏动、翻检。

“是乌头碱吗？”丁忧把手伸出来问。

“你就看心脏就行了，抽抽成这样了，按经验来说，十有八九是乌头碱。”

“还需要毒性化验吧？”丁忧问。

“人命大事，年轻人做事小心谨慎是好的，切片做毒性检查行！”老法医很欣赏丁忧。

虽然对死因进行了初步确定，但工作还是要一丝不苟地进行。接着，老法医井然有序地把尸体的内脏器官都摘出来，把胃剖开，把胃容物都倒进玻璃器皿中……

“初步确定是乌头碱中毒。”丁忧走出来，看到除欧加拉外，还多了一个许靖南，“但是还需要再做毒性检查。”

“谋杀？”许靖南问。

丁忧点点头。

这时候老法医也颤颤巍巍走出来。

许靖南连忙走过去，握住他的手，“谢谢您，梁老。”

老法医梁老连连摆手，“小许，谢什么谢！本职工作，如果要作证的时候，别忘了找我，我老头子啥都不行，就骨头硬！可不怕那些妖魔鬼怪。”

许靖南真诚地说："一定！梁老是奉城的良心所在！"

梁老呵呵地笑了，"哪里哪里！"

他走过丁忧的时候，用力拍了她肩膀两下，"小姑娘不错，小姑娘真不错！"

梁老的手劲儿真不小，丁忧感觉到自己的脑震荡又被拍出来了。

"梁老……"丁忧被拍得龇牙咧嘴，跟着许靖南叫，"你有没有参加过前一阵子的技能测试？"

梁老豁达地笑道："参加了，支持年轻人工作嘛，但是没及格，分数还不到刚来的小伙子的一半呢！不过说实话，这个测试真扯淡！"

"为什么？"丁忧问，真是哪壶不开提哪壶。

"卷子不会啊！"到梁老这种层次，一切皆自然，即使不好也不会藏着掖着，"像我们这样的人，老年头根本不叫法医，叫作仵作，有经验没文化，五六十年代才学着一些苏联和英国的现代方法，那卷子看着跟天书似的，净整那些鸟语，看都看不懂，别说做了！姑娘，咱吃这口饭的，是要明白死人，想着人家心里的冤屈，可不是拽几句洋文，说几句老百姓听不懂的术语就能耐了的……"

"噢——"丁忧有些受挫。

"这年轻人呀！有热情，没经验，总喜欢搞折腾人的花样！在三十多年前，地方分局有一个主管刑侦的副局长，他老子是一个军区副司令，所以这副局长三十多岁，升官跟坐火箭似的，一天到晚琢磨着怎么提高破案率，不让侦查员上街调查，全都圈起来上课，白天黑夜地上课，那侦查员受得了吗？老百姓也受不了呀！于是大家伙儿就给这副局长下泻药，副局长往厕所跑，大家伙儿就往街上跑。幸亏这副局长升得快，不到半年折腾到政协去了……现在吧，这副局长应该在里面，但也不消停，天天往高法写信，说这个监狱系统的职工文化水平跟不上去，要给他们上课……人都没啥毛病，就怕折腾，折腾来折腾去，把自己折腾坏了不是……"

丁忧听得晕头转向，她不知道自己跟这个副局长有什么关系。

梁老看她兴致不高，以为是年轻人想到将来的工作觉得压力大，所以又很慈爱地用力拍了她的肩膀，丁忧直接晕了。

丁忧晃了晃，仰面向后倒去。

许靖南连忙把她托住，像抱大号玩偶一样抱在身上。

“这姑娘怎么跟个瓷娃娃似的？”梁老大惑不解，他死人见得多了，活人受伤生病不太有经验。

“她脑子有点被撞坏了，大病初愈。”欧加拉对梁老说，也没有注意到自己的话里是不是一语双关。

看来，丁忧最好还是在医院待着。

“医生，怎么回事？”许靖南问查房医生。

“不是被拍晕的。低血糖，吊一瓶葡萄糖就能醒了。”查房医生见怪不怪地说。

他是见多了为了减肥饿晕了的女孩，早就有经验了。

“不是脑子的问题就好……”欧加拉拍着胸脯，查房医生的视线转了一个弯，游移到她的丰胸上，眼睛都直了。

丁忧睡得挺好，感觉自己似乎在一团软乎乎的棉花上，又温暖又轻柔，沉沉睡去，希望永不醒来，忽然间一声枪响，天昏地暗，哭声凄厉，尸骨如山，血流成河。

一个小孩，抱着她的双腿，血肉模糊，只剩下一半身子，下半身没了，如破絮一样的血肉拖着肠子，双眼流血，恶狠狠地盯着她，尖利地叫着：“都是你！都是你！都怪你！都怪你！”

半身怪孩张开嘴，露出尖利血红的牙齿，咬向她。

丁忧霍然惊醒，惊出一身冷汗，凶悍地瞪着双眼，闪电般地抓住一只手，那只手上，还有针管，已经要扎到了她的皮肤。

十二　因何而死

要给丁忧扎点滴的小护士已经被吓哭了，手腕一圈青紫，她没见过这么大力气、这么凶的病人，白衣天使怎么这么可怜？还要被病人袭击！

“疼——疼死了——”小护士哭道。

“我自己来。”丁忧触电似的松开手，捏过小护士手中的针，一推就扎进自己手背了。

她果然是一贯秉承身体力行的原则，自己能做的，绝不麻烦别人。

“我怎么在这里？”丁忧问。

欧加拉已经去安抚无故被吓的小护士，许靖南回答：“你在市法医办公室晕倒了，所以就回到医院了。”

“哦——”丁忧抬头看了看点滴瓶，“葡萄糖——”

“你多长时间没吃东西了？除了晕过去，多长时间没睡觉了？”许靖南问她。

丁忧皱皱眉头，“那天早上在你家，不是吃了吗？但是，那天晚上在你家——没睡。”

欧加拉刚回来，就听到这么劲爆的消息，红唇微张，黛眉轻挑，表情微妙而奇特。

许靖南无语了，“那都是什么时候的事情了！”

“葡萄糖——”丁忧指了指点滴，立刻转移话题，“刘辉在省医院的死亡报告上说，他酒后性行为导致猝死，他的胃容物和血液检查，显示他的确喝酒了，乌头碱溶于乙醇，酒精会加速乌头碱的吸收，如果不是误服的话，那么凶手有一定的医学常识，并且对乌头碱有一定了解，能用酒后性交猝死来伪装乌头碱中毒死亡的真相。”

工作为重，许靖南不和她纠结晕倒的事情，“有没有这种可能，乌头碱的剂量，并没有达到让刘辉死亡的程度，但是它的剂量，可以让刘辉酒后性交猝死？”

“可以，”丁忧点点头，“这样的话，猝死更不容易让人有怀疑。”

现在的一切都表明，刘辉之死是预谋杀人！

刘辉在法医大楼外发疯撞死赵苗苗，一直在喊着："你个小骚货！你敢杀老子！"

凶手究竟是已死的赵苗苗，还是另有其人？

而且刘辉最先的一次"死亡"，是服用掺了乌头碱的酒后的强烈兴奋刺激，他知道自己究竟是死于乌头碱，还是死于性交猝死吗？

他自己知不知道这个杀害他的阴谋？

他为什么清醒之后，就把一切矛头都指向了赵苗苗？

他为什么这么确定？

两人都已经死了，这个谜团要靠谁来解开？

"老大！"就在这时候，徐敬迈着正步走进来，"我去市法医实验室找你，一个姓梁的老人告诉我，你们回到医院了，我就回来了！"

徐敬眼睛红红的，他习惯瞄准靶心，但不习惯看视频找证据。

"找到了吗？"许靖南问徐敬。

"找到了！老大！"徐敬相当有成就感，他觉得自己还有很多方面的才能等待挖掘，"我给拍下来了。"

难得他还懂得用手机的照相功能，但是大家想错了。

徐敬拿出一张A4纸，上面有一张照片，一看就是打印机打出来的，原来在交通局，徐敬好不容易找到符合要求的奥迪车，招待他的交通局员工帮他把暂停的画面，截了一个屏用打印机打出来。

而徐敬的手机，是最老式的直板蓝屏诺基亚，许靖南手机没电，他手机有电，一个原因是许靖南电话比他的多很多，另一个更重要的原因则是，耗电量那是天与地的区别。

照片上是一个秃顶的中年人，带着墨镜，很严肃地开车，车是奥迪车，时间戳符合。

A4纸上除了照片，还有几行字，一笔一画，很认真，跟小学生似的，是徐敬的手笔。

"车牌号有了，×××××××××，0开头的车啊，"许靖南感慨了一句不容易，"驾驶人信息：姓名是林某，职业是司机，所属单位是奉城宏大建筑责任有限公司，法人代表是林丽。这是工商局的注册信息。"

许靖南把宏大建筑责任有限公司的法人代表照片调出来，拿着平板给丁忧看。

很眼熟，但是一般来说，公示用的证件照，尤其是在工商执照上的证件照都会比本人好看些、年轻些。

这有一定的商业心理学在里面。

“那天天色已晚，人们归心似箭，”欧加拉回忆，当时所有人里就她还算相对不忙，“这个人看着年轻漂亮些，但应该就是摇晃赵苗苗的中年女人。”

人伦惨剧啊！

欧加拉有些不解了，以她的观念，她无法理解丁忧还有什么好查的。

“司机的照片——”丁忧拿着平板和徐敬打印的照片反复比对，“根据面部的遗传性看，这两个人有亲缘关系。”

电视上还在播放着赵苗苗舍己救人的故事，现在这个故事好热火，但是剧情已经从勇救砖板下的小孩子，变为了勇斗疯汉献出了年轻宝贵的生命，后面这个故事靠谱点，她至少是被“疯汉”撞死的，看来真有人要不遗余力地将这个横死的女孩捧上神坛。

“赵苗苗，一个如花的生命，在紧急关头，以一个妙龄女子的孱弱身躯，对抗狂风暴雨。赵苗苗，你会永远活在奉城人民的心中，活在幸存者的心中……”

电视屏幕上滚动播放着赵苗苗的艺术照、生活照，没重样的。

“这两个人是母女，她们的遗传性征相似。”丁忧举起平板，对比着电视上赵苗苗的照片。

欧加拉没有管丁忧的专业术语，单纯捧场，“是长得很像啊，惟妙惟肖的。”

她这个成语用得很奇怪。

似乎真相已经很清楚了，至少一样是清楚的，林丽是赵苗苗的生母，也是把她晃死的人。

“搜查赵苗苗和刘辉的生活工作环境，看能不能找到乌头碱。”丁忧说，

“或者川乌、草乌、附子等中草药材……”

“已经搜查了刘辉的出租房。”许靖南说，“被整理过，像是被家政员打扫过一样。”

丁忧皱了皱眉，这样的举动明显是心里有鬼，“赵苗苗——，还有林丽，我认为，不能确定他们无辜之前，要做从犯的假定。”

“我和欧加拉去找林丽谈谈。”许靖南说。

欧加拉和许靖南走出病房，一副欲言又止的样子。

“欧加拉，”许靖南似乎没在看她，但是她的表情和神态已经尽入眼底，“你有什么想说的，尽可直说。”

十三　飞扬跋扈的嫌疑人

欧加拉笑了笑缓解尴尬，“许先生，我觉得我们没有必要去找林丽谈话，她是一个失去了女儿的人，她现在一定是深深地自责与悲伤，我们何必去往她的伤口上撒盐？况且似乎真相不言自明，赵苗苗投毒杀了刘辉，刘辉回光返照的时候杀了赵苗苗，为自己报仇，而不管林丽做了什么，她已然失去了自己的女儿……”

“你的意思是——”许靖南意味深长，“既然已经是这样了，莫不如让它稀里糊涂地过去算了？”

欧加拉没有直说，“中国有句老话叫作人死为大，况且强龙不压地头蛇，许先生。”

许靖南绅士地帮欧加拉拉开医院大门，“欧加拉，赵苗苗为什么要杀刘辉呢？”

欧加拉想当然地回答：“可能刘辉威胁她？威胁她会把他们之间的关系告诉其他人，赵苗苗的男朋友或者丈夫。”

“赵苗苗并没有男友。”许靖南说，“这种假设就是不成立的，虽然现在一切看起来都像是赵苗苗先杀刘辉，后被刘辉所杀，但是有很多细节都不清楚，最关键的一点是杀人的原因，其次赵苗苗只有初中学历，大学本科文凭是花钱买的，这么一个受教育程度有限的人，又没有任何医学常识，她是怎么知道用乌头碱杀人，伪装成猝死的呢？”

欧加拉有点转不过来。

“欧加拉，这个案件还有很多疑点，不能草草了事，我们甚至不能断定凶手是谁。”

“许先生，你的意思是，”欧加拉开始有点灵光，“可能凶手另有其人？”

经过许靖南的分析，欧加拉也觉得这个案子疑点丛生，她之前只是觉得这是一个互为凶手、互为受害者的案子，一方的家族在当地还颇有势力，不了了之的最好。

这是她的圆滑世故，见惯了灰色地带。

但是现在看起来，不是那么一回事儿。

“这倒是不一定，只不过我们需要把真相还原出来。”许靖南回答。

赵苗苗的家在市中心的一片花园别墅里，闹中取静，寸土寸金，这种地方不只是有钱才能住得起的。

许靖南和欧加拉两个人在门前，竟然遇到了刑侦学院的张勇胜。

“许先生、黎小姐好！”张勇胜抱着一堆东西，看见两个人上来打招呼，“丁医生恢复得怎么样了？”

他倒是一个挺有心的人。

“还不错，谢谢你，小张，”欧加拉笑着，自从知道了是张勇胜帮徐敬找的建筑图纸，她就对这个小伙子很有好感，“你怎么拿这么多东西？”

“苗苗牺牲了，我把她的一些遗物送过来。”张勇胜回答，他真是一个小心翼翼的人，甚至滴水不漏，当时的真实情况如何，他是亲眼看到的，竟然不忘用“牺牲”这个词。

“怎么你来送呢？”欧加拉多问了一句。

“丁书记和领导们已经来慰问过了，我就是送东西的。”张勇胜回答。

虽然觉得这个案子并不需要太费心，欧加拉之前也做了群众调查，“我是说赵苗苗所在的档案室里，不是还有三个女孩儿吗？关系很好，亲如一家，怎么不是她们三个顺便带来呢？”

张勇胜尴尬地笑了笑，“莉莉昨天刚刚结婚，她们这一阵子太忙了，没去过单位，丁书记就打发我把东西送来了。”

欧加拉心思何等细腻，不做深究。

他们在门外等了至少十分钟，才有人来开门，一个四十岁左右的女人，低眉顺目、客客气气地请他们进院子，应该是一个住家保姆。

一个花枝招展的女孩倚在门上，斜着眼睛对张勇胜说：“把东西放旁边，现在阿姨没有空搭理你们，赶紧滚吧！”

真是一个不懂礼貌的人。

“莉莉——”张勇胜赔着笑脸，“这都是苗苗最后的东西了，放在院子里多不好，我还是把它们抱进屋里吧！”

莉莉横了他一眼，扭着腰往旁边一靠，换了一副声调问许靖南和欧加拉：“你们两个又是来干什么的？”

欧加拉觉得这个女孩太张狂，而且她觉得自己应该没看错，那莉莉隐约在对许靖南抛媚眼——她决定自己还是别说话招人厌。

“想跟林丽女士谈一谈。”许靖南又不傻，佯装不知。

莉莉撇嘴哼了一声，扭着腰，“进来吧！”

她的好朋友死了，她竟然没有悲伤的样子，她刚结婚，竟然对着别的男人抛媚眼。

刚一进屋，莉莉立马换了一副伤心欲绝的表情。

客厅是非常土豪的金碧辉煌的装饰，一看就很贵，但也一看就不上格调。

除了莉莉之外，还有两个女孩、林丽、抱着东西进来的张勇胜。

张勇胜把东西放在地上，很礼貌地对林丽说：“阿姨，我把东西放在这里了！你一定要节哀！”

林丽一副趾高气扬的样子，其他三个女孩也没有理张勇胜。

很奇怪，很反常。

张勇胜走的时候，欧加拉跟他挥了挥手。

赵苗苗母亲林丽表面上也看不出有多悲伤，难道她把自己催眠了，真当自己的女儿是救人的英雄？

客厅里的氛围很诡异。许靖南决定开门见山，问完赶紧走。

“林丽女士，请问你，”许靖南直接问，“你女儿赵苗苗认不认识一个叫作刘辉的健身教练？”

林丽非常张狂地跳起来骂道：“你他妈的是谁啊！来这里撒野！你他妈也不出门问问，老娘是什么人！”

许靖南显然也没有料到林丽反应这么大，那么再下猛药吧！

“林女士，在十月十九日，你有没有帮助你女儿，让你弟弟开着一辆奥迪车将心肌梗死的刘辉送往省医院？”

林丽越发激动和嚣张，可能平时也是这样的作风，只不过今天更加本色而已。

她把桌子上的热水壶往许靖南身上扔去，一边扔一边吼叫：“我女儿苗苗是烈士！是英雄！你们这些穷逼也不撒泡尿照照自己是什么熊样！老娘找人打不死你！老娘一只手就能捏死你们十个！”

三个女孩都冷眼旁观，表情各异。

许靖南身手矫健，一把将欧加拉推开，接住热水壶，但是热水也撒了他一身，脸上、手上都有。

“把他们给我打出去！不长见识，不要脸的东西！”林丽大吼大叫。

几个彪形大汉从院子里出现，摩拳擦掌、虎视眈眈地看着许靖南。

这是黑社会吧？

“我们自己走。”许靖南笑了笑，掸了掸身上的水，还不忘绅士地对欧加拉做了一个请的手势。

欧加拉冷着脸，点点头。

林丽虽然张狂，但好在彪形大汉没有动手，只是监视许靖南和欧加拉离开。

林丽兀自不停地跳脚咒骂，极尽恶毒粗鄙。

出了小别墅，门砰的一声被关上了。

欧加拉摇摇头，“此物非善类！冰冻三尺非一日之寒，估计这位太太平时就不是好惹的。”

两个人往别墅区外面走。别墅区里面不让停外部车辆，两人的车停在外面。

一栋别墅的小门开了一角，一个十七八岁的女孩探出头来，看着许靖南身上都是湿的，怯生生地问：“那位大哥——”

许靖南听到叫他，和颜悦色地问道：“小姑娘，什么事？”

十四　偶然得知的秘密

“你要不要擦一擦？你身上都是水。”女孩拿着一块毛巾问，女孩穿着毛衣，系着围裙，看样子是一个小保姆。

许靖南本来想说谢谢不用，但是转念一想，两家住地还比较近，为什么不打听打听呢。

“姐姐——”小保姆把毛巾给许靖南，羡慕地看着欧加拉，“你好漂亮啊，你是不是记者？”

欧加拉的原则是人若敬我，我必敬人，笑道：“我不是啊，但我有段时间还挺想成为记者的，因为我妈妈年轻的时候是。”

小保姆看两个人都很礼貌而且亲善，胆子大了些，“最近有好多记者来呢，都被那房子的女主人骂出来了。”

“为什么骂出来？”许靖南顺着她问。

“好像说，”小保姆小心地四面看了看，确定没有人偷听才说，“说网上有人扒皮，说她女儿根本不是烈士，就是在那边看热闹，倒霉被砸死的，就有一些记者啊、网友什么的，上门来求证。那家女主人脾气一直都很差，就把人赶出来了，还让那些保镖打了人呢！”

现在的信息量这么大，网络这么发达，网友个个顶侦探，纸包不住火，手眼通天也挡不住。

“是脾气很大呢！”欧加拉深有感触。

“姐姐，你看！”小保姆撸起袖子，“她家以前养了好几只狼狗，我这胳膊就是她家狼狗咬的。”

小保姆手臂上有很深的牙印，也很大，看样子真是条大狼狗。

“很疼吧？”欧加拉问，“你怎么没找她啊？狗仗人势咬得这么严重。”

小保姆忍着眼泪摇摇头，“我不敢，那女人那么嚣张，她老公很厉害的，最后我们家女主人上门给我找说法，那家女主人才甩给我八百块钱，说是让我爸妈给我送终，她家狼狗看得起我才咬我的……”

“真是太过分了！仗势欺人！狗仗人势！”欧加拉很愤怒，“那狼狗后来呢？今天没看到狼狗啊。”

“送人了。”小保姆说，“那家狼狗一见外人就叫唤，她家女儿最近一年经常带人回来。一有人来狗就叫，就有人去看，估计她家女儿嫌烦，就把狗送走了！”

带人回来？

许靖南和欧加拉对视一眼。

欧加拉继续和颜悦色地问：“小妹妹，带什么人回来？”

小保姆脸一红，觉得不好意思，“那家女儿经常和其他三个女的一起玩，都长得可漂亮、可时髦了，但是没有姐姐你漂亮，——她们经常白天去那里，大多数时候，都是那家女儿一个人带着一个男人回来，大白天的多不好意思啊！但有的时候其他人也会悄悄过去。”

“你的意思是？”欧加拉循循善诱，“赵苗苗经常大白天带一个男人回来？甚至有时候，其他三个女孩也会过来。”

小保姆窘得脸通红，小声说是。

“那个男的，你知道是什么人吗？”欧加拉问小保姆。

小保姆点点头，“我家女主人经常去健身房的，她有一天看到了，说是她常去的健身房的一个教练，叫什么阿辉的，说让我避着点，不要和人乱说，说那个阿辉不是什么好东西，是出来卖的，那几个女的也不正经，乱搞的。”

许靖南为了确定，给她看手机里刘辉的照片问：“是他吗？”

小保姆点着头，“是，我家女主人说了，小伙子长得不错，干什么不好，整天陪一堆富婆玩。”

赵苗苗和刘辉是有私情，但是幽会地点不是刘辉处，而是赵苗苗家。

“我让徐敬去查这个摄像头。”许靖南在车上指着前面红绿灯上的摄像头。

出别墅区一定要通过这个路口，从别墅区到省医院大概需要半个小时，如果符合的时间段内，有那辆送刘辉去省医院的奥迪车出现过，那么可以佐证，刘辉的出事地点，是赵苗苗的家中。

那刘辉家，怎么会被收拾得干干净净？他又不是死在那里的。

但是即使能证明刘辉是在赵苗苗家中出事的，也不好检查赵苗苗家，林丽能活吞了他们。

“咦？”许靖南拐了一个弯，经过一个公交站的时候，欧加拉叫停他，“那不是张勇胜吗？”

“小张！”欧加拉摇下窗户，招呼张勇胜。

“黎小姐！”张勇胜问好，“好巧啊，又见面了。”

“小张，你去哪里啊？”欧加拉问张勇胜，她对这个小伙子很有好感。

“黎小姐，我等公交车去省医院。”张勇胜回答。

“上车！”欧加拉招呼他，“我们也去省医院，顺便带你一程。”

“那多不好意思啊！”张勇胜推辞着，“黎小姐，我等公交车就行！”

“哎呀！你快点啊！不要婆婆妈妈的，”欧加拉催促，“这里不能停太久的！”

张勇胜没有办法，只能上车，一个劲儿地道谢。

“小张，不用客气，我们也是顺路。”许靖南问，“你去省医院干什么？”

“看人去。”张勇胜说。

“谁生病了？”欧加拉问。

“我去看我女朋友的爸爸。”张勇胜回答。

“怎么住院了，生什么病了？”欧加拉问。

张勇胜神色黯淡，“他胃癌晚期了。”

欧加拉沉默了一会儿，“真可惜。”

“才五十五岁。”张勇胜笑了笑，“但是也好，他这几年受太多罪了。”

车里一阵沉默。

许靖南打破沉默问道：“小张，我看你不像本地人。”

张勇胜回答：“是，许先生，我是湖北人。”

“怎么想来奉城了呢？”欧加拉问。

“我女朋友是奉城的。”张勇胜有些羞涩地说。

“跟着女朋友一起回来，小伙子不错啊。”欧加拉称赞，“情深意重的。”

张勇胜挺甜蜜地回忆：“我们两个是大学同学，她是单亲，她妈妈去世得早，她爸爸带她挺辛苦的，我们两个大学的时候，谈得挺好，她不嫌我矮，也不嫌我瘦，毕业的时候她跟我说，她妈没的时候，她爸才三十岁，这么多年一直都没动过再婚的念头，就那么一直带着她，太不容易了！她怎么也得回奉城照顾她爸，我要是能和她一起回，我们就在一起，不能的话，她选她爸，不选我，让我考虑考虑。我当时就说，我考虑啥啊！你爸的恩情，咱们得孝顺一辈子，我家里还有一个弟弟，我爸有我妈，我妈有我爸，你爸也就有你了。然后我们就回来了，我爸妈气得一年没理我，白养了一个儿子，跟人家姑娘飞了，后来还是我弟弟帮着我，我爸妈才缓回点口气，我们准备结婚的时候，我妈说，结婚不来！让我爸和我弟弟来。她还心里有气呢！我弟弟后来跟我说，我妈虽然生我气，但是在家里跟我爸和我弟弟说了，我要是有孩子，她肯定要过来照顾，因为她担心我女朋友她爸爸和我两个大男人，照顾不好女人月子和小孩，我妈刀子嘴豆腐心……”

欧加拉微笑着细心倾听，“你们真挺幸福的，不过怎么还女朋友爸爸，可以叫岳父啦！”

张勇胜搓着手，眉梢眼角说不尽的哀伤。

“我女朋友去世了。”

十五　垂垂将死

欧加拉没想到这么悲惨的结局，不知道应该说什么。

车里面安静了很久。

还是张勇胜打破沉默："到医院了，谢谢许先生和黎小姐，我先走了！"

欧加拉看着张勇胜的背影匆匆走进住院部，感叹了一句："天道不公，多好的人啊，真可惜。"

不知道他女朋友什么时候去世的，但是他今年怎么也有三十了，他和他女朋友毕业回到奉城没多久，就准备结婚，这么算来他女朋友去世也有四五年了。

这么多年，也真不容易的一个人。

"他是学什么出身的？"许靖南问欧加拉。

"学档案学的，所以当时刑侦学院的林胖子让他去帮徐敬找图纸，"欧加拉回答，"有点大材小用，他现在好像就一直在打杂似的，太屈才了。"

是屈才，刑侦学院也一直没有重视过档案管理这块，让一个学档案的打杂，让四个不学无术的关系户在档案室里混吃混喝，把档案弄得一团糟。

人员安排不合理，管理混乱。

但是毕竟是别人的事，其他人不好指手画脚。

"乱七八糟的！"丁忧的病床上放着一个电脑，她说了一句。

"什么乱七八糟？忧忧。"欧加拉走进来问丁忧。

"我在查赵苗苗的关系网络。"丁忧回答欧加拉，果然她是一直不用静养的，"你们找到乌头碱了吗？"

"没有。"许靖南回答，从保温杯里倒了一碗甜汤，端到丁忧鼻子底下，"喝了。"

丁忧下意识地向后躲，"里面有什么？"

"红枣、银耳、雪梨、冰糖……"许靖南报着食材，把碗又往丁忧嘴边送了送，"反正没放毒药，快喝了。"

“你们搜查赵苗苗的家了吗？”丁忧不得已张嘴，像喝药一样喝了几口甜汤。

“没有。”许靖南回答，把一碗汤都灌进丁忧的嘴里，又倒了一碗。

“慢点喝，再喝一碗。”许靖南表情严肃地又一点一点灌了丁忧一碗汤，用手帕给她擦了嘴，“继续吧。”

欧加拉觉得氛围有点奇怪，什么也没说。

丁忧沉默了一会儿，她在想，这时候是不是不应该质问：“你衣服怎么有水渍？”

“被林丽用热水泼的。”欧加拉回答，许靖南又去接电话去了。

“啊？”丁忧吃了一惊。

许靖南走进来，沉着脸，“我去市法医办公室，刘辉的尸体被抢走了！”

“什么？”丁忧差点要站起来。

“你们两个留在这里！”许靖南依旧沉着脸，“我和徐敬去处理！欧加拉盯着她，让她把东西吃了。”

他连衣服都没有换，就又匆匆走了。

“真是宜家宜室，我都心动了。”欧加拉看着许靖南的背影，发自肺腑地感叹。

“他们怎么敢这么做！”丁忧怒道，“他们怎么可以去市法医办公室抢尸体！”

欧加拉想着林丽别墅里那几个彪形大汉和张狂的林丽，“我认为，他们应该就是这么目无法纪的。”

“你心动什么？”丁忧扭头看欧加拉。

欧加拉赶忙撇清自己，“爱美之心，人皆有之，我没有非分之想。受人之托，忠人之事，再吃一块枣糕，还是莲蓉酥，还是……”

“你们去那么长时间，有没有什么收获？”丁忧问欧加拉，刚问完一句话，嘴巴里就被塞进去一块枣糕。

“也有，”欧加拉点点头，“你知不知道，刑侦学院有一句话，叫‘四个女儿四个妈，四个老爸大处长’？”

丁忧摇摇头。

“那你知道刑侦学院档案室有四个工作人员，女的，都二十多岁？”欧加拉又问。

丁忧摇摇头。

欧加拉没有气馁，“档案室的四个工作人员，就是这‘四个女儿四个妈，四个老爸大处长’里的四个女儿，她们没有什么工作经验和专业技能，都是凭借裙带关系得到这份工作的，也完全没有任何工作态度和职业操守，死者赵苗苗就是其中之一，我们现在知道了，不仅仅是赵苗苗和刘辉有不正当男女关系，呃——不正当男女关系，你们是这么形容吧？除了赵苗苗之外，另外三个人，和刘辉都有关系，甚至，可能群交……”

“群交？”丁忧问。

“你知道什么意思吧？”欧加拉有些坏坏地笑着。

丁忧点点头，“那说明不是正常的恋爱关系。”

“你懂什么是正常的恋爱关系吗？”欧加拉调侃丁忧。

“两个人基于一定的物质条件和共同的人生理想，在各自内心形成的对对方的最真挚的仰慕，并渴望对方成为自己终身伴侣的最强烈、最稳定、最专一的感情。”丁忧背书一样。

欧加拉败了，“我缴械投降！赵苗苗近期是没有男朋友，但是其他三个人，何莉莉才结婚，赵苗苗死后第二天举办的婚礼，杨晓霞、林洁都有固定的男朋友。”

丁忧拿起手机，“徐敬电话。”

她按下免提。

“丁医生，送刘辉去省医院的那辆车，九点半的时候，在别墅区外的路口出现过。”徐敬说。

“知道了。”丁忧回答。

“丁医生，我现在去市法医办公室找老大。”

“赵苗苗、何莉莉、杨晓霞、林洁在档案室工作了六年，”丁忧说，“赵苗苗是二十岁参加工作，何莉莉、杨晓霞、林洁都是十九岁参加工作，她们之前有两个人，张勇胜和程书慧，他们两个早两年，二十三岁的时候参加工作。”

“张勇胜？”欧加拉问道，“张勇胜在档案室工作过？”

“是的，张勇胜和程书慧，他们两个是学档案学的。”

"他们两个还是同学啊！"欧加拉凑近，看丁忧正在看的网页，刑侦学院的内部人事网。

丁忧一回头，整张脸都贴到了欧加拉的丰胸上，首先欧加拉一手撑着床板，探身看电脑，离得近，其次欧加拉的胸部实在太有规模了。

丁忧把脸拔出来，喘了口气，"怎么了？"

"没什么。"欧加拉摇摇头，"忧忧，你在这里好好待着，我去看看就回来！"

"你去吧，"丁忧让她离开，"我就在这里看东西，我跑不了。"

"不准出尔反尔啊！"欧加拉指着丁忧。

"我说到做到。"丁忧回答。

欧加拉走到医院外，在一家花店买了一束花，又买了一些水果做成果篮，回到住院部。

因为她不知道要找谁，所以只能去护士台询问。

"你好，"欧加拉很有礼貌，"我来看望病人，他是胃癌晚期，姓程，名字叫作什么不记得了。"

欧加拉魅力十足，即使没有说出名字，护士也很乐意帮她查，因为值班的是一个男护士。

这就是美女的优势。

但是不好查，因为欧加拉只给了一个姓。

"他的女婿叫作张勇胜，外地人，个子矮矮的，人瘦瘦的。"欧加拉提醒着护士。

"你说的是老程吧！他那还不是女婿，没跟他女儿结过婚，但是人真不错，人前人后地照顾老程，比别人家亲儿子都上心！我们都说老程真是摊上好人了，女儿虽然没了，但是这个女婿真顶事儿！"

"我就是要看望老程！"欧加拉连忙说，"我听说他时日无多，特地来看看，聊表心意。"

护士奇怪地看了欧加拉一眼，一般人都不会用"时日无多"这个词吧！果然文化有差异，"老程的癌症已经扩散，是没有几天了，在604，需要我带你去吗？"

护士的意思应该是希望欧加拉能让自己带她去。

但是欧加拉没有给他这个面子，“我自己去就可以，劳烦你了！”

604是重症病人的多人病房，整个病房里弥漫着一股死亡气息，浑浊、压抑。

因为这里的人都垂垂将死，而且都是久病之人，他们的身体和意志力早就被疾病拖垮了。

空间狭小、逼仄，东西摆放得也杂乱无章。

欧加拉站在门外都无处下脚，光鲜亮丽的她与这里格格不入。

就如同玫瑰不属于穷人。

“黎小姐，你怎么会来这里？”欧加拉身后有声音响起。

张勇胜端着倒好的尿盆尴尬地看着欧加拉。

欧加拉提了提自己手里的果篮。

张勇胜的岳父老程瘦得一副皮包骨，但神志还清醒。

张勇胜不知道怎么介绍欧加拉，因为完全没有像欧加拉这样的人来看望过他们，况且他们仅仅不是陌生人。

但欧加拉比较随性，直接打招呼：“程老伯，您好！我是小张的朋友，刚好我有另一个朋友在这里住院，我也顺便来拜访一下您。”

欧加拉这句话说得很巧妙，既避免了突然拜访的唐突，又表现了自己不是刻意而为之。

老程艰难地挤出一丝苦涩的笑容，“谢谢你……”

这个老人在被病魔拖垮前，早已被生活的苦难打败了。

张勇胜显然是完全没有准备，手忙脚乱地在病床边收拾出一小块地方，把西一堆、东一堆的东西归拢起来，让欧加拉坐。

欧加拉为了缓和气氛，指着被张勇胜堆在一起的一些胶布、药丸问：“这些是什么？中药吗？”

张勇胜有些拘谨地回答：“也不算是，程叔家里有一个祖传的方子，治跌打和风湿很有效，刚好一个病友的老伴老风湿又犯了，我就帮忙配了几副膏药。”

“中医是中国国粹，程老伯还真是家学渊博啊！”欧加拉对老程说。

老程艰难地摇摇头，“哪里啊！要真是的话，怎么会躺在这里？”

“风湿？”欧加拉忽然想到，“这膏药治风湿，对截肢的有没有效果？”

张勇胜看向老程。

“截肢也是气血不畅。”老程说了半句。

“缓解不适肯定有效的，”张勇胜开了一句玩笑，“但是再长出来，就不行了。”

欧加拉莞尔一笑。

窗外，有救护车的鸣响。

医院救护车来来往往很正常。

但反常的是救护车鸣响后，又是其他呼啸的车声，杂乱无章的喊叫声。

人声鼎沸，这不是正常有序的情况，好像是出现了医患纠纷一样的嘈杂。

十六　拥入医院的地痞流氓

“出什么事了？”丁忧自言自语，下床拄着拐杖去看。

她刚好能看到前面正中间有一个花坛，花坛左侧是急救大楼。

急救大楼前，一个救护车上，刚抬下一个病人，就看见十几个人，抽着烟、文着身、膀大腰圆，拿着棒子从医院外面进来，把担架上的病人都撞翻了，那病人应该是车祸，一条腿鲜血淋漓，躺在地上哀号。

但是那群人根本没有理睬，虎视眈眈地环顾四面，吓得医生护士病人都纷纷绕道走。

“门诊部！那边！”一个带头的喊了一嗓子。

呼啦一下，一群人跟着他向门诊部跑去，门诊部在住院部和急救大楼中间。

丁忧把门关上，走向门诊部。

她似乎忘了答应过欧加拉什么。

“那姓梁的老不死的在哪里？”一个小混混揪着护士的领子问道。

护士直发抖，说不出话来。

小混混问得太笼统了，谁知道他指的是谁？

“那个刚送来的老不死的！”一个小混混问，“拆巴死人的！”

护士抖着不敢说，小混混把她扔到一边，又揪住了一个医生，那医生以为他们是仇视医疗工作者的，下意识地双手抱头。

“那个姓梁的老不死的在哪里？刚送来的！”

医生抱着头，活命要紧，“在骨科！三楼！”

小混混把医生扔到一边，直奔三楼。

混黑社会的，智商普遍偏低。

丁忧动作当然要比这些体力工作者慢得多。

但是在他们上楼的时候，丁忧也赶到了门诊部。

“那些人是干什么的？”丁忧问在地上不住揉着屁股哼哼唧唧的医生。

“好像是找梁老的。”医生哼唧着说，虽然法医看死人，他们看活人，但是都是医疗体系，梁老很有知名度。

“梁老在哪里？”丁忧问。

医生赶忙哼唧着揉着屁股站起来，“在住院部，我得赶紧走了，他们从骨科下来，再找我麻烦就完了！”

丁忧看着医生扶着腰，一扭一扭地逃走，又看看大厅里，人都闪得干干净净了。

她又回到了住院部。

“梁老在哪里？”她问前台护士。

“去楼上单人病房看看，不在这屋，就在那屋。”前台护士爱搭不理地回答。

“一会儿来人的话，态度要友善点。”丁忧提醒她。

前台护士当然不知道丁忧什么意思。

你让人家态度友善点，有个屁用！

应该叫人家赶快逃命！

丁忧坐电梯到单人病房区，梁老是享受国务院特殊津贴的专家，他的病房自然是单人病房了。

丁忧差点一扇一扇门去开，幸好遇到一个查房医生。

“丁医生，你怎么出来溜达来了？”查房医生招呼丁忧，“但是不要溜达太久啊，要多卧床休息。”

“梁老在哪个病房？”丁忧问他。

查房医生用笔指了指身后的一扇门，“就这里啊！”

“快去躲起来。”丁忧提醒查房医生。

那帮人也真是太过为非作歹了，但好在这片还不是高干病房，他们有本事去高干病房打砸一通，搞学术干实事的人真的就是比有权的好欺负，梁老虽然是法医界泰斗级人物，但仍然是无权无势的老百姓，竟然受到这般威胁！

丁忧敲敲门，没有等回应就推门进去了。

她看到梁老盘腿坐在床上，正在跟一个老太太下象棋。

梁老和老太太看见丁忧，有些惊讶。

“你哪里病了？”丁忧开门见山问梁老。

“谁说我病了？小姑娘，你好了？”梁老问。

“你没病，你在医院干吗？”丁忧反问。

一阵沉默。

老太太指着梁老的鼻子气道：“心病！”

一副爱之深责之切的表情。

梁老有些不爽，吵嘴道：“老太婆，你怎么回事儿！一输了就要发脾气，你看看，你不是要输了吗？”

“谁说我输了发脾气！我就是气你这个倔老头！”老太太相当不满，开始絮叨，“我就说你这个死老头！你说你都多大了！你都八十二了！你在家怎么待着不好！非得上班！敢情你那是什么好活啊！你看看，你看看！都是你惹的事！都是你不该惹的人，你去惹！要不是家里被砸了！谁会躲在这里下象棋啊！去你的象棋，自己玩去吧！”

老太太真生气了，扭着身体不理梁老了。

“哎呀！老伴！”梁老开始哄起来了，“让你一步，让你两步，接着下嘛，干吗说生气就生气啊！家里也没什么值钱的东西，你说说我们当法医的，不给死人伸张正义，不跟那些资本主义恶势力做斗争，那我们心里多有愧啊！我们能忍着那些枉死的人在阴曹地府里不明不白地受冤屈？能吗？要是哪天我们见了马克思，马克思都不能理我们，嫌丢人！你想想！我要是妥协了的话，你见了马克思，都不好意思说我是你老伴！”

老太太扭扭捏捏地哼了一声，“你个死老头子，马克思个没完没了干吗！”

“行了，行了，不生气了，下象棋！”梁老连忙招呼，问丁忧，“小姑娘，你住旁边，来串门啊？”

丁忧点了点头，“哦。”

老太太也招呼她：“小姑娘，干吗站门口啊！进来坐！大娘给你洗个苹果去！”

说完这句话，老太太转向梁老，恶狠狠地加了一句：“不准动我的棋子，要不收拾你！”

“不动！不动！你都快输透透的了！”梁老打趣。

老太太拿着一个苹果，“你说让我两步的！”

老来夫妻老来乐。

丁忧看着他们。

这间病房，除了病床也没有什么能挡住进攻的了。

关键时刻，她又没有带手机。

“干吗一副这种表情，怎么了？”梁老问丁忧。

“有人要过来。”丁忧一点也没有隐瞒，“在门诊已经打了人，来找你的。”

“找我的？”梁老立刻站起来，“给我钱收买我不成！还去砸了我家！这帮人怎么这么横行霸道！没有王法了吗？我这把老骨头，跟他们拼了！”

“你拼不过！”丁忧相当不留情面，“你们两个去卫生间里，把门锁上下象棋吧。”

丁忧把棋盘端起来给梁老。

“那你呢？”梁老问丁忧。

“他们又不找我。”丁忧回答。

刚把梁老忽悠进卫生间，丁忧立刻拿塑料袋把卫生间的门在外面给绑死了，梁老和老太太就不好出来了。

梁老刚进去，老太太就问：“你进来干什么？就洗一个苹果！”

梁老瞬间回过味来，不对啊！但是他想出去就出不去了。

“你放我出去，小姑娘！”梁老拍着门喊。

他老人家体格真不错，门拍得啷啷响。

“梁老，你留点力气。”丁忧在门外说，有气无力的，“如果他们过了我这关的话，希望你还能挡住一阵子。”

“哎呀！你这个傻孩子！”梁老在里面直着急，“他们要找我，看见你，也不会让你好看的！你快点！快用桌子上的电话报警！”

等警察来的话，黄花菜都凉了。

丁忧直接拨了许靖南的电话，“有人要找梁老的麻烦，房间号是410。”

“我在回去的路上，你们躲起来！”许靖南在电话里说。

“哦。”丁忧回答，她在窗户那里已经看到有人将住院部的前后两个出口堵住了，跳楼的话，楼层又太高，躲哪里？

十七　无法无天

已经有两个躲在卫生间了，丁忧不能躲起来，至少得留一个在外面唱空城计。

她把电话放到一边，没有挂。

“你们再怎么吵，再怎么闹，我也不会把你们放出来，所以，闭嘴！”丁忧贴着门，怒道。

梁老这样的人几乎没有被人呵斥过，细微的几声响后，就归于平静了，可能是受委屈了，然后老太太在安慰他。

丁忧把门锁死，把房间里的四个椅子摆成一排，又把脸盆衣架、锅碗瓢盆什么的都放在好拿的地方，尤其是椅子前面摆了一排六个暖水瓶。

老年人就是勤劳，六个暖水瓶都是满满的。

而后，丁忧坐在四只椅子中间的一个上面，把伸缩拐杖抖开，有节奏地敲着地面，看着门。

她深谙黑社会火并之道。

但是她应该没看过《三国演义》，她要是看过，就应该知道空城计是大开着门的！

不过道可道，非常道；名可名，非常名。诸葛亮独守空城，抚琴坐等司马懿，那叫作知己知彼百战百胜，出神入化神乎其技。

但换到丁忧这里，她要是开个门等一群地痞流氓，就只能是无事莫装逼，装逼招雷劈。

因为此一时，彼一时，诸葛亮面对的是老谋深算的司马懿，而丁忧等着的是一群地痞流氓，她又不是武疯子，还指望门能帮她缓冲一下战火呢！

时间一点一滴地过去了。

丁忧看着门，砰的一声震动，门是挺结实的。

又是砰的一声。

外面骂开了。

"老不死的！是不是你在里面！"

"给爷爷开门！打不死你这条老狗！"

"进去把他拆巴了！"

"老不死的，事儿真多啊！死了就消停了！非得跟着作对，是吧！看能不能打服你！"

"打死那老不死的！塞茅坑里看看，是蛆吃了他，还是他吃了蛆……"

吵吵嚷嚷的，污言秽语不堪入耳。

这帮人进医院打老人，横行霸道、有恃无恐，真是社会的渣滓！

丁忧面容冷峻，依旧有节奏地敲击着地面，她真有挺多经验，敌不动，我不动，敌若动，我先动，以逸待劳，先声夺人，她只是先把暖瓶塞拔掉。

那扇门噗嗤噗嗤地往下掉渣，震动的幅度越来越大，病房的门不会太结实，一般在医院待着的人，谁有那么大的力气拆门卸门的？

砰的一声响，一直坚守的门，终于倒下了，被一脚踢开。

门开的瞬间，丁忧忽然飞快地操起一个暖瓶，就扔了出去，她扔得非常有技巧，暖瓶里的热水一溜地飞速溅向门外。

只听见一阵叽哇乱叫，这一暖瓶水，要是在夏天则非常有杀伤力了，但是秋天，人都穿着长衣长裤厚衣服，就弱点了，不过那些混混为了耍大刀，好多穿着紧身背心，露着文身。

"退什么退！"有人怒喊，"一个老不死的！怕什么怕！能有几个热水瓶！"

丁忧有六个，现在还剩下五个，在外面混混不断拥进的瞬间，丁忧怒火蒸腾，喝道："都他妈的给我滚！"

她一扬手，剩下的五个热水瓶，都接连飞了出去，热水一点都没有浪费，都淋在了进来的混混们身上。

这热水瓶攻势十分钟之内结束，就是要出其不意攻其不备，效果才好，虽然热水瓶杀伤力并不是特别大，但是非常好地挫了来者的锐气，伤了他们的锋芒，让他们的攻击力打了折扣。

"哎呀！"一个混混挤进来，脸上手臂上都是水泡，皱着脸哼哼唧唧，"这娘们也是讨人嫌的，把她也给收拾了！"

打架的时候，冲在前面的都是傻帽，在后面的都是胆小鬼。

枪打出头鸟，丁忧没跟他废话，抡着身边的椅子，就照着混混的头上砸去，那一砸下去，椅子碎了，混混也头破血流。

丁忧冷冷道："我都说了，让你们他妈的都给我滚！"

显然丁忧这两下，让人刮目相看，但是好虎架不住群狼。

病房门小，一下子手忙脚乱，挤不进来多少人，丁忧以此为凭借，用迅速的攻势让他们卡死在门口，但问题是她也支持不了太久。

她手头的工具有限，暖水瓶用完了，凳子除了屁股下的一个，也三下就砸没了，锅碗瓢盆，东西大，但是不禁用。

丁忧东西都用完后，拍了拍手站起来，把她坐着的椅子扔了出去，砸得粉碎。

"许靖南，你们现在在哪里？"她冷冷地问，用拐杖点着地面，冷冷地看着进来的人。

混混们对她有些忌惮，不敢轻举妄动。

"一个娘们怕啥！一起上！"一个混混喊道，一呼百应。

丁忧向后一退，退到卫生间门上，她估摸自己还是很抗打的。

她靠在门上有了借力，用自己的拐杖抽了几个欺身上来的混混，但实在人太多，她兼顾不过来，现在的混混还在想把她放倒再说，估计过一会儿，她要只有挨打的份的话，有人会不会动手动脚，就不好说了。

就在她靠着门，慢慢蹲下，抱成一团，准备接受群殴的时候，忽然砰的一下，惊天动地的一声巨响。

欧加拉告别张勇胜和老程，回到丁忧的病房，发现门敞开着，里面乱七八糟的，被子和床垫被掀起，笔记本被扔在地上，电源线也被扯掉了，卫生间的门，孤零零地摆动着，一开一合。

欧加拉第一反应就是丁忧以前的事儿东窗事发，仇人上门寻仇了，尤其是丁忧人也不见了。

她赶紧给许靖南打电话，但是占线，给徐敬打电话没人接，她要急死了！

“哎！忧忧，你要有个三长两短，我可怎么交代啊！”欧加拉赶忙到处找。

她找的时候，就发现除了丁忧的病房，好多病房都是那样，像是被扫荡了一样。

“欧加拉！回病房！”许靖南忽然出现在她的身后，命令她。

“忧忧不见了！”欧加拉急道。

“我和徐敬去找！回病房！”许靖南非常严厉。

欧加拉不再说什么，赶紧回去，她是一个好公关，但绝对不是一个无敌战士。

“徐敬！鸣枪示警！”许靖南厉声说。

这就是那惊天动地的巨响的由来。

“面对墙站好，双手抱头！”徐敬喝道，擒拿锁喉大背摔，撂倒好几个，他接受的训练就是一招制敌。

这时候楼下终于响起了警笛声。

丁忧把手从头上拿开，把埋起来的头抬起，她一直是自我保护的防御姿势，但是眼圈都青了，身上的青紫肿痛更不能少了。

丁忧拄着拐杖站起来，衣衫凌乱，头上的纱布也窜位了，非常狼狈。

“梁老在哪里？”许靖南问她，把她的衣领往上拽了拽。

丁忧指了指身后，“卫生间里。”

然后她走到那一排被徐敬制服的混混后面，“都他妈的给我转过来！”

那几个混混受迫于丁忧盛气凌人、不容置疑的语气，都心不甘情不愿地转过身。

丁忧锋利的眼神一个一个混混扫过去，从第一个开始，拿着拐杖，狠狠地抽了下去……

许靖南在放人出卫生间。

徐敬没有管，他们又不是警察，不能刑讯逼供。

丁忧下手真够狠的了，她的那根折叠伸缩金属拐杖又特别的细，抽在人身上非常疼，她每次下手都响起一声哀号。

不过她忽略了一个人，梁老！

梁老从事法医工作这么多年，非常有一个公安干警的觉悟。

“小姑娘！你下手轻点！”梁老走上去拉住丁忧，“他们已经服法，不再抵抗了，你就不能再用暴力了！这是公安人员基本的职业素养！”

丁忧本身腿脚就不稳便，梁老力气真不小，一下子把她拽了一个趔趄。

丁忧后悔了，看梁老这身子骨、这掌力，她真不应该把人家关在卫生间里，把梁老放出来，他至少也能撂倒三五个大汉。

太亏了！

“我要让一切真相水落石出，让主使者身败名裂！”丁忧说了一句，就拄着拐杖走了。

十八　不雅视频

“警察已经把那些攻击你们的混混给带走了，希望能审问出幕后黑手。”欧加拉很贴心地给丁忧递了一个苹果。

“刘辉的尸体呢？”丁忧问，被打的时候不觉得，现在她周身疼痛。

“没拦住，被火化了。”欧加拉回答，“当时一群人冲进市法医办公室，就把尸体抢走了，还有人把梁老家给砸了，梁老没办法只能躲进医院，但是没有想到竟然还被追到医院来了。”

“尸体，火化了？”丁忧难以置信。

“是啊！”欧加拉回答，“这么一看，真是居心叵测呢！”

这时候，小白猫球球跳上床，喵喵地叫个不停，它本来是被徐敬随身带着的，现在被放回了丁忧的病房里。它在床上跳了一会儿，又跳到了桌子上的笔记本电脑上。

欧加拉狐疑地把笔记本电脑打开，一段视频跳了出来，把她吓了一跳。

丁忧看了球球，又看了笔记本电脑，“你们给邱小福提供电脑了？”

欧加拉避左右而言他：“球球！邱小福！你们未成年，可不能看这些东西！”

小白猫球球上蹿下跳，电脑打开就是视频，肯定是邱小福搞的。

球球很乖地钻进被子里，欧加拉把电脑搬到丁忧前面。

屏幕上出现了一张用力过度涨红了的脸，面目狰狞，龇牙咧嘴。

“这是刘辉！”丁忧说。

屏幕上出现一行字：“奉城贴吧上下载下来的！刚上传没多久，估计马上就要被删掉了！”

欧加拉表情微妙，随口说：“邱小福，你别看！”

丁忧非常认真。

这就是传说中的性爱录像，而且视频里竟然还有好几个人！

整个视频大概一个小时，在过程中刘辉不停地用小酒杯喝着什么东西，旁边的人也在催他喝，他喝一点表现就会好一些，旁边的人也会更满意一些，他喝的像是壮阳药一类的东西。果然他这副业也不是一般人能干的。

视频里除了刘辉，还有赵苗苗、何莉莉、杨晓霞、林洁，本来已经确定了他们之间有不正当男女关系，但没想到他们竟然还录了视频。

这绝对是一个重磅的大丑闻!

而且这不是偷拍，是当事人自己拍的，但问题是视频怎么会流到网络上，这里面应该不会有把视频放在网络上的人，就算放，他们也会把自己不堪入目的画面剪切掉。

“这视频只要在贴吧里挂上十分钟，就会尽人皆知，网站删掉也没有用，很多人都会把它下载下来，私下疯狂传阅，明修栈道暗度陈仓。”欧加拉说。

“查一下上传视频的人！”丁忧把球球从被子里揪出来。

“这电脑有外置话筒，邱小福能听到。”欧加拉提醒丁忧，温柔地把球球抱起来。

果不其然，没多久，电脑屏幕上就出现了一行字，“楼主的ID是学院110，显示是当天注册的。”

此人注册这个账号，目的就是上传视频。

“查IP地址！”丁忧说。

球球喵喵叫着，电脑屏幕上出现：“我不会哒，这是违法哒。”

“你会查，赶快查！”丁忧一把撕下邱小福的伪装，“你那个猫骨美人的ID曾经用代理服务器混淆视听，你别装，你用的不是随便找的代理服务器，你用的是自己改进过的！”

查不到IP地址就无法找到视频上传者的真实身份。

这时候，许靖南和徐敬推门走了进来，许靖南的样子没有他一贯那么慈祥了。

徐敬还是老样子，跟个保镖似的。

他们两个帮着警察把那些小混混带到公安局，做些笔录之类的。

“我已经提请纪委做进一步调查了！”许靖南说，“嚣张到这份上，早已不是以权谋私、安排工作领空饷那么简单！去法医办公室抢尸！勾结社会闲散人员威胁公安执法人员！甚至在省立医院纠结社会地痞流氓对非常有名望的老学者动粗！还把人打伤了！”

看样子许靖南是真生气了。

“他们敢这么做，的确是太为非作歹、横行无忌了！”欧加拉也非常看不惯，“社会影响应该很不好，闹得这么大，民怨沸腾吧！”

“不是第一次，水下面的事情肯定要更多。”丁忧越发觉得自己周身疼痛。

这种事情拔起萝卜带着泥。

“要么不查！要么彻查！”许靖南非常严肃，“这么张狂，这么目无党纪国法，会有很多铁证能钉死他们！”

黑幕是绝对的，只不过被掩饰了，那些人之前肯定做了很多违法乱纪的事，都是日积月累的，才能达到今日的地步！

“公安局已经派人去提审林丽了！”许靖南说。

“那么，顺便，”丁忧说，“把这几个人也审问一下吧，何莉莉、杨晓霞、林洁。”

说着她示意欧加拉把视频放一遍。

视频只是个人生活作风问题，但问题是视频里的赵苗苗、刘辉都死了，有必要问一问视频里的其他人。

许靖南和欧加拉去林丽那里问话的时候，虽然什么也没有问出来，但何莉莉、杨晓霞、林洁三个人神态各异，似乎有隐瞒。

现在许靖南已经决定下重拳，可没有闲情雅致去拜访谈话，全部抓回来审问！

欺人太甚！

许靖南和徐敬又去了公安局，欧加拉带着球球回家，丁忧在病房里翻阅资料，为了安全起见，许靖南给她在病房门外安排了一个保镖。

网上的视频已经被删除了，但正如欧加拉所说，早已传遍了奉城。

“林丽已经全部招了——”许靖南推门进来，恶人自有恶人磨，林丽这样的人软的不行，硬的真吃不消，“她丈夫已经被双规了！”

丁忧在电脑前抬起头，“其他人呢？性爱视频里其他三个人呢？”

“何莉莉还在找，视频出现后，她的新婚丈夫就没有再见过她，杨晓霞和林洁两个人在公安局，”许靖南回答，“但是排除了她们两个的作案嫌疑，没有动机和作案时间，拍视频并不违法，况且视频上传到公共网络，她们也算是受害者，我们不能继续拘禁她们。”

“在酒里下毒，任何人、任何时间都可以。”丁忧乌青的眼圈都有些黑了。

“许先生，忧忧！”欧加拉换了一身衣服，春风得意、光彩照人地走进来，怀里抱着球球，“邱小福找到上传视频的人的IP地址了！你们猜在哪里？”

十九　又一个死者

“刑侦学院？”丁忧问。

“你怎么知道？”欧加拉一副受挫的表情，怎么也要猜几次嘛，把气氛嗨起来。

“不是你让猜的吗？”丁忧不解地问，“猜的呀。”

“好吧！”欧加拉嘟嘴吹了口气，“算你未卜先知。”

“刑侦学院哪台电脑？”丁忧问她。

欧加拉耸耸肩，“只知道是刑侦学院的，邱小福的意思是，刑侦学院是一个大的局域网络，它的所有网络数据不是单独通过一个电脑传送出来的，而是由每台电脑传输到交换机里，再由交换机统一传输到外部网络，我们查 IP 地址只能查到这台交换机，而查不到是哪台电脑。”

球球舒服地喵了一声，表示对欧加拉的解释认可。

丁忧皱了皱眉，她是典型的东方人长相，细眉细眼，五官清秀平淡，一点也不显老，但是她的眉头那块总给人一种很难搞的错觉，不是错觉，是事实，“局域网络，每台电脑都有唯一对应的主机名，我们去查那台交换机，通过交换机的数据缓存，能查到是哪台电脑发送的视频！”

球球喵了一声，表示认可，还有一个蛮懂行的嘛！

“我和徐敬去，你们留守。”许靖南说。

“忧忧，你知道张勇胜这个人吗？”欧加拉问丁忧。

“知道。”丁忧回答，难得她知道这个人。

“我觉得你应该是不知道的啊！”欧加拉有些惊讶，“他是一个到处打杂的人！”

“到处打杂，所以知道。”丁忧回答，“你如果在刑侦学院的话，你能看到他到处跑，走廊灯泡坏了是他带着维修工人修的，一次性手套没有了，清洗剂没有了，打电话给他，让他给你送过来，冲水槽堵了，他来疏通……”

“他干好多事！我目瞪口呆了！”欧加拉非常惊讶。

“我查一查，行政的活，他一个人都干了——”丁忧说，“刑侦学院的行政人员，嗯，他一个人干了所有人的活。”

“我昨天去看望了他的岳父，他女朋友的父亲。”欧加拉有些伤感。

“你和他很熟悉吗？”丁忧疑惑道。

“没有，只不过那天从林丽家出来，刚好碰上他在等车也要来省医院，我和许先生就带了他一起过来，在车上他给我们讲了他和他女朋友之间缠绵悱恻的爱情……他的岳父胃癌晚期，他一直照顾着他的岳父，我觉得这个男孩非常好。”

“他女朋友怎么死的？”丁忧问欧加拉。

“小张没有说，我也没有问，干吗要提起人家的伤心事啊！可能是生病吧！天妒红颜。”欧加拉感慨。

“我查一查。”丁忧敲击键盘，“他女朋友叫作程书慧吧？”

“是，多可惜啊，这么年轻，还有一个这么好的男朋友，就快要结婚了，世事无常，说没有就没有了！她爸爸是单亲，也很可怜！小张真是一个好人，为了他的岳父，就扎根在这里了，没有回湖北，这里是他的伤心地。”

“程书慧——”丁忧自言自语，她也没有听欧加拉的话，“程书慧死于五年前的一场火灾。”

“火灾？太痛苦了！”欧加拉惊呼。

“在她婚礼前一个星期。这上面写了，档案室着火，她死在了里面，死因是一氧化碳中毒、窒息、全身大面积烧伤。”

“档案室？”欧加拉说，“好熟悉啊！”

“档案室——当时档案室里有五个人，程书慧，赵苗苗、何莉莉、杨晓霞、林洁。”丁忧说，“程书慧死了，但是其他四个人没有事。”

“怎么又是这四个人！”欧加拉也有些烦了。

“等等！扯什么扯？！”丁忧皱着眉头敲着键盘往下翻页，“赵苗苗等四人因救火救人，受到嘉奖和表彰，赵苗苗死后评烈士，还有条新闻用到了这个嘉奖……”

“她们救谁了？”欧加拉问。

“不知道。”丁忧说，“咦——，程书慧的法医鉴定是梁老啊！”

“世界真的好小！”欧加拉感叹，“唉！这姑娘真可怜！”

“梁老还在医院里，我们去看看他。”丁忧合上电脑。

“怪不得怎么找都找不到——”许靖南看着门里说。

档案室里一具女尸躺在地上，桌子上放着一个水杯，电脑开着。

怪不得怎么找何莉莉都找不到，原来在档案室里。

他们到了刑侦学院，在张勇胜的帮助下很快查到，视频是由档案室的电脑发送出去的。

“许先生，小徐兄弟，我得赶紧去通知林书记！”张勇胜看到地上的尸体说，“然后通知莉莉的父母和丈夫，先失陪了！”

“小张，你去忙自己的！”许靖南说，“我会在这里等现场调查人员！保护现场！”

周围办公室的人都拥出来准备看热闹，现在刑侦学院的热闹太集中了，前几天刚倒掉一栋楼，现在又死人了！

这些人一天到晚真的没事儿干，闲得发慌，巴不得有点事可以议论，可以搬弄是非……

“哎呀！档案室里死人了！”

“是不是因为那个视频，小年轻脸皮薄，受不了，自杀了？”

“哎哟！看那视频里，骚得那个样！还脸皮薄！”

“是莉莉，还是晓霞，还是小洁啊？”

“哎呀！肯定是莉莉啊！不是说晓霞和小洁都在派出所嘛！”

张勇胜在走廊鞠躬作揖，“求求各位大姐了！回去吧！这是案发现场！大家不能乱闯，会破坏现场的！求求大家了！”

有好多人跃跃欲试想要挤进去看，但是门被徐敬关上了。

“莉莉妈今天没来，要是看到了不知道能咋样呢！”

“要不给她赶紧打个电话！”

听着却是一股幸灾乐祸的语气。

主要是因为徐敬把门关上了，什么都看不到，在张勇胜的不断努力赔笑下，看热闹的总算三三两两站在走廊里，没有往档案室里挤。

“告诉忧忧，”许靖南看着法医把何莉莉的尸体抬走，“何莉莉死了，初步鉴定是自杀。”

“我觉得她不可能是自杀……”欧加拉说。

丁忧刚要出门，停了下来把门关上。

“法医会鉴定的。”许靖南说。

二十　一场火灾

“谁自杀了？”丁忧问欧加拉。

“何莉莉！”欧加拉回答。

“法医没有得出结论，你怎么能确定不是自杀呢？”丁忧问欧加拉。

“直觉，看人的直觉，”欧加拉笑得意味深长，“我还记得我和许先生去林丽家的时候，她倚在门上让我们进去，我确定她对许先生抛媚眼了！”

“什么？”丁忧怪问，一副怒火中烧的表情。

“露馅了，忧忧！”欧加拉笑道，“作为一个新婚燕尔的女人，她竟然会对一个陌生男人眉来眼去，我觉得这样的女人是不会因为一个视频自杀的！”

“有来有往吗？”丁忧问。

“当然没有，许先生没有回应，放宽心！”欧加拉略显局促。

丁忧示意欧加拉回拨许靖南的电话，“先让分析人员立刻用电喷雾电离质谱确定是否为乌头碱中毒！”

“先别挂电话！”许靖南转向档案室，对一个收集试样的人说，“快把桌子上放的水杯拿走，用——”

他又拿起电话问丁忧：“什么东西？”

“电喷雾电离质谱，ESI-MS。”丁忧一字一顿。

“立刻去用电喷雾电离质谱确定水杯里残留物是否含有乌头碱！”许靖南复述。

收集人员连忙将水杯装进证据袋带走化验。

“忧忧，”许靖南拿着电话，走到电脑前，“何莉莉在电脑上写了遗书，说无颜面对自己的丈夫，所以选择了死亡，一了百了。”

“有遗书，不代表是自杀。”丁忧说。

“我也认为不是自杀——”许靖南打开何莉莉的苹果手机，进入短信界面，“我觉得她不应该是一个用五笔输入法的人，她手机上的输入法是搜狗拼音。”

“我知道了，”丁忧说，“化验结果出来后立刻告诉我，我在梁老那里！”

“你去找梁老干什么？”许靖南问她。

“问一桩他之前办的案子。”丁忧说。

“什么案子？”许靖南问，“梁老是法医，又不是警察。”

“刑侦学院的一场火灾。”丁忧似乎是打定主意，问一句答一句。

“什么火灾？”难得许靖南有如此的耐心。

“五年前刑侦学院档案室发生了一起火灾，赵苗苗、何莉莉、杨晓霞、林洁四个人才参加工作不久，在那场火灾中，她们四个没有任何事，并且因为救火救人受到表彰，但是张勇胜的女朋友程书慧死了，她的尸体是梁老解剖的，我去问问。”

“有没有详细的报告？”许靖南问。

“我查阅了，没有详细的火灾报告、救援报告，只有梁老的解剖报告比较详细，我再去问问。”

许靖南是坚持原则、以大局为重的人，他挂掉丁忧的电话对徐敬说，“去找张勇胜！我打电话通知公安局，如果还没有释放杨晓霞和林洁，立刻将她们保护性监禁！”

“是！老大！”徐敬立刻出去找张勇胜。

梁老的病房里，老两口又在吵嘴，倒是一种老来的乐趣。

“你说你个死老头子！”老太太正在给梁老的膝盖做热敷。

“我又怎么了？”梁老不高兴地问。

“你还好意思问！你个死老头子！”老太太不依不饶，“你说你！你那时候六七十岁的人了！你还下凉水去捞东西！你那把老骨头冻得起吗你！”

“你们在说什么？”丁忧和欧加拉被放进来半天了。

梁老的家里还没有收拾出来，他之前的病房由于混战也不成样子，所以他又换了一个病房。

老太太听丁忧这么一问，立刻诉苦：“小姑娘！你评评理！你说这个死老头子！好几年前大冬天的！东湖公园的湖里有抛尸的，不知道哪个杀千刀的抛的都是碎尸，这老头子放着那么多大小伙子不用，自己下去捞东西，你说不是作嘛！妥了！得了老风湿了！治，治不好！养，养不好！”

梁老听着老太太的埋怨，但自己的两条腿还在人家的手里，只能委委屈屈地分辩：“啥叫不知道哪个杀千刀的，凶犯都被缉拿归案了——”

“一码事归一码事！别给我往别处扯！”老太太手劲儿也不小，热敷揉得更用力了。

“你轻点！老太婆——”梁老叫着，“我怎么能放心让别人捞呢！小年轻干活太毛躁——”

老太太气得直跟丁忧说：“你看看！你看看！你评评理！评评理！”

“要是我的话——”丁忧一点也不为难，“我也不放心别人干的活。”

老太太还等着丁忧声援自己呢，登时气得不说话了。

“梁老，我有事情问你——”丁忧言归正传，“你记不记得一个叫作程书慧的死者？”

梁老因为丁忧没有支持自己的老伴，对她的好感突飞猛进，有问必答，“记得，她是老程的女儿，真可怜的一个女孩，本来马上要结婚了！”

“她的尸检是由你做的，你记不记得当时的情况？”丁忧问。

“记得！记得！”梁老很气愤的样子，“那姑娘可惨了！气管、肺里全是灼伤的水泡，整个人烧得不成样子，两肩膀上还有脚印……”

“脚印？”丁忧问。

“这是最让我生气的地方！”梁老愤愤不平，“当时那屋里还有其他四个女的，那四个真不是好东西，看小程肩膀上的脚印，那四个女的应该是踩着小程肩膀爬出档案室的！但是竟然没有一个想着去拉小程一把，让小程出去！她们自己跑出去老远，不知道怎么想的，竟然没有立刻报警，等了好久才报警！小程就没了！太可惜的女孩了！”

“档案室着火？”丁忧想到了另一件事，“但我们之前找到过十年前的图纸，当时档案没有被烧毁吗？并且那栋楼里其他人没有去救人的吗？”

“你估计是后来的，”梁老回答，“当时档案室是单独的一栋小楼，挺偏的，在刑侦学院的小树林旁边，出了那事之后，才把档案室挪到图书馆大楼里的，那四个坏东西火灾之后，还被表彰评了先进什么的，说是救人救火，保护档案，别的我不知道，放档案那屋的门被紧紧地关上，所以档案没有被烧毁，门把手上有烧焦的皮肉，那四个坏东西，我看到的时候，一点伤都没有，还打扮得妖里妖气。”

欧加拉察言观色，“梁老，你对她们好像颇有微词啊。”

“是啊！”梁老毫不掩饰，“真没有见过这样的人！消防车救火的时候，还拦着不让洒水，说是要小心点，房子里还有她们的金首饰，本来就被烧热了，碰了冷水的话就会变形，或者炸开……法医去的时候，还指手画脚，让我们先把里面她们的首饰拿出来！”

欧加拉无语地摇摇头。

丁忧沉吟了一会儿，“梁老，你觉得程书慧可能是他杀吗？”

二十一　陈年旧案

梁老叹了口气，“我是一个法医，我必须相信证据用事实说话，小程是死于火灾意外，她不是他杀，但是，那四个坏东西，要为小程的死负责！她们踩着她出去，却没有拉她一把！还那么晚才报警！她们四个是不能受到法律的惩罚！但我不能理解！她们怎么还能受到嘉奖？”

在这点上梁老还是有老学究的迂腐，有种人，坏的在他们身上能变成好的，黑的能变成白的，死的能变成活的。

“程书慧帮助了她们，”欧加拉说，“但是她们的冷漠自私，客观上造成了程书慧的死亡。”

丁忧沉默了半晌，老太太也把梁老膝盖的热敷弄完了，要扔掉剩下的东西。

老太太也不无感慨：“老程也是可怜啊！没几天了，这药以后也要找小张配了，但不知道老程没了之后，小张会不会回湖北啊！”

“咦！”欧加拉问道，“梁太太！你这药是治风湿的，是吧？活血化瘀、祛除湿寒，是程书慧父亲配的药？”

老太太发了一会儿愣才确定欧加拉说的梁太太是指自己，这称呼太奇怪，“是啊！”

“好不好用？”欧加拉问。

“挺好用的！”梁老回答。

“忧忧，我也给你要一些吧！”欧加拉很热心。

但丁忧的心思显然在别处，问道：“张勇胜也会配这药吗？”

“他会的。”欧加拉回答，“我看到过他给别人配的药。”

“老程把小张当儿子，祖传秘方都传给他了！”老太太也附和。

“梁老，你对中医有没有研究？”丁忧问梁老。

梁老神色飘忽不定，很难过，“你怎么想的？”

“川乌、草乌、附子都含有乌头碱，”丁忧说，“有些治疗风湿的中成药里会含有这些中草药，这些中草药用量不能太高，因为毒性强，程书慧的父亲如果将祖传秘方传给张勇胜，他应该会提醒张勇胜一定要注意各种药材的用量。”

梁老点点头，“你的分析是合理的！但是，我认为小张……哎！”

梁老不再说话。

“我再确定一下。”丁忧对欧加拉说，她要去找老程的主治医生。

“我要看一下老程的治疗报告。”丁忧说。

主治医生虽然很奇怪，但还是把报告给了丁忧。

欧加拉在旁边一点也看不懂，果然医生写字都是龙飞凤舞的。

丁忧看得还不错，挺快的，一会儿翻一页。

“我看你给老程开的镇痛药是乙酰乌头碱片。”丁忧翻着一页，很专注地说，“之前是这个吗？这个不常用，毒性强。”

“之前是吗啡口服片。”主治医生回答，有点重视了，丁忧看来很熟悉这个领域。

“怎么换了？”丁忧问。

“他女婿小张要换的。”主治医生回答。

“化验结果出来了，是乌头碱！”许靖南给丁忧打电话。

“张胜勇、杨晓霞、林洁呢？”丁忧问。

“还在找，在我打电话之前，杨晓霞、林洁就被释放了，她们三个手机都关机，联系不到。”许靖南说。

“你觉得你能在老程那里，问出张勇胜在哪里吗？”丁忧问欧加拉。

欧加拉面有难色，“太残忍了吧！他早已家破人亡、病入膏肓，我们还要再往他的伤口上撒盐吗？”

丁忧站在老程的病房门外，“他已经没有什么伤口了，无处撒盐。”

欧加拉还是非常照顾病人的感受，进门后笑容可掬地问：“程老伯好，小张没在吗？这是我的朋友丁忧。”

老程躺在床上，虚弱地用手指了指旁边的椅子，“他去上班了……”

欧加拉不知道如何开口，但是丁忧直接上去，一点迂回、周旋都没有。

她在 iPad 上，调出了几张照片，一张一张让老程看。

“这是赵苗苗，这是何莉莉，这是他们的姘头刘辉，杨晓霞和林洁失踪了，同样失踪的还有你女儿的男朋友张勇胜。”丁忧一口气说完，听得欧加拉胆战心惊，就怕老程一个接受不了，那啥了。

但是显然老程的心理素质很好，心电图只有小小的波澜，也有可能以他现在的生命力根本动荡不起来。

“他会回来的……”老程虚弱地说。

“你知道他在哪里吗？”丁忧问。

老程摇摇头。

丁忧皱了皱眉，忽然说：“你的癌细胞已经完全扩散了，以你现在的身体条件，如果放弃治疗的话，你大概还会有半个月的生命。”

老程半睁着眼睛看她。

“你放弃治疗吗？”丁忧问他。

老程艰难地点点头。

“我去把你的主治医生叫来。”丁忧站起来就要往外走，“你自己跟他说！”

“忧忧！”在走廊里，欧加拉很气愤，“你也太冷血无情了！”

“怎么了？”丁忧有些不解，“开车送我去找许靖南他们。”

“你怎么可以这么刺激老程！”欧加拉语气激动。

“我觉得，他是想知道的。”丁忧不咸不淡地回了一句。

“可以确定张勇胜是这一系列事件的罪魁祸首。”许靖南说。

丁忧、欧加拉刚赶来。

刑侦学院的操场上横七竖八地停着警车，闪烁着警笛，到处都是警察，秩序井然、窃窃私语。

“作案动机和条件，他都有。”丁忧说。

“从公安局调来的监控录像显示，杨晓霞和林洁是被张勇胜接走的。”许靖南说。

“那么现在我们当务之急是赶紧找到张勇胜，杨晓霞和林洁在他手中凶多吉少，”欧加拉说，“即使是她们咎由自取。”

“高速公路出入口已经开始盘查，部署警力在全市范围内搜索，但是还没有找到！”许靖南说。

“张勇胜过了五年才开始报复，”丁忧沉吟着，“肯定是有触动点的，老程的癌症和何莉莉的新婚。”

“坏人要风风光光地结婚了，但是他的爱人却含冤受屈，永远离开了他。”欧加拉顺着丁忧的话解释，“这很大程度上刺激了他。”

“他不会将那两个人带到对自己毫无意义的地方，”丁忧分析，“他一定要找一个特别的地方，对他自己而言。”

“什么地方？”许靖南问，一群警察在等着找人呢！

死的、失踪的都不是一般人家的孩子，公安的压力非常大，找不到张勇胜，找不到失踪的杨晓霞、林洁，他们别想好过。

但是丁忧显得很是闲庭信步，她是不急呢，还是不上心呢？

“忧忧，快点。”许靖南在催促丁忧，缉拿凶犯归案要快速，这是原则问题。

“一个对张勇胜非常重要的地方，改变他一生的地方，而且要有足够的空间和条件。”丁忧只能给出一些大概的范围和特性。

“档案室旧址？”徐敬问。

“不会是，”许靖南排除了这个选项，“现在刑侦学院已经被包围得里三层外三层，张勇胜不在这里！”

“他们马上要结婚了，肯定定了结婚的教堂，还有酒店，这是很重要的地方。”欧加拉提出一个选项。

“应该不是。”许靖南说，“现在是白天，不管是教堂还是酒店，人流量都很密集，张勇胜带着两个人，去了肯定会被发现。”

一直没有说话的丁忧淡淡地说：“程书慧的墓地。”

程书慧的墓地！

不是清明节，墓地人烟稀少，很荒凉，张勇胜在那里做什么，都有极大的自由度。

二十二　尘埃落定

“给民政局殡葬科打电话，问出程书慧的墓地在哪里！”许靖南吩咐，“奉城的墓地都在北郊，我们现在立刻往北面去！查询到墓地的具体位置立刻汇报！”

“我也去！”丁忧这句话说得非常干脆快速。

许靖南看了她一眼，没有纠缠，直接把丁忧扔到自己车的后座，他们四个正好坐一车，徐敬开车，许靖南坐副驾驶，欧加拉、丁忧坐在后面。

欧加拉上车后，连忙把歪倒的丁忧扶好。

民政局的办事效率不是很快，尤其是殡葬科，毕竟死人没有什么好着急的。

奉城北郊的陶然公墓，背山临水，瑟瑟秋风中，夕阳余晖中的一排排墓碑闪现着幽冷的光，显得那么寂寞、彷徨。

一阵阵的警笛声响彻整个墓园，警车只能开到墓园的山下，再往上通过一级级台阶，才能走到单个的墓地，程书慧的墓地相对时间较晚近，更在山上。

“我们上去！”许靖南对徐敬说，看着后面的丁忧和欧加拉。

“我慢慢爬上去。”丁忧回答。

“随意。”许靖南只说了一句话就带着徐敬，跟着警察往山上跑，身高腿长就是好。

“你把人家惹生气了，忧忧。”欧加拉提醒丁忧。

“我做什么了？”丁忧问。

欧加拉耸耸肩，“我不知道，但是我觉得许先生心有芥蒂。”

丁忧没有回答欧加拉，在车外看了一眼，身后的湖水在夕阳下闪耀着波光粼粼的金光，让人觉得眩晕，尤其在这萧瑟寒冷的秋风中。

她只能抖开拐杖，一台阶一台阶地往上走。

欧加拉穿着十厘米的细高跟鞋，也走不快，但怎么也比丁忧快。

她怀里抱着球球，忽然问："是不是有说法，猫容易让尸体诈尸？"

"不会的，"丁忧说，"这里都是骨灰，没有尸体。"

球球扭了扭脖子。

"张勇胜，放下武器，你已经被包围了！不要负隅顽抗！"有大喇叭在喊话。

"在这里！"欧加拉有些兴奋。

她很着急，但是丁忧也走不快，不过听喊话，估计上面正在胶着对峙中。

有一个警察匆匆忙忙跑下来，欧加拉连忙拦住他，问道："上面现在怎么样了？"

"嫌犯在墓地前面摆了六个煤气罐！"警察说完就跑了下去。

"他要干什么？"欧加拉问，"同归于尽吗？"

"不一定。"丁忧脚下依旧在努力攀登，"一个真正的复仇者，应该只杀有罪之人。"

"好像你是一样，"欧加拉不以为然，"我好担心！人被逼迫到这个份儿上，就怕什么都做得出来！"

"杨晓霞和林洁，应该还没有死。"丁忧揣测。

半山腰上，警察们层层叠叠围了一圈，直径大概有七八米，把张勇胜围在中间，荷枪实弹地指着他，但没有轻举妄动的。

因为在包围圈里，张勇胜身上缠着自制炸药，脚底下还摆着六个煤气罐，只要是擦枪走火，半个山头能被炸飞。

欧加拉和丁忧从警察的包围圈中挤进去。

许靖南和徐敬站在最前面，面对着张勇胜。

张勇胜脚底下是杨晓霞和林洁两个人，有浓浓的汽油味，她们两个被烧得不成样子，被绑在一起动弹不得，不住地呻吟，但声音很小，衣服几乎已经被烧没了，烧焦的皮肉不住地往地上脱落，一摊黑乎乎、血糊糊的东西，头发早就没了，重度烧伤的脸上勉强能看出鼻子眼睛……

张勇胜好像愣住了似的，举着打火机就在那里站着。

"小张，你一定要这样做吗？"许靖南问他。

张勇胜回光返照一样，笑了一下，"许先生，能看出来你是好人，帮我给程叔说一声，我不能帮他送终了，我也对不起我爸妈！”

张勇胜看着落去的夕阳、天边的灿霞，幸福得要眩晕。

“全部撤离！”许靖南下令，“收起武器，全部撤离！”

“许先生？”一个中年干警端着枪退到许靖南身边问道，“许先生，上面让我们一定要抓到，全部撤离，你确定？”

“确定，立刻带着你的人全部撤离！”许靖南毫不迟疑。

“你下的令，许先生！”中年干警再次确认。

“是！”许靖南催促他。

“全部撤离！立刻！”中年干警一咬牙，带着一帮干警，一分钟内撤离得干干净净。

“欧加拉，你也走。”许靖南对欧加拉说。

“是！许先生！”紧急关头，欧加拉可没有废话，抱着球球立刻走了。

“我跟他说点话。”丁忧拄着拐杖。

“去。”许靖南面色冷峻，只说了一个字。

丁忧拄着拐杖走到许靖南前面，但也没有离张勇胜太近，“老程已经放弃治疗了，他最多还能有半个月的生命。”

张勇胜被震了一下，看着丁忧，手颤动不止。

丁忧又走近几步，看着地上躺着的杨晓霞和林洁，“全身大面积重度烧伤，心肺功能受损，她们活着比死了痛苦得多。”

张勇胜看着她，没说话。

“把打火机给我。”丁忧说。

“为什么？”张勇胜哼了一声。

“因为，你不应该现在死。”丁忧回答。

“我认为你不应该跟她们一起死，”丁忧继续说，沉着冷静、一本正经，“那样的话，你就会死在你岳父之前，他女儿早就死了，一直照顾他的人也死在了他之前，在他人生的尽头，他会凄惨地死去，身边一个记挂他的人都没有，世界上一个他关心的人都没有，他会死得冷冷清清、孤孤单单——”

丁忧呆板地伸出空着的手，“把打火机给我，不要自己拆除身上的炸弹，请你现在跟我们一起离开，那样的话，你就可以死在你岳父的后面，调查取证、审判、确定执行死刑，都需要时间。”

张勇胜万念俱灰地笑了，把打火机扔在地上。

“徐敬，叫人上来，把嫌犯押解回去！”许靖南吩咐。

“丁医生，”张勇胜坐在程书慧的墓碑前问，“你不能再做临床医生，你的身体有残缺，就没有什么人把你的人生都毁透了，让你恨不得杀了的？”

丁忧想了想，“我的手心被人用匕首穿透，我的腿被截肢……，这是加之我身体上的伤痛，它也断送了我的职业生涯，甚至差点让我坐牢，让我死掉……”

“你难道不想报复吗？”张勇胜问她。

丁忧继续说：“在缅甸的时候，我的医疗小组，除了我之外无人生还……”

她忽然不说话了。

“你真懦弱！”张勇胜对丁忧说。

徐敬下去叫人了，这上面只有丁忧、许靖南、张勇胜，还有两个半死不活的人。

天色已晚，森冷的墓园，孤魂野鬼该出来了。

丁忧低声说：“我如果要报复杀人，不会留下任何证据，不会让任何人知道。”

丁忧站在张勇胜和许靖南之间，面对着张勇胜，她没有去看许靖南的脸色。

她也没有去想，许靖南的脸色一定十分不好。何为原则？何为规矩？就是即使没有变通，即使过于无情，它也是整个社会大的方向性和秩序性的严格束缚！

许靖南能理解张勇胜的做法，但是他不能认同，他能做的是让公众得知所有真相，让犯罪之人受到严惩。

但显然，有些人是不会因为道德谴责，而感到任何羞愧的。

“小张，”许靖南在徐敬带人上来之后说，“不管你做这些事情，出于何种原因，你必将受到法律的严惩！”

“我要做的，都做了，我认罪服法。”张勇胜在暮色中，最后看了一眼程书慧的墓碑，没有犹豫，跟着警察走了。

“徐敬，你和欧加拉先回去，车留给我。”许靖南对徐敬说。

丁忧拄着拐杖也要走，但是被许靖南叫住，“丁忧，你站住！”

二十三　玩火自焚

丁忧就站在一个墓碑的前面。

这里面鬼气森森，难道许靖南要大半夜的，在墓园跟丁忧谈谈人生理想？

冷风吹过，山上的车渐渐驶离墓园。

程书慧的墓碑被擦拭干净，前面还摆放着白百合。

不知道从今往后，还会不会有人来看她了。

“忧忧，你在隐瞒什么？”许靖南问她。

“我没有隐瞒，”丁忧回答，“我只是不告诉你们而已。”

强词夺理！亏得她还不觉得没有道理。

“你早就怀疑张勇胜了？”许靖南问。

“没有。”丁忧回答，“我确定了乙酰乌头碱片，就给你打电话了。”

“但你主观上延误时间。”许靖南问，“你在去问梁老，张勇胜女友程书慧死亡事件的时候，就应该告诉我张勇胜有嫌疑。”

“怀疑并没有佐证。”丁忧反驳。

“狡辩！”许靖南很直接，“忧忧，我认为你不适合做一个法证人员，因为你对一个案子没有公正客观的认识，也没有置身事外的态度，尤其是没有对所有受害者、嫌疑人一视同仁！”

许靖南的语气很严厉，显示出了应有的威严。

“哦——”丁忧过了好久才说，天已经完全黑了，他们在一个阴冷的墓地里，荒无人烟，凄冷的风呜咽地悲鸣。

许靖南心里非常气愤，尤其是丁忧这个态度，油盐不进、不知对错。

她怎么主意就这么正呢？！

“我——”丁忧半天又说出一个字。

“你想说什么？”许靖南问，语气依旧严厉，“什么叫，我如果要报复杀人，不会留下任何证据，不会让任何人知道？”

“有些人能逃脱制裁。”丁忧说，“我不想让这样的事情发生。”

“那你不是跟这些人一样了吗！”许靖南厉声说，“什么是法律，什么是秩序，就是所有人都要遵守！所谓为了正义而违背法律，会让事情变得更加糟糕、混乱！你和我，我们都是经历过混乱的人！你难道想回到那样的生活吗？”

丁忧低着头，看着自己的脚尖，“我小的时候，我的外婆跟我说，女孩子，想要改变生活，想要过得更好，只有好好读书，于是不管生活如何艰苦，我都在好好读书。她也跟我说，尊敬、重视都是要靠自己争取的，你如果不喜欢现在的生活，那你就努力找到更好的地方，不要抱怨、不要悲伤，因为那些不仅没有任何用处，还会让你退步，所以我一直在努力。”

丁忧停了一会儿，接着说：“多少次，我得到了，又失去，甚至会更惨，但是没有关系，因为我还活着，我还可以努力得到我想要的尊敬、重视，不任人欺辱，在远离我故乡的地方，过一种体面的生活。”

许靖南没有说话，夜色中他看不清眼前的人。

“我不是想要表达什么，我只是想说，每个人的生命都很重要，只有活着，他们才能有机会得到自己想要的！”丁忧语气开始激动，“那些人凭什么剥夺他人的生命！凭什么！他们必须为自己的行为付出代价！”

许靖南没有说话。

“我曾经尝试过正常的途径，但是他们都逃脱了，我不在乎被人压迫、被人污蔑、被人歧视——”丁忧毫不退缩地看着许靖南，“我只在乎有罪之人是否受到惩罚，合法最好，不合法也无所谓。”

“小心，玩火自焚。”许靖南沉声说。

丁忧冷冷地笑了，没有回答。

欧加拉本来以为至少一晚上见不到许靖南和丁忧，没有想到她和徐敬刚到二十分钟，许靖南就一个人回来了。

“忧忧呢？”欧加拉问，许靖南的表情让她觉得不妙。

“审问完张勇胜，我要和你谈话。”许靖南没有回答她的这个问题。

欧加拉匆匆下楼，路灯下，她看到许靖南的车停在门外，连忙跑过去。

丁忧面无表情地坐在副驾驶座位上。

“你们怎么了？”欧加拉打开车门，发现钥匙还在，“我先送你回医院。”

“你猜。”丁忧懒洋洋地回答，难得她还这么幽默。

“东窗事发了？”欧加拉启动车子。

“你猜。”丁忧还是半死不活的样子。

欧加拉摇摇头，“你要不要喝点什么，吃点什么？”

丁忧摇摇头。

他们到医院的时候，已经晚上十点多了。

病房里，梁老正在等他们。

丁忧进来没有理人。

还是欧加拉说：“梁老，张勇胜对自己所犯罪行供认不讳，许先生和警察正在审问细节。”

梁老有些悲哀，“老程那边，已经停药了，我先回去了！”

“梁老慢走。”欧加拉把梁老送出去感叹道，“事不如意常八九。”

“喵喵——”球球的小爪子扒拉着平板电脑，一个劲儿叫，想引起注意，但显然，丁忧是不准备理它的，她听没听见都不确定。

“怎么了？球球？”欧加拉是一个非常温暖的人。

球球抬起头，拍着平板电脑，示意她看。

“谁还记得程书慧？”欧加拉念出来，“今天早上在刑侦学院 BBS 上发的帖子，有很多回复。”

二十四　为了不能忘却的

“谁还记得程书慧？”许靖南问，“这是你发的帖子吗？张勇胜。”

这是交谈的切入口。

张勇胜万念俱灰，“没有人会记得她，我早上六点发的帖子，八点的时候还没有人回复过，人没了，就这么容易被忘掉了。”

许靖南笑了笑，他恢复得比较快，又变成了惯常的慈眉善目，“你八点之后，就没有再看吗？”

张勇胜摇摇头，“我没有时间，我今天一天比平时都忙。”

许靖南说：“那我给你念一段，‘系统总出故障，第一时间竟然回复不了’，‘我六点半的回复，刷新得我都快手抽筋了，现在才看到！’时间是八点一刻，‘是不是那个档案室的女孩？笑起来甜甜的，她男朋友是外地的，跟她一起回来的？’‘挺好的人，太可惜了！’张勇胜，人们不像你想的那么容易遗忘。”

张勇胜冷笑一声，“那只不过是他们的生活中，发生的不大不小的一件事，有人提醒，就记起来了而已。”

许靖南说道：“人们不说，不代表他们不重视，就像很多人都有不喜欢的人，但是大部分人都不会用自己现实中的身份表现出来，因为在现实生活中人会变得圆滑世故，不想得罪人，把太多的人列为不相关，冷眼旁观，即使如此，每个人心中，都是有一杆秤的。”

张勇胜冷笑，“有杆秤，有什么用！小慧死得那么惨，程叔得癌症那么痛苦，但也挡不住那四个贱人风风光光、嘻嘻哈哈，活得比别人都舒服、都高兴！她们有什么！她们就是社会的寄生虫，什么都不会，就是投了一个好胎！”

这是很常见的社会现象，谁也不能否认。

“其实，”张勇胜哽咽着，“我不在乎的。她们什么都不干，还爱指使人，不讲道理，仗着自己的家里欺负人，坏事都能推给别人，好事都要抢到自己身上，我不在乎，小慧也不在乎。程叔说人家爸爸厉害，让我们不要怨他，嫌他窝囊，我们怎么会？程叔把小慧带到这么大，多辛苦啊！我们一定要孝顺他，小慧也说了，苦点、累点、辛苦点、受委屈没有关系，只要我们能在一起，人家有大房子住，我们攒钱买小房子，只要我们在一起，就好……但是……她们害死了小慧！”

许靖南念着 BBS 上的留言：“‘小程是吧？多好的孩子啊！我们都说她是被那四个女的害死了，我记得她还在的时候，天天来得都早，走得都晚，档案室那种很少有人去的地方，她都打扫得干干净净，每天见到她，心情都会好，笑呵呵的，我们都说，爱笑的女孩，有福气，没想到啊，太可怜了。’”

“是她们害死的！”张勇胜情绪激动，“我不管法医说什么，就是她们害死小慧的！”

“‘我还记得那天，我们看到档案室冒烟了，连忙跑过去，小程的男朋友小张到了，就要往火里冲，大家赶忙把他拦下了，那火太大了，小张都要疯了，这么好的小伙子，千里迢迢地跟着女朋友来，眼睁睁地看着女朋友没了。那天早上我还特地去找小程，让她一定别忘了婚礼的时候叫我，小程没妈妈，有些事男人又不懂，我帮她准备了花生面条，说是第二天给她带去，但是没用上，现在每次走过那里，眼睛还发酸……’”

“他们不用拦我——但是也谢谢他们拦我，要不然我也没有机会收拾这几个贱人，你知道吗？我赶过去的时候，那四个贱人没有一个报警的，还是别人报的警！她们竟然在树底下化妆！一边化妆一边说，烟把她们的妆都熏花了，还说小慧蹲得一点也不稳，让她们撞到墙上，鼻子差点没有撞坏——我问她们小慧在哪里，她们竟然满不在乎地说，我的穷鬼女朋友可能还在里面！我的穷鬼女朋友！小慧跪在地上，让她们踩着自己的肩膀爬出去，她们化妆品都记得带出来！就不记得拉小慧一把，把小慧拉出来，那是活生生的命啊！”

许靖南无言以对，回帖里，还有好多都是对程书慧的祈福。

“希望这个女孩，下辈子能平安幸福。”

“希望她在天堂快乐。”

“那四个女的，死了活该，为民除害，刑侦学院让他们这样的人搞得乌烟瘴气。”

“小程，希望我们的祝福，能让你的来生平安快乐。”

……

“她们没有直接杀小慧，”张胜勇说，“是她们在档案室抽烟、做香薰把火引燃的，她们为了腾出地方做瑜伽，把桌子都堵在了门口！火烧起来的时候，她们都没有地方逃！小慧死了，她们倒成了救火英雄！”

“我已经把这些上报给纪委了，”许靖南说，“她们的父亲，已经在接受调查了。”

张勇胜冷笑，“小慧死了，她们几个倒是一个比一个活得好，何莉莉她妈天天炫耀自己女儿怎么怎么样，嫁了一个怎么怎么的人！要不是她爸，谁会娶她！”

“因为她们，你失去了即将和自己步入婚姻殿堂的女朋友，”许靖南问，“何莉莉结婚，让你的怨恨变成复仇的实际行动，刘辉是你杀的吗？”

就凭张勇胜烧了两个人，也没有什么希望了，“两次都不是我直接动手的，都是何莉莉。”

这可是够重磅的了。

许靖南不动声色。

“她们要换新电脑，苹果一体机，就把原先的电脑返回来，我在何莉莉电脑里的垃圾站里发现了那个视频，她连彻底删除文件都不会，就知道往垃圾站里扔，我看到了那个视频，知道自己等了这么多年，像个孙子一样活着，我机会来了，我可以开始了。”

“奉城贴吧上的视频，是你用何莉莉的电脑上传的吧？”许靖南问。

“是。”张勇胜说。

“你用五笔？”许靖南问，张勇胜点头，“继续说。”

“我看到那个视频，发现她们四个人都在里面，我决定先拿何莉莉开刀，因为她要结婚了，哼！”张勇胜交代，“我注册了一个新的 QQ 号码，加了何莉莉，说给她看一点东西，就把这个视频传给她让她看，她害怕了，因为她怕自己结不成婚，问我要多少钱。我不要钱，我跟她说我想要刘辉的命，否则我就把这视频传给她老公。何莉莉问我她应该怎么办，她不学无术，什么都不会，我跟她说让她第二天早上上班去停车场的时候，看停车场的门禁下面的消防箱里，那里有一瓶药酒，男的喝了这个药酒之后，再做床事的话，就会心肌梗死而死。”

“但我没有想到的是，她们都是自私自利的人，何莉莉不是第一个出事儿的人，她跟我说，她把药酒给了刘辉，跟他说这是一种壮阳药，让他跟赵苗苗做爱的时候喝一些，她骗刘辉说赵苗苗嫌他不够生猛，呵呵。物以类聚，人以群分，这女人想把罪行嫁祸给赵苗苗，但是没有想到，刘辉命大，第一次没死成，赵苗苗发现刘辉死在床上的时候，给她妈打电话，她妈让她爸出面，竟然摆平了这件事，如果不是刘辉又活过来了，这事儿可能就完了。”

如果不是刘辉在停尸房被丁忧救活，这件事可能真的就不了了之了。

但是刘辉受强心针的影响，忽然发疯将赵苗苗撞死，赵苗苗在这件事上的确是有些无辜，然而多行不义必自毙！

“我没想到，赵苗苗竟然有这么大的能耐，能摆平这件事，但是刘辉命大，竟然又活了，还撞死了赵苗苗，活该！不对，赵苗苗是被她妈晃死的，更活该！”张勇胜接着说，“赵苗苗死了，但是刘辉还没有死，说是被抢救回来了，我跟何莉莉说，反正她第二天就结婚了，自己看着办，然后刘辉当天夜里就死了。”

“刘辉最终死亡，是何莉莉做的？”许靖南问。

“不知道，她跟我说，她把视频截出来的一段，赵苗苗和刘辉的那一段，给赵苗苗她妈林丽看了，林丽一直想要赵苗苗成为烈士，她自然会处理掉刘辉，既然刘辉死一次都没什么事，再彻底死一次更没什么事了，我没有想到，何莉莉还这么有心计，两次都没有自己亲自动手，还都有人擦屁股，林丽通过中间人用钱买通了刘辉的家人，让他们要尸体火化，不要调查，但是后来你要求强制调查，她慌了，让一些地痞流氓跟着刘辉家人，一起闯进市法医实验室，把尸体抢走火化，还把老法医梁老家给砸了，梁老是好人。”

“林丽已经承认了自己的罪行，她将受到法律的严惩。”许靖南说，“相关部门已经发布通稿，还原了赵苗苗死亡的真相，新闻局也发了通告，对相关涉事媒体颠倒黑白、歪曲事实的做法进行了处罚，电视、报纸上已经没有赵苗苗的新闻了，这是一场闹剧。”

“程叔没有多长时间了，他们四个都要付出代价，我不能收手，我一定要让她们付出代价！真好笑，何莉莉竟然还自鸣得意，认为事情查不到她头上了。那天晚上，我让何莉莉在档案室里等着，说我有事情找她，不准她开手机，我不出现，她不准走。在晚上，何莉莉等我等得很焦急，但是她一看到我，就变得像她一贯那样颐指气使，她说我不就是缺钱吗？要多少钱，快点说，不要耽误她的时间，我给她倒了点水，让她喝水……”

“那水里，有乌头碱？”许靖南问。

张勇胜点点头，“她喝完跪在地上求我送她去医院，但我不会，我就眼睁睁地看着她死，一个小时后她才死了，她死得挺痛苦，我却没有什么感觉，小慧是被烧死的。我伪造了何莉莉的遗书，但是没有什么用，我没有想过会逃过法律的制裁，我只是想挺到程叔去世，我不想让他再受一次打击，但没有想到，事情还是败露了，我觉得我必须快点了，过不了多久，就会查到我身上。”

“我去买了汽油！我要让她们比小慧没的时候还要痛苦，”张胜勇脸上是痛苦的神情，虽然报复了，但是他并没有感觉到快乐，“然后去公安局接她们两个，在路上我找了一个没有人的地方，没收了她们两个的手机，把手机关机扔了，把她们绑了起来，我不会用迷药，因为我要让她们两个清醒着被烧死！至于赵苗苗和何莉莉，算是她们运气好！”

许靖南不知道应该怎么样去评价这样的人。

张勇胜，他有罪吗？他有罪！他有错吗？他有错！他是坏人吗？他不是！他是好人吗？他能算是好人吗？

他也是受害者，当程书慧死后，他可以选择另一种方式，忘掉这个他爱得很深的女孩，忘掉这个让他有着伤痛记忆的地方。

他可以回到湖北，过个三年五年，让时间抹平伤痛，他可以再结婚生子，儿女承欢，尽孝父母，但他没有，他留下来了，满眼的物是人非历历在目，他留下来了，照顾老程。这么多年过去了，孑然一身，他无声而惨痛地纪念着自己的女友，他没有发泄的途径，还要天天忍气吞声地生活，看着害死自己女友的四个人逍遥快活，他心底的思念和痛恨，没有任何消解，反而越来越严重，这样的执念，变得越来越固执、偏执，直到爆发。

直到今天这个局面，两败俱伤，他也毁了自己的人生，他对自己女友的情深意重没有错，但是搭上自己的一辈子，值与不值？

“值了！”张勇胜笑了，如释重负，“没有小慧，过得也不像人的日子，不如做鬼去和她相会。”

“你父母呢？”许靖南问他。

张勇胜眼中闪过一丝痛，“我对不起我爸妈，希望我弟弟能代我尽孝。”

许靖南收拾起东西，看着张勇胜，“我不能评判你的对与错，张勇胜。但是你是没有责任感的一个人，当你选择这条道路的时候，你就抛弃了自己作为一个儿子的责任！当你违法的时候，你也抛弃了公民的责任！真相不应该被篡改，凶犯不应该成为英雄，道德谴责虽然对于很多人都是无效的，但法律仍然至高无上！”

许靖南这句话只是他的原则，但却显得那么苍白无力。

张勇胜看着他，显然不认同，“丁医生是一个好人，我希望她能活得很好。”

许靖南明显地顿了一下，“第一个死者刘辉，相对来说他是无辜的。”

张勇胜没有说什么，但显然有些情绪波动。

“张勇胜，你最后还有没有什么想说的？”许靖南在走前问他。

张勇胜低着头，“没有给程叔养老送终，我对不起他，我最对不起的是我爸妈！希望他们两个快点忘掉我这个儿子！”

张勇胜的父母，两个六十多岁的老人，听到他杀人的噩耗，一夜白头。

执行死刑那天，在他弟弟的搀扶下，张勇胜父母去见他最后一面，两个老人憔悴苍老如七八十岁。

张勇胜是长子，白发人送黑发人，他父亲强作镇定，他母亲失声痛哭，瘫坐在地上起不来——

在场者无不动容。

他给他父母磕了三个头，也给他弟弟磕了一个头，那个二十六岁，才研究生毕业的男人，瞬时成了家庭的顶梁柱。

干刑侦这一行的，最感到难受的是，受害者变为凶手。

第三辑

父辈的旗帜

云南大理独行的大一女生失踪，被发现陈尸于点苍山脚下客栈，客栈实为毒贩的交易地点，尸体损毁严重，本该出现的男生被非法拘禁，由此引发出一连串的风波，几年前的一桩惨案浮出水面。究竟谁是凶手，谁是绑匪，谁是受害者，谁是施虐者？

我们赖以生存的秩序，它本该公正的一面，却暴露出无情的不公。

一　永生的黑暗

欧加拉小心地看着丁忧，“刘辉很无辜，可能你认为他也不是什么好人，但是他罪不至死。”

“审完了？我同意，刘辉的确是不应该死。”

“真相大白、尘埃落定，张勇胜什么都承认了。”欧加拉并不感到轻松。

“我不太懂法律——”丁忧这句话说得好到心坎，“张勇胜应该被判处死刑立即执行，法院审判的话大概一个月，上诉期十五天，最高人民法院复核七天，三日内执行死刑，张勇胜能撑到老程死。”

欧加拉目瞪口呆，丁忧还是懂法律的，只不过她话说得让人感觉到不舒服。

“我去看望老程了，停药后他的病情恶化得很快，神智有些不清楚，我把事情原委都告诉他了，民众已经知道了真相，相关涉事人员，刑侦学院的几个领导，那个林胖子，四个女受害者的父亲全部被免职，有些已经被刑拘，还查到一些其他违法乱纪的事儿，多行不义必自毙，他们会受到严厉的惩罚……”

丁忧看着她。

“唉！但是有什么用呢！”欧加拉叹道，“张勇胜的弟弟带着他父母从湖北过来了，他父母悲伤过度见不了老程，张勇胜的弟弟见的老程，老程要在自己死前交代好后事，他让张勇胜的弟弟等张勇胜被执行后，把他和程书慧的骨灰都带回湖北，他父母都老了，不能分隔太远……”

说着，欧加拉的手机响了，她接了电话，“是，许先生，我马上去。”

“你们怎么了？”欧加拉挂了电话问，“许先生为什么让我过去，他自己不过来？感觉好奇怪！”

“你猜。”丁忧表情特别欠揍。

“知错能改，善莫大焉。”欧加拉开始掉书袋，讲大道理，“你跟我一起去吧，去道个歉，不管你犯了什么错误，许先生都会原谅你的。”

丁忧看着她，不动地方。

“去吧，”欧加拉苦口婆心，“只要不是原则性的错误，他都会原谅你的。”

丁忧摇摇头，“我一会儿去办出院手续，然后回刑侦学院，那边打电话来说是代理书记要找我，不知道什么事。”

欧加拉没有办法，只能泄气地自己走。

丁忧办完出院手续，并没有立刻离开，而是去了老程的病房，张勇胜杀人事件闹得沸沸扬扬，有好些记者要来采访老程，但都被医院和警察挡了回去。为了保密起见，也为了让老程安静地度过最后的时刻，院方给老程安排了一个单人病房。

“丁医生好。”走廊里巡逻的警察看到丁忧问了一声好。

“你好。”丁忧看着他，“我可以进去看看吗？”

警察连忙帮丁忧把门拉开，“当然可以，只不过病人现在已经不太清醒了。”

丁忧直接走进病房。

老程面如金纸，瘦得一副骨架。

丁忧站在病床前，看着老程看了半天。

老程忽然睁开了眼睛，看到了丁忧，“丁医生——”

他的眼神异样地明亮，声音也很清楚，是回光返照。

“杨晓霞和林洁被抢救回来了，但是已经重度烧伤，失去了意识，她们插着呼吸机，大概也就能活个三五年，你死前听这个有用吗？”丁忧说话很无情。

老程笑了，这个房间里有隐形的光辉，“丁医生，我看到小慧了，她来接我了——”

“你快跟她在一起了，”丁忧的眼神发涩，因为她自己也不确定想干什么，“我想你可能不想死得那么孤零零的，因为我也不想死得孤零零的，所以我就过来站一会儿，让你知道你死的时候，有个人在看你，虽然这人跟你没什么关系。”

丁忧这段话说得怪里怪气，也让人感觉不舒服，但是没有关系，老程已经不想这些事了。

“丁医生——”老程满是安详，“小慧知道你在这里——”

丁忧环顾四周，她可没有看到小慧，她只是觉得这个房间有点冷。

“小慧说——”老程的声音越来越虚弱，他没有什么遗言要交代，所以他不在乎这辈子说的最后几句话跟他自己毫不相关，“有几个外国人有一句话想对你说，感谢你，但是希望你不要被黑暗吞没……”

丁忧没说话，握住了临死之人的手。

“我觉得，我们父女都对不起勇子，”老程的手越来越凉，“孩子，有些事情忘了最好，人最好活得没心没肺，过自己的日子，别记着不开心的事儿，自己害自己——”

丁忧紧抿着嘴，看着老程，直到他的眼睛永远地闭上，心电图成了一条直线，主治医生走进病房给他做最后的检查。

“做不到。”丁忧低声说，放开老程的手，离开了医院。

“许先生，你找我。”欧加拉敲门进入许靖南的办公室。

许靖南的办公室在一栋大厦的顶楼，六十一层，有一扇落地窗户，能看到蓝天白云，一衣带水的江河两岸，高楼林立、人如蝼蚁。

许靖南站在窗边，西装革履，双手抱怀，看着窗外。

欧加拉有两个感觉，一是这画面好有意境，二是许靖南一定不恐高。

“欧加拉，请坐。”许靖南转过身，面有倦意。

“许先生，你找我什么事？”欧加拉问许靖南。

许靖南没有立刻回答，而是沉默了一会儿，这让欧加拉有些恐慌。

“你父亲是越南华裔，你母亲是法籍犹太人，你家族人员庞杂，产业遍布世界，人际网络无所不及。”

“许先生谬赞了。”欧加拉莞尔一笑，显得风情万种。

“那你为什么要加入特事科呢？”许靖南问她。

“我厌倦了纸醉金迷的生活，想做一些有意义的事情。”欧加拉笑着回答。

“以你的身份和国籍，你的选择绝对不在这里。还有什么，一并说了？”许靖南很有洞察力。

欧加拉笑了笑，“我是被唐家林，你的前任拉下水的，我之前为维尔斯坦因家族做了十年的公关，在处理一些微妙的国际问题的时候，唐家林需要像我这样的人才，至于我，我很欣赏唐先生那样的男人，希望近水楼台先得月，各取所需吧。”

许靖南表示理解：“欧加拉，你很坦诚。”

欧加拉真诚地问许靖南：“那许先生，你呢？”

二　不辞而别

许靖南看了看外面的天空，辽远广阔。

“我今年三十二岁，之前两年，我无所事事，不是躲着，就是闲逛，我去了很多偏远的地方，欣赏过所有的名山大川，我竟然还把厨艺练得不错，我觉得是时候过一种正常而平静的生活了。”

欧加拉的眼神有些迷离，“正常而平静的生活，有些人在你这个年纪，应该还想着有波澜壮阔的人生，奋斗、成功，上升到金字塔的顶层。许先生，你有这样的想法，跟你在之前十年的卧底生涯，有很大关系吧？”

许靖南微笑着看了欧加拉一眼，她知道的的确不少，“那时候我觉得我失去了很多，我所庆幸的是，我得到的只有我从来没有改变过的信仰。”

能看出来欧加拉非常欣赏许靖南，“没有绝对的好人和坏人，即使是敌人。你隔绝了自己的一切，和他们一起生活，融入他们，和他们交朋友，他们有血有肉，你能发现他们身上的优点，闪光的一面，你是孤独的，你只能靠自己，任何人都给不了你支持，只有信仰，才能让你不同流合污。”

许靖南微笑，关于这个问题，他们不能深谈，“忧忧在缅甸的医疗小队被劫持，是当时有人向大毒枭颂猜通风报信，这个人的幕后主使者是当地政府军头目，我可以肯定的是，医疗小队成员的死亡绝对不是颂猜杀害人质。这些事情发生得太快，离最后的围剿已经很近了，我提交了所有证供之后，就被排除在审讯和最后调查之外，为了公平，也是最后的砝码。医疗小队属于无国界医生组织，那件事情的调查应该属于国际刑警负责，你的一位前夫安东尼·莎普，在维也纳吧？”

欧加拉很干脆，“安东尼？他现在是国际刑警的秘书长助理，我会帮你打听的。”

“谢谢你，欧加拉。”许靖南很真诚。

他果然醉翁之意不在酒。

欧加拉注视着许靖南，小心翼翼地说道：“忧忧是一个无法掌控的人，但我实在是喜欢她。她能给我一种力量感，让我觉得任何挫折、磨难，都是可以战胜的。维尔斯坦因家族和她有很深的渊源，的确她第一眼实在不讨喜，但是会越来越喜欢，希望她能在刑侦学院工作的时间长一些，那么那里的人就会改变对她的偏见。”

“刑侦学院的领导层，已经决定解聘她了。”许靖南语气很平淡。

“为什么？”欧加拉吃惊道，“她是一个多么出色的人啊！”

许靖南回看窗外，“有些事情，有些道理，是你无法理解的，欧加拉。法医大楼倒了，一个死人复活了，发生了这么多事，倒台了那么多人，她严格、公正、不近人情——”

“他们把忧忧推出去，当成了牺牲品、替罪羊！”欧加拉一语中的。

许靖南点点头，“说实话，我也不想让她继续在这摊浑水里。”

“许先生，我去刑侦学院找她，你去吗？”欧加拉问。

“我开车送你过去。”许靖南拿起车钥匙。

“那给她打一个电话，说一下吧！忧忧虽然很坚强，但也需要关心。”欧加拉说。

许靖南拨通了丁忧的电话。

电话竟然很快就通了，这很反常。

“你在哪里？”许靖南问。

“我在机场。”丁忧回答。

“你在机场干什么？”许靖南问道，她去机场干什么？

“我被刑侦学院解聘了，我换一个地方生活。”丁忧在电话里淡淡地说。

“你为什么要换一个地方生活？你回来！”许靖南语气严厉，越乱越添乱！都是惯出来的毛病吗？

“那我出去散散心。”丁忧又换了个说法。

“你到底要干什么去！”许靖南怒道。

丁忧有好多国家的绿卡，免签证，她真想走的话，坐飞机就可以。

尤其是她走了之后，可不太好找回来。

“还是不跟你说了。要是没有什么事情，我挂了。”丁忧的声音非常平静而疏离。

“你去哪里？”许靖南喝问。

“不想告诉你。”许靖南这边强压怒火，她还是那副高冷的样子。

“你回来！”许靖南吼道，把欧加拉都吓了一跳。

他温文尔雅的形象，一直深入人心。

“不了——我准备上飞机了。”丁忧依然平静如水，那边很吵，背景声里，好多还不是中文，吵吵闹闹的，信号也不好。

丁忧说完这句话，就把电话挂了，随手扔进垃圾桶。

砰的一声，许靖南把手机摔在地上。

欧加拉连忙用自己的手机打过去，关机。

丁忧要去哪里啊！

许靖南脸色铁青。

丁忧的性格实在太难以言表了，让人心急如焚又无可奈何。

“我去查一下出境信息，看看她去哪里了。”欧加拉小心翼翼地说。

许靖南双手握拳，指关节发白，“让徐敬和邱小福进来。”

徐敬进来，欧加拉还能理解，邱小福？

但是这时候她可不敢多问，聪明女人，懂得审时度势。

欧加拉在邱小福房门前诱惑了她半天，但邱小福就是眼泪汪汪地不敢跨出那一步，虽然她已经快被闷死了！

“你想想！球球，”欧加拉叫着邱小福的小名，“许先生既然能叫你过去，说明你肯定可以出来，不要怕！凡事开头难，迈出第一步就好了！加油！”

邱小福把着门，小心翼翼地把头发往外甩，欧加拉无语了，把头发往外甩能有什么用！

两人在邱小福房门前磨蹭半个多小时，徐敬过来了，因为许靖南迟迟没见邱小福和欧加拉过去，所以把他派过来了。

徐敬站在门外，先是脸红了，然后轻轻一拉，就把邱小福拉了出来，邱小福吓得连声尖叫，震耳欲聋。

欧加拉赶忙安慰她：“没事儿！没事儿！球球！不要怕！没有电流！不疼的！”

邱小福不管不顾地叫了十分钟才停止，然后晃了晃脖子，大喜过望，“真的呀！不疼呀！”

欧加拉耳膜直疼，长舒一口气。

等欧加拉他们进来的时候，许靖南已经把手机捡了起来，像是什么事情都没发生过一样，他用遥控开关把邱小福脖子上的项圈打开。

邱小福把项圈摘下来，开心得几乎要跳起舞来。

“给我吧！”许靖南语气十分和善，他把项圈收进抽屉，似乎是不想睹物思人。

许靖南办公室里，徐敬好像就没有变过站姿，腰杆直得跟一座丰碑似的。

邱小福开心地跳过去，一把拉住徐敬的胳膊，叫了一声：“帅哥！”

徐敬还保持着军姿，噌的一下，就脸红到脖子根了，手背都红了。

许靖南笑了笑，“你们两个要去云南大理。”

三　青年学生失踪

邱小福显然没有听许靖南在说什么，而是好奇地看着徐敬，还用一双小嫩手摸着人家的脸，“你也不过敏啊，怎么脸红了啊？”

徐敬的脸是没法再红了。

许靖南咳嗽了一下，看着他们两个，邱小福立刻收敛了，“是不是有工作？老大！”

她竟然跟着徐敬管许靖南叫老大。

“把手放开。”徐敬总算憋出一句话。

许靖南笑着，显得既慈祥又不怒自威，“邱小福，我现在缺人，所以你要参加行动了。近期有多名自由行的青年学生，在大理失踪，你们两个要去大理调查此事，欧加拉已经为你们准备好了身份。”

“卧底吗？”邱小福跃跃欲试。

“不是卧底，只是为了行事方便准备的假身份，这次行动可能会有一定的风险，但你们放心，有一个团队会在幕后帮助你们。”许靖南解释。

欧加拉给了邱小福和徐敬两张身份证和学生证，“关于假身份这件事，你们行动几次就会习以为常。球球，这是你的身份证还有学生证，你的名字和年龄都没有变化，你的学生身份是B大舞蹈系大二学生，小敬，你的名字也还是你的名字，但你的学生身份是B大体育系的国防生，国防生考上研究生需要在部队服役一年，你就在这一年中。”

邱小福一手拿着学生证，一手拿着身份证，挥舞着，“好啊！我真的会跳舞！小时候，妈妈让我学了六年芭蕾呢！”

这个卧底身份做得很合适，徐敬怎么看怎么像当兵的。

“你们两个是恋人。小敬呢，刚好休假，于是球球就翘了课，你们两个去大理游玩。”欧加拉继续解释。

“恋人？”邱小福眨着大眼睛忽闪忽闪地看徐敬，徐敬还在脸红中。

“你们先去收拾东西，乘下午的飞机去昆明，到了昆明之后，坐长途汽车去大理。”欧加拉作安排。

“这次行动暗中进行，保持联系，在路上，我们会再告诉你们详情。”许靖南总结。

“是！老大。”徐敬很正经地说。

“是！老大。”邱小福学着徐敬，很不正经地说。

“年轻就是好。”欧加拉看着他们两个出门，笑道。

许靖南没有说话。

“许先生，海关那边查了，忧忧乘坐韩亚航空的飞机去了韩国。”欧加拉翻看手机。

许靖南已经非常平静了，“谢谢你，欧加拉。我想她去了韩国之后，会用其他身份去别的国家。”

“许先生，”欧加拉沉思了片刻，“我今天晚上飞去北京，明天去维也纳，我必须人也要到那里才行。”

许靖南脸上的倦意更深，“你去吧，欧加拉。这边我会盯着的，辛苦了！”

欧加拉摇头，“我真心诚意，许先生，你不要客气，我去那边也会留意，忧忧她有没有去欧洲，我会关注她几个我知道的化名。”

在欧洲和美洲，欧加拉怎么也算是主场作战。

机场的候机大厅里，徐敬和邱小福靠在一起坐着，邱小福应该是因为好久没出门了，所以非常兴奋，一直絮絮叨叨的。

“帅哥，我叫作球球，你要叫我昵称，球球。”邱小福眨着大眼睛对沉闷的徐敬说，“但是我叫你什么呢？敬哥哥？好哦！敬哥哥，靖哥哥，我喜欢黄蓉，我就叫你敬哥哥啦！你叫我一下。我们要演习一下嘛！时刻准备战斗！”

徐敬看了她一眼，“球球。”

邱小福非常开心，“敬哥哥！好肉麻，我喜欢，哈哈哈——你去过大理吗？我想那边应该风景好好啊！”

徐敬摇摇头。

“那你去过云南吗？”邱小福眨着眼睛问。

徐敬点点头。

“要不要啊！敬哥哥！”邱小福抱怨着，“你怎么这么闷啊？人家会怀疑的，我这么漂亮，这么活泼，怎么找了一个这么闷的男朋友啊！不对——我还是太长时间不跟人交流了，哪有自己说自己漂亮的？”

徐敬看着她，言简意赅地神回复了一句：“互补！”

邱小福拍了他的肩膀一下，“我好喜欢你的冷幽默！”

“行程出来了。”徐敬把 iPad 给邱小福。

“从昆明直接去大理，不去吃过桥米线啊？”邱小福看着行程安排，“我们飞机如果不延误的话，晚上八点半到巫家坝机场，然后赶紧从巫家坝机场打车去昆明火车站，坐 K9632 次列车卧铺去大理，晚上十一点到第二天七点，省了住宿费，不对啊，我查查，是到巫家坝机场，不是长水国际机场，巫家坝机场离市区很近的，我们能挤出时间去吃一碗过桥米线！”

“照安排，服从。”徐敬总是那么少话。

“切！”邱小福对他做了一个鬼脸，又开始喋喋不休，“云南好像很多崇山峻岭啊，还跟外国接壤呢，是不是那些失踪的人在大山里面走丢了？被野人抢去了？还是走到国外去了，被当成偷渡的？不会吧！谁会偷渡去穷的地方啊？”

徐敬现在保持着眼观鼻、鼻观心，两耳不闻窗外事。

“那个大叔说路上告诉我们详情，怎么告诉啊？路上？在飞机上要关机的啊！”邱小福实在是憋坏了，“我们究竟是一个什么公司啊？什么部门啊？为什么云南有人失踪要我们去？”

“可能是因为当地能力有限，解决不了，或者涉及一些微妙的边缘关系，所以需要我们出马。”欧加拉笑盈盈地站在邱小福面前。

邱小福看着欧加拉，欧加拉穿着红色羊毛修身裙，手里搭着一件红色大衣，身材凹凸有致，美艳不可方物，“姐姐！你要和我们一起去吗？”

“我要去别的地方，有其他的事情。”欧加拉笑着回答，“我只是给你们送点东西。”

邱小福眨着大眼睛看她。

欧加拉把一个档案袋给了徐敬，“希望你们两个凯旋！”

“什么东西？里面有什么？快打开看看！”邱小福催促着徐敬，她不知道为什么欧加拉把东西给徐敬而没有给她，因为徐敬是监护人，而她不是。

徐敬刚要打开。

一个声音从旁边传来。

“先不要打开。”

四　别有洞天的货车

徐敬抬头看，竟然是许靖南。

有意思，他和欧加拉是前后脚。

许靖南坐在徐敬旁边，“情况有变，我和你们一起去昆明。什么也不要说，什么也不要看，保持沉默。”

“是！老大。”徐敬回答了一下，就开始闷不作声。

但是憋坏了邱小福。

“老大，可不可以说些无关紧要的话啊！要是什么都不说，可真就太奇怪了。”邱小福撒娇。

“可以。”许靖南点头，他可真轻装简行，只拎着一个登机箱，穿的是夹克衫牛仔裤，跟他平时反差很大。

“老大，你这么穿显得好年轻啊！”邱小福拍着马屁，“你在办公室里的时候，穿着西服感觉好成熟，像一个大叔哦，这么看着像一个哥哥。”

许靖南笑得很慈祥，“我比你大了将近十五岁，你可以叫我叔叔。”

“叔叔？”邱小福古灵精怪地看着他。

“邱小福，你电脑很好吗？”许靖南问。

邱小福赶忙摇头，“哪有，哪有？一点也不好，一点也不好。”

她这个反应可不常见。

“登机了，上飞机再说！”许靖南一声令下，带着邱小福、徐敬登上了飞机。

“还没开始检票呢！”邱小福指着登机口。

“我们从旁边先上。”许靖南低声说，在前面带路。

邱小福非常兴奋，比头等舱上飞机还早。

“哎！老大，我查了一下，好像执法人员押解犯人上飞机的话都要在机舱尾部，我们是不是要去机尾巴那里待着啊？”邱小福像好奇宝宝一样问个不停。

“你不是犯人，按登机牌坐。”许靖南好脾气地解释。

坐下之后，邱小福发现，按登机牌坐，他们也坐在了机尾巴的位置，她的左手边是徐敬，右手边是许靖南。

徐敬整个旅程里真的一句话都没有说，要不是邱小福总去偷看他，发现他一直睁着眼睛，都会怀疑他是不是睡了一路。

“系好安全带，”许靖南拿出 iPad 对邱小福说，“我给你看样东西。”

邱小福满心欢喜地期待着。

许靖南先给邱小福看了一段没有声音的视频。

很火的一段视频。

“我可喜欢看《爸爸去哪里》了！”邱小福看着视频眉飞色舞。

“问题是，这期节目现在还没有上映呢。”许靖南低声说。

邱小福眨着无辜的大眼睛看着他。

许靖南笑了笑，又给邱小福看了一段视频，是日本 2ch 网站，网站首页却不是惯常的好几个动漫人物，而是一幅 GIF 动态图，红色的中国版图像一只雄鸡，而日本岛则很像一个小虫，忽然雄鸡一动吞吃了小虫。

“哎呀！这个图图好早好早之前就很火了！”邱小福怯怯地说。

“但是它没有火到日本最大的论坛主页上。”许靖南低声说。

邱小福眼巴巴地看着他，什么也不说了。

许靖南又调出来好几张截图，有美国联邦政府官方网页上，兵马俑打自由女神的屁股；有韩国政府网上，一模泡菜口放豪言，全宇宙都是我的……

许靖南把手机关了，邱小福很紧张地抠着手指。

“邱小福，你电脑还不错吧？”许靖南问。

邱小福点点头，迟疑着，但还是坦白了，“还不错。”

许靖南没有再管她，目光深远看向窗外。

邱小福心里好怕怕，许靖南越是慈祥，她越是怕怕，觉得肯定会有不好的事情发生。

昆明巫家坝机场在市区里，飞机上能看到夜晚的城市，一条蜿蜒盘旋的路，离地面越来越近。

橘黄色的点点灯光，显得城市不那么喧嚣。

他们一下飞机，扑面而来一股清新空气。

昆明果然四季如春。

一辆货车在等着他们。

接人用货车吗?

一个五大三粗，壮得跟头牦牛似的汉子对他们招手。

“许先生！”汉子上前熊抱许靖南，他脖子上戴着一指粗的大金链子，一脸横肉。

“老杨！”许靖南给他们介绍，“这是徐敬，这是邱小福，这是杨春花。”

这个名字——这么个汉子，真让人忍俊不禁。

“春天的春，花朵的花，杨树的杨！”杨春花嗓音洪亮地自我介绍。

徐敬没啥反应，许靖南还没让他说话呢。

“杨春花——”邱小福看着眼前的人，品了名字，又和眼前的人对号，一下子大笑起来，笑得直打转。

“春花，春花——”邱小福拍着徐敬的胳膊，“大哥，你爸爸妈妈好有才华啊！”

杨春花没有动气，反正这个名字也错不在别人，“我阿爸阿妈是彝族，不识字，村干部来记名字，就随便起的！刚好春天，地上有花。”

“老杨，我们上车，尽快到地方。”许靖南说。

“是不是要去公安局了？”邱小福问道。

“谁说去公安局？又没有犯事儿！”杨春花惊讶道。

“邱小福，不要问东问西，先进车里。”许靖南吩咐邱小福。

邱小福刚要往车头走，杨春花用大拇指指了指后面的车厢，“是后面。”

“让我们在车厢里？”邱小福难以置信。

停机坪上光线很暗，黑灯瞎火的，货车停的地方离候机楼也比较远，外面几乎没有人。

徐敬打开货箱的门，一撑一跳就上去了，然后把邱小福拉上去。

等他们两个上去后，杨春花把门关上，把锁扣上锁死。

“我什么都看不到哇！”邱小福乱摸着，不知道自己摸着的是什么，“敬哥哥啊，你倒是说句话啊！”

“别摸我。”徐敬憋了半天回一句。

“他们把我们锁在这里，干什么啊？”邱小福慌慌张张地问，“呜呜，不是要绑架我们吧！我会让我妈妈付赎金的时候，顺便也帮你赎身——”

正在邱小福在货箱里不知所措的时候，货箱里有话语声响起，但却不知道是从哪里传来的。

“开灯！”是许靖南的声音。

一下子货箱里就亮了。

“你之前怎么不开灯啊？”邱小福抱怨着，因为之前没有人叫徐敬开灯。

邱小福没有光明就什么都看不到，但是徐敬有夜视力，在邱小福乱摸乱动的时候，挡着她没有让她打破东西。

灯亮了，货箱里真是别有洞天，像是技术宅的小型居室，电脑、餐台、休息台，一应俱全，看得邱小福非常喜欢。

“邱小福，开电脑，定位视频传输地址。”许靖南吩咐。

“OK！”邱小福没有磨叽，立刻就把电脑打开了，电脑之前也是待机状态。

打开电脑，映入眼帘的就是一段即时视频。

许靖南和杨春花坐在驾驶室里。

“裘平安，美籍华人，十九岁，一个月前非法入境，在大理旅游的时候失踪。”许靖南介绍情况。

邱小福和徐敬在货箱里看着视频，视频里有一个狭小的牢房，四面都是墙壁，没有窗户，摄像头对着的墙角，有一个稻草垫子，一个男孩萎靡不振地躺在稻草垫子上。

“他是不是被囚禁了？”邱小福看着视频，手底下敲着键盘，“用的是代理服务器，全世界各地跳……”

显示器上面过了一阵又一阵的数据流，“我刚刚在美国纽约，蹦到了明尼苏达，哦！怎么又跑到法国去啦？俄罗斯，乌克兰……好厉害！还要挑战我吗？”

“裘平安是非法入境，他家在美国和中国都有实业，不排除犯罪分子绑架勒索的可能，但现在还没有要赎金的消息。”许靖南解释。

“不对啊！”邱小福满心疑惑，手指头也不停。

五　被绑架的非法入境者

邱小福非常不解，“老大！他干吗要非法入境啊？要干坏事吗？”

“在他非法入境之后，大理地区有四名自由行的女生失踪，包括他一共五个人失踪，这四名女生，现在还没有任何下落，警方正在加紧寻找，而今天早些时候，裘平安的拘禁视频的网络链接，被他自己的手机号发送到了他父亲的手机上，他父亲点击看到视频，非常担心自己的儿子，联系了老杨，请他竭尽全力寻找裘平安。”许靖南说。

“还有四个女生呢！”邱小福提醒。

“那四个女生还没有线索，希望找到裘平安，能从他身上得到一些信息来寻找那四名女生，他们是同时失踪的，理论上说应该会有关系。”许靖南解释。

“那老财主不是好东西，但是钱给得不少！”杨春花开车很快，“他在翠湖君乐住着呢！有钱人！”

许靖南瞟了一眼他脖子上的金链子。

“我全部的钱都穿在身上了！”杨春花好似很专注地开车，但是什么都没有逃过他的眼睛。

“我们不去大理吗？”邱小福能听到驾驶室里两个人的对话。

“先去接那个老财主啊，一起去！”杨春花回答，“说是要先见到你们，然后一起去大理！靠！今晚上开夜路了！”

“不坐火车吗？”邱小福问。

“小妮子，坐什么火车啊！叔叔开车比火车快多了，最多三个小时就能到！”杨春花相当自信。

但是云南这种天黑路滑、山多车险的路况，杨春花要三个小时到大理，是不是也很有危险啊！

“哎！对了，许先生！”杨春花忽然问道，“小瘸子呢？”

他这句话问出来，顿时让人觉得，“许先生”三个字，有时候并不是敬称、尊称，好像是外号一样。

“不知道。”许靖南很干脆地回答。

“你不知道？”杨春花很惊讶。

许靖南摇头。

“管她去哪里了呢！”杨春花变得欢快，“也不知道你看上小瘸子哪点了，眼睛跟瞎了似的！你也三十好几了，早不用脑袋别在裤腰带上了，该踏踏实实找个女人过日子了！这回在云南多待几天，跟兄弟们好好聚聚，云南姑娘好，少数民族漂亮妮子多……”

邱小福瞟了一眼徐敬，很八卦的样子。

但是徐敬没有配合她，一点反应都没有。许靖南和丁忧的事儿，徐敬也不清楚。

杨春花说了很多，许靖南没有搭茬，而是改变了话题，“老杨，到了酒店，你带我去找裘平安的父亲，我估计他自己能带司机和车，我和他一个车，我有东西要问他，你开这辆车带着徐敬和邱小福。”

“邱小福！”许靖南向货箱喊了一声。

“老大，什么事？”邱小福非常机灵。

“尽你所能，最快查出 IP 地址，定位出实际地址。”许靖南吩咐她。

“这小子，是不是嫌我聒噪啊？”杨春花自言自语，许靖南还在他旁边。

货箱里，邱小福听了这句话，看了一眼徐敬，好像他也深有同感。

“老杨，我的确有很多事情要问裘父。”许靖南解释。

“说曹操，曹操到，接个电话。”杨春花一手握着方向盘，一手拿着电话很大声地问，“喂！说！在路上！知道了！知道了！行了！”

“真跟你小子说的一样，许先生。”杨春花不耐烦地收起电话，“土财主已经在车里等我们了。”

“前面路边的那辆黑色的车。”许靖南看着前面的路，他刚才听到了杨春花的电话，对方说了车牌号。

杨春花一直在飞驰着，渐渐减速，越过黑车，停靠在路边，摇下车窗，对后面的车大声喊道：“跟那个长得人模狗样的小子说！他是老大！”

许靖南刚下车，杨春花就一阵飞驰，欢快地喊道："孩子们，叔叔带你们飞啦！"

邱小福感到头皮一紧，觉得得建议一下，不能开这么快！

"叔叔，你是不是有两个孩子？"邱小福喊道。

"是啊！"杨春花还沉浸在开快车的快感中，"我少数民族，能生两个！"

邱小福的问题很含蓄，她的意思是让杨春花想着自己的两个孩子，觉得人生美好，难以割舍，小心驾驶，安全为重，但是没有想到，杨春花比邱小福要更有大局观，想到的是计划生育的基本国策。

许靖南知道杨春花的脾气，直接走到黑车旁边，敲了敲车窗。

"请进来。"一个力求镇定的声音，这才像是儿子丢了的人嘛！

许靖南拉开车门，走了进去。

一个中年男人，微胖谢顶，穿着一身休闲装和旅游鞋，服饰虽然看上去价值不菲，但也暴露了他的缺点，粗脖子、大肚子，中年男人看许靖南进来了，让司机跟着老杨的车，往大理开。

"裘先生，"许靖南看着眼前的裘父，像他这样的人能继承财富并积累财富，心机城府和手段手腕肯定不一般，"我不拐弯抹角了，现在时间紧迫，为了救你儿子，我们必须坦诚相待，希望你不要隐瞒我任何事情，可以吗？"

裘父的手有些颤抖，点点头。

"裘平安为什么会非法入境？"许靖南问裘父。

裘父勉强笑了笑，"我儿子喜欢刺激，我们也认为男孩子胆量很重要，他认为这是一种历练，我们夫妻俩也非常支持他的选择。"

许靖南瞟了裘父一眼，要么另有隐情，要么不可理喻，这算是什么历练？除非他们家是做毒品或走私的买卖，才需要把非法入境当成历练。

"你很溺爱裘平安？"许靖南问。

"我就这么一个儿子，"裘父很紧张，"疼肯定是要很疼的，但他以后要继承家业，我也一定要把他培养成才。"

许靖南点点头，接着问："你怎么能确定他是在大理失踪的？"

"安安那天给他妈妈打电话，告诉他妈妈他在洱海看鱼鹰，想要在大理住几天，去崇圣寺烧一炷香，为我们两个祈福，第二天晚上，我们就联系不上他了！"裘父说。

这和另外四个女生的失踪吻合，都是在大理与亲朋好友失去联系的。

“你是合法入境吗？”许靖南问裘父。

裘父点头。

“你为什么找我们处理这件事，而不是通过正常途径？”许靖南问。

“我十分相信你们的能力。”裘父有些言不由衷。

“除了这个呢？”许靖南问，他眼神很温和但也非常犀利，“为什么不通过移民局、警察局、大使馆呢？怕留下非法入境的案底吗？”

一针见血。

裘父脸一红，“安安不能留下污点，我们希望他作为全优生毕业！”

是非法入境，而不是抽烟喝酒、打架斗殴，说得可真够轻巧的了！

况且还前后矛盾，非法入境到底是历练，还是污点？

六　鬼魅的点苍山

“老大！”许靖南接电话，是邱小福特别兴奋的叫喊，“我找到了！”

“老大！我找到了IP地址，刚查出来实际地址！”邱小福非常兴奋，“是在崇圣寺三塔下面，点苍山山脚下一家客栈里！”

“找到我儿子了吗？”裘父也跟着激动了。

“我们只是找到了发送视频那台电脑的位置。”许靖南很冷静地回答，接着吩咐邱小福，“跟老杨说，立刻去点苍山那家客栈！”

已经是夜里十二点了，大理不像丽江夜生活丰富，早就家家户户闭门安寝了。

传说点苍山下是古战场，夜晚的时候能听到风声呼啸、战鼓雷雷，孤魂野鬼仍然在各自为战。

“你们能不能看到那边亮灯的酒店？”杨春花问。

他车后的两个人都在货箱里，看不到。

“那个酒店星级还挺高的呢！就是住的人少！”杨春花不以为意，继续说，“外地客人来，都不愿意住这边，一是离市区远，直接住市区里的白族旅店就行，谁还跑点苍山这边来？二是说是这边特别不吉利！好像没多久以前，一个来旅游的老头不知死活住在这里了，晚上有好朋友来找，吓得犯了心脏病，就没有缓过来，人没了！你看那么大的酒店，外面的灯影影绰绰的，很不吉利！说是那个酒店刚盖的时候，挖地基挖出一堆白骨，都是有年头的……”

邱小福听得浑身一个机灵，觉得好冷。

杨春花开着车，看着外面的黑夜、鬼火似的灯、坟茔似的房子，讲着鬼故事，越笑越开心。

夜色沉沉如地狱，风声呜咽如鬼哭。

似乎隔着苍茫夜色，也能看到古战场上的森森白骨。

“把车灯都熄了！”许靖南吩咐，“邱小福和徐敬下车，去敲客栈的门。老杨盯着点，看有没有人跑出来。”

车灯熄了，缓缓驶近客栈。

车停在离客栈很远的公路边上。

许靖南对车里的裘父说：“你如果要等的话，就安静地等着，如果不要等的话，开车去大理市区。”

裘父很紧张，“我在这里等着，车熄火，保证安静！”

许靖南点点头，拉开车门下了车。

杨春花的大卡车停在汽车的后面，他看许靖南从前面下了车，对后面的徐敬和邱小福说道：“小朋友们，把灯关了，亮光的都关了！”

徐敬很快地把亮光的都给关了，货箱里一片黑暗。

邱小福吓得有些发抖，杨春花讲什么鬼故事啊！

许靖南经过货车驾驶室的时候，跟杨春花点头示意，先上了货箱。

他把门关好，把灯打开，徐敬和邱小福都很认真地看着他。

“邱小福。”许靖南叫邱小福，“把裘平安的即时监控视频，转到我手机里一份。”

“老大，好的。”邱小福得令，噼里啪啦敲着键盘，“我建立了一个通道，专门针对你的物理地址，别人都看不了，老大，好啦！”

邱小福欢快地跳过去，接过许靖南的手机，给他调出来视频，“你就在这个网址上看就行！只要网络给力！不会有人偷看的！我设了防火墙，也加密了数据！放心好了！”

邱小福说的话，许靖南不用理解透彻，他只要知道怎么看视频就行。

许靖南从自己的行李箱里取出一个小盒子，小盒子里有一条项链。许靖南把项链递给徐敬，让他戴上。项链很短，徐敬戴上去，刚好松松地垂在脖颈的下面，项坠纽扣大小，仿佛黑色的云母石。

邱小福仔细地观察徐敬的项链，她一张好奇的脸和大眼睛，撑满了许靖南的手机屏幕。

“这是不是监视器啊？好高级的样子！”邱小福一边观察一边问。

她的话从许靖南的手机里传出来，把她吓了一跳，立刻跳起来，扭头看许靖南，“吓死我了！吓死我了！我记得之前，丁医生不是有一个眼镜吗？怎么不用眼镜？”

亏得她想得起来，哪壶不开提哪壶！

“国防生不戴眼镜。”许靖南回答。

“给我戴嘛！”邱小福撒娇。

许靖南没说什么，邱小福要戴眼镜的话，她跳来跳去、蹦来蹦去的，看视频的人能晕死。

“去吧！”许靖南吩咐。

装备好了，该干活了。

徐敬先从货箱里跳下来，又把邱小福接下去。

黑魆魆的山，黑魆魆的夜，远处有几点零星的灯光，显得夜更加的宁静而黑暗。

一个孤零零的客栈，像鬼屋一样隐藏在深处。

所谓客栈不过是附庸风雅的说法，就是一个小旅馆。

“用欧加拉给你们两个的假身份。进去之后就按照你们两个的假身份行事，别的不用管。”

黑夜里，邱小福脚发软，被老杨的鬼故事吓的，“老大啊！我们进去不用搜查吗？电视上都是这么演的啊，按照我们的假身份演的话，那就剩下找一间房，回房间待着。”

“理由自己编造。回房待着，保持手机畅通，其他再联系。”许靖南不介意。

徐敬拖着邱小福往前走，说了一句：“你骗人。”

这不是带感情色彩的感叹句，而是做部署的陈述句。

“好啊，”邱小福显然明白徐敬什么意思，继续被拖行，“就说我们是迷路的吧，我这样多像迷路走到可怕的地方被吓傻的啊——”

“许先生，我们两个呢？”老杨点燃一根烟问。

“先等一等，等他们进去后，随机应变。”许靖南回答。

客栈在山脚下，要顺着石阶走几节台阶，门廊上有白色的节能灯，铁青的冷光照着地面上的脚垫，脚垫上写着客栈的名字。

冷森森的一点点冷光，无边的黑暗，崇山峻岭的声音从四面八方包围。

邱小福的脚越来越软，尤其是她看清了脚垫上客栈的名字。

招魂客栈。

七　招魂客栈

邱小福浑身一机灵。

徐敬看到了门铃，按了一下，没有反应，隔了不多不少刚好一分钟又按了一下，再隔一分钟按一下。

“你生物钟要不要这么准啊？”邱小福嘀咕着。

大约十分钟过去了，客栈的门还是紧闭的，邱小福都不耐烦了，但是徐敬还保持着按门铃的速度。

“要不要闯进去啊？”邱小福抱怨着。

“这小妮子不行啊，”杨春花向外掸着烟灰，“才十分钟！”

车刚好停在一个拐角处，比较隐蔽，即使有光，客栈那边也看不到。

许靖南没有说话。

“有人来了。”徐敬低声说，还在锲而不舍地敲门。

邱小福没有听见，但是过了一会儿，就听见了啪啦啪啦的脚步声。

还有骚里骚气的抱怨：“大半夜的！鬼来啊！”

轰的一下，客栈的大铁门被拉开了。

映入眼帘的是一个裹着黑色棉衣的女人，睡眼惺忪，不耐烦的样子，脸上还有残妆，眼袋很重，眼角周围有皱纹，年纪至少三十五岁，脚上竟然还趿拉着一双高跟鞋，尤其引人关注的是她的黑色棉衣下，穿着一件艳红色的睡裙，她的棉衣虽然把肚子捂住了，却露出一大片白花花的胸脯。

女人往前面一站，和徐敬撞了个满怀，“干吗啊！半夜三更的装鬼呢！”

邱小福偷摸一乐，车里看监视的两个人可真有眼福了！

手机上出现了一片白色，许靖南没什么表情，旁边的杨春花探头看过来，不怀好意地笑了，“哎哟！眼福不错，眼睛掉进去出不来咯！”

徐敬站得离门很近，但他完全没有料到对方竟然会直奔过来，顿时窘得不知道该干吗了。

“老板娘！”邱小福挽着徐敬的胳膊把他拽后一步，“好冷啊，我们可不可以进去说话？”

爆乳老板娘斜着眼睛，看到徐敬身边的邱小福，腰一扭，侧开身，让两人进去，砰的一声关上门，摇曳生姿地往里走。

邱小福赶忙拉着徐敬跟在老板娘屁股后面，一边走一边说：“哎哟！我们两个迷路了，总算找到一家可以住人的地方！老板娘，你们家有没有热水啊？”

“有带热水器的客房，要热水自己烧，但是贵呀！”老板娘扭着腰在前面走，“我说你们两个干吗的啊，大半夜才找地方住？”

“不是说迷路了嘛，谁知道这里十点之后就没车了啊！”邱小福抱怨着，“我要热水，贵点就贵点吧！”

“十点？八点就没车了！”老板娘说着，三个人穿过一小段走廊，到了门厅里，别有洞天，很小很简陋，一个小柜台后面门开着，里面应该也是住人的地方，有一张大床，床上有一个男人赤裸上身，下面围着被子，也不知道穿没穿裤子，探头向外看，老板娘回头向男人抛了一个媚眼，“你个死鬼！”

那男人淫荡而猥琐地笑了，盯着老板娘的胸脯。

总算知道为什么那么晚才去开门，徐敬和邱小福是坏人好事儿了。

“给钱！”老板娘没好气地对徐敬说。

“不要身份证、学生证吗？”邱小福问。

“要有什么用啊？”老板娘翻了一个白眼，“先给钱，有热水器的房间一晚上一百二，押金两百！”

徐敬把钱给了老板娘，老板娘一抓就扔进了抽屉，拽出来一个钥匙扔给徐敬，把抽屉锁上，“自己去找！二楼左手边第二个房间。”

说完老板娘就一扭身，钻进柜台后面的房间，把门砰的一声关上。

剩下徐敬和邱小福面面相觑。

“上楼！”徐敬打破沉默。

邱小福还没有回过味来，这个老板娘怎么什么都不管呢？住宿不用登记的吗？

这么容易就让人住，看来真是一个犯罪的好地方。

“我们两个怎么办？”杨春花问许靖南。

“老本行。”许靖南沉吟，“柜台后面屋里的那个男的，眼熟不？”

杨春花点头，“不冲突的话，我给缉毒大队打电话了。”

那是一个在逃的毒贩。

许靖南同意。

“哎呀！”邱小福一拍脑袋，“我没有带换洗衣服啊！也没有带洗浴用品啊！怎么收拾啊？哎呀！还要现烧热水，好烦啊！”

徐敬没有理她，男生洗把脸就可以上床睡觉了，怎么女生这么麻烦？

邱小福打着哈欠，伸了个懒腰，“好困啊！”

他们已经在二楼了，走廊里灯光很暗，老式的黑色木门。

吱呀一声，一扇门欠开一条缝。

徐敬和邱小福都看过去，这时候他们两个都很警觉。

一个神神道道的老头儿从门后探出半个身子，“你们两个是住那个房间吗？”

邱小福顺着他手指指向的地方看去，点点头。

“那个房间，热水器是坏的。”老头提溜出来一个烧水壶，“那里面也没有烧水壶，你们拿我的去烧点水吧！”

邱小福笑容甜甜的，拉着徐敬跑过去，接过老头递出来的烧水壶，“谢谢爷爷！用完了我让我男朋友给你送回来，但是会不会太晚啊？万一你明天早上走了呢？”

老头儿一脸的皱纹，“没关系的，孩子，几点送过来都行，都多晚了，赶紧洗洗睡吧！”

老头很安静地把门关上，真是一个讲究的人。

“好慈祥哦！”邱小福对徐敬说。

徐敬把他们两个的房间打开。

条件还行，小双人床，被子看上去没有那么脏，床头柜，一扇小天窗，卫生间有排气扇，但没有窗户，橘黄色的灯光，热水器果然是坏的。

都已经凌晨一点多了，邱小福看到床，星星眼直接扑上去，抱着被子，幸福得快昏死过去的样子，埋在被子里乌拉乌拉地说："都这个时候了，我一定是坚持不到洗脸刷牙就要睡觉的，所以我睡觉了！"

她说睡觉还真就睡觉了，把被子盖在身上，床外面露出两只平底低帮的小黑皮靴。

徐敬拿着烧水壶，不知所措，还是不还啊？

"这小妮子，就这么睡了？"杨春花看着视频，他们看的角度就是徐敬项链的角度，邱小福死沉沉地趴在床上，盖着被子就像一根热狗。

"小伙子不知道该干什么！傻了！"杨春花掸着烟灰，一边看一边乐。

"借他们烧水壶的人听口音像是四川、重庆一带的。是不是接头的？"许靖南分析。

"让小伙子去还烧水壶。"杨春花说，"他肯定不会想到他们能这么快还东西，打他个措手不及！"

"徐敬，去还烧水壶。"许靖南给徐敬发了一条短信。

八　古怪的老头儿

徐敬终于动地方了，视频的角度变了，换成门的方向，许靖南让他戴监视器果然有道理，这么稳。

徐敬走过昏暗的走廊，敲门。

过了一会儿，吱呀一声门开了，老头儿探出头来看到是徐敬，问道，“小伙子！怎么这么快？”

“球球她睡着了，没洗脸，我用凉水就可以。”徐敬把烧水壶递给老头儿。

他这么还，根本什么也打探不到！

杨春花拍着大腿，“小伙子怎么这么木啊！没当过侦察兵吗？”

许靖南不动声色，“特种兵，狙击好手。”

视频里只能听到徐敬的声音。

他把烧水壶还给老头儿后，过了好一会儿，还没走。

老头儿很疑惑，但是徐敬不走，他也不能关门，只能看着徐敬。

徐敬半天没说话，脸都发红了，问道：“有没有什么吃的？”

他脸红是因为说谎，但是特别符合情境，跟不好意思一样。

老头儿连忙把徐敬让进房间，“饿了啊？快进来！这么不好意思干啥子！”

“小伙子挺聪明！”杨春花点评一句。

老头儿的房间跟徐敬他们的房间一样，简陋，能住人而已。徐敬环顾一圈，墙角一个小的手拎行李袋，床上还开着一个笔记本电脑，笔记本电脑旁边放着一本厚厚的真的笔记本。

这个老人家还挺新潮的，出门还带着笔记本电脑。

在老头儿拿烧水壶去烧水的时候，徐敬看了一眼笔记本电脑，没有打开的网页视频之类的，但是任务栏上面有收起来的IE浏览器，他之前应该是在上网看什么，但是徐敬进来后，就收起来了。

“这个人，也就四十多岁吧？”杨春花回味着刚才视频里的老头儿，“怎么这么老相？”

他眼睛可比小年轻毒多了，尤其是邱小福上来就叫人爷爷。

“生活艰难，遭遇过重大变故的人，容易显老。”许靖南说。

“遭遇到什么变故啊！”杨春花继续点评，“这也太显老了！四十岁跟个七十岁似的！”

老头儿忙叨叨地烧水，从行李袋里拿出一盒方便面泡上，对拘谨的徐敬说：“小伙子，没啥吃的，你就吃点面，对付一下！”

“谢谢！”徐敬非常拘谨。

“随便坐！坐床上就行！”老头儿招呼着徐敬。

“这老头儿，”杨春花品评着，没办法，人实在老相，“可真不像旅游的人。”

独自一人在荒郊野外的小旅馆里，半夜三更不睡觉。

“也不像是犯事儿的人。”许靖南分析，“缉毒大队什么时候来？”

“这个点儿，”杨春花掸掉一点烟灰，“你说你怎么一点烟都不沾啊！靠什么提神？他们要再等等，怕有人来交易，如果有的话一网打尽！”

“他电脑里在看什么？”许靖南问。

“把那个小妮子叫醒？好像挺厉害的。但是能不能叫醒？”

徐敬正在喝泡面汤，他是真的饿了，吃得还挺香。

老头儿就笑眯眯地看着他，“我儿子以前吃东西就吃得香，什么都爱吃，什么都不挑。”

徐敬看着老头儿笑了笑，被这么慈爱地看着吃东西，是有点不舒服。

“能长你这样的大个。”老头儿比画着，“我爸妈都说，他至少能长一米八——”

这话听着很别扭，他儿子在哪里啊？长没长到一米八，好像他自己都不知道。

忽然，一声尖叫传来。

徐敬霍然起身，冲出门，冲进走廊，冲进他和邱小福的房间。

视频一直在晃动。

老头儿也被尖叫声吓到了，跟在徐敬的后面。

却见邱小福坐在床上，披头散发，呆呆地看着门。

“你怎么了？”徐敬问邱小福。

邱小福泪光闪闪，像是哭了一样，嚷嚷着：“我梦见我被老鼠吃了！”

徐敬彻底无语。

老头儿笑了，“你这个女娃，这种梦还能信！”

就算是吃，也是她吃老鼠，哪有老鼠吃她的道理。

邱小福可怜兮兮地看着他们。

老头儿自己回去了，徐敬又谢了他一次。

邱小福勾着手指头，神秘兮兮地叫徐敬过来。

徐敬不明就里走过去。

“我真的梦见了我被老鼠吃了！”邱小福信誓旦旦地跟徐敬说，“我做梦很准的！”

徐敬不知道应该跟她说什么，只能对她说一句事实，“老鼠吃不下你。”

“叫邱小福入侵那个人的电脑。”许靖南给徐敬发了一条短信。

徐敬把短信给邱小福看，“需不需要一台电脑？”

邱小福得意地摇摇头，“我手机就可以的！我的手机配置很高的！比一般电脑都要好！”

邱小福拿出自己的智能手机，“这个手机是定制的，定制的哦！全世界独一无二！”

她一边吹牛一边操作，忽然由神采飞扬变得神色黯淡，“我还蛮喜欢那个爷爷的。”

邱小福说着，把手机举起来，举到徐敬的脖子那里。

赫然，老头儿正在看的网页是裘平安被囚禁的即时视频。

杨春花笑了，“乖乖不得了嘞！”

许靖南神态自若，给徐敬发了一条短信：“给我那人的照片。”

徐敬把短信给邱小福看。

正好老头儿的电脑带摄像头，邱小福截取了一张老头儿聚精会神看视频的大头照传给了许靖南。

许靖南从车上下来，现在已经凌晨两点多了。

他走到裘父的车上，给裘父看了一眼老头的照片。

“你认识吗？”许靖南问他。

裘父仔细看着照片，摇摇头，“不认识。”

他接着很不满地问道：“都这么长时间了！许先生，你们怎么还没有人进去救安安呢？”

“少安毋躁。”许靖南很冷静，“裘平安被囚禁这么长时间，对方肯定有所求，不会轻易伤害他，现在里面情况不明，我们如果贸然进去，可能会有危险。”

裘父脸上仍然是愤愤的表情，颐指气使惯了的人不太接受别人的劝导。

“裘平安吸毒吗？”许靖南忽然问了这么一个问题。

裘父显然一愣，斩钉截铁地说：“安安是好孩子，怎么会吸毒！”

许靖南什么人没见过，城府深的、说谎不眨眼的、装模作样的，他不做深究，“裘先生，我们现在是为了同一个目标而努力，要坦诚相待。”

裘父的嘴皮子动了动，继续紧抿着。

“裘平安吸毒。”许靖南回到货车驾驶室里对杨春花说。

“缉毒大队不等了。要行动了！”杨春花说。

许靖南点点头。

九　一具女尸

“要考虑裘平安被毒贩绑架的可能。”许靖南说。

“赎金呢？”杨春花问。

“可能有，我们不知道。”许靖南看向窗外。

忽然间，四面八方，警笛大作。

也不知道特警们之前都藏在哪里。

听到警笛声，邱小福兴奋地跳起来，“警察来了！”

徐敬收到许靖南的短信：“不要暴露。”

他给邱小福看了一眼许靖南的短信，邱小福蔫蔫地又坐下了。

警笛大作，到破门而入，也就十秒钟的间隔。

警察们行动迅猛无比，踹门进去，一下子就把老板娘和毒贩控制住了，毒贩连裤子都没有提上，老板娘白花花的一片胸垂在被子上。

每个房间到处检查。

邱小福和徐敬的学生证、身份证，这时候派上用场了。

对面的老头儿也被赶出来，警察让他出示身份证。

整个客栈就三个客人，首先地方小，其次太偏僻。

三个人也像善良百姓。

警察还带着缉毒犬，邱小福很喜欢狗狗，还想逗弄缉毒犬。

但是没有想到，缉毒犬一进走廊，就开始焦躁不安地低声吠叫。

驯犬员拉着狗链，跟着缉毒犬冲进徐敬和邱小福的房间。

缉毒犬绕着床开始不停地转悠。

有警察上去，把床垫掀开。

邱小福好奇地探头看向里面，一看之下就晕倒了。

正常情况床垫底下是空心的，但是这张床不是，里面有石灰，石灰里还放置着一具高度脱水的尸体。

邱小福可是一个人在这房间里，在这张床上睡过觉。

想到这里，她又好奇地看了一眼那具尸体，她就吓晕了。

果然好奇害死猫，那具尸体的皮肤皱缩成灰白色，眼眶与牙床都鼓了出来，木乃伊一样。

“土财主等不住了！”杨春花对许靖南说，指点着裘父的汽车。

只见汽车门开了，穿着运动装的裘父奔下车，一路狂奔到客栈里，喊叫着，“安安呢？我儿子呢？”

有警察把他拦下，许靖南和杨春花连忙下车跑过去。

“发现一具尸体！”徐敬从里面走出来，手臂上抱着晕倒的邱小福。

裘父乍听之下，哀号一声，“安安啊！我钱都给了啊！你不能丢下我和你妈妈啊！我们两个就你这么一个宝贝啊！”

呼号着，他就想冲破警戒线冲进去，但被人死死拦住，他一个缺少运动的胖子，怎么也闯不过身经百战的特警。

“把闲杂人等都清出来！”杨春花招呼着，“许先生，我们两个先进去看看！”

许靖南一马当先。

两人先上了二楼，徐敬和邱小福的房间里，床板还是掀开的，生石灰里有一具干尸。

“不是裘平安。”许靖南看了尸体，差别很大。

“头发这么长，是不是女的？”杨春花问，干尸没穿衣服，有一半埋在生石灰里，只露着半截身子和脑袋。

“没有喉结，应该是女的。”许靖南指着干尸脖子上盖着石灰、若隐若现的一块。

“眼睛挺毒的啊！把毒贩和老板娘叫过来！”杨春花喊道，“问问是不是他们杀的人！”

他脖子上的粗链子，一身横膘，倒真挺有匪气。

很快有人将毒贩和老板娘押进来。

毒贩梗着脖子相当嚣张，老板娘的胸脯总算遮住了一点点，哭哭啼啼，瑟瑟发抖。

杨春花瞟着毒贩，满不在乎地问道："里面的人，是你杀的吗？"

毒贩恶狠狠地看了他一眼，没吱声。

杨春花笑了，"挺硬气的啊！"

他本身长得就不像好人，一笑起来更让人害怕。

能贩毒的都不是什么良善之辈，毒贩横了杨春花一眼，冷哼一声。

"他妈的！"杨春花忽然破口大骂，"跟老子横！老子中缅边境抓毒枭的时候，你连大麻都没尝过呢！"

他一把揪住毒贩的领子，把毒贩的脸按进了生石灰里。

生石灰有腐蚀性。

酥胸半露的老板娘尖叫起来。

过了大概半分钟，杨春花把毒贩捞起来，厉声问道："这人是不是你杀的？"

毒贩的半边脸都被生石灰烫出了水泡，但兀自嘴硬，不住地冷笑。

杨春花也冷笑着，拍了拍毒贩被烫伤的脸，"跟老子斗，嫩着点。"

说罢，手上一用力，把毒贩甩出门去。

他真是天生神力，毒贩被他甩出去后，竟然飞过走廊，撞开了对面的门，撞了进去！

杨春花没有去管毒贩，大摇大摆地走到老板娘面前，"这里面的人，怎么回事？"

老板娘被他吓得直打哆嗦，"我真的不知道啊！"

"呸！在你这里，你不知道，谁知道啊！"杨春花骂道。

"我们两个这两天天天腻在一起，真的不是我们做的啊！"老板娘哭道。

"谁住过这房间？"许靖南问。

"除了新来的那两个小孩。"老板娘哭得上气不接下气，"就那个老头儿一直住在这里啊！"

"石灰用来干什么的？"许靖南问老板娘。

"藏东西啊——但这尸体，真不是我们藏的！"老板娘哭号着。

"藏东西？"许靖南问道，"你们用床底藏毒，怎么还能让客人住？"

"有东西的房间，都是没有客人住的！东西没藏在这房间里！"

"毒品呢？"许靖南问。

“已经被人拿走了！”老板娘叫着。

“怎么样？”等老板娘被押走后，杨春花问许靖南。

“他们没有撒谎。这生石灰里面一直用来藏毒品，但多出来的尸体跟他们没有关系。”许靖南端详着生石灰里的尸体。

“怎么讲？”杨春花问。

“毒贩来这里是送毒品的，”许靖南给杨春花解释，“这包毒品已经被人取走了。至于这个尸体则是多出来的。”

“多出来的？”杨春花不解。

“多出来的，”许靖南分析，“这附近荒山野岭，完全可以把尸体埋在山里，但是凶手却把尸体放在床底下，他应该对这个客栈比较了解，知道有一个藏尸体的地方。”

“拿走毒品的人？”杨春花问。

“我们是要找裘平安，要多跟进缉毒大队的调查，看有没有交叉。”

“不对啊！”杨春花一拍脖子，“尸体放在这里，怎么也能被发现啊！”

“的确。”许靖南点点头，“他就是要尸体被发现。”

“许先生，老杨！”一个全副武装的缉毒警察跑过来，“有发现，跟你们有关，你们来看一看！”

十　床下的秘密

许靖南和杨春花顺着走廊走，外面天已经快亮了。

但是逼仄的走廊里满是压抑的氛围。

其他的客房门都被打开了，床板被掀开。

许靖南和杨春花在缉毒警的带领下，走到最后一间客房里。

同样的格局，床板被掀开。但是床板里的生石灰被推到一边，留出来的地方，面对面放着一个 iPad 和一台笔记本电脑，笔记本电脑上还插着摄像头，私接的一根电线隐秘地从床板中穿出，连着床边的电源。

床板没掀开的时候根本看不出这里面别有洞天。

“有点道道。”杨春花啧着嘴。

许靖南转到平板电脑的对面，看着屏幕上的内容，是裘平安的囚禁视频。

这招够狠！

平板电脑上放着视频，对面的笔记本电脑的摄像头录着，再传送给裘父。

查 IP 的话也只能查到这里！

而且这间客栈还用的是路由器！

“不是你儿子！”许靖南出门对裘父说。

裘父两眼泪光闪闪。

路边，邱小福还没有醒，躺在一条毯子里，徐敬和老头儿站着，老头儿时不时地往客栈门口这边看。

一个特警跑过去问：“徐敬？邱小福？”

徐敬看了一眼许靖南，决定还是继续伪装下去，不要暴露，指了指邱小福，对特警说：“我是徐敬，她是邱小福。”

特警又看了看老头儿，很狐疑的样子，“你是刘永春？”

老头儿很配合地说：“是！”还不住往门口看。

特警的声音很大，许靖南这边都听到了。

“刘永春？！”裘父一声惊叫，忽然奔过去，一边跑一边喊，“是你这个混蛋！是你这个天杀的！你还我儿子！还我安安！”

许靖南和杨春花赶忙追过去，没想到这时候裘父的爆发力惊人。

杨春花一把把裘父揪住，几乎提了起来。

裘父双目圆睁，面红耳赤，手足乱蹬，“你还我儿子！你还我安安！你这个短命鬼！你这个扫把星！你嫉妒我安安！你嫉妒我有安安！”

老头儿刘永春看样子也忍受不了了，要奔上去跟裘父拼了似的，但许靖南拦住他。

刘永春相对瘦小，许靖南只用了一只手臂，就把他拦住了。

“你们要审讯他！”裘父喊着，“把他嘴撬开！我有钱，打死我赔！他绑架了我家安安！”

刘永春凄苦地笑了，“你们家安安？你们家安安是个杀人犯！”

“有意思了。”杨春花笑道。

“够了，都别说了。”许靖南制止刘永春和裘父。

天已经完全亮了，现场虽然乱，但该控制的都给控制了，还算是比较有序。

“天亮啦？”邱小福睁开眼睛，伸了一个懒腰，眨巴着大眼睛。

她坐起来，刚好看见法医正从客栈里抬出来一个担架，担架上蒙着白布，她又钻进了毯子，嘀咕着：“天啊！好恐怖！”

“一会儿到崇圣寺的游客就会多起来。”许靖南对杨春花说，“我们跟着一起回去。”

“好！”杨春花很痛快，指着徐敬、邱小福、刘永春、裘父，“他们跟着警察走，我们俩开车。”

“好。”许靖南点头。

邱小福四面环顾，徐敬站得笔直，裘父和刘永春神态各异，但都摩拳擦掌。

“发生什么事情了？”她跳起来拉着徐敬问。

“不清楚。”徐敬摇头。

“刘永春这个人，听着有点耳熟。”杨春花回忆着。

“床底的尸体，如果不是老板娘和毒贩杀的，他最有嫌疑。”许靖南说。

“老大让你查一下刘永春这个人。”徐敬给邱小福看短信。

邱小福正兴奋无比地趴在车窗上看窗外，她平生少有机会坐警车。

听到徐敬转达命令，她拿出手机，啵儿一下，亲了自己的手机，“乖乖，你是最强大的！谁？”

徐敬在手机上指了指刘永春三个字，他们两个坐一辆警车，反正这次来的车比较多，刘永春和裘父也分开了，要不然车能翻一辆。

“我怎么觉得，这个名字好熟悉啊！”邱小福用手机查着，一边查一边说，“哎！找到一篇文章，标题是《十三岁少年虐杀婴儿》。啊？好可怕啊！一个十三岁的小魔鬼虐杀了一个叫作强强的一岁宝宝，这是六年前的新闻，下车下车！我要去卡车里面！”

邱小福看着新闻闹腾起来，徐敬只能让司机停车，两人下车，路边招手拦住了许靖南和杨春花。

“你们两个过来干什么？怎么不坐警车？”许靖南问两人。

“有秘密！我要去货箱里！”邱小福很着急的样子。

杨春花只能把车停到路边，把货箱打开，让邱小福和徐敬上去。

“老大！”邱小福的脸贴在货箱和驾驶室的通风窗上问，“我黑进一些政府机构的网站，可不可以？”

“可以。”许靖南慈祥地笑了，不咸不淡地说。

“有意思。”杨春花也乐了。

“那我就黑了！”邱小福一边黑，还一边解释，“我这不叫黑客，我这叫骇客，不对，不对，我是骇客，不是黑客，我可不搞破坏，不叫黑帽，叫白帽，我是一个有正义感和道德感的网络战士，开后门溜进去，我十分有原则，不搞破坏，偷偷看着……”

邱小福絮絮叨叨的，好像美国国家安全局官方网站上竖小白旗、画撒尿小人的不是她一样。

可惜邱小福好为人师讲了一通，徐敬一句都没听懂。

“看什么呢？”杨春花问许靖南。

“十三岁少年虐杀一岁婴儿。”许靖南回答。

“我操！现在孩子都怎么了！”杨春花骂了一句。

“六年前的新闻。为保护未成年人，凶犯被称为少年 A，婴儿 18 个月，被发现的时候，婴儿浑身青紫，内脏受损严重，是受到重击死亡的。一天以后，警方根据线索抓捕到嫌疑人，是一名十三岁的少年，因为没有到达法定年龄，所以没有受到刑事处罚，他家人对受害者家人做了民事赔偿。”

杨春花对着窗外掸了烟灰，“赔钱有个屁用？好好一小孩就没了，究竟怎么回事儿啊？”

“六年前的事情了，”没想到后面货箱里的邱小福接茬，她真的喜欢一心多用，“我查到了，法院的文件，强制执行，凶手家人才赔了两千！”

“凶手谁啊！”杨春花问道。

“裘平安——”邱小福怯怯地说。

“我操！这活不干了！”杨春花骂道，“这死小子死了得了！”

十一　少年杀手

“那宝宝好可怜啊——”邱小福在后面都有哭声了，“新闻上只写了一点点，我在看尸检报告，呜呜，好可怜的宝宝，还不怎么会走呢——”

“受害人，”邱小福看不下去了，是徐敬在念，“头骨破碎，疑为羊角锤类重器敲击所致，为死后造成；四肢粉碎性骨折，有严重挫伤，为生前造成；脾脏、心肺由于严重殴打而导致破损；眼珠被挖，生殖器被割，为生前造成……”

许靖南只是听着，表情很严肃。

杨春花灭掉烟头，骂道：“我操！”

“呜呜——”徐敬念完尸检报告，邱小福调出一份法院文件，“为了保护未成年人，尸检细节与作案细节不予公开，犯罪嫌疑人名字保密，因犯罪嫌疑人为未成年人，不予刑事立案，双方民事诉讼过程保密。”

邱小福从网上找的新闻上没有凶犯的信息，只是一个记者采访受害婴儿父亲刘永春的采访稿，小男孩叫强强，采访的立意是探讨犯了恶性罪行的未成年人应不应该受到刑事惩罚。

“我们强强连话都还不会说，路也不会走，我们一家跟凶手都不认识，他为什么要害我们家强强？”刘永春在采访里问，这是没有答案的问题。

“关于凶手一方的辩解，凶手年龄偏小，还没有形成正确的生命意识，他对强强的所作所为，只是一个小孩子在玩洋娃娃的时候，都会做的，你怎么认为？”记者问刘永春。

“他都十三岁了！他能不知道强强是一个有生命的人吗？玩洋娃娃！正常人会这么玩娃娃吗？强强才一岁，就知道走路的时候不能踢小狗！”刘永春悲愤万分。

“凶手的父亲说，凶手是一个好孩子，乐观善良、喜欢小动物，他并没有想伤害强强，只是在跟强强玩，出了这件事，他们一家也很无辜，他们也是受害人，希望你家人和公众能给他们一家空间，让凶手恢复和疗伤的空间。”记者说。

“他们一家太无耻了！我受不了！我不能眼睁睁地看着害了我儿子的凶手逍遥法外！”

……

“还有庭外交涉的记录呢！”邱小福气鼓鼓地说，“上面说凶手家人曾经多次叫嚣，凶手不到刑事责任年龄，杀了人也不用负责，凶手曾威胁强强母亲要在过生日前杀了她，因为那时候，他还没满十四岁。”

“凶手母亲曾跟律师抱怨，孩子是一个好孩子，又没有犯什么错，为什么要受苦，因为凶手在接受调查和心理评估；凶手父亲对受害者一家说他们逼人太甚，有钱也不给他们，说他们弄一个死孩子，就是为了敲诈他们一家。”

太过分了！

太无耻了！

“作案过程。”许靖南面色沉静。

“按照上面的说法，强强妈妈带着强强去公园玩，强强的帽子被风吹跑了，强强妈就去追帽子，一转身的工夫再回去，强强就不见了。强强妈很着急，就到处找，但是没有找到，就报了警，警察和大家一起找很久，一个还不太会走路的孩子，不可能自己走失。警察最开始怀疑是拐卖，就调公园附近的监控录像，看能不能找到什么蛛丝马迹，也询问了当时在公园的人，好多人指证是一个男孩带走了强强，并提供了男孩的体貌特征。警察根据男孩的体貌特征，确定了男孩是住在附近高档小区十三岁的裘平安。”

邱小福又念不下去了。

徐敬接着念：“这时候已经六个小时过去了，警察连忙赶到裘平安家中，破门而入的时候，发现强强已经死亡，场面凶残。”

“太变态了！”邱小福哭道。

“后续处理结果。”许靖南问。

“裘平安家境富裕，全家正准备移民，他的监护人拒绝为他做心理评估，”邱小福接着说，“并在案子还没有宣判的时候，把他送出了国，民事诉讼中，裘平安的监护人申请了破产，判决无法执行，被告人就赔了两千元，之后裘平安的监护人也出国了。”

“刘永春的情况呢？”许靖南问，他一直没有什么太大的情绪波动。

“强强的妈妈在判决下来一年后，因为重度抑郁跳楼自杀了，”邱小福哽咽着，几乎说不出话来，“强强爸刘永春一直在抗诉，要追究凶手的刑事责任，但不符合《未成年人保护法》和《刑法》细则，而且凶手一家都已经移民了，就不了了之了，近几年也没有什么消息了。”

这个案子曾经轰动一时，引起过全民大讨论，但很快沉寂，公众很容易淡忘，但受害者一家永远活在阴影中。

“要是我的话！”杨春花明显心情很不好，“要是刘永春杀了裘平安，我得给他颁一个盘子大的奖章！”

许靖南看着监控视频里的裘平安，“他还没死呢吧。”

为了解救被绑架的裘平安，那个放笔记本电脑和平板电脑的床底，还保持原样。

“你问刘永春！”裘父在审讯室里异常激动地叫喊着，“肯定是他抓了我的安安，这个穷鬼！”

“刘永春，我会问。”许靖南在他对面心平气和地问道，“只不过我更想知道，你是不是已经给赎金了？”

裘父一时语塞，不得不坦白：“给了！只要能换我儿子回来！什么都行！”

“多少钱，怎么给的？”许靖南问。

裘父不再说话，看着许靖南。

“多少钱，怎么给的？”许靖南又问了一次，“你不说也没有关系，我们总会查到，耽误的是裘平安的时间。”

许靖南看上去很是闲庭信步。

裘父额头上的冷汗开始往下流，“一百万美金，存在了一个账户里，账户是——”

许靖南接着问：“既然你已经给付赎金了，为什么还找我们？”

“我三天前付的赎金。他们说一天之后放人，但是安安没回来，我没有办法才找到你们！”

许靖南沉思片刻，很不对劲儿，绑匪已经要到钱了，这种情况下，两个选择，要么放人，要么撕票。

从统计上来讲，撕票的概率最高。

但是他们怎么还在囚禁裘平安，没有撕票呢？

继续敲诈，还是另有所图？

十二　哀哀父母（一）

“绑匪怎么联系你的？”许靖南问裘父。

“他打电话到我手机上，要我按他的要求做，我不能不做，要不然安安就会出事！”裘父嘶声说。

“手机号码给我。”许靖南非常冷静。

“你们一定要救安安！”裘父哀求着，“一定是那个姓刘的！一定是他！这个狼心狗肺的人！他没有儿子，就要夺走我的安安！”

“邱小福！”许靖南从审讯室里出来，找到邱小福，“去查这个账号和手机号。”

邱小福蹦蹦跳跳的，看来睡得不错，“是！老大！”

“许先生，”杨春花在审讯室外抽烟，他这长相和打扮太自由，应该是被关起来的，而不是在外面溜达的，长得不像好人也不是什么好事，“那具女尸，被生石灰烧得比较严重，大理这边检查不了，送昆明了，体貌特征符合一个失踪的自由行女学生。”

“这个女学生的人际关系怎么样？跟裘平安和刘永春有没有什么交集？”许靖南问。

“这我哪知道！”杨春花吐了一口烟圈，“但看失踪报告，这姑娘家世清白，才不见一天，父母就急得跟什么似的，又报警又登报又悬赏的。”

“纸面上的家世背景不可信，”许靖南很有经验，“看个人档案，裘平安也是家世清白，品学兼优。”

“我看我们哥俩还是去什么地方喝个酒吃个饭，”杨春花冷哼一声，“那小子就让他自生自灭得了！”

“他现在被绑架了，我们怎么也要把他救出来。一起去看看刘永春，他出现在那里，绝非巧合。”

“啊呀！”杨春花长叹一口气，“许先生啊！你真是，不说了！”

“刘永春，”许靖南走进关押刘永春的审讯室，开门见山，“现在情况对你很不利。”

刘永春抬头看许靖南，他是饱受生活艰辛的人，面对灾难和困苦，早已没有那么多愁善感了，他无所谓地笑了，手里拿着一个钥匙扣摩挲着，钥匙扣玻璃下镶嵌一张小照片，一个孩子的百天照。

“强强吗？”许靖南指着照片问刘永春。

虽然多年过去了，但时间并没有磨平他的伤痛，刘永春眼睛里有泪光泛起，“百天的时候，这是强强照得最好的照片，我和他妈妈还说呢，等强强两岁的时候，给他照一张穿军装的。强强喜欢玩枪，我们以后想让他当兵娃子。”

“我两个孩子，”杨春花开口说话，“小男孩小的时候也喜欢枪，看样子男孩都喜欢枪，都想当英雄，不当英雄当土匪！这女孩就不行，弟弟一拿枪，她就哭，也不知道胆子怎么这么小，也不像她妈，也不像我……”

“你两个娃娃？一个男娃娃，一个女娃娃？”刘永春非常羡慕，“儿女双全真好。”

“好什么好！我结婚早，现在女孩十七岁，男孩十四岁，正是操心的时候，”杨春花拍着大腿，“弟弟前几天还把一个追求姐姐的小混混打了。”

“你有娃娃，就比什么都好！”刘永春看着强强的照片，眼泛泪光。

……

许靖南未婚未育，关于这方面，他的确没什么共鸣，就看着刘永春和杨春花聊，打开话匣子就好。

……

“老弟！”杨春花拍着刘永春的肩膀，一见如故的样子，“我要是你！直接就把那个裘平安宰了！往大山里面一跑，四川山也多，云南山也多，藏上一辈子！”

刘永春摇摇头，“我只是恨！那孩子怎么心那么狠！他害得我们家破人亡，却啥子事都没有！”

“是你绑架的裘平安吗？”许靖南问。

刘永春非常遗憾，“不是我，我没有！”

“那具尸体呢？”许靖南问。

“我不知道！”刘永春茫然地回答。

“那家客栈，之前一直只有你、老板娘、毒贩三个人，而你，根据老板娘的交代，之前一直住那间客房的，前天晚上才换到别的客房。”许靖南说。

“那客房的热水器坏了，我就换了！”刘永春解释，“我之前住的时候，根本没有去看床底啊！谁住旅店会看床底啊！”

“你是最有嫌疑的人，况且，你怎么会在大理呢？甚至刚好在那间客栈里呢？”许靖南所问不无道理。

刘永春搓着手，不知道该说些什么。

“老弟！”杨春花问他，“是不是你杀的人？那个姓裘的小子，是不是你绑架的？”

刘永春抬起头，失望地看着杨春花，“真的不是我！”

“老弟，哥哥信你！”杨春花拍着刘永春的肩膀，“但是，你得让这个兄弟信你！”

“你为什么会在大理？”许靖南问，他的语气很平静，近乎无情。

刘永春沉默了一会儿，“强强没了，强强妈也走了，我这辈子没什么盼头了，人家都说，我再讨一个老婆，再生一个娃娃，就能忘了这些事！但是我忘不了，我一闭眼睛，就能看到强强和强强妈！”

许靖南和杨春花都静静的，听着这个可悲可敬的男人的内心独白。

“我一直在上诉，一直在找！我就想让那个害了我的强强的凶手得到惩罚！但是，不行！就是因为他没成年！他就可以不用负责任！他真不是一个好人！他一家都不是好人！我还记得有一次，他故意跑到医院吓我老婆，我老婆因为强强茶不思饭不想，好几天就在那里呆呆地坐着，她老汉老母怕她出事，把她送进医院，但没有想到那个小畜生竟然跑到医院，骂我老婆活该，还说了好多他伤害强强的细节，他还说他可以杀我老婆，反正也不用坐牢，但是他不杀，他就喜欢我老婆生不如死的样子，他说他每年都会打电话，告诉我老婆他怎么伤害的强强，强强一直在喊妈妈……我老婆受不了了，站起来想和那小畜生拼命，但是那小畜生却跑了！我老婆就想不开，走了绝路，她跳楼了！”

“我操！”杨春花低声咒骂。

“一直没有人理我，因为没办法，未成年人就是不用承担刑事责任。

时间长了，别人也不再关注强强了，那小畜生也被他父母带出国了，我强强没了，就那么几天，就那么几天人人都很气愤，但是几天过去了，谁都把他给忘了，但是我忘不了！我一闭眼睛，就是我儿子浑身是伤的身体，就是我老婆满头满脸的血……”

“我觉得我活不下去了，那天我跑到医院的楼顶——”刘永春心如死灰。

的确，他经历的是人生最大的低谷与伤痛，而且最大的绝望是，行凶者逍遥法外！

十三　哀哀父母（二）

“那是冬天，晚上很冷，”刘永春回忆着，“我站在楼顶上，我觉得我真不值！我应该把那个小畜生杀了！我一开始就应该把那小畜生杀了！不等调查！不等审判！不能让他逃出国！我也要让他的父母品尝失去孩子的滋味！看看！他们教育出来的‘善良的好孩子’！

刘永春很激动，稍微平复了一下心情，接着说，“我没什么留恋的，我只是自责，为什么没有一开始就杀了那个小畜生！我在顶楼站了很久，竟然没有发现顶楼已经有一个人在我之前一直在那里了，我其实站了将近一个小时了，不知道她在那边待了多久。

“她忽然问我，我到底要不要跳楼，把我吓了一跳，她说我如果要跳的话赶紧跳，不跳的话赶紧下来，不要浪费时间。我觉得她很奇怪，为什么碰上一个轻生的人不劝阻，反而说那样的话！她说如果一个人想跳楼，还是夜深人静的时候跳楼，应该是真想死，既想死得惨烈，又想死得安静，心中会有怨气，她问我的怨气是什么。”

“我不想理她，我都快死了！我管那么多干什么！她说我犹豫了那么久，肯定是有心愿未了。我是有心愿！我要宰了那小畜生！她问我的心愿是什么，我不知道自己怎么了，我就是想跟什么人倾诉，我一股脑地把自己的事情跟她说了，她竟然不知道强强的事，她说她是路过那家医院，不知道之前闹得沸沸扬扬的事。我跟她说了之后，竟然感觉到有些轻松，似乎我可以轻松地去死，那时候天已经快亮了，我谢谢她，我耽误了她那么多时间，趁着天亮之前，我赶快跳楼，死得快点，要是能变成鬼，去找那小畜生索命。

“她跟我说世界上没有鬼，更不能有复仇的鬼，只有人能复仇，我问她，我怎么才能复仇，那小畜生跑到国外去了！法律都说了，他是未成年人，不用承担刑事责任……”

刘永春似乎陷入了一种狂热的情绪中，看着许靖南和杨春花，“你知道她跟我说了什么吗？”

许靖南和杨春花只是安静地等刘永春继续讲述。

"她跟我说能做出这样罪行的人，都是天生感情缺失，有反社会人格，我当时不知道这是什么意思，但现在明白了，这样的人是天生的凶手！她跟我说，像小畜生这样的人，一定会继续作恶，他现在能逃脱制裁，是因为他的年纪，但是他不会伤害了强强就停下，他会因为这件事而做更坏更恐怖的事，只要我坚持，我一定能抓住他！让他受到惩罚！"

"他是谁？"许靖南问，他认为那应该是一个男人。

刘永春摇摇头，"我不知道，那晚天很黑，我只听到了她的声音，天亮之前她就走了，但是她走之前，让我第二天晚上再来楼顶，她说她会帮助我解决他，小畜生很快就满十四岁了，等到他做出恶行，我就可以抓住他！让他接受制裁！

"第二天晚上，她来了，但是我仍然看不清她，因为她离我很远，她说她把一个U盘放在了台子上，让我用那个U盘去监视小畜生，时间会很漫长，我要学习的东西也会很多，但只要我坚持，就一定会让小畜生付出代价！从那以后，我再也没有见过她！

"那个U盘里除了一个监控软件，还有小畜生的邮箱、QQ、MSN等很多账号，他在国外的家庭住址和电话，他老汉的私人电话，有很多资料，我只有高中文化，我下了好大工夫，才学会用那个监控软件，从那以后我就开始监控着小畜生的一举一动！我看他吸毒滥交，看他老汉给他擦屁股，一路撒钱！"

"你怎么跟着他来到大理的呢？"许靖南问。

"这么多年，小畜生虽然犯了很多事，但没有大事，而且他远在国外，我就一直在观察他，他买了iPhone和iPad，尤其是iPhone随身携带，我监控他更加容易了，前一阵子我发现他竟然要非法入境，从缅甸进到腾冲，再从腾冲到大理！我觉得将他绳之以法的机会来了！我就跟单位请了假，从四川入云南，到了大理，但是我刚到大理，就失去了小畜生的消息！我不知道怎么回事，但我不能放弃这次机会！刚好小畜生在住宿之前，在客栈前面拍了照片，我按照照片找到客栈住了下来，等小畜生出现，但小畜生一直没有出现——

"我有点急躁，就又去看他老汉的监控，我知道他老汉接到了一个电话，小畜生被绑架了，绑匪要他老汉出一百万美元！我也看到了小畜生被监禁的视频，我又希望小畜生被撕票，又不希望他被撕票，我就一直在那家客栈里，一直等着，希望最终能有一个结果！”

许靖南沉吟着：“你既然会用监控软件，那么你不会查到裘平安有可能在客栈里吗？”

笔记本电脑摄像头录下平板电脑的视频然后传输出去，这样的话可以查到视频的发送地点在客栈里，邱小福做到了。

刘永春摇摇头，“我不会这些，我只会用监控软件，这个软件是实时更新的。”

“我没有杀任何人，我也没有绑架小畜生！”刘永春申辩着，“我只想看他受到惩罚！我等了这么多年，只想看到那一幕！”

“我相信刘老弟，他没骗人。”杨春花大口抽烟，心情沉重。

“我相信证据。”许靖南说。

他找到邱小福，邱小福正在卡车里电脑前啪啦啪啦敲打着。

“刚才的都听到了吗？”许靖南问邱小福，刘永春说监控软件的时候，许靖南就把电话打到了徐敬这里。

“听到啦！我觉得这个叔叔很令人尊敬！”邱小福很激愤，“但是他的监控软件还能被实时更新，很神奇！”

“怎么讲？”许靖南问，这些有点专业，他必须咨询一下专业人士。

“其实也合理，他如果要监视一个人，通过电话啦，电脑啦！肯定是需要网络的啊！”邱小福手指头不停，一心多用，“而一些杀毒软件、防监控软件也是不断更新的，他的监控软件也必须不断更新才会避免被其他软件查杀，有网络的话就可以更新！但是很神奇，帮他的人这么多年一帮到底啊！”

邱小福想了想，也不清楚自己说没说明白，两个欧吉桑，估计徐敬更是对电脑技术一窍不通，“啊呀！怎么说啦！”

许靖南表示理解，“你的意思我明白，有人一直在更新刘永春的监控软件，以防他的监控行为被发现，但这个人同样能做到监控刘永春！”

邱小福不停地点头，“老大！你真的太聪明了！就是这个意思！噢！我查到了，先跟你说，那个手机号码是一次性手机卡，除了给裘父打电话，没有给别人打过电话，什么都查不出来，至于那个账户，开在瑞士银行，你知道的，瑞士银行给纳粹洗过钱的，现在还保持这种传统——”

“账户的开户信息也没有，那你查到的是什么？”许靖南问。

邱小福抬起头，眨巴着大眼睛，“我查到了裘平安在哪里，我要告诉你吗？”

十四　好人不长命

一

许靖南还没说话，杨春花先发制人，骂道："去！你这个小妮子真没心眼！你不说，谁都不知道！你一说，许先生肯定要去救了！这样的人渣，死了得了！"

邱小福眼圈红红的，怯怯地说："我只是想，如果让裘平安回来，可以让他证明不是强强爸绑架他，这一切跟强强爸没有关系，强强爸都这么可怜了！"

"在哪里？"许靖南非常平静。

"在昆明。"邱小福哽咽着。

"会不会跟客栈里一样啊？"杨春花问道。

"不会的。"邱小福说，"我检测了，周围没有其他电脑类设备。"

"那具女尸也在昆明，"许靖南沉吟着，"把裘父、刘永春都带到昆明！邱小福，把地址写出来，立刻通知昆明警方解救裘平安！"

邱小福手指头在桌子上划拉半天，心不甘情不愿。

最后还是徐敬把地址写了下来。

裘父和刘永春一同被带出来，两人看到对方，又差点没打起来，被几个膀大腰圆的小伙子给分开了。

杨春花开着他的货车，许靖南在副驾驶，徐敬和邱小福在货箱里。

"哎！知道了！是那丫头啊！她父母确定没？"杨春花在高速上开车，接了一个电话，高速路上打电话，他没少被拍照罚钱。

"昆明法医那边确定了！"杨春花撂下手机对许靖南说，"那丫头屁股上有一个胎记，她妈认出来了，是！指纹也识别出来了！"

"这个女生叫作乔红，"许靖南看着平板电脑，"其他失踪的学生也找到了，在玉龙雪山上找到的。刚发过来的消息，学生们身体都很虚弱，营救人员已经将他们送往大理人民医院，几个重症患者正转治到昆明，对清醒的学生进行了询问，他们承认自己是在网上组的团，徒步游云南，到了昆明，然后走到大理，从大理想穿越玉龙雪山去丽江，但是迷路了。乔红本来应该跟他们在一起的，但是到大理后，乔红说自己有事情，就和其他人分开了。”

“这群小兔崽子！”杨春花骂道，“不知道天高地厚，玉龙雪山，他们怎么不去高黎贡山！去喜马拉雅山啊！”

许靖南计算着时间，“乔红和大队分开到她遇害，这期间发生了什么事情很关键。”

他回头对着后面的货箱吩咐：“邱小福，尽你所能查乔红的时间线。”

“啊？我怎么查啊？”邱小福很不自信，“我现在查呢，看看她的社会关系，跟裘平安啊，强强爸啊，有没有什么联系。”

“尽量查。”许靖南要求很简单，但却没有完成额度。

车还没有到楚雄，就接到裘平安被解救的消息。

“在昆明往石林去的路上的一处废弃矿井里找到的，只找到他一个人，身体还有些虚弱，但无大碍，没有找到绑匪。”电话里说。

许靖南看着现场照片，挺乱的，但是解救很成功，没有人仰马翻、鸡飞狗跳。

石林附近是喀斯特地貌，溶洞和水特别多，裘平安被囚禁在一个废弃矿井旁边的斗室里，斗室完全密封，只有顶上有一个一分米见方的通气孔，矿井完全废弃，里面全是水，连通着地下的溶洞。

矿井周围只有废弃的煤矿，没有居民区，离道路比较远，但是有电信塔。

斗室的一角被安上了摄像头，摄像头的线从墙里面穿出去，连着一台电脑，电脑由蓄电池供电。

只有裘平安，没有绑匪。

“告诉他老子吧！”杨春花说。

“通知裘父，裘平安被成功解救。”许靖南打了一个电话，接着翻看着现场图片。

如果他们没有及时发现裘平安，他很可能在斗室里饿死，绑匪可能没有想撕票，而是想裘平安自己死。

一路上无话可说，直到货车进了昆明。

“行了！”杨春花抽一口烟，“那小子也没事了，大哥今天晚上在昆明江南春请你们吃一桌！忙了这么多天也该歇歇了！”

“应该找到给强强爸监控软件的人！”邱小福在后面着急忙慌地说，“这个人，只要他想，他就可以证明强强爸没有杀人，也没有绑架裘平安！”

邱小福这时候有点开窍了。

“有解救人员询问裘平安，裘平安说他在大理的一家旅店，晚上睡觉前喝了一杯水，醒来之后就在废弃矿井里了，这么长时间，他没有见过其他人。有人已经去旅店核实了，店主确认裘平安订了三天的客房，但是进去之后就没有见他再出来过。有鉴证人员检查了裘平安的客房，窗户开着，床头柜上放着一个水杯，应该就是裘平安喝水的杯子，在上面检测到了麻醉剂，他所说都合情合理。”

“这个时间段内，刘永春也在大理，并且没有人能证明他的行踪。”许靖南又添了一句。

“好人不长命，祸害遗千年啊！”杨春花感叹道。

“但是，也没有证据证明刘永春有罪。”许靖南说。

“咱别想这些了！”杨春花缓缓将货车停在路边，“到了，下车！听说你来昆明了，几个哥们儿已经准备好随叫随到，我们先进去，定个包厢，大家聚一聚，后面的两个小朋友也一起吃吧！”

邱小福下了车，一看饭店的排场，连忙摇头，“不要去，这是你们去的地方！我们去，肯定会妨碍你们的！”

杨春花笑着调侃：“小妮子心眼挺多啊，妨碍我们干啥子？”

邱小福脸一红，“你知道，明知故问！我和敬哥哥去桥香园吃过桥米线去！不用管我们，你们吃你们的，我们带钱了！”

杨春花没有强留，他就是担心邱小福一个小姑娘不安全，旁边还有一个徐敬当保镖呢，怕什么！

再说一群大老爷们，他们两个小的是不太适合，喝高了干点什么，还带两个拖油瓶吗？

“要一个大包，雅间，今天我们好朋友聚！”杨春花这样的人很像黑社会，一进去前呼后拥的。

他看样子很熟悉套路，没有怎么看菜牌，就直接点了几个招牌菜：“三七汽锅鸡，文山的三七好东西；彝山烤羊腿，我是彝族的，许先生，你得尝尝；冷菌炖乌鸡，到云南了怎么也得吃个野生菌啊！块菌香煎鹅肝，八宝蜜汁火腿，云南宣威火腿做的；景颇山官牛头，十大经典名菜啊……”

“操！今天心情太差！”杨春花把菜牌一扔，“再来两瓶二锅头！”

许靖南没多说什么，只是很礼貌地回应服务员的询问：“我没什么需要的，听老杨的。”

人声鼎沸的桥香园里，邱小福把生鹌鹑蛋打进米线里，闷闷不乐地对徐敬说：“我想给强强爸打包一份米线送过去，但是能不能进去让他吃啊？”

“可以！”徐敬干脆地回答。

现在裘平安就是一个非法入境者，驱逐出境就可以了，但刘永春因为嫌疑大，还身陷囹圄。

“看什么看！”杨春花喝得面红耳赤，推着看手机的许靖南，“喝酒啊！”

一群人也在起哄中，果然满座都是五大三粗的大老爷们，显得许靖南文质彬彬的，很特别，很特别，很特别……

许靖南在起哄中，很爽快地干了一杯烈性白酒。

他刚才在看尸检报告，他不像丁忧那么专业，所以他看得虽然很细，但并没有看太懂。

但是他至少能看明白，在大理招魂客栈的床底下生石灰中发现的乔红尸体，是死于扼杀，在她的脖子上提取到两枚清晰的拇指指纹。

跟在客栈里的老板娘、毒贩、刘永春对比。

指纹赫然属于刘永春。

刘永春被钉死了！

十五　死罪难逃

刘永春为什么要杀乔红？

他有动机吗？

邱小福和徐敬走在昆明的大街上，他们吃完米线，邱小福自作主张要从金马碧鸡坊里穿出去，但绕来绕去差点绕丢了，还是徐敬把她给弄回大金碧街上，虽然走错了路，但邱小福收获不少，买了一堆玫瑰饼、火腿。

“听没听过过桥米线的传说啊？”邱小福撕着烤乳扇问徐敬，“以前有一个秀才，秀才有一个小娘子，小娘子经常给秀才送米线，但是送到的时候，米线都凉了，后来有一次，小娘子用鸡汤煮了米线，发现送到的时候，米线竟然还是热腾腾的，原来鸡汤上的鸡油像锅盖一样有保温的作用。”

徐敬手里拎了好多东西，邱小福是不缺钱，但不至于这么扫货吧？跟一个旅游客似的，宣威火腿就买了三支，玫瑰饼买了二十盒！

她要干什么？回去送人吗？

“我妈妈以前告诉我，去看望别人不能空手，不然会显得没有家教！”邱小福打量着徐敬手里的东西，又看看自己手里的米线，“虽然过桥米线有这样的传说，但是它也会凉掉的，我们要赶紧去看强强爸了！东西够不够啊？敬哥哥——”

邱小福问完，打了一个哆嗦，“咦——真肉麻！”

徐敬点点头，邱小福买的东西送十个人都够了。

“我相信强强爸没有错，他没有做坏事，我百分百相信他！”邱小福信誓旦旦，“等警察叔叔调查完，一定会把他放了的！”

“凭什么？”徐敬难得开口问，他虽然不知道许靖南已经看到了调查报告，但是他显然认为刘永春会陷进去。

“直觉！”邱小福学了一声猫叫，惟妙惟肖，“女人的直觉。”

徐敬不爱说话，但他的潜台词是直觉真不靠谱。

“我们能看到强强爸吗？”邱小福问。

“能。”徐敬的回答总是那么言简意赅。

两人一路上走，邱小福一路上喋喋不休。

不知不觉到了地方，一个女警官接待的两人。

“你好，两位，我叫白莹。”女警官伸出手，要跟两人握手。

但是徐敬没有空着的手，邱小福还在吃烤乳扇。

“我觉得乳扇有点臭臭的。”邱小福对白莹说，腾出一只手。

“乳扇啊，可能你们外地人吃不惯，但是它用来泡茶的话还不错，甜甜的。”白莹说，她是典型的云南白族女孩，皮肤白嫩、眼睛水灵、娇小丰满，还有方脸。

“我们可以见刘永春吗？”徐敬问白莹，照着邱小福刚开头就是乳扇不好吃的话进行下去，他们今天晚上都不会见到刘永春。

“你们要见的话，只能是今晚了。”白莹说道，不无可惜，“他明天就要被移交了。”

“移交？”徐敬难以置信。

“法医那边已经确定他杀害了乔红。”白莹很可惜地说，“杀人犯的话，我们这边就不能收押了，要移交到看守所。”

“什么？”邱小福扔了乳扇，大声说，“强强爸怎么会杀人呢？他要杀也不会杀那个女学生啊！他们之间又没有什么过节！他要杀，也是杀裘平安啊！”

“我虽然对他很同情，但是事实如此。”白莹解释，“法医在尸体上提取到了指纹，是刘永春的，证据确凿。”

“但没有理由啊！”邱小福很崩溃的样子，“理由呢？他又不是反社会人格！他不会随便杀人的！”

“我们调查取证了，裘平安经过救治后，我们对他进行了详细的询问，他知道乔红这个人，乔红是他多年的笔友，在他出国之前，他们两个就有保持通信，他出国之后，两人仍然保持一月一次的通信频率。”

“信？”邱小福问道，“用笔写的，邮局寄出的信？不是邮件？”

“是信。”白莹显然不太清楚邱小福为什么要这么问。

邱小福无言以对，现在科技这么发达，竟然还有写信这么古朴的行为？怎么不去发电报？

QQ、MSN、SKY、邮箱，视频、微信、微博，这么多的方便快捷的不用，竟然用写信的！

邱小福没有找到乔红和裘平安的联系，不怨她，她在网络之外基本歇菜，尤其是信件这种来无影去无踪的东西。

“裘平安说，乔红比他大一岁，当时刚刚满十四岁，这是需要承担法律责任的年龄了。乔红听说了强强的事，非常同情裘平安，写信给他，支持他、安慰他、鼓励他，等裘平安出国后，两人仍然保持着密切的通信，虽然他们的信都是寄到各自家中，但是信封上并没有写自己的真实姓名，所以很少有人知道两人的关系。”

“支持？安慰？鼓励？”邱小福怀疑自己是不是听错了，“那个死者乔红，是裘平安的粉丝？”

白莹无奈地笑了笑，“有些人的癖好很特别，我也无法理解，但是她已经死了。因为刘永春一直在监视裘平安，所以我们猜测，他是知道乔红的。这样的话，他就有了动机。裘平安说，他是和乔红约好要去玉龙雪山的，乔红脱离大部队是因为和他有约，但是那段时间里，裘平安一直被囚禁着，他没有作案时间。”

邱小福眼泪汪汪地看着白莹，“姐姐，你是不是说强强爸没救了？”

白莹善解人意地回答：“我理解他，但是他不能触犯法律，裘平安的绑架案还在调查中，刘永春仍然是有最大嫌疑的人。”

“强强爸，死定了！”邱小福哭着问，“是不是？”

“故意杀人、非法拘禁、绑架勒索，这都是重罪。”白莹也很难过。

“他是受害者！”邱小福哭了。

“我们可以送送他。”一直没有开口的徐敬说。

邱小福抽抽鼻子，“是！过桥米线都凉了，再厚的一层鸡油，它也会凉的。”

拘留室里，刘永春麻木地坐着，目不转睛地盯着墙壁。

裘父已经去医院看望裘平安了，裘平安现在情况稳定，他非法入境，但又在境内遭遇绑架，只对他做驱逐出境处理，他的绑架案还在调查。

裘父已经决定，只要裘平安身体好转，就立刻带他离开中国。

好人不长寿，祸害活千年，裘平安是一个逍遥法外的人。

但刘永春，一个被仇恨蒙蔽了双眼的人，他失去了自己的儿子、妻子、家庭、生活、快乐、幸福……他失去了所有，现在他又要失去自己的自由，甚至是生命。

他是一个被命运不公正对待的人，人们无法评判他，因为不管是苛责，还是同情，相对于他的悲惨人生，都显得那么苍白无力。

“强强爸！”邱小福小声叫了刘永春。

“娃娃——”刘永春对邱小福笑了笑。

邱小福更忍不住哭了起来，把过桥米线给刘永春推过去，“强强爸，这是在金碧街上老字号买的，人可多了，你尝尝，我还带了鹌鹑蛋——”

“娃娃，你是好人，谢谢你，”刘永春看着过桥米线，眼睛里蒙上一层雾，“天太晚了，你们别在这里耗着了，回去吧，你们的心意我领了。”

“强强爸！”邱小福含着眼泪，“我相信你，我觉得你不会杀人的！你只是想把坏人绳之以法！”

刘永春无所谓地笑了，“我杀人了，我就杀人了呗！但是我最该杀的人没杀。”

“我相信你没杀人！”邱小福坚持。

“都是我的错！都是我的错！我最该杀的人是我自己！”刘永春喃喃自语。

厄运已经将他击垮了。

十六　有嫌疑的人

邱小福不知道自己应该说什么，抽着鼻子。

刘永春一副了无生趣的样子。

他实在太苦了，受够了。

时间凝结了。

“刘永春，我问你，”徐敬蹲下来，面对面看着刘永春，“你杀没杀人？你说实话！”

他非常严肃、真挚，很多父亲都希望自己的儿子能像这个小伙子一样，尤其是刘永春，他觉得强强长大之后，会像徐敬一样高大帅气、腰杆笔直、相貌堂堂。

看着眼前这个小伙子，刘永春缓慢而坚定地问：“你相信我吗？”

徐敬没说什么，但是他的眼神很真诚。

“我跟你说，真他妈操蛋！”

“我们哥几个再去别的地方玩一玩！昆明妞可多了！越南妞真不错啊……”

“还敢说啊！上次你家母老虎没收拾你啊！”

“收拾个屁！老子把她休了——”

许靖南总算把好几个五大三粗的糙老爷们儿给归拢得各回各家。

杨春花已经醉得东倒西歪，还在那里吆五喝六，搂着许靖南发泄，“我说小子，这事儿太他妈的操蛋了！老子真想当年啊！看不惯就一枪崩了，就往野人山里跑！那几年真是开心，是仇人就是仇人，是朋友就是朋友！提着脑袋干，但是心里舒坦！现在太憋屈了！这什么事儿啊！真他妈操蛋！”

“老杨，嫂子在家等你呢！”许靖南扛着他，把他扔进车里，跟司机说完地址，又嘱咐杨春花，“你现在过的是人过的日子，别想那么多了！”

他心细如发，再次叮咛司机，一定要把杨春花交到他老婆手里。

“老大！”

许靖南很清醒，回头看，徐敬站在他身后，邱小福在徐敬身后。

“什么事？”许靖南问他们。

邱小福没说话，她知道一个话唠说话是很没有分量的。

“我们认为刘永春无辜！”徐敬说，一个少言寡语的人说话很有分量。

“但是证据不这么说。”许靖南目送杨春花乘坐的出租车远去。

“我们可以努力证明强强爸无辜！”邱小福握紧拳头。

“怎么证明？”许靖南问她，“铁证如山，都指向他！”

邱小福不知道应该说什么，但还是争辩着，“那也不要把强强爸送进监狱啊！他会很苦的！没有罪的人不能进监狱！”

“如果他有罪，则他必须进去，这是原则。”许靖南带他们两个进了自己住的房间，关上门。

徐敬和邱小福都看着他。

“要证明刘永春无辜，你们就必须找到证据！”许靖南严肃地说。

“怎么找证据？”邱小福问道。

“虽然一切看起来那么合情合理，”许靖南给他们两个倒水，“但是你们先要把疑点找出来。”

“知道乔红去大理的人不少，但是知道她和裘平安关系的人不多，”邱小福数着，“强强爸说自己不知道乔红这个人，但是乔红死的时候，裘平安被囚禁了！”

两个有嫌疑的人，一个没有作案时间。

多好的排除法！

“还有别人。”徐敬忽然开口，许靖南和邱小福都看向他。

“在客栈取走毒品的人，”徐敬说，他不轻易开口，但说话总是有内涵，“这个人是有时间交叉的，他不是凶手，但有可能是知情者！”

许靖南颔首，“徐敬的想法不错，缉毒大队已经在跟进这个线索，据老板娘和毒贩的交代，他们的交易过程是，毒贩将毒品带到客栈，藏在指定的房间里，取毒品的人事先已经付好钱并得到了这个房间的钥匙和客栈的钥匙，这个人可以在不惊动任何人的情况下取走毒品。客栈大门的锁稍微复杂一些，但是里面客房的锁，可以用万能钥匙轻易打开。”

“还有！”邱小福跃跃欲试，“给强强爸监控软件的人，如果他想，他是可以给出强强爸的活动轨迹的！这样的话，可以证明强强爸的清白！”

“绑架裘平安的人，也没有找到！”徐敬说。

“有这么多的疑点，疑点就是机会！”许靖南鼓励两人。

邱小福揪着头发，很兴奋，“还有啦！买卖！不管毒贩和老板娘交代不交代谁是取走毒品的人，我们也会找到蛛丝马迹！他买东西肯定是要付钱的！我们要查现金流！是不是淘宝买的？我不是说淘宝卖毒品，我是说他们会不会用支付宝来交易啊！随便卖点价格很高的东西，钻石、黄金啊！有资金交易就一定能找出点什么！”

邱小福果然是生意人家的孩子！

“关于毒品这方面，”许靖南沉吟，“我会给你们提供最新的信息，至于其他的，尽你们所能去调查。”

邱小福问道：“我可不可以黑进一些不让我进的网络啊？”

“掌握好度，只许看，不准恶作剧。”许靖南提醒她，“只要不杀人放火，自己把握。”

“那么——”邱小福欲言又止，可怜兮兮的，“能不能不让强强爸进监狱啊？”

“他近期之内都不会进监狱，”许靖南回答，“判决前，犯人是不进监狱的，但是他现在是重刑嫌疑犯，会被从公安局移交到看守所里的单人牢房。”

“他可不可以不进看守所啊？”邱小福问道，“感觉很恐怖的样子，那他如果进去了，我们还能不能见他啊？”

“他进看守所之后，你们就不能见他了，只有法证人员和他的律师才能见他。”许靖南真是耐心，喝了那么多酒也条理清晰，给邱小福解释着。

“那你能见，是吧？”邱小福眨着大眼睛，很聪明地问。

许靖南笑了，“我也不能常见。”

“那么！老大！”邱小福很有自信地说，“你见到强强爸的时候，千万要和他说，我们一定会把他救出去的！”

“首先要确定，他没杀人！”许靖南非常有原则。

“他是被陷害的。”徐敬又忽然说了一句话，他每说一次话，总是那么切中要害。

“陷害？”邱小福迷糊了，“这不用说啊，肯定的啊！”

乔红脖子上的指纹，绝对是陷害。

“最有动机的人是裘平安。”徐敬说。

“是啊！但是他的不在场证明，无懈可击。”邱小福迷糊了，“他被绑架了。”

“裘父呢？”徐敬问。

看裘父溺爱纵容孩子的样子，他真有这可能。

“法医已经确定了乔红的死亡时间，那期间他在从美国到昆明的飞机上。”许靖南说。

更好的不在场证明。

已经到了深夜，邱小福回了自己的房间，徐敬还没走。

“你想单独跟我说什么？”许靖南问他。

“老大，”徐敬很严肃，“那个给刘永春监控软件的人，能证明刘永春无罪！”

他们都无法用证据来确定刘永春的轨迹，但是那个人，如果她有意愿，她就可以确定刘永春的轨迹，只要她想。

“徐敬，”许靖南微笑着拍他的肩膀，很睿智，很世故，“她无法确定裘平安有罪。”

十七　无懈可击的不在场证明

徐敬哑然无声，他的直觉很准，但是情商不高。

“关于这件事，你坚信什么？”许靖南循循善诱。

“我认为，”徐敬很恭敬地回答，“刘永春是被陷害的，裘平安有罪！”

“很多知道前因后果的人，都这么认为。”许靖南故作旷达地笑了，徐敬能看清他的眼角纹，“但是证据不这么说，我们不能凭借感性去做某件事，如果你认为刘永春无罪，就用法治去还他清白。”

徐敬迟疑了一下，断然问：“老大，你认为他有罪吗？”

“刘永春？裘平安？”许靖南反问，“我如何认为无关紧要，最重要的是证据！”

徐敬点点头。

繁忙的时候，紧张的时候，担忧的时候，时间过得特别快。

转眼已经几天过去了。

刘永春已经被移交到了看守所。

杨春花几乎每天都要把许靖南揪出去喝一顿，告诉他事情的进展，他的消息来源最可靠，也最迅速。

有的时候，他们的聚会低调神秘，因为会来一些不能曝光在大众视野里的人，提供一些第一手资料。

许靖南经常早出晚归，跟特务接头似的，这让邱小福颇有微词。

她会想当然地觉得，许靖南根本没有上心，还天天那么嗨皮地出去喝酒应酬，跟着一副地痞流氓长相的杨春花神神秘秘，也不知道去什么不该去的地方。

“我觉得许先生好奇怪啊！”邱小福眼冒金星地看着电脑对徐敬抱怨，因为对许靖南心存不满，所以邱小福不叫许靖南老大了，“他本来明明跟我们说了，凶杀案审判很快，我们没有多少时间，一定要抓紧！但这么多天，我们一直很辛苦地查找证据，但他好像很悠闲似的！一点也不上心，总是出去玩，好像不知道强强爸还在看守所里受苦呢！”

徐敬看了一眼她，只问了一句：“这么多天，你查到什么了？”

邱小福噘起嘴，很受挫，“没有！但是我很努力！我一直努力地想拼凑出强强爸的网络轨迹！我要证明他没有罪！他是善良的人，他已经吃了那么多苦，不应该再承受这些了！”

刘永春除了监视裘平安，根本也没有用电脑做过什么，邱小福要拼凑出他的网络轨迹谈何容易！

视频监控又不用刘永春一直守着电脑。

“徐敬！”邱小福开始直呼徐敬大名了，“你在里面好久了，你到底能不能出来啊？好冷啊，都快要天黑了，我们要回去了吧？”

徐敬在哪里？

徐敬正在囚禁裘平安的矿井里，他这几天努力做的是，看看自己能不能从矿井里出来。

他让邱小福在外面把矿井斗室的门锁上，这就是一个完全的密室。

他对电脑一窍不通，打字用的是一指禅，速度都比不上老年人，邱小福干的事情，他肯定做不了，但是他身体素质好，擒拿格斗、射击驾驶、放枪打炮样样精通，他一直在想，能不能从这个密室里出去，他要是能出去，那么裘平安也有可能出去。

邱小福一边打哆嗦，一边听着斗室里面传来乒乒乓乓的声音，矿井狭小，回音很重，徐敬弄出来的声音真是震耳欲聋，他前几天还想从技术角度出发，有技巧地逃出去，但是失败了，放摄像头的那一角，虽然有线路，但是还不足一根食指的粗细，徐敬放弃了。通风口似乎是一个好的选择，徐敬把手伸进去，是有风从里面传出来，用强光手电照，里面黑漆漆的看不到头，通风口比他的头还小，是钻不出去的了。

……

徐敬还试过挖墙、卸门，他不能把炸药带进来，容易引起塌方。

这小小斗室，还真没法出去！

一面墙壁的下面，有一条五厘米左右的缝隙，把手尽量伸下去，能摸到水，是地下水。

不说这五厘米根本没有人能钻进去，就算钻进去，下面是地下水，又不是人鱼，不是找死吗？

门是老式的门，用铁链子在把手上绕了一圈，用锁头锁死，当时营救裘平安的时候，没有钥匙，是用压力钳把铁链剪断，救出的裘平安。

时不待人，徐敬已经决定用蛮力了，他让在矿井里的邱小福躲远点，但是矿井就那么大，能躲多远？

特种兵身体素质就是好。

徐敬飞起一脚，踹在门上。

为了力求现场的一致性，邱小福也用同样的铁链，同样的锁头把门锁上。

徐敬一脚下去，地动山摇，外面的邱小福紧紧抱住电脑，靠着墙壁站着。

门纹丝不动。

徐敬再接再厉，又是一脚飞踹，他这脚力，要是踢球，能把一个球从北京东单踢到西单；要是踢人，能把一个人的前胸踢出一个洞来。

门颤动了一下，有墙皮噗嗤噗嗤地往下掉。

徐敬又踢了一脚，墙已经开始掉渣了。

邱小福在外面打哆嗦。

砰的一声，第五脚的时候，徐敬把门踹开了，铁链崩开，铁锁飞起，差点砸到邱小福，邱小福一声惊呼。

脚下的大地开始颤动。

“是不是有一个词叫作塌方？”邱小福颤声问道。

“快走！”徐敬冲出斗室，抓起邱小福就往外跑。

邱小福被徐敬抓着，脚不沾地像飞一样，但仍然紧紧抱着笔记本电脑。

两人前脚才跑出矿井，就听到身后轰隆隆的好几声闷响，废弃矿井的井口在颤动。

邱小福惊魂未定。

徐敬倒是还很镇定，他没干过拆迁，但真有这个潜质！

过了半个小时左右，地面上没有什么变化，矿井井口只是掉了几块砖，但不知道里面什么样。

邱小福目瞪口呆地看着矿井井口，保持一个表情很久，至少有二十分钟。

“我去里面看看，拍照，你在上面等我。”徐敬对邱小福说。

邱小福才从震惊中惊醒，一个劲儿点头，“嗯！你要小心，你要是十分钟不出来，我就打电话给老大，让他找人找车来挖你！”

“至少半个小时。”徐敬只说了一句话，就拿着手机下去了。

邱小福抱着电脑，紧张兮兮地看着井口。

矿井里一片狼藉，徐敬用手机照明，横七竖八的砖块与木梁，他真是个破坏王。时不时地有砖块从上面掉落，但是徐敬都避开了。

他一路上拍照，看着时间，得半个小时上去，要不然邱小福肯定会给许靖南打电话，让人来挖他。

在徐敬看来，时间过得很快，但在上面等着的邱小福看来，时间过得很慢，她等得望眼欲穿。

“十，九，八，七——”邱小福倒计时，“你再不出来，我就打电话啦！”

徐敬真是掐点出来的，身上还有木屑和碎石。

邱小福紧张兮兮地问：“你受伤了吗？”

徐敬摇摇头，把手机给邱小福看。

“你照相技术，可真不行。”邱小福点评着徐敬拍的照片。

“我能出来。”徐敬说。

“但是，”邱小福黑漆漆的大眼睛看着他，很诚实，“我觉得裘平安百分之百出不来，他就算出来，他也绝对回不去了。”

矿井里面已经塌了，斗室里根本没有立足的地方。

这时候徐敬的手机响了，是许靖南。

“你们两个回市区，到红联街夜闻香找我。”许靖南在电话里说，他今天的局结束得这么早，很神奇，按平时来说，怎么也得凌晨两三点。

等徐敬和邱小福回去找到他，也最多就十点。

“老大，”徐敬决定坦白从宽，“矿井塌了。”

“知道了。”许靖南竟然没多问。

“红联街夜闻香？”邱小福问道，“那是什么地方？你知道吗？卖蚊香的？”

徐敬摇摇头。

“先回市区吧，找人问问路。”邱小福看了一眼矿井，觉得徐敬太野蛮了。

进了市区，红联街倒是能导航出来，但夜闻香就找不到了，邱小福还以为那里是卖蚊香的地方。

昆明虽然是云南省省会，是大城市，也有现代感的商业区，高楼林立、商铺云集，但它更是一个古城，有极富历史风情和民族特色的景观。

不过像很多西南部城市一样，昆明更多的是乡镇一样的街道，脏而混乱的马路，街边密密麻麻小格子一样的铺面，狭小的小吃店、理发店、服装店、鞋店，拆迁的瓦砾堆，半空中蜘蛛网一样的电线，路上淳朴、富有乡土气息的路人，穿梭的人力车和摩托车，用布兜背在后背的孩子吮着手指……

红联街就是这样的，夜幕降临的时候，有很多穿着暴露的女子，三三两两地在街边闲谈。

邱小福趴在车窗上看着外面，“这里是不是红灯区啊？”

徐敬调着导航，找不到夜闻香，没有读音跟它一样的。

“老大怎么会来这里？”邱小福扒着车窗。

不时地有男男女女，三三两两地往暗处走。

邱小福的表情很丰富，看得也津津有味，她也没什么机会看到这一幕，她的家世最多看看应召女郎。

“老大好重口味啊！”邱小福看到一个站街女穿着一身浴袍，“等等！我问问路，顺便付一下看票！”

徐敬把车徐徐倒退，浴袍女以为她的生意来了，满面含笑，扭着腰走上前。

邱小福摇下车窗，浴袍女看到是一个女孩，骂了一句方言，转身就想走。

邱小福当然不能放她走，连忙摇起自己手里刚拿出来的百元大钞。

浴袍女又转回来，探头一看，看到正襟危坐的徐敬，“哎呀，两人呢！

想玩什么啊？”

“夜闻香在哪里？”邱小福问道，她现在可不认为夜闻香是卖蚊香的地方了。

浴袍女没有说，盯着邱小福手里的钱。

邱小福很有诱惑力地摇了摇钱，“在哪里啊？姐姐……”

“前面农业银行，小胡同往里一拐就是！”浴袍女说着就要拿钱。

邱小福想了想，还是把钱给她了，摇上车窗，“我妈妈说，只要是凭借自己勤劳努力获得财富的人，都是值得尊敬的，但是我刚才钱给多了吧？反正没关系啦，也是假钱，我只是问了个路啦！”

她第一句话引得徐敬想侧目，两句话说完，徐敬直接看路不看她。

徐敬看到了农业银行转进去，他没开车灯，这条巷子，就是现场交易地点。

邱小福很好奇地看着徐敬，“天太黑，你脸红没红？”

徐敬缓慢行驶着，留心找夜闻香，应该有牌子吧？

黑灯瞎火的，可不能漏了。

他刚要给许靖南打电话，就看到一个人站在他的车前，身高跟许靖南差不多，但是很不像。

那人戴着鸭舌帽，穿着夹克衫牛仔裤、运动皮鞋，低调而休闲的装扮，很快地走到车边，把车门拉开，“别开车灯，从这巷子穿过去，回宾馆。”

十八　神秘的来客

徐敬依言，慢慢开过胡同。巷子两边的人，都很忘情，没有注意这辆车。

但是难为许靖南了，不知道他在这里待了多久，他在干什么，他不难受吗?

到了大路上，终于有了路灯，邱小福按捺不住好奇，回头看许靖南，她还没有怎么看过许靖南没穿西装的样子呢，许靖南来云南后，就没怎么穿西装，但都是走的正统商务休闲风，可从来没有这么嘻哈过。

许靖南摘下鸭舌帽，还是那么正统、职业、领导范，如料峭春风一般可敬可畏。

“邱小福，记住这个账号，记在脑子里，不准写出来。”许靖南说，“×××××××××××××××。”

“这是什么账号?”邱小福问道。

“在客栈取走毒品的人，把钱汇在了这个账号里。”许靖南解释，“网络汇款，你可以黑进去查交易明细。”

邱小福有点迷糊，“我很喜欢黑各种网络，但是这需要我吗?为什么不申请搜查令去搜查呢?我找到的东西能用吗?”

“不能搜查，你找到的东西也不能用。”许靖南说，“这个账号不是通过正常途径得到的，不能用于检控证据，也不能让人知道，你在查交易明细的时候，不能留下任何痕迹。”

“那有什么用?”邱小福彻底迷糊了。

“找人。”许靖南言简意赅，“客栈和藏毒房间的钥匙被埋在滇池旁边的一棵树下面，那附近没有监控录像，你现在只有这么一个线索。”

“不对啊，好奇怪!”邱小福问，“买毒品又不是上街买白菜，肯定要经过一些过程吧?中间人啦!介绍人啦!总有人会见到这个买毒品的人吧!把他们抓起来问啊!”

“不能够，这是一个很大的局，牵一发而动全身，不能打草惊蛇。”

许靖南能弄到这个账号，就已经是极限了。

邱小福看着徐敬，徐敬开车，没有什么反应。

这么长时间，许靖南这儿是唯一的突破口。

许靖南又从后座递给邱小福一个 U 盘，“这是裘平安被囚禁的全部视频。”

“你怎么搞到的啊？老大。”邱小福问道。

“这你都不需要知道，你只要能从中查到点什么就可以。”

邱小福直接把 U 盘插到电脑上，她的笔记本电脑超长待机，这将是一个漫长的过程，裘平安可被囚禁了好几天呢。

“一会儿我们先经过公安局，你有半个小时的时间可以检查矿井里放着的那台电脑。”

“老大，你好厉害啊！”邱小福由衷地说。

昆明的夜生活很丰富，可能当地人习惯晚睡晚起，虽然晚上十点多了，但是路上还有许多流连的人，也有很多店面都亮着灯，不像大理，晚上八点之后，都不好找地方吃饭了。

到了公安局，又是那个娇小丰满、明眸善睐、白肤方脸的白族女孩白莹接待的他们。

“两位，又见面了。”白莹跟徐敬和邱小福打招呼，又对着许靖南说，“许先生好，电脑在证物室里，最多就半个小时了，真不好意思。”

“已经非常感谢了，我们尽快！”许靖南很有礼貌，虽然服装休闲，但是他的言谈举止完全是正统风范。

“我要努力！我要努力！我要高效！我要高效！”邱小福一路上，一直握着小拳头给自己打气，看到电脑奔过去，立刻开机。

速度！速度！

时间就是金钱，时间就是生命！

说半个小时就是半个小时。

邱小福满头大汗，恋恋不舍地把笔记本电脑还给白莹。

白莹只是接待他们，让他们检查电脑，但其他的什么都没有问。

回去的车上，许靖南问邱小福："检查出什么没有？"

邱小福迟疑着点点头，又摇摇头，"时间太短了，为什么不能多给点时间呢？"

"规矩。"许靖南很简单地回答她。

"查到点什么，但不确定有没有用处。"邱小福说，"我查了回收站和缓存，这台电脑开机时间没有那么长。"

"什么意思？"许靖南问。

"这台电脑的开机时间，要比裘平安被囚禁的时间短很多！"邱小福绞尽脑汁想应该怎么解释，"有可能中途换过电脑。"

是不是收到赎金后，绑匪来换过电脑？那他怎么不撕票？

"换过电脑的话，视频肯定有断的地方，查一查是什么时间断的。"许靖南吩咐，这就能推测出换电脑的时间。

"哎呀！我傻了！"邱小福一拍脑袋，"我真傻了，我还想没有电脑怎么查它开了多长时间呢！看视频不就成了嘛！"

既然中途换过电脑，那么只要确定了换电脑的时刻，就可以确定绑匪什么时候回去过，运气好的话，可以证明刘永春没有绑架裘平安的时间，但是也可以做有帮凶假设。

更重要的是，没法证明乔红是否为刘永春所杀。

"再过两天，裘父就要带裘平安回去了。"许靖南说。

"他跑了，就抓不到他了！"邱小福很激动，就算要抓，能凭什么理由啊！

没有证据证明裘平安有罪。

"我们没有权力限制他的人身自由，"许靖南很平静，"他已经取得了美国公民资格，而且中国和美国并没有引渡条约。"

"那他岂不是又要逍遥法外了！"邱小福非常气愤。

她强烈的个人感情，即使没有任何证据，也将裘平安带入了犯罪色彩。

"他跑了怎么办啊！"邱小福急道，"不行！还要先帮强强爸洗冤！不是啊！裘平安的绑架案还没有调查完嘛！他怎么就可以走啊！"

"他是受害人，并不是犯人，没有理由拦他。"许靖南说。

"他会不会回来？"邱小福问。

"除非，他有回来的理由。"许靖南说。

三个人回到宾馆的时候，已经接近夜里十二点了。

邱小福决定即使通宵不眠，也要先把视频断的地方找出来，查出许靖南给她的账号的交易信息。

徐敬决定跟她一起，他不会黑客技术，但是用笨办法，他可以看视频，找出断的地方。

两人分工明确。

许靖南没有表态，不支持，不反对，默许他们的行动。

邱小福和徐敬斗志昂扬，而许靖南回到了自己的房间。

在门外，他用房卡开门，停了几秒钟才进去，神色间有不易察觉的变化。

他进去之后关上门，没有开灯，因为他觉察到房间里有人。

“你没有想过锁舌上的头发是清洁工弄掉的？”那人问他。

“一直都是免打扫。”许靖南说，他面对的是窗，但是厚厚的窗帘拉着，透不进一丝光亮。

一个人坐在窗前的沙发上。

十九　陷害

一直都是免打扫？

房间里这么干净，许靖南真是出门旅行、居家必备之好男人。

许靖南把门从里面锁上，把门卡插上供电，灯一下子亮了，是柔和的黄色灯光。

“你去哪里了？”许靖南问。

“散心去了。”丁忧回答，昆明虽然四季如春，但毕竟不是热带，丁忧穿着黑色的平底运动鞋，黑色的工装休闲裤，深蓝色的户外风衣，风衣的拉链拉到脖子下面，捂得严严实实的。

许靖南当然不信，就他对丁忧的了解，这是一个工作狂，她要是不一天二十四小时忙忙碌碌，争分夺秒，她会疯掉的。

至于刑侦学院把丁忧炒了，她要散心换个心情，许靖南更不信，就是刑侦学院把她炒了十次，她也不会出门散心的。

已经好几天了，欧加拉那里一点消息都没有，这回正主上门了。

柔和的灯光下，许靖南能从丁忧抬起的脸上看出，她风尘仆仆，的确走了很多地方。

丁忧皱眉吸了吸鼻子，“你身上有烟味、酒味，还有劣质香水的味道，你去哪里了？”

果然开始盘查了，许靖南以其人之道还治其人之身，“散心去了。”

丁忧皱眉，没有说什么。

许靖南走近她，弯腰俯身，闻了闻她的头发，往下又闻了闻她耳后和脖子，虽然离得非常近，但没有任何肌肤接触。他敏感地闻到了一种熟悉的味道，罂粟的味道，但是罂粟没有味道。

丁忧有洁癖，不用任何含香料的东西，包括洗护用品。

如果她有暂住的地方，那么离这里不会太远，她刚洗完澡，很干净，绝对没有怎么在外面走。

丁忧皱着眉头侧抬起头，看着许靖南，两人的眼睛相距不足十厘米，然后她说了一句话：“你应该先洗个澡，换身衣服。”

“然后呢？”许靖南没动。

“然后呢，”丁忧脸不红心不跳，“我们研究刘永春的事。”

“好。”许靖南回答，站起来。

丁忧还在沙发上，看刘永春的审问记录和乔红的验尸报告。

许靖南拿着换洗的衣服，看了一眼认真钻研的丁忧。

杨春花没说错，所有人都很好奇，许靖南是不是脑袋被门挤了，看上丁忧哪点了！

浴室的垃圾桶里有一个黑色的垃圾袋，这可不是许靖南自己收拾出来的。

许靖南看着垃圾袋，沉思着蹲下把它打开，里面是一堆灰烬，他用手指在里面拨弄，一片一片烧焦的碎片，还有几个很小的黑乎乎的一坨，似乎是有机塑胶烧完的东西……

这么大一包垃圾，还是烧掉的，许靖南几乎是立刻想到，丁忧看上去的确风尘仆仆，但是她非常干净，他的鼻端还回绕着她干净而熟悉的味道。

她并不是在哪里洗干净过来的，她就是在这里洗的，她应该是最开始用这个黑色的垃圾袋装着换洗的衣服，在许靖南房间的浴室里洗好澡，换了衣服，然后把之前的衣服都给烧了。

她烧衣服干什么？她的鞋也是干净的，她连鞋都烧了！

她就是不想让任何人知道，她去过哪里！

许靖南想到这里，就开始发愁。

丁忧不仅仅是容易把自己搭进去，还容易城门失火殃及池鱼。

浴室里过了好久才有水声响起，丁忧抬起头看了一眼浴室的方向，有灯光透出来，她舔了舔嘴唇，接着看乔红的验尸报告。

“看出什么来了吗？”许靖南从浴室里出来问，他头发还是湿的，浑身有雾气，穿着家居服，光脚穿着拖鞋。

丁忧抬头看了他一眼，“毒品这条线索，你肯定跟进着呢？”

许靖南点点头，有水滴滴到地上，他头发短，干得快。

“裘平安肯定没有作案时间吗？”丁忧问。

“他被囚禁，有视频为证，正在调查视频。”许靖南回答。

“只有视频，可以作假吧？”丁忧一边翻看报告一边问。

"绑架这边也还在查，我们还没有想到他怎么能出去，如果他有同伙的话，同伙也没有找到。"许靖南说。

"刘永春是被陷害的。"丁忧很确定。

"怎么证明他被陷害的？"许靖南问。

"乔红身高一米六五，比我高五厘米，刘永春有多高？我记得他也就跟我一样高，裘平安呢？"丁忧问。

"我们一直在找给刘永春监控软件的人。"许靖南看着丁忧。

丁忧嘴角抽动了一下，"你们不用找了。"

许靖南早就完全明白了，丁忧绝对不是无缘无故找上他来叙旧的，"刘永春一米六，裘平安一米七五。"

丁忧把一张图片给许靖南看，那是一块切割的皮肤，"生石灰有腐蚀性和吸水性，尸体在生石灰中，很多细节证据都会被生石灰给腐蚀掉，比如体液、DNA 什么的，但是生石灰的吸水性反而会保留指纹痕迹，这块皮肤是法医从死者脖颈上剥离下来的，然后用生理盐水泡开，在上面提取到了指纹压痕。"

许靖南看着图片，这个图片他看了好几次，剥掉的皮肤，灰白的皮肤上有紫青的压痕。

"法证人员就是根据这个指纹压痕断定刘永春有罪，但他们犯了一个错误。"

许靖南看着丁忧，她入行时间虽然不长，但上手很快。

"他们找到了指纹，就确定是刘永春，但是他们却没有把这个指纹还原到尸体上。"丁忧说着，又调出了乔红尸体的细节图，脖子剥皮处，死白的肉，淡红色的喉管和气管。

"我用软件拼了一下图。"丁忧给许靖南看了一张三维图。

乔红站立的尸体，皮肤切片，已经归回到脖颈的位置。

"刘永春比乔红矮，乔红比裘平安矮。"丁忧看着许靖南，"你站起来。"

许靖南站起来，丁忧站在他的面前，伸出双手，去掐许靖南的脖子，她的双手冰冷，在她的手贴在许靖南的皮肤上的时候，许靖南有一瞬间很清醒的感觉。

这是外科医生的手，曾经救死扶伤，许靖南伸出自己的手，握住丁忧的双手，他的手温热而干燥，他的眼神深情而复杂，"忧忧。"

丁忧把手抽出来，避开许靖南的视线，“换你。”

许靖南也用双手，隔着领子，握住丁忧的脖子，丁忧咬着嘴唇，眼角跳动了一下。

“你脖子怎么回事儿？”许靖南问丁忧，把她的衣领拉开，她脖子上有一圈触目惊心的勒痕。

“没什么！”丁忧下意识地把许靖南的手打开，“指纹向下，掐死乔红的人要比她高。”

“你脖子怎么回事儿？”许靖南又问了一句。

丁忧拉上衣领没说话。

尴尬的沉默。

“指纹怎么解释？”过了一会儿，许靖南问。

丁忧坐回到沙发上，“有一种指纹手套，就是在特制的橡胶手套的指肚上做上指纹，人的指肚都是鼓起来的，所以在进行按压的时候，会中间清晰，边缘模糊，就像按手印，但这个指纹，你看边缘也很清晰。”

“说明这个人的手要大，个高的人，手也会比较大，我的手就比你的手要大很多。”许靖南伸出自己的手。

丁忧点点头。

“这可以说明，刘永春是被陷害的。”

“但是生石灰腐蚀掉了其他证据，我们能证明他是被陷害的，但不能证明谁陷害了他。”丁忧说，“我认为是裘平安。”

他们现在需要证明裘平安杀了乔红，因为他有动机陷害刘永春，也有机会杀害乔红。

二十　夜色沉沉

“裘平安过两天就要离境去美国，美国和中国没有引渡条约。”

“那里倒是一个东方罪犯的天堂。”丁忧的语气不屑一顾。

“我倒是希望你能躲在一个这样的天堂里。”许靖南摸着她的脸，她的皮肤很好，但嘴唇有些干燥。

“我死了都进不去天堂，我死了的话，事情倒是简单了。”丁忧冷笑。

许靖南的手僵住了，两根手指停在她的双唇之间，语气变得严厉：“不可以这么说话！”

丁忧紧紧抿住嘴巴，咬住许靖南的指尖，抬头看着他。她的眼神复杂，手也在抖，这是神经性的，无法控制，终结了她外科医生的生涯。

许靖南抽出自己的手，扶着丁忧的后脑，弯腰抵住她的额头，“忧忧，你要知道，你的身后有人在支持你。你没有必要一意孤行，你告诉我你要做什么，你想达到的目的，我会帮助你。”

许靖南很真诚，他说到做到。

丁忧嘴角上挑，显得很轻蔑，“你打扫过客房，床单、被罩、枕套都洗过了吗？”

许靖南显然一愣，但实话实说：“都洗过，也晒过。”

酒店客房，也不知道他哪来的条件这么宜家宜室。

丁忧站起来，把衣服脱了，躺到床上，“给我倒杯水，让我在你这里睡三个小时。你睡吗？”

“不能睡！不能睡！不能睡！”邱小福嘀嘀咕咕地催眠自己。

已经凌晨三点了，她眼前一堆小星星，但她还在查。

徐敬也在看视频，他是快进看的，换个电脑，怎么也得几分钟。

由裘平安被解救的时间反推，找到视频切换的时间点。

徐敬的速度更快些，“是裘平安被解救前三十六个小时换的电脑。乔红被发现的时候，已经死亡了两天，时间够。”

裘平安从昆明到大理，杀了乔红，嫁祸刘永春，再回到昆明，时间够。

昆明到大理，三个小时。

“毒品如果是他拿的，时间也够。”徐敬又加了一句话。

他话很少，但都有用。

“你干吗！”邱小福不满道，“干吗这么快啊！等等我，我也要马上查出那个账号啦！我本来想，你的视频那么多，我可以比你快的啊！”

徐敬没有回应她，开始想白天的矿井，裘平安养尊处优，绝对不像他，他可以把门踹开，然后逃走，但裘平安绝对做不到。

裘平安怎么能逃出去呢？

肯定是更有技巧的方法。

“你是不是备了好几套锁和铁链？”徐敬问邱小福。

“喏！在那里！柜子里！自己去找！”邱小福手一指，看都不看，徐敬竟然比她快！

她不开心！

柜子里乱七八糟地放了不少东西。

邱小福一心要给刘永春洗冤，所以没有买什么东西，但她妈妈对这个女儿是无微不至地关怀，知道她在昆明，竟然让司机送了几箱东西过来，一天一套的衣服，从内到外都包裹在透明袋子里，还有个人用品，够邱小福在昆明住一个月的了。

邱小福东西乱放，不该放一起的都放在一起了。

徐敬从内衣和卫生巾下面，掏出铁链和锁，脸都发烫。

邱小福喜气洋洋地跳起来，“我也找到了！我们去找老大去！告诉他！”

“明早吧，现在太晚了。”徐敬说。

“哪里晚了！凌晨三点，他是老年人，都该起床了！”邱小福不依，“强强爸可不嫌晚！裘平安可不嫌晚！”

邱小福她妈妈应该教育过她，半夜三更不许打扰别人。

但邱小福显然认为今天绝对是个特例，一个孤枕难眠的老光棍，还不如叫起来工作呢！况且许靖南昨晚去了红联街，晚上应该是老老实实睡觉吧。

她当然不知道许靖南房间里正在发生什么，这个坏事包子。

“咦？敲门声音不小啊，怎么没有动静呢？不是睡得死吧？”邱小福自言自语问，她已经敲了很久，但里面一点动静都没有。

徐敬知道，像许靖南这样的人睡觉很轻，一有风吹草动就会清醒，这是多年生活养成的习惯。

“打个电话叫他起床吧！”邱小福看着徐敬，“很重要的事情呢。”

“我们回去吧，可能没人。”徐敬劝邱小福。

但邱小福很有毅力，拿出了手机，电话刚通，就有开门声。

许靖南穿着拖鞋、家居服走出来。他跟平时很不一样，但究竟哪里不一样却又看不出来。

“怎么了？”许靖南问，他的眼睛有点红，熬夜眼睛很容易红。

“我们查到了！”邱小福很积极地汇报，她很好奇，许靖南为什么不让他们进去，还挡在门口。

“先回去，我换身衣服，马上去找你们。”许靖南说完就把门关上了。

邱小福有点愣，看看徐敬又看看门，看看门又看看徐敬，恍然大悟地指着门，跟徐敬窃窃私语：“里面是不是藏个人啊？老大好像在昆明认识很多人，是不是哪个过去相好的美女啊？”

“回去。”徐敬可没有工夫跟她纠缠，拉着邱小福往回走。

丁忧睡眼惺忪地裹在被子里，揉着额头问许靖南：“他们查到什么了？”

“应该是绑架视频的破绽。”许靖南回答，给丁忧冲了一杯糖水。

丁忧昏昏沉沉的，不是因为没有睡醒，也不是因为低血糖，而是药物作用，她有睡眠障碍，必须服用强效安眠药才能入睡，药物会使她进入睡眠状态，也会使她毫无防备。

许靖南喂她喝了一点糖水。

因为药劲儿没过，所以丁忧有点迷糊，她忽然拉住许靖南的胳膊，“别走，我害怕。”

许靖南怀疑自己听错了。

丁忧之前吃药的时候他就很不舒服，他没想到丁忧现在连睡眠都需要借助药物。她现在就是一根绷紧的弦，随时会断。

许靖南记得丁忧以前习惯于规规矩矩地平躺着睡，就好像躺在水晶棺里随时准备着被瞻仰遗容，这种睡眠方式很有特点。

但她吃完药后是趴在许靖南身上抱着他睡的，这种方式好像很亲密，但许靖南心知肚明，丁忧这么做绝不是为了亲密接触，而是确保只要许靖南有大动作，自己就会发现。

“我陪你。”许靖南上床把她抱起来。

丁忧用力抓着床单，力图使自己思维清晰起来，“你去吧。”

“我回来的时候，你还能在吗？”许靖南问她。

丁忧抬起头，显得凌乱而憔悴，她没有回答这个问题。

许靖南换好衣服，离开的时候把灯关了。

刷的一下，房间里一片漆黑，门被轻轻地关上了。

丁忧的眼睛冷冷的，比夜色还漆黑。

“你们发现什么了？”许靖南问。

邱小福神秘兮兮地看着许靖南，“老大，现在强强爸的清白最重要，其他的都可以缓一缓，等一切都结束后，你可以留在昆明几天，那时候时间多自由啊，想干什么就干什么，想看什么人就看什么人……”

她絮絮叨叨好多，许靖南只能提醒她：“你们发现了什么？”

“裘平安被解救前的三十六小时，换过电脑。”徐敬说。

“我查了那个账号，还有时间对比。”邱小福不甘落后，“这段时间里，只有一次毒品出售，就是放在客栈的毒品，你们知道买毒品的人是谁吗？”

邱小福眨着大眼睛，跃跃欲试地看着许靖南。

“账号是收赎金的账号？”许靖南问。

邱小福顿时泄气，“啊！你知道啊，那我还查什么！”

“那就是我说对了？”许靖南总结，“买毒品的人是绑匪。”

邱小福噘着嘴，点点头。

许靖南看着徐敬手里的铁链和铁锁，“如果是裘平安自编自导了这一切，那么他是怎么出来的呢？之前的电脑又在哪里？”

徐敬灵光一闪，“我想到了！”

“想到什么？”许靖南问。

“矿井外面都被搜索过了，”徐敬难得话多，“裘平安又不可能把电脑扔太远，在水里！”

“水里？”许靖南分析，“那边是喀斯特地貌，有溶洞和地下水。”

徐敬点点头，“我现在立刻去那边，我们找一找也就天亮了！”

邱小福自告奋勇："我也去！"

许靖南又看着徐敬手里的铁链，沉思着，"他怎么出去的？火烧？"

"老大，我们先过去查看，有情况就跟您汇报！"徐敬啪一下敬了个军礼。

许靖南颔首。

邱小福好兴奋。

因为她觉得离成功越来越近了，裘平安出不了国了！

刘永春会沉冤得雪，裘平安恶有恶报！

"我觉得老大今天好奇怪。"凌晨四点，路上车很少，寒气比较重，邱小福玩着铁链和铁锁。

"嗯。"徐敬回答她，罕见的，他竟然有回应。

他们所不知道的是，许靖南看他们两个走后，竟然没有回房间，而是到前台买了一包烟，走到宾馆后面的小巷里，看着自己的房间，一根接着一根地抽烟，天寒露重，他竟然在楼下站了一个小时，直到天空中出现了一丝鱼肚白。

二十一　越走越亮

烟很呛人，但是他的心里更苦，他算是眼睛很毒的人，能看透别人，但丁忧怎么想，他到现在都摸不透，他只知道，那个姑娘每次见他抽风，绝对不会有什么好事。

一根又一根的烟，黑暗中闪烁的红点。

许靖南在烟雾中沉默。

“你是不是当我抽风呢？”丁忧出现在他的身后问道。

许靖南深深吸了一口烟吐出，“我在想，我对不起你很多。”

丁忧走近，她衣服穿好了，戴着风衣的帽子，想必房间里的床铺也整理了。

“任我自生自灭？我一直都知道是你。”丁忧踮起脚，在许靖南耳边说。

“对不起。”许靖南踩灭烟头。

“这没有什么，那是你的工作。”丁忧淡淡地说。

“你会死的……我永远不会原谅我自己！”许靖南声音里压抑着痛苦。

出于种种原因，他不止一次在丁忧濒死的状态下，转身离开。

丁忧不以为然，“你想多了，我没那么容易死。”

许靖南看着她，他的眼底已然满是沧桑，出生入死、孤军奋战、隐姓埋名这么多年，他无法不感受到生命的寒冷。

他跟丁忧不一样，他出身好、家世好，父慈母爱、备受尊敬，而丁忧没有故乡、没有家庭、没有生活的来源与倚靠，她有的是本初的教导和教养，从小用丛林法则生活在寒冷世界里，不走歪路。

很难想象，这两个人大相径庭，却又殊途同归。

一阵沉默后，丁忧抬头看向东方，天还是黑的，但不是那如同浓墨似的夜色。

丁忧吐出一口气，“我四岁的时候，我外婆跟我说过，不要怕天黑，你就一直一直往前走，走走，天就亮了，天亮了，就不怕了……”

什么孩子，会在四岁的时候，在黑暗中走那么久？

“我们也走一走，走一走，天就亮了。”许靖南提议。

“哎呀！天都亮了！”邱小福偷空跑到外面，看着天边的鱼肚白，一条金边出现在天地相接的地方。

这里能看日出。

“回来！”徐敬叫着她。

邱小福又欢快地跑回去，趴着看，“找没找到？”

矿井的废墟，已经清出一小块，徐敬就趴在那一小块里，周围都是瓦砾堆。邱小福一直在卖呆，因为相对说来，徐敬的胳膊肯定比邱小福的长。

徐敬的胳膊也比邱小福的粗，他用力向下够着，脸都红了。

“找到没有？”邱小福蹲下，很认真地看着徐敬通红的脸。

“好像有一根线！”徐敬表情扭曲。

“拉上来！小心点，别弄断了！”邱小福紧张兮兮的。

徐敬小心翼翼地用手指钩着线，慢慢起来，胳膊往上抬，然后是手，出了地上的缝隙，他手指上钩着一根黑色的棉线。

邱小福心脏都快要跳出来了，盯着徐敬钩出来的线。徐敬非常小心，动作慢而平稳。

邱小福的心扑通扑通地跳着，直到徐敬拉出一个气球。

黑色棉线的终端绑着一个大号气球，气球是做密封用的，包着里面的东西，沉在下面的水里。

徐敬把气球放在地上，解开绳子，从气球里掏出用保鲜膜包裹得严严实实的香皂大小的东西。

“是什么？”邱小福眨着大眼睛问道。

“可能是毒品吧？”徐敬回答，他不确定。

“老大要是在的话，肯定能知道！”邱小福说。

“有人来了！”徐敬压低声音。

“昆明早上八点之前，路上不会有什么人。”许靖南挽着丁忧的胳膊。

那么六点之前，更不会有什么人。

“我们两个不顺路了。”在一个十字路口，丁忧对许靖南说。

“你可以告诉我了，你又为什么突然出现来找我。”

丁忧拄着拐杖，踢着脚下的石子，云南多山，路不平坦。

“我做了一个决定。”丁忧看着许靖南。

许靖南也看着她，总算进入正题了。

丁忧双手环抱揽住许靖南的脖子，踮起脚附在他耳边低声说：“仔细听好，我和颂猜达成了一个协议，我不做任何证供来指证他，他告诉我真相，并给我他与美国人做交易的证据。”

许靖南的心咯噔一下沉到底，转过头看着丁忧，他们两个离得很近，眼睛对眼睛，鼻尖顶鼻尖，呼吸相闻。

丁忧用更加低的声音继续：“如果有人问你，你可以说出来，但会泄露你在审判之前见过我。”

许靖南没有说什么，丁忧说的，他已经预料到了，这样的话，可能审判的时候，只能把他这张最大的王牌给扔出去，那么他们两个人都会面临更大的危险。

许靖南抱住了丁忧的腰，抱得很紧，如同生离死别，声音平静得出奇，“知道了。”

丁忧放开他，推开他的肩膀，笑了笑，她的眉心有纹，嘴唇很干，眼睛里有血丝，“不要对任何事物上瘾。再见。”

再见！

不要对任何事物上瘾。

天已破晓，晨雾中的远山，远处的寺庙中传来一声晨钟。

许靖南看着丁忧走远的背影，她拄着自己那根银色、细细的金属拐杖，走在清晨里，天会越来越亮。

她的背影很孤独、落寞、决绝、坚定。

他们都有要去的地方。

“我只对你上瘾。”许靖南心里说，他们都要面对自己的生活，逃避也会像毒品一样上瘾，他心里清楚丁忧指的是什么。

“谁？”徐敬喝问。

“是我！”许靖南走进矿井废墟。

“老大！你说这个是不是毒品，你应该蛮有经验的！”邱小福献宝一样，把保鲜膜包的东西递给许靖南，好像许靖南是吸毒成瘾者似的。

许靖南接过，小心细致地打开保鲜膜，揭开纸封，用食指蘸了一点，舔一下，又把包装还原，还用保鲜膜包好，跟原先一模一样。

“是。”许靖南只尝一下就鉴定了，“高纯度海洛因。”

“欧耶！”邱小福跳起来，“成功了！成功了！我们赶紧去公安局吧！”

但是徐敬和许靖南都没有迎合她。

“你只能证明，”许靖南给她泼了一头冷水，“你只能证明，绑架裘平安和在客栈拿走毒品的是一个人，其实你什么都证明不了，这个地方，已经被解除封锁了，谁都可以进来，谁都可以把东西放在这里。”

邱小福登时泄气，“怎么办嘛！”

“你去外面看着，看看有没有可疑人等。”许靖南吩咐她。

“可疑人等？”邱小福问道，“什么叫可疑人等？我看到了怎么办？”

许靖南不得不解释：“裘平安算可疑人等，这里没有什么障碍物，不会遮挡视线，也没有居民区，离主干路也远，只要是过来的人，就是可疑人等。”

邱小福深表同意，“哦，那我看到了怎么办？”

“跟我说。”许靖南回答。

邱小福就蹦蹦跳跳地跑出去了，还不忘给许靖南和徐敬打气：“加油啊！我们不能有任何懈怠！强强爸还在等我们呢！”

等邱小福出去了，许靖南把手里一直拿着的袋子放在地上打开。

他拿渔网来干什么？

二十二　密室的破绽（一）

“像裘平安这种人，不会有同伙。”许靖南告诉徐敬。

的确，如果乔红是他杀的，那么裘平安这个人真的不会有同伙。

“这样的人很自负。”许靖南接着说，“因为他逃脱过制裁，所以对任何不轨行为都有侥幸心理，会认为自己的计划天衣无缝。他之前在四川生活，出国后，没有回国过，他对昆明不熟悉，找不到藏东西扔东西的地方，所以他会把毒品还藏在这个地方，他用过的其他东西，也会丢弃在这个地方。”

他们所面对的是一个极端自负、自私、凶残的人，这个人最大的弱点是他自己，过于高估自己、低估别人，看重自己、看轻别人。

许靖南把渔网的两角扔给徐敬，问道：“捞过鱼吗？”

徐敬摇摇头，“但做过丛林陷阱。”

“都差不多，我们先把网放下去，如果捞不上来，再用别的工具。”

两人合力把渔网放进缝隙里，缝隙不宽，但是里面的水域很广，他们两个都没有什么捕鱼的经验，弄了半天，还用上了棍棒之类的，才打捞上来点什么东西，一个笔记本电脑，一团线，一个打火机，还有零零碎碎的一些东西。

但是没有关键证据，没有橡胶指纹手套。

丁忧说过，掐死乔红陷害刘永春的人，个子要高，而且手大，带着指纹手套。

地下水流动速度缓慢，水中没有生物，就这么几天，东西应该不会被冲走。

许靖南不死心，又和徐敬打捞了半天，还是没有。

就是没有这个关键证据，指纹手套。

许靖南看着湿淋淋的一堆东西，沉思着，“徐敬，就这样！把这气球放回原位。”

“是，老大！”徐敬都没有问为什么，就乖乖听话，趴在地上，把气球挂回到原来的位置，沉到水中。

“我们把这些东西拿走！”许靖南收起渔网。

徐敬把地上的电脑和线圈、打火机也装进袋子里提着。

外面天已经大亮，邱小福正很认真地四面环顾着望风。

她看到许靖南和徐敬出来，还提着一大包东西，很兴奋地问道，“我们是不是要去公安局了？”

许靖南摇摇头，“回宾馆！”

“为什么啊！”邱小福不干了。

“先回去再说！”许靖南说。

虽然许靖南从来没有疾言厉色，但他的话，邱小福可不敢违抗，噘着嘴上了车。

徐敬开车，许靖南坐副驾驶，邱小福坐在后面，闷闷不乐。

开车经过信号塔的时候，许靖南对徐敬说：“晚上天黑的时候过来，在这上面架设一个红外摄像头。”

邱小福在后面翻着袋子，问道：“那个气球呢？装什么海洛因的气球呢？”

“放回去了。”许靖南跟她说。

“放回去了！”邱小福大惊，“裘平安万一把它拿走怎么办？我们就没有证据了！”

“他不会的，”许靖南看人很准，“他这次要和裘父一起回美国，乘坐民航飞机，过两国的海关和安检，他这次不可能带东西回去。他很自负，既然不能带走，也不会再来看一眼，或者转移地方。”

邱小福非常不放心，憋着半天没说话，她还是太嫩，不知道迂回变通。

过了一会儿，她实在忍不住了。

“为什么不试着审问一下他呢？”邱小福问，她总是担心，裘平安一跑出国，强强爸就要把牢底坐穿了。

“首先，从他嘴里问不出什么，”许靖南回答，“其次，打草惊蛇。”

像裘平安这种反社会人格，审问是问不出什么的，而且让他有所察觉的话，那就是一着棋错，满盘皆输。

邱小福非常忐忑不安，理智上她知道，他们目前为止掌握的都是间接证据，没有一样能钉死裘平安。

根据资金链条能证明，索要赎金的和购买毒品的是一个人，但是不能证明这个人是裘平安。

从水里捞上来的电脑，还能不能开机，能不能打开看到里面的东西都成问题，而且里面有没有有用的东西，谁也不知道。

乔红的尸体上只有刘永春的指纹，其他都被生石灰腐蚀没了，虽然裘平安承认，乔红是来找他的，但是这也并不能证明乔红是他杀的。

最关键的是，不能证明裘平安有作案时间，那么一切猜测都不成立。

……

邱小福想到这里，忽然哭了，觉得没有任何希望了。

她最受不了的就是，好人无辜受冤，坏人逍遥法外。

但是她又不敢哭出声来，就在后座憋着，豆大的泪珠扑哧扑哧往下落，越哭就越悲观，想着强强爸的悲惨人生，更止不住了，眼泪像断了线的珠子一样滚滚滑落，楚楚可怜。

虽然邱小福藏着掖着，但是许靖南也从后视镜里看到了她梨花带雨的样子。

许靖南当然知道邱小福在哭什么，“有证据证明刘永春并非杀害乔红的凶手。”

丁忧跟他讲的，他自然没有跟任何人讲过。

“什么证据？”邱小福用两只小手擦干眼泪，哽咽着问。

“疑罪从无。”许靖南回答。

“什么叫作疑罪从无？”邱小福抽着鼻子趴在车座上问，她太伤心了。

“疑罪从无是一种无罪推定。”许靖南给她解释。

邱小福抬起头，泪眼婆娑，“听不懂。”

许靖南笑了笑。

邱小福只觉得，他的笑容好有温暖的治愈力，她似乎没有那么悲伤了。

许靖南继续解释：“所谓疑罪从无，就是如果证明嫌疑人犯罪的证据有疑点，那么可以推定嫌疑人无罪。”

邱小福又要哭了，“只不过是不能证明强强爸绑架了裘平安而已，但是那个死了的女的，脖子上有强强爸的指纹啊，板上钉钉啊！”

“这不是刘永春要的。”一直开车的徐敬忽然说了一句。

果然，他每句话都是重点。

二十三　密室的破绽（二）

“啊？”邱小福带着哭腔问道，“那强强爸要什么！我只想让他出来，不要待在监狱那种鬼地方！”

“裘平安被法办。”徐敬用了一个很神奇的词，一般普通人不用“法办”这个词，可能徐敬以前执行过枪决。

许靖南点点头，对徐敬的话表示赞同，“对于刘永春来说，只要能看到裘平安罪有应得，他不在乎多吃一天两天的苦。”

“但是，我们要让他看到希望啊！”邱小福叫嚷着，“老大！你能见到强强爸！你去告诉他，我们一定会把他救出来！我们马上就要把他救出来了！”

许靖南似有深意，“我们先做到万无一失，裘平安要在离开中国前去看刘永春一次。”

“什么！”邱小福双眼圆瞪，她无法理解变态的心理，这到底是什么人啊！出于什么心理！去看一个被他害得家破人亡，还被他陷害得身陷囹圄的人，耀武扬威吗？！

这个变态！

这个畜生！

许靖南在后视镜里，注意到了邱小福十分愤怒的表情，“监狱方面已经做了安排。”

“可不可以不让那个坏人去见强强爸！”邱小福央求着，好像许靖南能做主一样，“强强爸受不了这个打击了！”

“刘永春同意了。”许靖南说，显然他们也没有料到刘永春会同意，“他说，他每次在监控视频中看到裘平安的时候，都止不住恶心和愤怒，他希望能看一看这个人真实地出现在自己的面前，他能不能承受得住。”

邱小福沉默了很久，忽然说：“我要去买一袋大米！”

“买大米？”许靖南问。

“电脑被水泡了，必须做干燥处理！我要去买大米来做干燥剂！”邱小福的重心转移到证据上，这是好事儿，她知道了自己应该做的、最有能力做的是什么，“然后！我回去洗澡！睡觉！让精神好好的，等电脑干了之后，把电脑拆了！我一定能找出证据！”

她把时间安排得很好，等电脑干燥的时间养精蓄锐。

“但是等我起来，裘平安已经要走了。”邱小福的声音又转低了。

“他明天中午的飞机从昆明到泰国，是东方航空 MU741 次班机，从长水机场出发，下午三点到达素万那普机场。”许靖南对邱小福说。

“老大，你告诉我这么详细干什么？”邱小福好奇地问，“是不是让我到时间，找一些人，去把他打一顿？”

许靖南笑了笑，没说什么。

“咦？”邱小福似乎有点反应过来了，“他为什么去泰国？怎么不去北京转机啊？”

“他会回来。”许靖南很笃定。

时间过得很快，生命也很容易戛然而止。

邱小福真是对电脑精通，很熟练地把一个电脑四分五裂，拆得七零八碎，埋在米袋子里。做完这些，她打了一个哈欠问徐敬：“你要不要睡啊？小敬。”

真不知道她怎么想出来这么称呼徐敬。

徐敬摇摇头。

“那么过三个小时，你把这袋子里的电脑零配件都放进另一个米袋子里去，我睡觉去了，等我醒了，就能检查了。”邱小福哈欠连天地吩咐着徐敬。

徐敬点点头，表示知道了，他对于电脑不在行，但是动手能力很强，他摆弄着铁链和锁，还有从水里捞上来的绳子和打火机。

绳子和打火机是干什么用的？

绳子还是湿乎乎的，邱小福去睡觉后，徐敬用卫生间的吹风筒，想把打火机和绳子吹干，为了让绳子干得更快，他还把绳子解散了。

徐敬搓着绳子，这不是一般的绳子，不是尼龙，不是棉线，也不是钢丝，手感有些滑，似乎有些油腻。

等绳子有些干了，他剪断一节，如果跟他想的一样，那么这节绳子，用火柴一烧，就会变成粉末。

果然徐敬划了一根火柴，点燃那节绳子，一般绳子都是阻燃的，但这节绳子一遇到明火就烧着了，冒着白烟，烧得很快，只是瞬间，烟灰缸里就剩下了一堆灰白的粉末。

这条绳子是导火索的材质！

徐敬又看了看旁边的铁锁和铁链，他似乎知道了所谓的密室监禁和不在场证明，究竟是怎么回事！

现在是白天，许靖南站在自己的房间里，窗帘还是拉上的。

他走过去把窗帘打开，阳光射入，明媚得恍惚。

床上被子叠好了，床单也拉得整整齐齐，果然是一个有洁癖的人，丁忧应该去处理犯罪现场，作为一个清道夫，她不会留下一丝痕迹和证据。

许靖南在床上仔细寻找，满屋子连一根头发都没有找到，丁忧就好像没有来过一样，没有留下一丝一毫属于她的证明，连气息都没有留下。

许靖南看着阳光下干干净净的房间和床铺，满是物是人非、恍如隔世的感觉。

有敲门声。

很轻，但节奏感非常强。

许靖南走过去开门。

是徐敬，因为邱小福冒冒失失敲门的关系，徐敬怕打扰许靖南就敲得很轻，没想到许靖南开门这么快。

“徐敬，你找我？”许靖南拉开门。

徐敬点点头，拿着手里的绳子、铁锁、铁链，“我知道裘平安怎么做到的了。”

“进来说。”许靖南侧身，让徐敬进来。

徐敬有些不好意思，但没有忸怩，直接进去了。

“老大，我用浴室的门给你演示，可以吗？”徐敬问许靖南。

许靖南点点头，把走廊的灯打开，站在墙边双手抱怀，看着徐敬怎么做。

好在徐敬身经百战，没有因为许靖南的注视而感到紧张。

他们住的是比较好的酒店，浴室的门是一扇磨砂玻璃单门，门上中间靠边的位置，里外各有一个把手，门旁边的玻璃墙壁外面有一个和门把手对称的把手，里面是防滑扶栏。

两个大男人挤在卫生间里是有些奇怪，一个看着，一个很认真地工作着。

二十四　密室的破绽（三）

徐敬半蹲在地上，很认真地在铁链上穿针引线，把绳子穿在铁链头尾两个铁环里，又把另一根绳子绑在铁锁的锁梁之间，把锁先扣上一个铁环，把浴室门留了一道缝，刚好勉强能让自己进去，把铁链松松地绕在两个把手上，又把绑着铁环的绳子也绕在把手上。然后他钻进浴室里面，把门关好，小心地抽动绳子，绳子很结实，它被徐敬抽走，带着铁链移动，本来松松的铁环，越来越紧，它的长度不变，但是绕的圈变多（原先铁链的圈加上绳子的圈），而徐敬另一只手拉着铁链另一端的绳子和锁上面的绳子，让它们两个固定不动。

铁链绕紧之后，能稍微多出一小节，大概几个铁环的长度，而铁链本身有重力往下坠，徐敬另一只手放松，小心翼翼地凭着感觉走，只听到咔哒一声，锁梁落下去套在两个铁环之间。

其实这不能完全凭感觉，三条线算好长度和绕的圈数，最后当三条线能水平的时候拉近门，尽量把三条线往里拉，两个铁环和锁就在一个点位上，放开之后锁梁落进铁环里。

锁已经把铁链扣住，只剩下怎么把锁锁上。

许靖南明白了徐敬的意思。

徐敬在玻璃门里面，他可以看到外面的情况，拉紧锁上的绳子，拿出随身带着的军刀，拔出刀刃，插过门缝，用力一磕锁梁，锁梁扣入锁孔，徐敬就被锁在了浴室里面。

许靖南用钥匙把锁打开，把徐敬放出来，仔细看着锁。

“上面没有凿痕。”许靖南拿着锁，锁上面有很明显被军刀砍出来的印记。

他把玩着锁，像徐敬一样，在锁的平面上绑了一条绳子，但是他的节点没有系在商标的位置，而是系在了锁梁垂直线下面，又在锁的平面最宽的位置绑了一根绳子，这两条绳子，空间垂直。

许靖南把锁放进浴室，关上门，用一根绳子把锁提起来，另一根绳子平拽，一用力，锁梁磕在门上，锁头也锁上了，他把锁拿出来看看，相对于徐敬的方法来说，没有什么明显的痕迹。

这种方法很细致，他们两个虽然一次就成功了，但普通人来做一次两次都不会成功，然而不成功没有关系，不成功就不会被锁起来，可以接着再试，直到被锁起来。

“这一股绳子跟导火索很像，能点燃。”徐敬指着绳子对许靖南说。

“他可以自己把自己锁起来，那也是旁证。”许靖南问，“邱小福说电脑什么时候能处理？”

徐敬回答：“她说电脑是精密仪器，要干燥的话，至少要十二个小时。”

“十二个小时之后？”许靖南拍了拍徐敬的肩膀，“我们现在只能等着，什么都做不了，你也去休息吧！”

徐敬纠结了一会儿，他习惯不发问，但是许靖南心细如发。

“你有什么想说的？徐敬。”许靖南问他。

“老大，”徐敬决定坦白，“裘平安明天要去看了刘永春再走！”

许靖南看着这个疾恶如仇的年轻人，“你的意思是，裘平安的拜访是黄鼠狼给鸡拜年，没安好心，这绝对是。他这样的人一定会不遗余力地伤害别人，你是怕刘永春会承受不了裘平安的刺激？”

徐敬点点头。

许靖南笑了，很亲切地拍着徐敬的肩膀，“经受苦难的人不会被轻易打倒，刘永春能承受得了。我为什么不去先告诉刘永春，我们的打算还有可以证明他无罪？不能这么做。他在一个极端痛恨的人面前，无法掩饰自己的情绪和心理，他会露馅的。不管裘平安是一个什么样的人，他至少很聪明。”

徐敬看着许靖南，“老大！”

许靖南如春风般和煦，“你和邱小福醒了之后，先去矿井那边的信号塔上安装一个红外摄像头，回来之后就处理电脑，我明天会去看守所。”

感同身受，说着容易，做着难，谁能知道，刘永春见到那个把他弄得家破人亡的人，会是什么反应？

现在的刘永春隔绝了任何消息，在他的心里，他就是一个倒霉透顶的人，被诬陷杀人，蹲着看守所，一切证据确凿，只等着给他判刑，杀人罪不是无期就是死刑。

但是刘永春，他很同情被杀的乔红，一个正值花样年华的大学生，有无限的未来，却跟裘平安这样的人扯上关系，离奇殒命，留下一双父母。他们瞬间老了好多岁，了无生趣，以泪洗面，白发人送黑发人。

他同情乔红的父母，因为他能做到感同身受，如果他能洗刷冤屈，他一定会去见乔红的父母，安慰他们，告诉他们应该如何熬过这段艰难而灰暗的岁月。

他是怎么过来的，他是如何有生存的信念——

因为他相信，总有一天，凶手会受到法律的严惩！

他有如此坚定的信念！

因为那个给予他希望的人告诉过他，像裘平安那样的人无法停手，他会继续伤害，继续为非作歹，他总有被抓到的一天。

如果有那一天，刘永春会很欣慰。

但是刘永春也觉得失望，因为他的强强的冤屈得不到昭雪，裘平安伤害强强的行为永远得不到惩罚；他也会觉得难过，因为还有无辜者的生命，受到了裘平安的无情践踏。

“刘永春，你确定自己要见裘平安吗？”狱警问刘永春，他觉得这种时候，刘永春同意见裘平安完全是自虐。

刘永春坚定地点头，“确定。”

这么多年了，他想知道自己是否足够坚强，能面对那个畜生的那张恶心的嘴脸。

经历了这么艰苦的人生，他想知道自己能不能强大到支持自我。

强强能不能有一个内心强大、永不言败的爸爸，能不能有一个引以为傲的爸爸！

他是为强强做榜样，他是为强强而活着！

但是刘永春所没有想到的是，看到裘平安那瞬间，他所有的信念都轰然倒塌。

二十五　心如死灰

生冷的毫无感情的会客室里，两名膀大腰圆的狱警，面无表情地站在刘永春身后，刘永春被镣铐固定在地上的刑椅上。

会客室狭小逼仄显得毫无生气。

一个很普通的年轻人，轻快地走进来，看上去很欢快的样子，一点毛病都没有，精力充沛、阳光灿烂。

刘永春一眼就认出来了，是那个人！

是裘平安！

本人要比视频里瘦一些，看上去喜气洋洋的，没有一点的负罪感，他这么多年从来没有午夜梦回的时候吗？

刘永春想着自己晚上根本睡不着，一闭上眼睛，就是自己的老婆和强强。

但是没有想到这个杀人犯！竟然这么轻松！

裘平安很自然地坐在刘永春对面，笑着说："刘先生，好久不见了，你老了不少，似乎都变得更矮了。"

刘永春死死地盯着裘平安，他现在的心里只有一个想法，后悔！

他为什么没有找机会把这个人杀了呢！

他为什么要奢望公正的法律严厉的惩罚呢！

"刘先生，真的好多年了呢！"裘平安很礼貌、很虚伪，"你看我都长这么大了呢，我要上大学了，我正在考虑是去耶鲁呢，还是去斯坦福呢，真令人纠结啊！我想想，我们上次见面，好像是第二天，你太太就跳楼了！真是一个可怜的女人，面对挫折，一点承受能力都没有。"

"你杀了我娃娃！逼死了我老婆！"刘永春哑着声音。

"我没有要杀你儿子啊！"裘平安很淡定，"我只是在跟他玩嘛，谁知道小孩子这么不经玩。我记得我小时候，家里保姆杀鲶鱼砍掉了头，鲶鱼也还活着的呢！"

"你杀了我娃娃！逼死了我老婆！"刘永春又重复了一次。

"刘先生，我知道你又没有家庭，又没有事业，"裘平安一副高高在上的样子，"穷困潦倒，朝不保夕，你说说你何苦呢！为什么要怨我呢！我又没有做错什么，我哪里逼死了你的太太，你太太可是自杀的，她是过于脆弱了，不就是没了一个孩子嘛，你们两个再生一个不就好了嘛！再说我也没有跟你太太说什么，我也没说错什么啊！”

刘永春怒吼道：“我家强强是被你打死的！我们找到强强的时候，他的全身骨头都碎了，没有一块好皮，你这个变态的人！你还要切掉我家强强的头！我老婆！我老婆本来就崩溃了！认为强强出事都怨她没看好！你还去找她，说就是她的错！我老婆都那样了！你还去刺激她！她跳楼了！她是我岳父岳母的独生女啊……”

裘平安相当享受刘永春崩溃的样子，很不以为然地耸耸肩，“刘先生，你不能什么都赖我啊！你老婆是自己跳楼的，可不是我推她下去的！至于你儿子，法律都认为我没错！”

真是一个恶心的人。

刘永春冷笑，“法律认为你没错？法律认为你有罪！只是法律不能严惩你！”

“真的啊！”裘平安一副小人得志的嘴脸，“法律从前不能惩罚我，现在更不能了，但是我还是想对你说些话。”

裘平安的表情似乎变得真诚了，刘永春看着他，难道裘平安要对刘永春道歉？

他们一家可从来没有做过这种事！

果然道歉是这种“人”做不来的！

“我当时年纪轻，不懂事，做了让你难过的事情。”裘平安的演技惟妙惟肖，语气真诚热切，“但是这么多年过去了，我都放下了，你为什么还放不下呢！”

时隔多年，刘永春以为自己的心绪能平静下来。

但是没有想到，这个凶手，裘平安这张丑恶的嘴脸，似乎深深地刻画在刘永春的内心里。

他的每一句话都砰砰地敲击着刘永春的心，让他本来就满目疮痍的心，破碎得更加不成样子！

裘平安看上去好像很礼貌，教养很好，但是他眼睛深处，轻蔑、嘲弄、不以为意、丝毫没有任何悔改，完完全全将他肮脏的内心世界表露无遗！

刘永春双手止不住地颤抖，他控制不了自己对眼前这个还能勉强称为“人”的生物发自内心的厌恶与痛恨，他要以一切为代价，让这个人，身败名裂，死无葬身之地！

“哦！对了！”裘平安忽然想到了什么似的，“我差点忘了，你杀害了乔红，你说你，刘先生，你应该是一个善良的人啊，怎么做这么残忍的事情！”

“我没杀那个女学生！”刘永春低吼。

裘平安一副“别狡辩、我不在乎”的表情。

“刘先生，你要知道，”裘平安假情假意地说，“我很喜欢乔红，因为她一直相信我，认为我本性善良，只是一时被愤怒蒙蔽了，才做出那样的伤害来。她认为我应该被善待，不应该被责备……我真的很喜欢乔红。但是——我再怎么喜欢她，也比不上她父母对她的爱，她父母只有她这么一个女儿，你对我的伤害，时间长了，我能恢复。但是乔红的父母，他们永远不能从丧女之痛中恢复，在他们以后的生命中，他们会永远恨你，恨你一辈子。”

裘平安似乎觉得说到了伤心处，眼神恰到好处地黯淡了，“希望他们能够宽恕你，他们的女儿，就是一个非常宽容的人，希望他们能用原谅你，来纪念自己的女儿……”

刘永春都快要被气出心脏病来了，手脚冰凉，脸色煞白。

裘平安太嚣张了。

出来混，迟早要还的，裘平安这样的人，他要还很多。

裘平安站了起来，似乎被自己给感动了，忽然紧紧握住刘永春的手，“刘先生，我已经宽恕了你，希望你能宽恕自我！”

刘永春气极，用自己的小个子爆发出的最大力量，甩开裘平安的手，冲上去，想跟他同归于尽。

但是他被身上沉重的镣铐所束缚，挣脱不开，手腕上磨出淋漓鲜血，两个膀大腰圆的狱警尽全力才把不断挣扎的他给拦住，按回到座位上。

裘平安站起来，无可奈何地摇了摇头，“刘先生，您真不是一个宽容的人，上帝饶恕你。”

刘永春挣扎不开，一口老血喷出，撕心裂肺地骂道：“你个狗日的仙人板板！你不得好死……”

裘平安站起来，似乎准备走了，“刘先生，还有最后一件事，你非法监视，我就不起诉你了，但是你要知道，我现在是美国人，你非法监视得到的那些证据，用不到我身上。”

裘平安很是受用的样子，终于心满意足地走了。

刘永春由歇斯底里变为心如死灰。

二十六　耐心的等待

许靖南一直在监控室里看着，看得到裘平安自鸣得意，刘永春歇斯底里。

他知道，像裘平安这样的人，不能横行霸道太久。

人生如戏台，越高调、越嚣张的人，挂得越早，那些黑帮大佬，哪个不是深居简出，总出去嘚瑟的都是些不入流的地痞流氓；那些金融大鳄，哪个不是闷声发大财，没事儿穿金戴银炫富的都是上不了台面的暴发户。

等裘平安走了，许靖南才出去。

刘永春萎靡不振，好似被抽掉了全部的魂魄。

许靖南站在他面前，刘永春不知道他是来干什么的。

刘永春对许靖南凄苦一笑，“代我谢谢那两个孩子，他们是好人，会有好报的。”

“刘先生，你也是好人。”许靖南很少带着个人感情去评判一个人。

刘永春摇摇头，“像我这样，好人有什么用！”

许靖南把椅子拉到刘永春面前，“因为你是一个好人，所以你相信善恶有报，你相信天理伦常，你有正确的是非观念和行为准则，你认为有过之人，就要受到惩罚，这种惩罚不是私人的暴力，而是法律的公正。”

刘永春苦笑，“我动摇了，我觉得我就是一个傻子！”

“你不是，”许靖南立场坚定地看着刘永春，“你将要见证那一刻。”

刘永春看着许靖南，他现在已经非常绝望了，他的眼神表示，你少唬我。

但是许靖南直视着他的双眼，很镇定、很诚恳，他有那种能力，即使是天方夜谭，他说出来也让人信服。

“你说的是真的吗？”刘永春心中似乎燃起了一点点希望，“我拍到过那个畜生买卖毒品，干一些非法的事，但是他说，他自己是美国人，我的证据不能起诉他。”

许靖南真诚地问他：“你的愿望是什么？”

刘永春的愿望，肯定不是裘平安因为买毒品被抓起来罚款，仅仅关上一个月。

……

“我要许个愿！”邱小福紧张兮兮地双手合十。

凌晨的时候，徐敬在信号塔上安装红外摄像头，邱小福就在下面到处盯着，有没有流星可以许愿。

竟然被她碰上了一个。

她赶忙许了愿。

流星转瞬即逝，夜空中，高耸的信号塔诡谲如魅影，让人敬畏。

信号塔上看不到徐敬的身影，因为天太黑了，而徐敬也没有打手电，他就摸黑爬信号塔，摸黑安装摄像头。

因为黑天开灯的话，会引起不必要的注意。

邱小福先许愿，希望强强爸能平安。

但是她又很担心徐敬掉下来，希望再来一个流星，许愿保佑徐敬不要掉下来。

徐敬当然不知道邱小福还有这个心思，但是他身手矫健，怎么也不会掉下去。

两人回到宾馆，邱小福还对着两袋大米许上愿了。

“千万要给力啊！”邱小福很虔诚地许愿，很虔诚地从大米里掏出干燥好的电脑原配件，给组装回去。

插上电，她太担心电脑会启动不了。

邱小福手抖动着，半天按不下开机键。

“你要干什么？”徐敬问她，他虽然对电脑不通，但至少知道，邱小福手指尖指的地方是电脑开关。

“开、开、开机——”邱小福因为太紧张，嘴巴都不利索了。

徐敬看着她，一下子把开机键按下去，邱小福惊得一下子跳起来。

时间过得好漫长，电脑在闪动。

两个人就一直在盯着电脑。

“怎么样？”徐敬的印象里，电脑开机之后应该是出现桌面的，但这台电脑怎么显示器上是蓝色的，然后一堆字母……

邱小福看看显示器，随便敲了几个键，又看看徐敬，一把抱住他，跳起老高，“好啦！”

徐敬明显被她吓到了，脸刷地就红了，但是邱小福根本没有再注意他，而是专心致志地敲着电脑键盘。

她打字飞快，显示器上一行又一行的代码，飞速地向下进行着。

时间过得好快。

许靖南看一看手表，“裘平安的飞机快要起飞了。”

刘永春颓然无语。

“你有没有别的机会，惩罚裘平安？”许靖南问刘永春。

刘永春看看他，没有说什么。

“都这种情况了，你还有什么隐瞒的吗？”许靖南问他，“帮你的人，那个姑娘，自然有办法置身事外，远走高飞。”

许靖南这样的人，是那么让人无法抗拒。

“我后悔了，”刘永春喃喃着，“有一次，我看到了裘平安偷了毒贩的一包毒品，应该很贵，但是我没有轻举妄动，因为他在美国，即使我想办法把视频给那个毒贩，我也看不到他受苦，而且我一直希望，他能受到法律的严惩。”

许靖南的笑容很温暖，“你所坚信的没错，我们已经能够证明你是被陷害的了，但是为了麻木裘平安，我现在才告诉你。你可以要求现在就被无罪释放出狱，也可以为了保险起见，一直在这里待着，等一切都结束之后，会还你的清白与公正。”

刘永春一脸茫然，“那是谁陷害了我？我只能想到一个人，那个畜生！”

许靖南一字一顿地告诉他：“真相即将揭晓。”

刘永春沉默了一会儿，坚定地回答：“我待在这里！但是那个畜生是美国人！”

“他在中国土地上的罪行，必须受到中国法律的严惩！”许靖南拥有强大的自信。

“我待在这里！我要等着！”刘永春斩钉截铁。

“你们找到了什么吗？”许靖南问道。

邱小福把埋在电脑屏幕上的脑袋抬起来，“最开始放的监控视频是预录的！我在电脑上恢复了视频，找到了时间戳……”

她看了看两个人，又组织了一下语言：“那段时间，裘平安根本不在矿井里！他爸爸看到的即时监控视频根本就是之前预录的，在那段时间里被播放，然后传送给他而已！”

“我们可以确定裘平安自导自演了这场绑架的戏？”许靖南理解能力很强，“但是自己绑架自己的话，裘父一定不会起诉自己的儿子，裘平安他依旧可以逃脱惩罚。”

邱小福睁大双眼看着他，许靖南怎么总说丧气话呢？

“然而，”许靖南话锋一转，“裘父出的赎金，都进入了裘平安的口袋，他拿着这个钱买了毒品。但是我给你的那个账号，查出来的东西不能用。”

邱小福彻底崩溃了。

“那我们能怎么办啊！”她带着哭腔问。

“裘平安是一个瘾君子，他不管冒多大的风险，都会回去拿毒品。”许靖南非常笃定，“从明天开始，徐敬，你在矿井附近蹲守，会有警察和你交班的。”

“那要多长时间？”邱小福问道。

“不会很长时间，一个瘾君子，是等不了多久的。”许靖南很了解瘾君子。

只要裘平安去取毒品，那么就人赃俱获！

二十七　罪孽滔天

只不过，等待的时间是漫长的。

尤其是涉世未深的邱小福最急躁，恨不得去泰国催一催裘平安可以动身了。

三天后的晚上，裘平安出现在矿井里，当他拿着毒品出来的时候，猫了三天的徐敬带着人一拥而上，把他擒下。

徐敬大材小用了，狙击手的基本素质是，要能连续七十二小时不眠不休，全副精力盯着目标。

虽然人赃俱获，裘平安无法狡辩，但是他们又面临另一个问题。

裘平安只承认策划绑架自己来敛财和买毒品这两件事情，他不承认杀了乔红，并嫁祸刘永春。

绑架和买毒品这两件事，相对于谋杀和嫁祸，罪行要轻很多，尤其是裘父绝不会起诉自己儿子。

审讯室里。许靖南很和善地看着裘平安。

越自私自利的人，越不在乎别人的眼光。

但是许靖南目光如此平和，裘平安心里没来由地一阵子发毛。

“你有美国国籍。”许靖南对裘平安说，很正常的语气。

裘平安冷笑了一下，仿佛是在说，我是外国人，你能拿我怎么样?

“你不承认谋杀乔红并嫁祸刘永春吗?”许靖南问。

裘平安显然没有想到许靖南问得这么直接，冷哼一声，没有回答。

“那好，你准备准备，我们对你的处罚是驱逐出境。”许靖南还是很和善。

换成裘平安有些发蒙了，他可以走了吗?

“不过由于你入境国家不是美国，而是泰国，所以我们必须把你驱逐到泰国，至于你怎么回美国，就自己决定吧。”许靖南很是举重若轻。

裘平安脑子飞快地转，他知道许靖南这样的人，说到就能做到，但背后一定有极大的阴谋。

要不然，他们不能这么费力地把他抓起来。

果然，许靖南看着裘平安又接着说：“你父亲的一位商业合作伙伴，起诉他经济诈骗，你父亲已经被泰国警方移交给美国海关，你父亲的所有动产与不动产都被冻结了。”

裘平安冷笑一声，他老爹的财产被冻结，关他屁事？他自己名下也有很多资产！

“他也同时起诉了你。”许靖南显然知道裘平安在想什么，“因为他合理怀疑你父亲将部分财产转移给了你，所以你的资产也被冻结了，包括你瑞士银行的账户近期转出的钱，已经被追回。”

裘平安愣了，他真的没有想到，“你们怎么能做到！”

许靖南很淡定地看着他，“你父亲的确有经济诈骗的行为，而且你本人尚未毕业，没有经济来源，名下却有大额财产，的确有财产转移的嫌疑，被冻结是正常的。简单点说，你现在没有一分钱，还有，你的那包毒品要被没收。”

裘平安冷汗淋漓，他觉得自己似乎彻底输了。

他身无分文地被驱赶到泰国，没有一个任劳任怨给他擦屁股的老爸，最严重的是，他没有毒品，买毒品的钱还被追回了。

他知道毒贩的手段，许靖南更知道。

如此大的坑，裘平安不能不跳，他会粉身碎骨，大快人心。

许靖南站起来，微笑着看裘平安面如死灰，告辞，“裘先生，旅途愉快。”

许靖南刚打开门要走出去。

裘平安叫住他。

人的动物本性是趋利避害。

裘平安知道自己要是落在毒贩手里，绝对是死无葬身之地，他死前还会受到百般折磨，要是在这里承认罪行的话，可能还有一丝希望。

许靖南也知道，他曾经亲眼见到过好多次毒贩行刑，用电锯把一个吊起来的人，拦腰锯断，血液和脏器喷洒四处。

很血腥，也很肮脏。

许靖南没有说话，静静地看着裘平安。

“我承认，我杀了乔红！”裘平安终于没了那种趾高气扬、不可一世的表情。

许靖南很笃定地看着裘平安，只要他能开口，那么他就休想隐瞒。

“我杀了乔红，”裘平安舔了舔嘴唇，他现在最后的打算是，他能被移交到美国，“那是一个蠢女人，网络上怎么说这样的女人，圣母？”

裘平安的语气很不屑，虽然乔红对他一心一意，但是他对乔红很不上心，满是鄙夷。

裘平安这样的人，他嫉妒强大的，蔑视弱小的，最看不上愚蠢的人。

“我写信告诉她，我要非法入境，趁着雨季还没到，从缅甸进入腾冲，以此来磨炼我的胆量与魄力，这个蠢女人崇拜我崇拜得发狂，她立刻给我回信告诉我，她一定会在云南等着我，于是我就和她约定了时间地点，到时候见面。”

裘平安看了一眼许靖南，阴险地笑了，很让人毛骨悚然，“那天晚上，我让她偷偷地把大门打开，老板娘和毒贩一直在屋里鬼混，根本不知道我进去过，她见到我之后非常兴奋，非常狂热，她在我的面前跪下，说要用自己的心灵和身体温暖我，她的心灵，我真的用不到，至于她的身体，很年轻，皮肤很好，她很害羞地告诉我，她还是处女。我喜欢处女，我特别喜欢给女人破处的时候，她们那种可笑而笨拙的表现，我让她怎么做，她就怎么做，我喜欢听话的女人……”

裘平安展现出自己自大而狂妄的一面，他是一个表演者，需要无限的观众。许靖南很淡定地看着他，若即若离、不远不近，刚好抓住了裘平安的心理，他要是想让观众更加崇拜自己，那么就要放出来更加猛的料！

“尸检报告上说，”许靖南翻了几页，淡淡地问裘平安，“乔红处女膜完整，你有性功能障碍？”

这个问题，男人问和女人问，有很大的区别，男人问，有一种比较的意味；女人问，有一种质疑的意味。

裘平安反社会人格，自我崇拜膨胀，而且在美国接受西方教育，对自己那方面很自豪，容不得半点“污蔑”和“质疑”。

他霍然站起来，涨红了脸，吼道：“你说什么？！”

许靖南处变不惊地重复一遍：“乔红处女膜完整，你有性功能障碍吗？”

“你才阳痿呢！”裘平安吼道。

许靖南摇摇头，一副就事论事的表情，“我没有。”

裘平安又坐下，似乎情绪一下子平复了，阴骛地笑了，“你要是能跟死人说话，你去问问乔红，那个女人可是让我弄得半死不活……”

二十八　卸掉伪装

裘平安用一种炫耀的夸张表述对许靖南说，他跟乔江如何如何泄欲。

许靖南明白了，裘平安跟乔红发生了几次关系，但都不是正常的性关系，因为如果裘平安的体液留在乔红的身体里，尸检的时候就会被发现。

这个人真够恶心，也够险恶，他做了这么多事，真是步步为营。

“这女人，已经被我折腾得半死不活了，赤条条地张了个腿，像青蛙一样躺在床上。”

裘平安不厌其烦、巨细无遗，说着他跟乔红那点事，逝者为大，不知道乔红如果有灵的话会作何感想，下辈子千万不要再脑残了。

许靖南没有打断他，裘平安现在的长篇大论，来源于他方才的质疑，他也没法把裘平安堵回去，怎么办？还能把自己的床事拿出来说？

听着吧！

总算裘平安津津有味地讲了一个小时，终于要切入正题了。

“我捏着那个蠢女人的脖子，她还在哼唧，连挣扎都没有，老子还没有正经办她，她就废了……”裘平安意犹未尽。

“你为什么要陷害刘永春？”许靖南问他。

“陷害？呵呵，先生，你不要用这么严肃的词嘛，”裘平安满不在乎地说，“这个人太烦了，他儿子老婆都是短命鬼，自己嫌命长，竟然监视我，那么老子就陪他玩玩咯！”

“你怎么知道他监视你的？”许靖南问。

裘平安鄙夷地看着许靖南，他没那么傻，如果对方不知道，那么自己就不要承认！

许靖南显然有后招，他知道监视软件没有问题，“你有几次没有计入档案系统的藏毒与买毒记录，我们已经核实过了，那几个处理这件事的美国警察已经承认，收了你父亲的钱财，所以消掉了记录，并且严重违规，将保密线报提供给你父亲。这几个美国警察已经被停职，接受内务部调查，我会一直跟进的。我们顺着线报查，查到这个视频邮件是刘永春发过去的。”

裘平安没有想到许靖南知道得这么多，“他这么烦，看不得我过得好，这种人消失了，对谁都好！”

裘平安这样的人消失了，才对谁都好！

“说说你怎么陷害刘永春的吧！”许靖南看似不经意，“就从你那个带指纹的手套说起。”

“手套扔滇池里了。我家老头先看了那个视频，我就买点东西吸，他也太小题大做了，他说要是我以后再有被拍到的时候，他就不管了，那我只要不被拍到就行了，况且他就我这么一个儿子，还指望我给他养老送终摔火盆呢，他的钱都是我的钱，他凭什么不管我！”

裘平安顿了顿，接着说：“但是我看了那个视频，发现了点门道，那不是别人拍的，而是我的手机拍的，因为当时我的手机架在驾驶台上。这个人太烦了，我必须处理掉，剩下的事情，你大概都知道了吧！”

“我们在矿井的水下，找到了你丢弃的电脑和一些绳子、打火机。已经可以确定你制造了自己的绑架案，并预录了绑架视频，我们已经找到绑架视频的原始文件，看到了时间戳，你以此来造假自己的不在场证明，然后在这段不在场证明的时间里，你回到大理，戴着指纹手套掐死乔红后，拿走毒品，嫁祸给刘永春。”

裘平安耸耸肩，“那门真不好锁。”

矿井里的门，的确不太好锁。

更难的是，天怒人怨，所有人都认为裘平安有罪，最后能证明他有罪。

“你赢在，”裘平安指点着许靖南，“赌我一定会回来取东西，你也是一个冒险的人，也挺无情的。”

许靖南微笑的时候，眼角有细纹，“我从来不做没有把握的事，我不是赌你一定会回来，而是你一定会回来，我了解瘾君子。”

瘾，是人最大的弱点。

“我承认了谋杀，也承认了嫁祸。”裘平安问许靖南，恶心而狡诈，“什么时候把我移交给美国？”

“不会。”许靖南很干脆。

“为什么？”裘平安怪问。

他在国外混多了，真以为世界上他最大，真把中国人的谦虚礼貌当成胆小如鼠、奴颜婢膝，还真当自己是鬼子，走到哪里都得让人跪舔三分！

他太把自己当回事儿了！

“裘先生——”许靖南微笑着，斩钉截铁地回答，“不会把你移交给美国，因为你杀害了中国公民！触犯了中国法律！应该受到中国的制裁！”

“我有精神障碍。”裘平安阴险地看着许靖南。

他还在负隅顽抗。

多年前，他因为是未成年，逃脱了制裁，现在又搞这一出，他真当自己永远都存在侥幸吗？

法律公正严明的一面将要降临。

许靖南显然是不吃他这套。

“裘平安，”许靖南还是一贯的温和，“我没有相关的知识，所以不能确定你是否有精神障碍，但是你的供述很清晰，而且有预谋，逻辑严谨，你犯案的时候，是完全行为能力人。”

裘平安已经有点浑身虚汗，他隐隐觉得，自己可能就要废在这上面了。

许靖南站起来，“我看你对中国法律有些错误的认识，我建议你在服刑期间，可以看看刑法相关的书籍。”

裘平安愣愣地看着他。

许靖南低头收拾好东西，抬起头，嘴角上挑，温雅如故，“但是我怕你没有时间，你会被关在刘永春之前待的看守所里，像看守所、监狱那种地方，消息传得很快，他们最讨厌虐待孩子的人，还有栽赃出卖别人的人，狂妄自大的人……他们最喜欢的是，没有什么力气、只能杀女人的富家公子哥，还长得细皮嫩肉。”

没想到许靖南平时隐藏得挺深，现在露馅了。

许靖南把东西都拿好，意味深长地对裘平安笑着说：“保重，洗干净点！”

二十九　死者为生者

夜色中，金马碧鸡坊的牌坊在灯光下显得很宏伟，有很多人络绎不绝地穿梭在小巷里，感受着云南风情，街边的小店铺都是卖一些特产的，但大部分都是从义乌上的货，卖普洱茶的比比皆是。竟然也有卖龙须糖的，龙须糖真是一个很神奇的东西，它似乎是各地的特产。

桥香园里人满为患，因为不是云南的旅游旺季，所以当地人稍微要比游客多一些。

邱小福和徐敬杀出重重血路，先交钱，再排队取米线，端着托盘上楼找到事先占好的位置。

刘永春在那里等着他们。他没有想到，自己一个在世界上无亲无故、无依无靠的人，竟然出了看守所，有人等着自己。

邱小福很自来熟地往他身上扫了柚子叶，说是去晦气，然后一定要请他吃饭。

刘永春受宠若惊，百般推辞。

但是邱小福铁了心，一定要拉着他去吃过桥米线。

“咦——”邱小福舀了一勺鸡汤，嫌弃着，“汽锅鸡好腻啊！还是吃米线吧！”

说着，她很熟练地把一个生的鹌鹑蛋打进碗里，对刘永春说：“强强爸，不要客气！不要拘谨！赶紧吃吧！上次给你送过去的，肯定没有这里现做的好吃！”

热气朦胧了刘永春的双眼，“孩子，你们都是好人。”

“我听我们老大说，”邱小福吹着米线，“因为裘平安有前科，还买毒，超过了多少，绑架、敲诈、杀人，数罪并罚，一审应该是死刑立即执行。如果他上诉的话，顶多拖个两年，中国不像美国，判个死刑还要拖个十年八年的。”

刘永春没有说什么，但是也没有吃米线。

邱小福接着说：“乔红的父母带着她的骨灰回老家了。她妈妈今年好像四十五岁，他们好像还想再要一个孩子，希望可以。”

“可怜天下父母心。”刘永春低声说，他心情很复杂。

“强强爸，”邱小福小心翼翼地说，“你比他们还年轻啊，你也可以找回自己的生活了，强强和强强妈在天上，也希望你能过得好好的。”

过得好好的。

刘永春的眼前模糊了，裘平安已经服法，但却是因为另一个无辜生命的逝去。

对于他的强强，作为一个父亲，他能做的都做了。

“强强爸，你的电脑，还有随身的东西，都还给你了。”邱小福不敢再深说。

刘永春点点头。

这个喧闹的世界，似乎远离了他，他感觉到了宁静，还有失落，一直让他坚持的目标，已经没有了，他觉得自己整个人空空落落的，生命的重心一下子被抽离了。

漫漫长生，以何为重?

他漫无目的地和邱小福、徐敬告别，漫无目的地走在大街上，竟然不知不觉中走到了滇池边上。

夜色沉沉，池水沉沉，冷风徐来。

心意已成，生无可恋，一直支撑他的生存意念，已经没有了，他是孤家寡人一个，失去的都已失去了，再也回不来了，坏人受到惩罚，又有什么用，又不能换回他的强强和他的妻子。

刘永春看着沉静的池水，凄然笑了。

“你不等裘平安被枪决吗?”身后响起一个声音，把他惊醒。

“觉得也没有什么意思。”刘永春苦笑，“但是，要感谢你。”

“谢你自己。”对方说，“我没做什么，只是给你指了一条路，但我可没想到，这条路会通向滇池。”

“我之前一门心思想让裘平安付出代价，但等到现在，我的愿望实现了，却发现我根本没有什么感觉，强强和我老婆怎么也回不来了。”刘永春万念俱灰，“我不知道活着有什么意思。”

“活着的意思，”对方似乎也很疑惑，“就是好多人都希望我死，我偏不死，气死一个算一个。”

刘永春无奈，“那我要是死了，不会有人高兴，也不会有人生气，会静悄悄的，不会添麻烦，我会带着我的身份证跳进水里。”

刘永春似乎可以成为一个榜样，一种力量，坚持、承诺与守候，但是对于他自己，毫无关碍。

他的经历，可以照亮一些人，但完全照亮不了他自己。

夜色如此沉寂。

“我怕我会死，”对方的口气忽然软了，“我不想死，我很怕死……”

“听声音，你这么年轻，年纪轻轻的怎么会呢？别胡思乱想了。”刘永春虽然有赴死的念头，但还是要劝阻别人的。

他无可留恋，但其他人的生命是美好的。

“因为，”对方的声音听着很苍凉，“我觉得我要是死了的话，我会比活着的时候还孤零零的，我会被烧成灰，埋在一个不知名的地方，没有人拜祭，没有人探访，我的坟墓会生满杂草，我的墓碑会被推倒，我的骨灰盒会被野狗叼走，扔进臭水沟，没有人会关心一个无主的坟墓被毁坏……生者为死者，你要是死了，谁为你儿子和老婆扫墓？”

没有任何大道理和空泛的劝说，能改变一个必死者的心理，但是这段话，触动了刘永春，他沉默良久，在忧郁的夜色中。

过了好久，只有风声，和偶然间的水声。

刘永春从河沿向后退了一步，“谢谢你。”

对方没有回答，转身离开。

“等一等！姑娘！”刘永春叫停对方，“你可不可以告诉我你叫什么名字，我在哪里可以找到你？”

“你不需要知道我是谁，你也不需要找我，”对方的声音依然苍凉，“多去扫墓。”

“姑娘，”刘永春隐约觉得有些不对劲儿，“你会长命百岁。”

人都有一死。

丁忧看着远处的山，山中应该有很多荒冢。

她要是死在天涯海角，这世间有无留恋她的人？记忆都是转瞬即忘的。

三天后，刘永春在自己妻子和儿子的墓前，墓地被打扫得干干净净，他在台子上，放了一些拜祭用的鲜果。

他低声跟自己的妻子和儿子述说着，打开随身携带的电脑。

电脑还给他之后，他只是充满电，却一直没有用。

打开电脑，电脑是正常开机的。

但是十几秒后，忽然电脑上一片闪屏，一堆白色的字母快速地闪过。

刘永春有些奇怪，这电脑怎么了？

只是几分钟，闪过一条一条的字母后，电脑彻底蓝屏了。

上面出现了几个大字："忘却，纪念"。

十秒钟之后，电脑关机，电源灯灭了。

过了一分钟，电脑又自己启动了，但是启动进入之后，却是一个全新的界面，就好像新装的系统一样。

刘永春赶紧进各个硬盘里面看，关于裘平安，关于监控软件，都不见踪影了，回收站里也什么都没有。

它们彻底消失不见了。

刘永春很着急，他找了半天，忽然笑了，如释重负。

他看了看眼前的墓碑，墓碑上那个年轻女人和可爱孩子的照片，在阳光下散发着朦胧的光晕，需要纪念的还在。

三十　深渊

“你觉得强强爸的生活，能不能回归正轨？”邱小福问徐敬。

徐敬只能回答：“不知道。”

他是真的不知道。

他们两人在闲聊的时候，正是刘永春在滇池边上的时候。

“许先生在哪里？”

邱小福没有料到欧加拉竟然出现在这里，不禁噘着嘴，“我还以为这集我是第一女主呢！”

她可不知道，上集，她就不是第一女主了。

欧加拉一如既往地美貌多情，衣着配饰也一如既往地得体，但是能看出来很着急。

“房间里。”徐敬说了比较有用的话，带着欧加拉去找许靖南。

许靖南今天倒是挺老实，没有出门。

估计早早就休息了。

这么多天，欧加拉终于出现了。

“欧加拉？”许靖南开门看到是欧加拉，竟然没有表现得很期待，虽然这位美女一去了无消息好长时间，千呼万唤不出来。

“许先生，一别数日。”欧加拉很紧张地看着许靖南，又看看徐敬。

“徐敬，你回去吧！”许靖南对徐敬说。

“是！老大！”徐敬很乖，回答一声，就迈着正步走了。

徐敬一走，许靖南把门关上，欧加拉更显慌乱，扭着自己的一双白嫩嫩的玉手。

许靖南处变不惊，还很礼貌而热情地给欧加拉倒了一杯茶，用的是白瓷杯子，“普洱茶，欧加拉，你尝尝。”

欧加拉看着白瓷杯子里荡漾的茶水，舒展开的茶叶，更不知道应该从何说起了。

许靖南坐在她对面，笑得很是镇定人心，“欧加拉，你如果想说的话，就尽快说，我们的时间不多了。”

欧加拉看着许靖南，一双顾盼生姿的明眸，满是凝重，“许先生，自从忧忧离开刑侦学院之后，你见过她吗？”

许靖南竟然能脸不红心不跳地回答：“没有。”

欧加拉竟然松了一口气，“许先生，不管是任何人，问你见没见过忧忧，知不知道她的下落，都不要把真相说出来！”

难得，许靖南现在还保持着面不改色，“嗯，知道了。”

欧加拉看着许靖南，不知道应该从何说起。

许靖南很耐心地看着她，没有任何催促。

欧加拉深吸一口气，似乎下了很大的决心，“有一件事情，我不太清楚，但是你一定很清楚！”

许靖南温和而沉静地看着欧加拉，眼神很温暖。

“几年前，应该是2010年的时候，一个无国界医生组织的医疗小组在缅甸被大毒枭颂猜所绑架，因为当时，他正处于当地政府军、维和部队、国际刑警的三面埋伏与重压中，绑架医疗小组，目的是让三者投鼠忌器，在围困中保存自己，也因此政府军、维和部队、国际刑警，迫于舆论压力，暂缓了围剿颂猜的步伐，这样，颂猜过了一个舒服的热带冬天，但是没有想到的是，第二年雨季的时候，颂猜竟然撕票了！他杀害了所有医疗小组的人。他杀了医疗小组的人，激起了舆论沸腾，也让自己失去了人质和筹码，没过几天，政府军、维和部队、国际刑警，确定了医疗小组成员已死的事实，对颂猜集团展开了围剿和清算，颂猜本人被活捉，现在被关押在国际刑警组织的法国里昂总部。”

许靖南很仔细地听欧加拉说，没有说话。

“许先生，你不觉得反常吗？”欧加拉问他。

“哪里反常？”许靖南反问。

“不管其他的事情，只关于医疗小组，颂猜怎么会撕票呢？”欧加拉问，“他绑架医疗小组，是想挟天子以令诸侯啊！医疗小组的人，在他手里，围困他的政府军、维和部队、国际刑警，就不会轻举妄动！但是，医疗小组要是不在了，他就面临着被剿灭的危险！能爬到他这种高度的人，不可能那么傻！那么愚蠢！”

欧加拉依旧看着许靖南，她是在套话。

许靖南倒是很坦白：“我不能证明医疗小组是否为颂猜所杀。”

欧加拉看着许靖南，很失望地问：“许先生，你怎么不能证明啊？你在颂猜身边卧底十年啊！耳濡目染，十年会很了解一个人！”

许靖南笑了，摇摇头，“有些人，你和她认识二十年，都不能说自己了解她，你一定要我说的话，以我对颂猜的了解，他不会去杀害医疗小组的人，但是这没有任何用处，我当时不在现场！”

希望破灭了，欧加拉非常无奈，“也就是说，你证明不了颂猜没有杀害医疗小组的人？”

许靖南点点头。

欧加拉急得都要哭了，“但是！政府军和维和部队的想法我不知道，国际刑警也认为，颂猜没有理由和动机杀害医疗小组！所以，他们怀疑另一个人！当时也在现场！我都不知道这帮人是怎么想的！他们怀疑医疗小组的人是忧忧杀的！因为她是唯一一个幸免于难的人！”

许靖南哑然，国际刑警的这番推论，倒是挺别致的。

“他们所谓的合理怀疑，第一条是，医疗小组的人都死了，为什么忧忧没死？第二条是，他们怀疑，忧忧在去缅甸之前，就和颂猜有勾结！国际刑警认为，忧忧有理由杀害医疗小组的其他成员，来隐瞒自己的罪行，而且现在颂猜马上就要进入审判了，忧忧作为关键证人，竟然失踪了！”欧加拉说着，似乎自己都不能说服自己了，她都觉得丁忧可能干出这种事！

许靖南自然知道丁忧不出现指证颂猜的原因，但是他不说。

“国际刑警那边，现在打算怎么做？”许靖南问欧加拉。

“他们要通缉丁忧。”欧加拉束手无策，“他们现在把她当成了颂猜的同谋了。但是，许先生，你能不能证明，忧忧没有杀害医疗小组其他成员呢？”

许靖南眼神坚定，看着欧加拉说：“医疗小组成员被杀害的时候，她和我在一起，理论上说，我可以证明，她不是凶手，但是，我的证词不会被采信。”

欧加拉充满希望的眼神，又黯淡了，她了解，如果对方有心的话，完全可以用私人关系，推翻许靖南为丁忧做的证词。

许靖南看着欧加拉，问道："你在隐瞒什么？欧加拉。"

一丝慌乱闪过欧加拉的双眸，她慌乱地沉默着，忽然问道："许先生，我们为什么不能开诚布公？"

许靖南笑了，"欧加拉，你是一个很聪明的女人，我的暗示还不够吗？我们在谈论颂猜。"

欧加拉咬咬牙，"我告诉你一件事情，你能不能保密？"

"你要在那些人来之前，把这件事情尽快讲完，"许靖南说，"然后，不管是对你，还是对我，今天的谈话从未发生！"

欧加拉严肃地看着许靖南，"我觉得，忧忧，她正以自己的方式，做着某种不可告人的事，她正在走向深渊！"

她讲了之前经历的一件事，一件耸人听闻、不可思议的事情。

第四辑

天煞孤星

和平饭店离奇坠亡的外籍男子，自杀，谋杀，还是厉鬼索命？众说纷纭，莫衷一是，一段尘封的往事，一个古稀老人生命最后一刻的尊严与期冀，善恶终有报，只是时候未到。

午夜的丧钟为谁而悲鸣？

唯一的幸存者，有必要为枉死者讨回公道。

一　离奇殒命的富商

十月的上海，秋老虎暑热未消，很是凶猛。

但是再热的天气，也挡不住人潮汹涌。站在外滩上往南京路方向看，十里南京路，人头攒动，天已经渐渐黑了，外滩两侧，南京路和陆家嘴灯火辉煌，有游轮在黄浦江上缓慢行驶。

在外滩上的游客，都挤在观景台上，拼命和东方明珠合影，至于南京路另一侧，相对冷清多了。

橘黄色的暗灯下，一个衣着朴素的老人看着对面的和平饭店。

和平饭店是上海的地标性建筑，上海市的坐标原点就在和平饭店的酒店大堂里。

哥特风格的乳白色建筑，在外面看非常古朴而庄重，但却不知道里面是什么样子，这样的饭店，普通人是住不起的。

和平饭店南京路一侧的露台上，经常会有爵士乐表演，持续半个小时左右，很有老上海的百乐门风韵，乐手们穿着民国时期的洋装，吹奏萨克斯和单簧管……意蕴悠长。

此时此刻，一群游客正在和平饭店下面，拍摄着爵士乐表演，表演已近尾声。

悠扬的萨克斯曲，飘荡在灯火通明的夜空中。

忽然！

咚的一声！

乐声戛然而止，游客们先是四散奔逃，又聚回到一起。

"有人跳楼了！"

四面吵吵嚷嚷，惊慌失措。

很快就有警察驾驶着敞篷巡逻车来到现场，维持治安，疏散人群。

衣着朴素的老人看着对面，高空坠下了一个人。他心满意足地挤过跑来看热闹的人群，往外滩下走去。

上海是一个生活节奏很快的城市，虽然南京路那侧发生了很大的变故，但是另一侧，还有很多上班族行色匆匆，根本没有留意对面发生了什么。

老人沿着外滩隧道往十六铺码头方向走去，没有人注意他。老人走到古城公园附近的时候，因为天色已晚，豫园的游客不多，路两边零零星星的有几个摆摊算命的人，跟他很像。

贫穷、窘迫、风烛残年。

老人低头走着。

“算命吗？”一个冷清的声音在他身后响起。

“不算！”老人一口回绝，但是脚步停了，回头看着跟他说话的人。

“算算那个跳楼的人，什么命吧！”对方说，声音有些苍凉。

“咎由自取的命！”老人回答。

“算算我呢？”对方问。

“天煞孤星！”老人说。

“你父母双亡，无家可归，你身边的人都死于非命！”老人的声音很老迈，这话可真够重的了。

“呃。”对方好像满不在乎，“原来我生父也死了，才知道。”

老人看了对方一眼，“你命硬，不容易死，好多次死里逃生，这样就容易心存侥幸，认为自己总也死不了，就会冒险，但是要小心，善水者溺，善骑者堕。”

对方抖出折叠拐杖，拄着拐杖在地上走了一段距离，没有想到一个七老八十、垂垂老矣的老人，没有用拐杖，反而一个年纪轻轻的人用上了拐杖。

路上，越发地冷清了，江水的腥味在风中扑面而来。

老人佝偻着身体，穿着黑布鞋，老旧的藏蓝色中山装，满头白发，皮皱肉缩，两双老眼也浑浊无光，但是他虽然寒酸，却尽力保持着整洁。

即使是夜晚，闷热也一点不减。

对方从口袋里拿出一个小挂坠，递给老人。

挂坠可以打开，里面是张相片，那种八十年代中期的彩色照片，颜色已经褪去，是一个老人和一个十岁左右孩子的合影，穿着八十年代乡村风格的服饰，略微显得有些破旧。

奇怪的是，一般合影的人，不管如何都会笑一笑，显得高兴些，但是照片上的两人明显闷闷不乐，连强装欢笑都没有。

老人把挂坠放进胸前的口袋里，对对方说："你走吧！我快死的人了！"

对方没有废话："保重！"

老人看着对方消失在冷清的夜色中，向最近的派出所走去。

和平饭店下，警笛声轰鸣，有消防车、警车、救护车。

跳楼的人被抬上救护车，但他是大头朝下砸到地面的，整个脑壳都陷进去了，脑浆都流了出来，虽然还有呼吸，但肯定是没救了。

"我靠！"一个大高个挤进人群，低声骂道，"到手的生意又飞了！"

他挤到救护车旁边，言简意赅地解释情况："警察先生！鄙人林森，里面的是我的生意伙伴刘峰，他家属都在国外，我可不可以跟车去？"

林森一张娃娃脸上堆着笑，却一点也不让人讨厌，看上去特别可亲，而且遭逢这么大的事故，三言两语，捋顺关系，不简单。

警察嘴巴一努，示意他上车。

林森上车，看刘峰这个样子，估计是肯定活不了了。他相当世故，知道警察最想知道什么，赶忙把自己知道的都说了出来："警察先生，我们两个都是外籍华人，我是东南亚的华侨，刘峰最开始是中国籍的，八十年代移民美国取得了美国国籍，我们两个今天晚上在和平饭店 51 号房间里，商量在嘉定区投资建立一个工厂，我们两个商量得还挺和谐的，但是没有想到，中途我去上个厕所，刚回来，就看见他往窗外跳，没拦住！"

警察怀疑地看着他，很有深度地问了一个问题："不是被推下去的？"

林森赶忙撇清，用了一个最合理的理由："警察先生，我是一个商人，商人重利，刘峰还没有投资呢！我怎么会做出任何有损我利益的事？"

很合理！

只一会儿，救护车就飞驰到离得最近的黄浦区中心医院。

但是刘峰还没有被抬下车，一个急救医生看了他一眼就说："转到华山医院吧！这边收治不了！"

林森二话不说，让干吗就干吗，他不差救护车这钱，况且到华山医院，刘峰这样也治不了。

反正到哪里都是死，只要他尽人事听天命就行，别让人在他身上抓到把柄就行！

救护车立刻开着警灯，打着警笛，向华山医院飞驰而去。

担架上的刘辉被简单处理了一下，心电图的线越来越平滑，几乎趋近一条直线。

林森看了看心电图，又看了看刘峰。

他抬头的时候，瞥见了一个小护士，坐在角落里，正偷偷地看着他，他报以一笑，那小护士瞬间脸红了。

林森这张娃娃脸非常招桃花，那小护士还眉清目秀的。

正在两人眉来眼去的时候，担架上的刘峰忽然弹起，瞪大双眼，有鲜血从眼中迸出，目色赤红，说不尽的恐怖。

刘峰眼中也流露着说不尽的惊恐，大喊一声："我没杀我儿子！"

又是极为凄厉的大叫："别来向我索命啊……"

二　零碎的现场

刘峰忽然醒来，让救护车里的所有人都措手不及。

因为不管是林森、警察，还是急救人员，都认为他必死无疑，急救只是走一个过场而已。

没想到他忽然醒来，还这么恐怖地大呼小叫，如同邪灵附体一般。

刘峰从担架上跳起，变得力大无穷，号叫着："不要向我索命……我没有害你啊……"

之前一直和林森眉来眼去的清秀小护士，看到这么恐怖的一幕，哇的一声哭了出来，缩在角落里，更不敢动了。

刘峰发疯了一般，满头满脸的血，挂着半个脑袋的脑浆，先是拿着急救箱把急救医生敲晕了，又用力去掐警察的脖子。

林森不能袖手旁观，连忙去拉他。刘峰力大无穷，一下子把他甩开了，还溅了他一脸的脑浆。

警察猝不及防，眼瞅着被刘峰掐晕了，双眼翻白，再掐下去，就要断气了。

林森抹了一把脸，小宇宙爆发，他那一身肌肉可不是白练的，一米九的大个也不是白长的，他一把搂住刘峰，也不顾忌他身上的血和脑浆，也没想要是把人弄死怎么办。

只要刘峰别把之前活得好好的人给弄死就成！

林森胳膊用力，身体后倾，低喝一声，总算把刘峰从警察身上拉开了，砰的一声，带着刘峰，撞到了救护车的车厢上。

救护车被大力一撞，偏离了轨迹。

这一切只发生在瞬间。

林森被撞得松开了手，没想到趁此机会，刘峰竟然要向门外冲去。

救护车这速度，他冲出去，不是找死嘛！

林森又爬起来，要去抓住他。

不想刘峰已经撞开了救护车门，从飞驰着的救护车里跳出去。

救护车的速度怎么也有每小时八十公里了！

林森非但没有抓回刘辉，反而被他给带了出去。

更要命的是，对面竟然有一辆大卡车迎面驶来，那是重型卡车，装满货物，旁若无人地飞驰着，速度跟救护车有得一拼。

林森随着刘峰飞出救护车，感受到迎面而来的疾风，马上就看到了离他不足十米，疾驰而来的大卡车。

生死关头，林森非常地清醒，求生的本能让他推开一直在作死的刘峰，在反推力的作用下飞回去，跌落在路边的绿化带上。

而刘峰，则被迎面而来的卡车撞碎。

真的是撞碎了。

林森还没有爬起来，就被刘峰的断肢和内脏砸中，又倒在了绿化带上。

这回，刘峰是彻底死了。

林森从自己怀里捡起一只血肉模糊的断脚，他觉得今天真是倒霉透顶了！

他干脆把衬衫脱了，包住弹落在自己身上的刘峰的零部件，里面的背心，也被汗水湿透了。

林森站起来，更是连背心都脱了，就着湿乎乎的背心，把头脸擦一擦。

他走出绿化带站在人行道上，浑身酸疼，不知道自己有没有脑震荡或者内伤。

救护车已经停在不远处了，正准备开回来，大卡车也撞到了路边的树上，这条路无论如何也得封上，就是捡刘峰的零部件，也得捡好一会儿。

林森身材高大，站在那里非常醒目。

“吱”的一声，一辆灰色的别克英朗停在路边。

林森看向那辆车，不知道这车是被刚才发生的车祸吓停的，还是里面是一个女司机，停车专门为了看他健硕的身材。

车里的司机从后视镜里看后面没有车，才下了车。

“小李子！你怎么在这里！”林森看到车里下来一个熟悉的人，非常高兴，打着招呼。

“路过。”李不一言简意赅，绕到后面，打开靠路边的后车门。

他本来要扶后面的人下车，但后面的人显然不需要，自己扶着车门从车厢里出来了。

林森看从后车厢里出来一个年轻女人，不禁颇为玩味儿地看着李不一。

那女人扎着到肩膀的马尾辫，细眉细眼，小鼻子小嘴，皮肤白净，身材纤细，穿着黑色西裤，黑色皮鞋，白衬衫。

这大半夜的，干吗呢，坐在同一辆车里，出现在不该出现的地方。

李不一是林森的表弟，最近又在和老婆分居，所以林森理所当然地猜测他正在梅开二度。

但看着又不像，首先李不一十分坦荡，而且看他给那个女人开车门的样子，似乎比较尊敬，这两个人一个坐在驾驶位，一个坐在后面。

李不一给两人互相介绍："这位是我表哥林森，这位是丁忧丁医生，我的……一位老师。"

林森吃了一惊，李不一是显老一些，但丁忧，虽然穿着正装，但冷不丁一看，也是学生样。

搞科研的不施粉黛，保养得都挺好。

"丁医生好。"林森隔着绿化带，很热情地打招呼。

"林先生好。"丁忧也回了一句，但显得很冷淡，冷面冷心，冷言冷语。

没有人知道她为什么会出现在这里。

"森少，你没受伤吧？"李不一问林森，绕过绿化带去看他。

"就是胳膊腿摔得难受！"林森活动着肩膀，"我今天倒霉死了！"

"那么快的车速，撞到绿化带上，你怎么也要去医院检查。"李不一说。

"你老师长得够年轻的了。"林森小声对李不一说。

"丁医生上学很早，她跟我差不多大。"李不一回答，"我在国外读研究生的时候，她博士毕业，教过我一门课，可以称为老师。"

"你半夜三更跟这位老师在一起干什么？"林森促狭地问，"师生恋吗？"

"刚做完一个案例会诊，"李不一没有什么可藏着掖着，"带丁医生去外滩转一转，我们现在要回宾馆，就碰见这场车祸了。森少，你怎么会在这里？"

林森悠悠地叹口气，"这可就说来话长了！"

他如此这般地将经过讲给李不一听。

"很蹊跷，"李不一沉吟道，"可能是中邪吗？怎么会突然之间发疯？跳楼，跳车？”

林森耸耸肩，“我哪里知道，咦……”他看向丁忧，“那位丁医生，手里拿着的是拐杖吗？”

“是，”李不一回答，“丁医生的腿在缅甸的时候，受过伤。”

丁忧去过的地方，可真不少。

正在两人低声交谈的时候，丁忧也走了过来。

她看了林森脚下包成一团的衬衫，又目不转睛地看着林森。

林森很好奇，难道这位丁医生，看到自己一身强壮的腱子肉都愣神了？

“美女，”林森向来跟长得还不错，又有特点的女人自来熟，“你看什么呢？”

“看你。”丁忧冷冷淡淡地回答，她真不是一个令人亲近的人。

林森嘴角上挑，露出两个酒窝，一副花花公子迷死人不偿命的样子。

但丁忧显然没吃这套，“你不应该把衣服脱了，并擦拭自己的身体。”

林森笑道：“那我应该怎么办？”

丁忧摇摇头，“不应该破坏证据。”

三　干性坏疽

林森笑道：“还用什么证据，我就是觉得刘峰中邪了，找一个大师驱驱邪最正经！”

“驱邪？”丁忧皱着眉头，太封建迷信了。

林森把事情经过添油加醋地给丁忧讲了一遍。

“有可能是致幻剂作用。”丁忧很有科学观念。

“我印象中，刘峰不吸毒啊。”林森说道。致幻剂，他也就能想到这点。

“我们还是先等警察过来吧！”李不一提议。

林森和丁忧都没有异议。没过多久，就有警笛声呼啸而来。

现场封路将近两个小时，因为刘峰的尸体碎片落得到处都是，不好捡拾。

“林先生，据你了解，死者刘峰有没有什么仇人？”警察询问林森。

“在中国应该没有吧！他移民都二十年了，中途就一直没有回过中国，最近有投资的想法才回来。”林森说。

“那你觉得死者是因为什么死的？”警察问。

“中邪！”林森又把中邪理论抬出来了。

警察哑然失笑，想了想还是决定把“中邪”写进笔录里，要不然一个脑浆都出来的人，哪来的那么大力气跳车！

“哦！对了！”林森还光着膀子，想起来什么似的提了一句，“等你们来的时候，我已经给刘峰的太太打了电话，通知了她这个不幸的消息，她已经从纽约出发了，后天能到。”

林森太过体贴入微了，通知家属是最痛苦的事情，他给代劳了。

因为他当时已经确定刘峰死得不能再死了！

警察抬头看了一眼林森，表情很微妙，事多。

案子看上去是一桩自杀案。

但是一个五十多岁、事业有成的商人，怎么会自杀呢？

最合理的分析就是经济压力。

“警察先生，刘峰没有什么经济压力，他是改革开放前去的美国，继承了一大笔遗产，包括动产和不动产，价值很高，你放心，我在与他合作之前，把这些调查得很清楚。”林森把经济压力这个疑点给排除了。

“那死者为什么寻死呢？”警察凝思着。

“刘峰发疯的时候，我记得清清楚楚，他大喊着‘我没杀我儿子！’非常惊恐！”林森又提起一件事。

刘峰是美籍华人，他的家庭信息要美国那边提供，这一来一回，繁文缛节，不知道要耽搁多久。

“我着重调查了刘峰的经济情况，毕竟做生意要保险起见，”林森跟天使一样总是在排忧解难，“顺便也调查了他的家庭情况，他有一个十七岁的儿子，我就觉得很奇怪，他儿子活得好好的，他为什么这么喊叫。刘太太现在在飞机上！我是不是应该提醒一下她，是否他们的儿子有什么危险！”

刘峰那么惊恐地喊着，没杀自己的儿子，该不会是他的儿子，真的有什么危险吧？

林森懊恼万分，怎么把这茬给忘了呢！

这爹已经死了！要是儿子再有个三长两短，这一家人，可怎么办啊！

林森开始着急了，警察也爱莫能助，这要是个中国人，现在就可以给户籍地片警打电话，让查一查，但是在大洋彼岸，他们真鞭长莫及。

“放心。”这时候，林森身后响起一个十分悦耳动听的声音，这声音娇媚入骨，又满是异域风情，花花公子林森，一听到这个声音，担心立刻抛到了九霄云外，有这样声音的女人，绝对是一个高档货！长得美是一定的，但能修炼出这种声音的女人，风情、体态、举手投足、一颦一笑，绝对是人间尤物。

林森回头，真的一点都没有失望，那美女含着笑，眼波流转，在橘红的灯光下，打量着他的六块腹肌。她的眼光肆无忌惮，以林森把妹无数的经验，这种女人热情奔放，毫不扭捏含蓄。

“海关那边已经查到了，刘峰的儿子刘小勇半个月前入境，他在中国。”大美女欧加拉语笑嫣然。

欧加拉拿出手机，林森毫不掩饰地看着她的纤纤玉手，“哦！刚查到，刘小勇刚刚在衡山路的一个酒吧里刷了自己的信用卡，你们可以把他带过来，十七岁还没有到法定饮酒年龄。”

警察记下地址，鄙视地看了一眼林森就走了。

林森现在满眼都是风情万种的欧加拉，完全忽略了警察。

欧加拉轻佻地飞着媚眼看林森健硕的身材，“欧加拉·坦格里安·维尔斯坦因·黎，我的中文名字叫作黎莉莉。”

“欧加拉！”林森也是眉开眼笑，“鄙人林森，朋友都叫我森少！”

“森少？”欧加拉也只顾着跟林森眉来眼去，“有没有看到忧忧？”

林森一愣。

“哦！丁医生！”欧加拉连忙加上。

“那位丁医生？就在那边看着法医捡东西呢！”林森遥遥一指。

他心里盘算着，叫得那么亲密，这尤物可别是蕾丝边！

那真是暴殄天物！

欧加拉踩着高跟鞋，摇曳生姿地向路上走去，走了两步，回眸一笑，“我去去就回！”

林森骨头都酥了，眼睛直直地盯着欧加拉浑圆挺翘的臀部。

他就那么愣愣出神。

身边两声咳嗽在提醒他。

“小李子，你还没走啊？”林森半晌才清醒过来，问李不一。

“丁医生是客人，我必须把她送回宾馆，”李不一说，“但是她现在在看现场。”

林森还在回味着欧加拉，随口问李不一：“我记得你也不是学法医的啊！”

李不一回答：“丁医生之前不是法医。”

“你是不是法医？”一个穿防化服的人问丁忧。

“是吧？”丁忧也不确定，她没换衣服，不能上手，以免产生污染。

“你说这怎么回事儿啊？”防化服在地面上撬起一摊碎肉，上面还有骨头渣子，“这一个车祸，怎么能把人撞得四分五裂啊！”

“那边地上还有一根手指。”丁忧指了指路边，她眼睛很尖，真的有一根黑乎乎的手指。

“手脚指头都掉了！这年龄也不是很大啊！这么脆啊？”防化服咋呼着，去路边捡手指头。

“让我看一看。”丁忧也走过去，正好防化服捧起手里的手指头。

是食指，从根部断掉，断口锋利，能看到骨渣和骨头上的孔洞，手指头灰白皱缩，指甲发黄、劈开。

“干性坏疽。”丁忧离得很近观察断指，要是这时候出现灵异情况，断指要是动了，能把她的眼珠子抠掉。

盯着一个不动物，时间长了，不动物也会动。

四　丁医生的难事

“干性坏疽？”防化服也仔细看了一眼，“还真是，就是不明显，小姑娘你眼力不错嘛！这人有风湿？骨质疏松？看来美国人营养也跟不上啊！”

丁忧不置可否。

“忧忧，你要一直在这里待着吗？”欧加拉走近，但还是尽量保持距离，因为她很不习惯血肉模糊的场面。

“不。”丁忧竟然罕见地不敬业了。

“啊？”换成欧加拉吃惊了，“你不跟着法医回去，等着结果水落石出吗？”

“不。”丁忧回答得很干脆。

欧加拉遥遥看了一眼林森，很哀怨，“要不然，我送你回宾馆？”

“不。”丁忧又做了同样的回答，跟复读机一样。

欧加拉喜形于色，“那我就不强人所难了，正好姐姐今天晚上有妙事。”

“你忙自己的。”丁忧一张扑克脸，没有表情。

但是欧加拉觉得丁忧的扑克脸非常讨喜，比红包都讨喜，揽过她的肩膀，悄悄地说：“我看上一个身强体壮的男人，今晚要颠龙倒凤。”

说着，欧加拉轻轻捏着丁忧的脸，把她的脸扭向林森一侧，林森正以自己的招牌娃娃脸和酒窝笑相对。

他的笑容发自肺腑，遇到美女，一切烦心事都没了！

“怎么样？不错吧？”欧加拉又把丁忧的脸放回来，揉了揉她的下巴。

“嗯，没有服用过类固醇。”丁忧没头没脑地说了一句。

欧加拉有些忧愁，“我好担心中国男人拘谨保守，会不会觉得我水性杨花？你觉不觉得我水性杨花？”

“不太好！”丁忧回答。

“什么不太好？”欧加拉问。

“你的水性杨花，是不是指性伴侣多？”丁忧问欧加拉，欧加拉点点头，眼睛水汪汪的，“不太好，容易造成生殖系统菌群失衡。”

欧加拉没听懂，就算听懂了也不会当回事儿，兴高采烈地亲了一下丁忧的额角，“妈妈去滚床单了，记得晚上不要调皮捣蛋啊！”

如果现在谁有立拍得，拍下丁忧的表情，一定会异彩纷呈。

林森身上的证据已经被采集完了，虽然大部分医生都建议他去医院检查一下，但他还是跟欧加拉谈笑风生地走了。

果然是牡丹花下死，做鬼也风流，欧加拉竟然也不介意林森身上沾了一堆人体组织液。

“李医生，回宾馆。”丁忧对李不一说。

“丁医生，会诊已经结束了，你要不要在上海玩两天？”

以李不一对丁忧的了解，“玩”这个词，应该从来没有出现在她的字典里。

“李医生，我有些私事，不用管我了。”丁忧回答得很干脆。

私事？

她还有私事？

丁忧一直像一个不用电能的机器人。

“丁医生。”李不一欲言又止。

“什么事情？”丁忧问他。

“您是不是有什么难事？”李不一问她，很微妙地用了一个敬辞。

“嗯。”丁忧承认得很干脆。

“有我能帮得上忙的吗？”李不一觉得丁忧一反常态，应该是遇到什么大事了。

“嗯？”丁忧想了想，一本正经地回答：“你不知道就可以。”

这个回答够给力。

李不一是一个聪明也精明的人，立刻闭嘴不再问了。

两人一路无话，车安静地驶过繁华的夜上海。

丁忧的宾馆客房前，李不一还没走，丁忧拿出门卡，审视地看着他，“还有什么事儿吗？”

“丁医生，您好好休息，如果真的有什么需要帮助的，我义不容辞！”李不一深知事不关己高高挂起的道理，但他还是重复了自己的态度。

丁忧看李不一往电梯方向走去，面无表情地走进房间，把门关上，没有开灯，只是打开电脑。

这时候，她的客房电话响了。她没有用手机的习惯，所以找起她来比较麻烦。

电话是欧加拉打来的，她现在正和林森打得火热。

“忧忧，刘峰的儿子刘小勇在酒吧被找到了，他安然无恙，只是喝得有些醉醺醺的，被找到的时候，他正在一个女孩的胸脯上舔舐鸡尾酒……”欧加拉说着，轻轻扇了林森一下。

丁忧看着电脑，屏幕上的光映着她的脸，她没有听出欧加拉的声音有什么不同。

“知道了。”丁忧说。

“你要早睡早起，春宵苦短……”欧加拉说着，纤手一划，把手机干脆关机了。

春宵苦短，共赴巫山要紧！

丁忧这边冷冷清清，她正在看一个人的 QQ 空间。

在显示器的灯光反射下，她的脸色有些发青，她在长时间地看一张照片，一个眉目清秀的男生，站在一栋极高极高的大楼前的草坪上，很腼腆地笑着，狂风把他的衣服和头发都吹起来了。

照片的最上面，湛蓝天空的地方，加了一行字。

“复兮旦兮，日月光华。”

照片上的那栋楼，就是著名的中国高校第一楼，复旦大学光华楼，高达 142 米，造价 5.5 亿，落成于 2005 年复旦大学百年校庆前夕。

照片的上传日期也是 2005 年，是光华楼落成不久，把照片中的男生吹得杨柳轻扬的风，就是俗称的“光华妖风”。

2005 年的时候，光华楼前的一张照片，丁忧为什么看那么久？

丁忧把照片关了，进入相册里。

有几张新传上来的照片。

只不过，这几张照片比较奇怪。

不是人物，不是风景，而是文字！

五　苦难的老人

丁忧看着这几张新上传的照片。

很朴素，白底黑字。

第一张：“我决定站出来！为他讨回公道！”

第二张：“有些人根本不配身为父母！”

第三张：“感谢那位老人，他养育了我生命中最美丽的彩虹！我希望找到这个老人，像他的孩子一样，陪伴他、照顾他。”

“我在搜集证据，只要等他们一回来，我就会去警局提起诉讼！我的挚爱已经在天堂，他在我心中，永远像天使一样洁白。”

丁忧皱着眉头，舔舔嘴唇，轻声说：“晚了……”

半个小时后，这几张照片又被删除了。

这是新颖别致的交流方式，文字的话，总会在网络上留下蛛丝马迹，让人可以查找，但用上传图片的方式来表达文字所传达的信息，就避免了被查到的风险。

图像编码与文字编码截然不同，这么交流信息，无迹可寻。

除非，盯着这个加密的 QQ 空间看，像丁忧这样，才能发现猫腻。

不仅仅是新颖别致，更是暗潮涌动，选择这种交流方式，必然是要隐藏秘密。

丁忧的脸在电脑屏幕的映照下，益发显得阴晴不定了。

十月份，天亮得还很早，每天也就是早上五六点钟的时候，天气稍微能不那么闷热。

从复旦大学邯郸路正门进去，能看到背着手的毛主席像，后面有一个横幅。

“今日你以复旦为荣，明日复旦以你为荣！”

很是骄矜与自豪。

刚进门，能看出园区绿化很好，流水亭台，建筑群古色古香，柏油路宽阔，路两边是法国梧桐。

华东大部分市区和高校都有种植法国梧桐的传统。

顺着日月东路一直往前走，走到丁字路口是相伯路，沿着相伯路往东，往国定路校门的方向走，就是傻大傻大的光华楼。

路上有一些晨练的人，也有一些行色匆匆上早自习的学生。

光华楼那么高，是明显的地标，丁忧都没有找指示牌，直接奔着光华楼的高度就走到了楼前。

一股妖风，把她吹了个透心凉。

这地方真适合夏天纳凉。

要不是现在太早，楼前的草坪上肯定会有很多人。

一个老人穿着干净朴素，站在楼前面，风很大，但是他站得很稳，在142米高的大楼前，他显得很渺小。

“那张照片，就是在这里照的。”丁忧走过去。

“我以为那个孩子早就忘了我呢。”老人抬头看着光华楼，他的口音是吴侬软语，但带着北国的风霜。

“没有。”丁忧淡淡地回答，只是在阐述事实，“医疗小组被绑架的时候，有一个法国女孩信仰天主教，以为我们都会死，一直在祈祷，希望上帝能听到她的心声，告诉她的父母，她爱他们……后来我提议，说可以收集每个人的纪念品，再说出来希望把这个纪念品给谁，如果最后有人能活下去，这个人就要把这些纪念品给送到。”

老人把挂坠拿出来，摩挲着上面的照片。

“医疗小组的药剂师，李吉利的纪念品是这个项坠，他说，希望把这个项坠给他的父亲。”

“好孩子。”老人声音哽咽。

“他当时指着照片上的你。但是从照片上看，你们两个没有血缘关系，他的左手无名指和小拇指之间有蹼，这是一种Y染色体遗传特征，是父系遗传，说明你不是他的生父。”

“我的年纪都可以做吉利的爷爷了。他那么小的时候，他妈妈来找他，说要带他出国，他舍不得我，但是我把他推走了，跟着我，这个孩子不会有好的生活，那是他的亲生父母，但是我没有想到！他们竟然是那么恶毒的人！”

“李吉利跟我说了很多你的事。他说他小时候，家里生活很苦，每天只能吃一点白米，然后你就专门把白米放在一个小碗里，跟高粱米一起煮，你自己吃高粱米，让他吃白米。过年的时候，你会买一斤猪肉，用盐腌制，你从来都不吃，都埋在他的饭里面，你说自己年纪大，不能吃精细和油腻的，他小时候竟然信了！”

“这孩子，从小就天真、善良。”老人笑了。

“他说，他对他的亲生父母没有任何感情，只想回到你的身边，孝顺你！他特别后悔，为什么要去缅甸！”

丁忧仰头，想在光华楼的阴影下看到蓝天，她想起了那段朝不保夕的岁月，她出于种种原因加入了无国界医生组织，组建了一支医疗小组在缅甸雨林里行医，她的组员是一群有着理想主义的热血青年，希望自己的努力能使世界变得更加美好，但是因为一个不可告人的阴谋，他们被毒枭颂猜绑架了，之后便是残忍的炼狱与屠杀。

丁忧心里想着，除了她自己，谁都不应该去缅甸，包括当时脑子不清楚的许靖南。

在丁忧的记忆里，医疗小组的药剂师李吉利是一个寡言少语、腼腆害羞甚至有些柔弱的大男孩。

“这傻孩子！”老人的眼泪在眼眶里打转。

“他成年之后，就回到中国来上学，他一直都记得自己的家在哪里，黑龙江省牡丹江市革命农场，但是他去那里找你，却发现你已经不在了！他很担心你年纪大了，会不会……但是他没有放弃……”

老人老泪纵横，前尘往事都浮现在眼前。

他是江苏无锡人，出身当地儒商世家，五岁上私塾，七岁上高小，十七岁考上国立复旦大学，那时候是二十世纪四十年代，复旦大学还在江湾校区，周围一片荒地，他从富庶的水乡无锡，到了花花大上海求学，学的是数理系，因为他的父亲，一个老派的乡绅，秉承着师夷长技以制夷，以科技振兴中华的道理，让他学理。

那个年代，风云动荡，国民党败守台湾，新中国成立，他本来以为，学成毕业就可以为刚诞生的新中国做出一份贡献。

但没有想到，厄运接二连三地降临，三反五反中，他的父亲因为是“资本主义毒瘤”被枪毙，他的家族一落千丈，他自己也被打成了“黑五类”，他的生母不堪变故跳河自杀，几个姨娘也都散了。

树倒猢狲散，偌大个家族，只剩下他一个人。

适逢建设北大荒，这个江南水乡的男人，在无锡无可留恋，毅然决然地去了当时荒芜的黑龙江。

在黑龙江，他最早是一个什么苦活累活都干的农民，但是后来，大家发现他有学问，就会让他帮忙写信、记账、算工分……

二三十年过去了，农场建立起来了，但因为地处偏僻，气候苦寒并生活艰辛，没有人愿意来农场教书，他又理所当然地成了农场唯一的教书先生。他家族败落之前是做药材生意的，他还懂得一些医理，又兼着赤脚医生的活。

他一生跌宕起伏，大苦大难都经历过。

他一直一个人生活，没有家庭，把农场当成了自己的家，也把农场的孩子当成了自己的孩子。

终于有一天，1978 年，十一届三中全会后，重新开始了高考，农场的孩子们，可以有另一条出路了！

那一年，一个漂亮的女孩，竟然考到了上海！

二十多年过去了，他已经对自己的人生麻木了，但是他心里为这个女孩高兴！

他希望在春光再次照亮大地的时候，这个女孩能拥有自己美好的人生！

但是没想到，这个飞上枝头变凤凰的漂亮小麻雀，上学回来之后，竟然给他带来了毁灭性的灾难！

六　飞走的凤凰

老人清晰地记得，那年是1980年，因为那年的十一月份，最高人民法院特别法庭开庭公审林彪、江青两个反革命集团主犯。

那年冬天，天很冷，白雪皑皑、天地冰封，他的小平房在农场的一角，离群索居。

那个年代，最早建设北大荒的人，早就落地生根，结婚生子，儿女成群了，后期上山下乡的知识青年，没有在当地结婚嫁人的，大部分都回到了故乡，他一直都是孤家寡人一个，习惯了冷冷清清地过年。

他在简陋的小屋里，他的小屋旁边有一个更大的房子是教室，但是要过年了，孩子们都撒欢似的在自己家里玩，这时候根本没有人来上学。

他孤独而安静地烤着火炉，听着沙沙作响的广播。

一阵急促的敲门声响了起来。

北方的冬天很早就天黑了，四五点的时候外面就漆黑一片，天黑了，外面就基本上没有人走动。

都这么晚了，怎么还有人呢？

他觉得很奇怪，难不成是有人得了急症？

他连忙去开门，却看到是蒋春妮的母亲蒋嫂，冒着一身寒气，眼眶通红地望着他，差点都要跪下了。

蒋春妮就是那个考到上海的女孩，人长得漂亮，又聪明、又精明，是整个农场的明星，几乎所有小伙子都暗恋她，但是人家已经飞上枝头，是一只天鹅，下面的都是癞蛤蟆！

蒋嫂半天没有说出一句话，冷风呼啸，他开着门，能感觉到刺骨的寒风，他不知道蒋嫂到底怎么了。

没想到蒋嫂忽然一下子跪倒在地上，磕着头，“李老师！求求你！救救我家妮妮！”

老李连忙把蒋嫂扶起来问：“妮妮怎么了？蒋嫂，你别急！我跟你去看！”

老李也很关心妮妮，因为他觉得这个女孩会前程无量。

蒋春妮，她的妈妈蒋嫂是上海人，十七岁初中毕业是要进纺织厂当纺织工的，但没想到，却因为跟蒋介石一个姓，全家被打成“黑五类”下放到农场。她父母年纪大了，不习惯苦寒之地，没过两年，就双双去世了。她一个不到二十岁的孤女，颇有几分姿色，又没有父母家人可以依靠，就被好多人盯上了。她为了生存自保，只能忍辱负重，委身于农场里的权势人物，她二十五岁的时候，生下了蒋春妮。没有人知道蒋春妮的生父是谁，因为当时有好几个男人跟蒋嫂有关系，可能是农场书记，可能是生产队长，可能是大队会计。

蒋嫂姿色渐衰，虽然身边男人没有断过，但越来越不吃香，好多人都盯上了出落得越发水灵的蒋春妮。

蒋嫂很担心女儿走自己的老路，就去求自己的几个老情人，看在女儿可能是他们的份上，别让那些盯上一块肥肉的人太过明目张胆。

她年轻时候的情人权势还在，蒋嫂虽然徐娘半老，但是风韵犹存，几番说不清道不明之后，情人们明里暗里告诫、恐吓了那些盯上蒋春妮的人。

虽然蒋嫂含辛茹苦地带着蒋春妮，尽自己最大努力保持着蒋春妮的处子之身。但谁都知道，蒋春妮长得再漂亮，也不可能在农场找到一个好人家，而那个年代，她想外嫁，更不可能！

蒋春妮的出身和身份，却挡不住她的一颗野心，她想去天外天，成人上人。

这个女孩有种天生的狠劲儿，和在复杂环境里摸爬滚打出的精明狡诈。

她生在了好时候，赶上了恢复高考，也遇到了老李这么好的老师。

其他的农场孩子，三天打鱼，两天晒网，只有蒋春妮一直很认真地学习着。

也只有她，在恢复高考的第一年，就考到了上海！

她已经远走，即将展翅高飞。

老李一路上问蒋嫂，到底怎么回事，但是蒋嫂咬紧牙关，就是不说。

等老李进了蒋嫂的平房，看到眼前的一切，老李才知道发生了什么。

为什么蒋嫂什么都不说，却焦急万分，痛不欲生？

年根底下，蒋嫂简陋的平房里只有母女两个人，桌子上还有没包完的饺子，蒋嫂在北大荒待了二十多年，已经习惯了北方的风俗，过年都包饺子。

让老李吃惊的是，炕上躺着蒋春妮。

那个未满二十的俊俏女孩，有着农场里人人称羡的容貌和身材。

蒋嫂把门一关，软瘫在地上，低声哭道："我这是造了什么孽啊！我一辈子千人骑万人骂！我认了！但我女儿怎么不让人省心啊！我女儿清清白白的身子啊！我造了什么孽啊！"

屋里，炕烧得很热，蒋春妮上身穿着花棉袄，一张雪白的小脸上满是汗珠儿，乌黑油亮的长发披散着。但是下身光秃秃的，棉裤和裤衩都褪到了脚踝处，能看到白花花的大腿大张着，下身的炕上一摊血迹，血迹里还有一个蠕动的小生命，脐带还连着，没有剪断。

老李一直都是农场里的赤脚医生，妇人难产，接生的场面，他也见过不少。

但是，他没有想到，蒋春妮竟然在家里，大过年的时候，生了一个孩子！

蒋春妮已然昏迷不醒，而蒋嫂就知道哭！

产妇大出血！

老李已经来不及震惊，连忙喝叫蒋嫂去烧水、热酒、找剪刀。

也是一个生过孩子的女人，怎么这么手忙脚乱！

蒋嫂一个黄花大姑娘的漂亮女儿，忽然在家里生了一个孩子，怎么能不手足无措！

看样子，蒋嫂之前应该一直在帮女儿接生，但没有想到，竟然大出血，而她根本止不住血，她不能让女儿死在家里，只能硬着头皮去找老李。

"也不先说一声！"老李恨道，这蒋嫂就是耽误时间！

老李还得回去取药！

大冬天的，幸好不是年三十的当天，没有人在外面放鞭炮，家家闭户，老李也五十多岁的人了，寒风刺骨中跑了一个来回，累得气喘吁吁。

蒋嫂已经把婴儿的脐带剪断了，放在炕的一边，但是蒋春妮的下体，还有黑色的血涌出。

老李掏出药罐，让蒋嫂端一杯温水，从药罐里挑出一指甲盖的黑色流浸膏融进水里，急吼吼地让蒋嫂给蒋春妮喂进去。

“她不喝啊！李老师，怎么办啊！”蒋嫂哭着。

“嘴对嘴，喂进去！”老李已经快急死了！

蒋春妮的面色和嘴唇已经铁青，连光溜溜的双腿也有些泛青。

再不救，就要死了！

七　诬陷

蒋嫂泪眼婆娑地把药水喂进蒋春妮的口中。

蒋春妮的嘴唇冰冷干裂，毫无生机。

“囡囡啊！你可别出事！你别吓妈妈啊！”蒋嫂趴在炕上哭着。

“李老师啊！我女儿不会有事吧！”蒋嫂又抬起头，眼泪汪汪地看着老李。

老李低头看着蒋春妮的下体，流血量已经小了很多，“你给她用力揉肚子，让她把胎盘分娩出来。”

蒋嫂对老李唯命是从，一边揉一边哭，“真是天杀的啊！我作孽啊！怎么摊上这么个事儿啊！我女儿是大学生啊……”

女人不能自体怀孕，经手人是谁？孩子他爸呢？

老李什么都没问，而是去检查新生儿，是一个男孩，粉色的，很健康，很漂亮，但是左手的小拇指和无名指之间有蹼。

没关系，是小毛病。

这是一个可怜的孩子，但是男孩比女孩要好。

最起码，那个年代，想要儿子的人家能收养他。

蒋春妮未婚生子，这孩子，他们家是不能养了。

就在屋里忙得热火朝天的时候。

门忽然被踢开了。

一个震耳欲聋的大嗓门：“给老子热酒！”

他们刚才忙乎着救人，都忘了把门插上！

事情绝对瞒不住了！

但怎么能瞒住？农场就这么大，互相都知根知底，忽然多出来一个婴儿，怎么瞒住？

蒋春妮回来的时候是寒假，冬天衣服穿得多，她都快生了，竟然还没什么人看出来。

进来的人，看到了眼前的这一幕，也愣了，酒醒了大半。

他是蒋嫂的老姘头，大队会计。

这时候，蒋春妮也终于把胎盘娩出了。

“这咋回事啊！”大队会计茫然问道，瞄着蒋春妮光溜溜的下身，真水灵啊。

他是一个不嫌事儿大的主儿，出去又嚎了一嗓子，黑咕隆咚的夜里，跟狼嚎似的，把全村人都弄醒了。

大队队长、妇女主任、农场书记等一干人，挤了蒋嫂家一屋子，外面的院子里，也乌压压站满了人。

蒋春妮在家里生了一个孩子，尽人皆知了。

蒋嫂索性号啕大哭，哭得上气不接下气，把自己生平的风流事儿都数落出来了！

她就觉得女儿这样都怨她，听得在场的几个跟她有来往的人，脸上青一阵白一阵的。

但好歹她还知道，在人都拥进她家的时候，用棉被把蒋春妮的下身盖住。

农场书记是最大的官，抽着旱烟，咧着一口大黄牙，慢悠悠问：“这是谁的种啊？”

“这姑娘飞上枝头了！到大上海去了！看不上咱们这里的人，”妇女主任阴阳怪气地说：“估计是外面学校里哪个野小子的种！”

女人何苦为难女人！

这时候，因为老李的救治，蒋春妮已经幽幽转醒，虚弱地看着眼前的人。

“春妮啊！”书记又问了一句，“这是谁的种啊？”

蒋春妮环顾四周，有幸灾乐祸的，有痛不欲生的，有关怀焦急的，有好奇作怪的，不一而足，每个人都有自己不可告人的心思。

她伸出手指，虚弱地在人群中指着，绕了一圈。

人们都忐忑不安，也非常好奇，蒋春妮会指向谁？

蒋春妮的手指停了，停在了一个人的身上。

所有人的眼光都落在了那个人的身上。

蒋春妮指的，赫然是老李！

老李问心无愧，他一辈子没沾过女人，他可没有想到蒋春妮会指向自己，这姑娘，怎么可能把这么大的帽子扣在自己头上？

妇女主任阴阳怪气的，“也有可能啊！这孩子要是足月的话，可能是农场谁的种？是不是，老李？”

她这话一问，更把老李推成了众矢之的。

像老李这样的老派人，那可是把清誉看得比生命还要重要！

他什么也不争，但可不能接这盆污水！

老李连忙分辩：“我五十多岁的人了！我不可能干这么丧尽天良的事啊！春妮！你说啊！你可别瞎指！我可没有碰过你啊！”

蒋春妮闭上眼睛，不再说话，妇女主任接着阴阳怪气，“你们要不是有这档子见不得人的关系，你能把她送到上海吗？”

“春妮去上海，是因为她自己用功啊！跟我没有什么关系！我教哪个孩子都是尽心尽力的！”老李急得团团转。

显然只有一个孩子考上了上海的好大学，他也无形之中得罪了一些人，比如妇女主任。

有些家长，从来不管自己孩子，但孩子稍有不如意，就埋怨老师不负责。

妇女主任，也不管自己的孩子是不是读书的料，算得明白加减乘除不，就一味地埋怨老李，没有把她儿子培养成大学生。

蒋春妮闭上眼睛，好似又昏迷了一样，不说话，也不动，置身事外，仿佛这一切跟她一点关系都没有。

老李急着叫蒋嫂：“蒋嫂！你说说话啊！你别光哭啊！我是被你叫来的！”

蒋嫂只是哭天抢地，根本也没有理睬老李。

老李没想到，摊上了这么难堪的事儿！

他忽然想到了什么，“我给产妇止血用的是麦角，她大出血太严重，我用的剂量稍微多点，麦角容易让人产生幻觉！她在胡言乱语！”

蒋春妮眼皮都没有抬一下。

“等明天天亮了！”老李急着说，“她清醒了，她就能证明我的清白了！”

是夜，整个农场都是喧闹沸腾的。

群情激动。

农场里的第一个大学生，飞出的金凤凰，竟然在家里生下了一个孩子！

而且她指证了经手人是老李，农场的老师，赤脚医生！

家家户户议论纷纷。

农场书记决定先让所有人都各回各家，要不然丢的是整个农场的人，让两个做事稳当的老太太留在蒋嫂家中，帮忙照顾蒋春妮和新生儿。

两个青壮年，把老李押解回他自己的房子里严加看管。

蒋春妮是整个农场未婚青年的心中女神，那两个看管老李的人，看着老李就有气，认为这个半老头子诱骗了纯洁的女神。

他们在老李的破房子里，把老李暴打了一顿，打得他鼻青脸肿、伤筋动骨，他们又不解恨，还把老李吊在了房梁上。

老李一把老骨头，差点在那晚被折磨得零碎。

他只是期待着，赶快天亮！

天亮了！

他就可以沉冤得雪了！

只要蒋春妮清醒了，她就可以指证，自己不是婴儿的父亲！

家世清白，比什么都重要！

但是没有想到，第二天早上，他满面血痕地被拖去蒋春妮家中。

蒋春妮已经醒了，虽然脸色苍白、楚楚可怜，但是很清醒。

农场书记又重复了一遍问题。

蒋春妮躺在床上，很清醒地回答："是李老师的！"

老李简直不相信自己的耳朵。

"是他的！"蒋春妮哽咽着又重复一遍，失声痛哭。

八　可怜的孩子

蒋春妮显得那么可怜，那么真实，她那娇弱无助的样子，让多少人摩拳擦掌。

老李只觉得自己的世界又一次轰然倒塌了。

他不知道蒋春妮到底什么心态！

那一阵子，年过半百的他，拖着满身的伤痕，在人们的唾弃和鄙夷中，苟且偷生。

家破人亡、背井离乡，没有打败他，十年浩劫，他坚强地活下来了，但是那时候，他太想自杀了！

但是他没有死成。

蒋春妮生下孩子的第三天，蒋嫂受不住打击，跳进了冰河的冰窟窿里自杀身亡。

半个月后，蒋春妮悄悄离开了农场，把孩子放在了老李的门前。

那孩子只裹着一条薄薄的被子，还没有断奶，被冻得小脸通红，呼吸微弱。

盛夏的风，有点冷。

“她是一个狠心的人，吉利在我家门口的时候，滴水成冰，我要是再晚出门一会儿，吉利就没了，”老人回忆起过去，语气已经很平淡了，“我受尽白眼，但孩子是无辜的，没有产妇肯给吉利一口奶喝，吉利妈妈那时候太漂亮，也喜欢男人围着自己转，年轻媳妇不喜欢她也正常，我用米汤和鸡蛋水喂吉利，吉利小时候，身体不好，可能跟没有喝母乳有关系。”

“蒋春妮，就再也没有出现过？”丁忧问。

老人摇摇头，“吉利十岁的时候，蒋春妮忽然出现在农场，她要带吉利去美国，我已经老了，没有什么收入来源，农场又地处偏远，蒋春妮怎么说也是吉利的妈妈，吉利已经十岁了，应该有更好的生活……”

老人想着那年。

北方的盛夏，黄昏的时候，气温就已经降了下去。

农场里到处是绿油油的，李吉利一个人蹲在墙角玩，没有小伙伴肯跟他玩，他们还骂他野种。

孩子的恶意最伤人。

老李看着李吉利很难受，他没有办法给这孩子一个健康的生活环境，也给不了他充裕的物质条件。

他想让这个孩子上大学，但是他一贫如洗，身上穿着的衣服都补丁摞补丁，但是如果不通过读书离开农场这个鬼地方，李吉利就会一直生活在鄙视与白眼里。

这孩子是他带大的，宽厚老实，老李心里有些埋怨自己，要是这个孩子能像他妈妈那样，也未尝不是好事。

改革开放将近，社会日新月异，有心眼、有野心、有闯劲的人才能走出去。

天色已晚，老李愁着，打算叫李吉利回家吃饭。

这时候，一辆桑塔纳在农场的土路上，从远处飞驰而来。

那个年代，桑塔纳轿车的出现，能轰动整个农场。

轿车停在了老李的破房子前，农场的人都从家里跑出来了，伸着脖子往老李家这边看热闹。

李吉利那时候是一个清秀的男孩，很害怕地躲在老李身后。

轿车停了半晌，就像电影前的开场一样，故事被万众期待，农场的人也期待着轿车里的人下来。

可能很多人都喜欢这种万众瞩目、千呼万唤的感觉。

轿车的后门打开了，一个穿着时髦、气质高贵的年轻女人从车上走下来，还踩着粗高跟皮鞋，她跟一个仙女似的，与整个农场格格不入。

“那是蒋春妮吧？”

“是啊！是啊！看她穿的！看她带着的金链子！她肯定发财了！”

“这种女人发什么财啊！都是发男人的财！”

“都十年了，她回来干吗啊？会老情人啊！”

……

在围观众人的议论中，蒋春妮高昂着脖子，趾高气扬地踩着高跟鞋，扭着丝绸花裙子向老李和李吉利走来。

老李最后一次见她，就是在她诬陷自己是李吉利生父的时候。

那时候，她还是身体虚弱的少女模样，现在，经过十年的磨炼，她已经成了一个风韵少妇。

蒋春妮冷冷淡淡地对老李说："我要去美国了！我把孩子带走！"

李吉利是一个害羞内向的孩子，很怕地低着头，缩在老李身后。

蒋春妮很用力地扯住李吉利的头发，把他的头揪起来，看看他，眼睛里一点温情都没有，好像在看一个比较满意的商品。

李吉利的眼泪在眼眶里打转，害怕地躲着这个妖艳的女人。

蒋春妮放开手，拍了拍手，似乎要把手上的灰拍掉，"我移民去美国，到那边，他有好吃好穿，还能上学，比跟着你强多了！我就跟你说一声，今天我不带走他，明天我把他带走！"

老李还沉浸在震惊中，没有说话。

蒋春妮瞄了一眼对她十分畏惧，一点亲切感也没有的李吉利，恶狠狠地小声说："反正也不是你的儿子，你留也留不住！"

那时候的老李，虽然盛夏酷暑，但是浑身冰冷，如遭雷击！

十年前，他被莫须有地安上了一个罪名；十年间，他含辛茹苦，视如己出地养育了一个孩子；十年后，蒋春妮竟然轻描淡写地说了这么一句话。

孩子不是他的！他真留不住啊！

很快地，蒋春妮又妖娆地回到车上，桑塔纳绝尘而去。

看客散尽，一切如做梦一般，但老李知道，这绝对不是梦。

李吉利哭着抱着他，"爸爸！我不走！爸爸，我要留在你身边！"

老李老泪纵横。

"她没有道歉？"丁忧皱着眉头问道，"她没有忏悔自己的罪行？没有对自己的所作所为有任何羞愧？"

老人摇摇头，"那天晚上，吉利央求我带着他逃跑，但是能逃去哪里？我年纪大了，吉利又不能不上学，怎么说，那也是他亲妈！"

丁忧心中一股无名火，"有些人不配生为父母！"

老人接着说："吉利和我，一晚上都没有睡，我什么能给他的都没有。当年抄家的时候，我冒着生命危险，留下了我父亲的怀表壳，只是一个壳子，一点也不值钱，但却是我爷爷那一辈传下来的，我把我和吉利的唯一一张照片，剪成圆形，嵌在怀表壳里，我只能把这个东西给他……”

丁忧看着老人枯枝似的老手摩挲着怀表壳，那是李吉利短暂人生唯一的纪念物，要交还给他的父亲，眼前这位老人。

九　良心

“第二天，蒋春妮来接吉利，还带着一个男人。刚看到那个男人的时候，我还很担心，怕这个是蒋春妮后来的男人，会对吉利——蒋春妮和别人生的孩子不好。这个男人比蒋春妮要和善，长得也一表人才，看着就受过好的教育，他上来就握住我的手，说会好好照顾吉利，让吉利生活无忧，将来上美国的大学。”

老人抬起自己的左手，指了指左手小拇指和无名指之间，“我看到了他那块有一条伤疤，我还发现他长得跟吉利有些像，眉毛和眼睛，但是男孩子像妈，吉利还是跟蒋春妮长得最像！我问他，他是不是吉利的亲生父亲，他很尴尬，没有回答，但我知道，他就是！他就是吉利的亲生父亲！这样我就放心了！我的担心是多余的！他们是吉利的亲生父母，他们十年没有尽到父母的责任，去美国之后，他们一定会对吉利好的，哪个父母不爱自己的孩子呢？”

这个善良的老人，第一反应竟然不是自己多年的冤屈终于可以大白于天下，而是那个可怜的孩子，终于有亲生父母来照顾，会有好的将来。

“你没有说吗？”丁忧疑问，“既然李吉利的亲生父亲来了，你没有要求他证明你的清白？你含冤受屈养了他儿子十年！”

老人摇摇头，“其实蒋春妮走后，农场里一些明白人就明白了，我只是被她拉上垫背的，糊涂人总是糊涂的，没有意义了。”

“李吉利后来随他父母移民美国，他父亲姓刘，他坚持要用自己原来的名字，他父母没能改变他。”丁忧说。

“这个孩子虽然很温和，但真的牛脾气上来，十头牛也拉不回来。”老人笑道，他了解自己一手带大的孩子。

“他成年后，就回到中国求学，最早是在北京大学，读研究生时来到复旦，他并不觉得这个学校多好，因为这是你的学校，他的原话是，追寻我爸爸的足迹。”

“我老早是在江湾，那时候路不好走，一下雨就特别泥泞，小姐少爷都是让人背进去的。当时的校长是章益先生，他是教习英文出身，很重视外语。那时的学校，跟现在差太多，重视教育，重视学生，认为学校教育应能起到改革社会的作用，哪里像现在，这么高的楼，这么大的风！”

“他找了你很多年。”丁忧说。

“吉利走后，我待在农场里，总觉得空空落落的，没多久就回了无锡。”

风起云涌，时间飞快。

丁忧笑了，云淡风轻的样子，似乎立刻能被风吹走，“李吉利说他为了找你，走遍了名山大川，终于找到了你的下落，但又有些不敢见你，因为一个小秘密。”

老人怆然，“这个傻孩子！”

天已经完全亮了，路上的人越来越多，太阳也出来了，虽然风大，但是温度不降，草坪上，也有三三两两的人。

丁忧敲了敲手上的伸缩拐杖，“天煞孤星，真的吗？”

老人仔细地看着她，虽然她问出了一个这么严肃的问题，但表情上却没有一点担忧。

“人命这东西！不公平，又无常，既来之则安之，这是你的命，也是他们的命！”老人说。

丁忧看着自己的脚尖，摇摇头，“真麻烦，我本来以为，这可以变成一个好事，我尽量喜欢上我讨厌的人，那么他们就会倒霉，但是我怎么可能喜欢上我讨厌的人呢？”

这是悖论！

老人没有说什么，他已经用自己的整个人生，体验了“命运无常”这四个字。

“蒋春妮今天晚上能到上海，她和刘峰后来的那个儿子，一直在上海花天酒地。”丁忧说。

老人看着远方，这座城市里没有远方可看，都是障碍。

他昨天晚上走近派出所，但是又决定远离。

“是麦角吗？”丁忧问。

老人点点头，“你怎么知道的？”

“刘峰在路上被撞碎了，我看法医捡拾他的尸体碎片，有干性坏疽，而且他跳楼前发疯了，你给产妇接生过，麦角是治疗产妇出血的常用药，还有黑麦是最通常的麦角菌寄主，黑麦生长在高纬度寒冷地区，北大荒是它的产地。”

老人点点头，承认了。

丁忧继续说：“我查阅了一些相关法律，《刑法》第十七条，刑事责任年龄之一规定，已满七十五周岁的人故意犯罪的，可以从轻或者减轻处罚；过失犯罪的，应当从轻或者减轻处罚。而且有先例，超过八十周岁的老人，不是重大犯罪的，被免于过刑事处罚。”

“我这算什么？”老人问丁忧。

“教唆？从犯？我也不太确定，你只是利用了一个人的邪恶内心。”

“都是自己的孩子，都是同样的，为什么他们要那么对待吉利！”老人很愤怒。

丁忧没有说什么。

人都是有私心的，都是不公平的。

两人在光华楼下分开，老人从就近的国定路校门出去，丁忧没有问他去哪里，她不需要知道，也不应该知道。

丁忧信步，依旧从邯郸路校门出去，过了马路走国权路，这是复旦大学到同济大学的绿色通道的一部分，路上有一条大概六十米长的步行街，是学生就近消费的场所，卖生僻书籍、经常打折的庆云书店已经不在了。

瞬息万变的生活。

老人并没有继续说其他的，但其他的，丁忧也知道。

蒋春妮大学没有毕业，就未婚生子，她不想负责任，也不想让这个孩子影响她的未来，所以就把李吉利抛弃给老人，人间蒸发，回到上海求学。

她从小看自己的母亲周旋在许多男人之间，耳濡目染，小小年纪就懂得了察言观色，熟知每个人的特性。

她知道老人是什么样的人，她就把这个人的善良当成弱点，恶意中伤，为所欲为。

她横了一条心，把孩子抛给老人，老人会养这个孩子，不养的话，那就死了呗！

她笃信老人不会去上海找她，就算去找她，死活不承认就行！

那个年代，又没有亲子鉴定。

蒋春妮是一个心理素质强大的人。

但是，她后来，为什么又去找李吉利了呢？

蒋春妮绝对不是一个隔了十年，有了荣华富贵就良心发现的人！

十　不可告人

蒋春妮绝不会良心发现，承担起母亲的责任。

老人把人想得太好了。丁忱看着一个母亲，排队给自己的孩子买了鸡蛋灌饼，细心而慈爱地用纸巾给四五岁的小孩子擦去嘴巴上的酱汁。

一个人能诬陷一直对自己无私奉献、不求回报的老师；一个人能第二天在无比清醒的情况下，还嫁祸头天晚上把自己从鬼门关里拉回来的人；一个人能把自己刚出生的孩子放在冰天雪地里，任其自生自灭……

这样的人，没有良心，何来发现？

她有的只是目的和利益！

蒋春妮一直和刘峰在一起，还偷尝禁果，他们之间有没有爱情，时日长久，已经不得而知，但刘峰是一个有海外关系的人，他有一个叔叔在美国，蒋春妮一心想到国外去。

相对于她的出身，能找到刘峰这样的人，已经不容易了，她跟刘峰在一起十年，坚持下来，无外乎刘峰经常说自己在美国的叔叔很有钱，以前是国民党的官员，临走之前捞了一大笔国难财。

她一直在等刘峰带自己出国，继承那位有钱叔叔的遗产，能过上纸醉金迷的生活。

等了十多年，她终于等到了。

但是刘峰的叔叔，有一个要求，却难坏了这两个兴高采烈的人。

刘峰的叔叔因为无子，所以才要把刘峰过继到美国继承自己的家业，他要求，老刘家必须有后，刘峰才能继承遗产。

也就是说，他要求刘峰必须有儿子。

但是蒋春妮生李吉利的时候，产后大出血，子宫出了问题，这么多年，就一直怀不上孩子。

当务之急是继承遗产，老头身体也不行了，万一没立遗嘱，哪天挂了，他们就竹篮打水一场空了！

两人想了好久，才把那个早已遗忘在牡丹江农场里的孩子想起来，他们有一个儿子可以用。

很容易证明李吉利就是刘峰的儿子，因为他们家族遗传，男人的左手小拇指和无名指之间有蹼。

他们并不是想尽父母的责任，所以去找的李吉利，而是因为李吉利是他们得到遗产的工具！

一个人怎么能成为善良、正直、有社会责任感的人？早年的教育太重要了！

因为李吉利小时候是老李带大的，老李用自己的言传身教，给他树立了良好的人生观、世界观、价值观，对于一个意志力坚定的人，这些观念在十岁之前是可以成形的。

虽然李吉利到美国后，遭遇了那么多不堪回首、耸人听闻的经历，但他仍然是一个勇敢的人。

在学人书店前面的长椅上，一个人正在整理购物袋，这个三十岁左右的男人，带着金丝眼镜，中等身高，微胖，很不起眼。

丁忧经过的时候，这个男人低声说："等蒋春妮回美国，我就起诉她，我今晚走。"

男人只说了这句话，一直在低头整理购物袋，没有抬头，他看不见丁忧，他的视线范围只能看到丁忧的脚和她的拐杖。

丁忧没有说话，用拐杖敲了两下地面，没有停留，走回到国权路上。

起诉？

她是一个易怒的人，想到孤独离开的老人、死于非命的李吉利，还有那些逍遥法外的人……

想到这里，丁忧心底腾起一片怒火，捏着手，她想打人！

天下事，无巧不成书。

刘峰和蒋春妮的小儿子刘小勇，在公安局里酒醒了，吵着喊着要走，一会儿人权，一会儿独裁的，这小子已经完全被洗脑了，中国未成年人饮酒不算什么违法乱纪，警察嫌他太吵，就把他放走了。

只不过所有人都奇怪，这小子怎么看，怎么不像一个老爹惨死的人。

他的心情丝毫没有受到影响，查点了自己的钱包，钱还足够，就又跑到衡山路上钻酒吧了。

丁忧中途接到欧加拉的电话，刘峰的尸检检查出麦角碱。

欧加拉很忙，二十多个小时，她一直跟林森厮混在一起，两个老司机这次是棋逢对手，鏖战正酣。

衡山路的某间酒吧里，灯红酒绿，陆离幽昧。

刘小勇已经在酒吧里泡了小一天了，也不知道他为什么不觉得腻味。

因为灯光幽昧，所有人都在狂躁的乐声中沉醉疯狂，角角落落里或多或少有一些隐秘的交易。

舞池里，穿着暴露的女人和男人们，紧贴着身体扭动着，在迷彩灯下，表情都是痴迷的，手都是不安分的……

丁忧穿着长衣长裤，坐在角落里，面前的一杯酒，一点都没有动。她游离在痴迷的人群外，静静地观察不远处的刘小勇。

正常十七岁的孩子，应该在干什么？

在学校上课，在家里好好学习，准备迎接高考。

这是大部分人的人生轨迹。

刘小勇呢？

刘小勇正醉意浓浓，和一个年轻女孩在厮混，动作大胆，毫无顾忌。

幸好丁忧隐蔽得很深，要不然她这么认真地观看，刘小勇会感觉到异样。

刘小勇站起来，面目赤红，年轻的脸上，满是酒色过度。

他摇摇晃晃地走进舞池，脚步虚浮。

女孩穿上吊带裙，也跟着刘小勇进了舞池，她真的很年轻，浓妆艳抹的稚嫩脸庞。刘小勇看着女孩衣衫不整，嘿嘿笑了两声，伸出手用力揉捏女孩的乳房，又开始脚步虚浮地走着。

砰的一下，但是在嘈杂的乐声中，根本听不清，刘小勇撞到了丁忧这里。

十一　打架

刘小勇抬起醉眼，看了一眼丁忧。

这娘们穿这么严实来酒吧，当自己是谁啊！

“姐姐，你热不热？我帮你脱件衣服吧！”刘小勇醉笑着，开始伸手。

丁忧怕脏了自己的手，举起拐杖打掉他的手，冷冷的，“滚！”

“哎哟！”刘小勇更是来了兴趣，“还有点脾气啊！我又不嫌你老！”

说着刘小勇又把手伸了上来，要去拽丁忧的衣服，但丁忧穿的不是衬衫，而是T恤，刘小勇有点无从下手。

在刘小勇还没有碰到丁忧衣服的时候，丁忧又用拐杖抽了一下刘小勇的手背。这回抽得有点重，刘小勇手背上现出一条血印。

“他妈的臭婊子！别给脸不要脸！”刘小勇看自己挂彩了，怒喝着，就要动手打人。

丁忧很快地把钱掏出来，放在桌子上，把酒杯拿起，扬了刘小勇一脸酒水，又把酒杯压在钱上面，冷冷地说：“滚！你不滚，是吧？”

刘小勇怒急，抬手就要打人，但是他没有丁忧快，丁忧用拐杖狠狠抽了他扬起的胳膊，唰地抽出一条深深的血痕。

刘小勇是娇生惯养的公子哥，不禁打，一屁股坐在了地上，“你他妈的活得不耐烦了？找打啊？”

丁忧站起来，用拐杖指着刘小勇的鼻子，“我不找打，我只是想打人而已。”

然后没等刘小勇爬起来，丁忧就很潇洒地往外走，但是刘小勇能放过她吗？

原来是个瘸子！

一直目中无人的刘小勇更是张狂了，从地上爬起来，就要去扑倒丁忧。

丁忧可没有给他这个机会，她再怎么是瘸子，对付不了恐怖分子和特种兵，撂倒刘小勇这样的绣花枕头，还是绰绰有余的！

听到后面的风声，她直接扶着沙发一转身，又用拐杖正中面门地抽了刘小勇，刘小勇登时脸上就开了颜料铺，鼻涕眼泪和着血，流了一脸。

刘小勇一直都是混世小霸王，什么时候受过这样的气，一声哀号就要冲过去。

但是丁忧又是啪啪啪，连续三下，左胳膊两下，右胳膊一下，抽出三道血痕，最后拿着拐杖迎头一击，把刘小勇捅翻在地上。

刘小勇周身疼痛，翻不起身。

丁忧很是干净利落，三下五除二就撂倒了刘小勇，显得威风凛凛。

酒吧保安没有出现，小打小闹，他们不管，女人打男人的话，可以先静观其变。

但是防不胜防，就在丁忧撂倒刘小勇之后，想转身离开，却听到斜刺里，一声怪叫！

瞬间，她就感觉到一股大力从她侧身袭来，把她推翻，她的腰被沙发靠背一卡，头朝下，倒进了沙发里，突发情况，她这么一倒仰下去，脑袋差点没窝在脖子里。

她还没有睁开眼睛，就有一个人跳到了她的身上，对她又撕又咬，扯着她的头发。

这是女人，女人才这么打架！

丁忧防不胜防，头发被扯掉了一大片，脸上和身上，被咬了几口，血流如注，她凝血功能很差，身上全是抓痕，衣服都要被那个女人撕成碎片。

这女人是吃什么的？怎么这么大的爆发力？

她睁开眼睛，眼睛却被血糊住了，模模糊糊地看到一张馒头似的脸，幽昧的灯光下，又滑又亮，这是中年妇女过度保养的白脸。

丁忧笑了一声，“好啊！我今天他妈的就想打你！”

但是现在挨打的是谁？

丁忧脸上又挨了几下挠。

只要不把眼珠子抠出来就行，丁忧喘口气，忽然脑袋用力向前抬，死死地磕了中年妇女的白馒头脑门。

她这么一磕力道足够，直接让那中年妇女眼冒金星，手脚发软，差点脑震荡。

趁着这当口，丁忧把中年妇女推开，压倒在身下，用力打了她几拳头。

中年妇女也是经常去健身房的人，被打了几拳头，又反应了回来，伸出长指甲的手，去掐丁忧的脖子。丁忧的脖子离得远，她怎么够也没有够到，立刻转去捶了丁忧肚子一拳。

丁忧腹部吃痛，手松了些。中年妇女立刻抓住机会，弓起身，掐住丁忧的脖子，然后用嘴去咬丁忧，用手去挠丁忧的脸。

中年妇女只会四样，掐、撕、咬、挠。

丁忧的指甲光秃秃的，她没有办法去挠人，只能走常规。

中年妇女胜在出其不意，毫无下限。

丁忧被骚扰得怒火攻心，一拳头打在中年妇女的脸上，把她打得晕了三分，而后丁忧疯狂地在中年妇女身上飞起拳头！

周围的人都看愣了。

这么精彩纷呈的打架啊！

对抗中，丁忧已经完全胜利了，现在就在乘胜追击，骑在中年妇女身上，不停地打拳头，就像打沙包一样。

丁忧的脸和脖子，还有胳膊，已经让中年妇女挠得没有一块好肉，脸颊上还嵌着断了的指甲，衣衫褴褛。

欧加拉从人群中挤过来，看到这惊人的一幕，倒抽一口凉气，“先生们！你们都袖手旁观干什么！”

酒吧保安似乎没有料到会这么严重，才从人山人海中挤过来，就要去拉丁忧。

丁忧没有等他们拉，就把手放开，从中年妇女身上下来，找自己的拐杖，“好了！”

她一脸的血，看上去很是恐怖。

欧加拉连忙用自己的防晒披肩，把丁忧裹着，她已经快走光了。

丁忧借势，又踢了地上躺着的中年妇女几脚，保安刚要拦，她摊开手，“我保证不动手了！”

欧加拉无可奈何地看着丁忧，打了一个电话，把门外等着的林森叫进来，他们可没有想到里面会发生这种事情！

林森人高马大，挤进来后，也倒抽一口凉气，这么惨烈。

刘小勇是醒着的，捂着脸。中年妇女穿着一身华贵的小礼服，鼻青脸肿地躺在地上，双脚分叉，高跟鞋一边一只，姿势一点也不雅观。

丁忧看着也惨兮兮的。

欧加拉很快地对林森吩咐："我们先回去，蒋春妮和刘小勇交给你！"

最好这样，要不然把丁忧和蒋春妮、刘小勇放在一起，肯定还有恶战！

林森点点头，他得叫人帮忙，他表弟李不一是医生，找他去吧！

欧加拉很感激地对林森笑了，抬起脚，深吻了他双唇。

一夜夫妻百夜恩。

林森舔着嘴唇，心情很好。

欧加拉拽着丁忧，要马上离开酒吧。

蒋春妮已经醒了，恶狠狠地看着丁忧，"我记得你！我认识你！"

丁忧没有理她，跟着欧加拉离开。

十二　指控

但是蒋春妮没有善罢甘休，爬起来嘶吼着：“是她杀了我丈夫！把她关起来！把她抓起来！”

欧加拉转身，正色道：“刘太太，说话要有凭有据，不要血口喷人啊！”

蒋春妮冷笑着，相对于她的年纪来说，她保养得算是很不错的，而且穿着修身的小礼服，把她衬托得很是端庄贵气，只要不是那么鼻青脸肿、衣衫凌乱。

丁忧脸上很疼，她凝血功能差，还有血流下，冷冷地问：“证据呢？”

林森一看再闹下去，第二天都能上《新民晚报》，他们都能出名，连忙来当老好人和稀泥：“刘太太，你是来找小勇的啊，小勇找到了，我们赶紧去医院吧！我们要先去看刘大哥！”

蒋春妮这才想起自己的儿子，连忙转过身，看着血流满面的刘小勇，一阵嘘寒问暖：“honey，你没事儿吧？让妈咪看看，哎哟！怎么都是血啊！疼不疼？妈咪看看，我们去医院赶紧给你处理一下……”

她知道自己的儿子是丁忧打的，恶狠狠地瞪了丁忧一眼，又想打人。

欧加拉对这女人深深地不以为然，完全不像一个刚死了老公的人。

林森也没想到，自己提到医院，是让他们赶紧去看遗体，而不是处理伤口，他也无语了，但还得打圆场，“那我们赶紧走吧！别耽误了时间！”

蒋春妮真是战将，小心翼翼地扶着刘小勇，经过丁忧身边的时候，恶狠狠地说：“我见过你！我在李吉利的葬礼上见过你！”

丁忧神色凛然，没有理她。

蒋春妮又跟欧加拉说，很不客气的语气：“告诉警察！我丈夫是她杀的！我确定！”

欧加拉也很不给面子地回她一句：“证据呢？不要空口无凭！刘太太，小心我告你诽谤。”

林森特别尴尬，幸好他高，欧加拉也很高，只能以眼神示意，各为其主、各行其是，都互相理解。

但奇怪的是，虽然蒋春妮特别肯定地说是丁忧杀了她老公，却没有要求扭送丁忧去警察局。

林森在领走蒋春妮母子的时候，很细心体贴地放了一摞钱在桌子上，算是赔偿酒吧的损失，各让一步，不了了之就好。

欧加拉带着丁忧从后门走，“我们要不然去另一个医院吧！”

丁忧摇摇头，“回宾馆就行。”

幸好欧加拉足够美貌，要不然一般的出租车司机看到丁忧这个样子，宁可拒载，也不敢停车。

两人没用多久就到了宾馆。

丁忧拿着医药箱，进了浴室，欧加拉跟到门口，“忧忧！你有些伤口，自己处理不了，我帮你分忧解难吧！”

“等五分钟！”丁忧从浴室里伸出满是血的脑袋。

欧加拉被她吓了一跳。

欧加拉百无聊赖地在门外玩着手机，果然是正正好好的五分钟，门开了。

丁忧把欧加拉放进去，自己裹着浴巾，站在镜子前面，身上的血迹都洗掉了，但伤口还在。

欧加拉看到丁忧之前穿着的衣服都扔在地上，估计是要被丢掉了，而自己的防晒披肩被拧干挂在了浴帘的横杆上。

“呃，忧忧……”欧加拉看着自己的披肩，“这披肩不能水洗的，更不能这么粗暴地拧干。”

丁忧看了披肩，“哦，我赔你一个。”

欧加拉笑了笑，没有说什么，她估计自己就算跟丁忧说，那个丝巾是丝绸的，还是爱马仕的限量手绘版，丁忧也听不懂。

她以前曾经形容一个人的太太，弱柳扶风，仿佛林黛玉一样，希望能得到丁忧的赞同，没想到丁忧问她，林黛玉是谁？

披肩可怜兮兮、皱巴巴地挂在衣架上。丁忧力气真不小，丝绸的都能拧干，别说彩绘，丝绸拧干了都废了。

欧加拉看着丁忧裸露的后背上，好几道血痕，很自然地在医药箱里拿出医用棉签。

“你手干净吗？”丁忧问她。

欧加拉耸耸肩，在水池里把手洗了一遍，又怕丁忧还不满意，用台子上放着的消毒液，在两只手上喷了两下，才去拿棉签。

欧加拉用医用棉签蘸着医用碘酒，轻轻地按着丁忧后背的皮肤，她的手是温热的，碘酒有刺痛感，丁忧肩膀一紧。

“上药的时候知道疼！”欧加拉一副恨铁不成钢的表情，“打架的时候，怎么不知道？”

丁忧很嚣张地没有理她，而是用小剪刀剪开自己胳膊上一道深深的抓痕，用镊子把嵌入在里面的一个断指甲拽出来，把周围被豁开的碎肉和皮肤剪掉，剪得整齐干净，最后涂抹药水。

欧加拉手一抖，丁忧够狠！

默然无声过了一会儿。

欧加拉说：“忧忧，我们回卧室里面，然后我看看后面的伤，好吗？”

“不用管了。”丁忧很随意。

“你一个女孩子！”欧加拉非常不满意，“干吗这么粗糙啊！总把自己弄得遍体鳞伤！回去看看，后背虽然没怎么受到攻击，但也要检查的！”

欧加拉贤惠起来，真不是盖的。

丁忧虽然嫌烦，也没有办法，只能拄着拐杖回到卧室，她的假肢很像真的，人体生物学设计得非常好，不过她穿着拖鞋，地面湿滑，所以为了稳妥起见，就拄着拐杖。

丁忧坐在床上，用被子裹着身体，把浴巾扔在后面，对着欧加拉，指了指后面。

她的表情一如既往地呆滞。

欧加拉明白她的意思，自己没有换衣服，不能坐在床上，只能坐在浴巾上。

真是一个强迫症的洁癖！

欧加拉检视着丁忧的后背，她的伤口愈合能力比较好，但是后背上还是有深深浅浅的伤疤，伶仃的脊椎和蝴蝶骨很是单薄。欧加拉母性大爆发，摸着丁忧后背上的伤口，鼻子发酸。

只不过她的摸法，让人容易误解，她的手指轻轻地滑过丁忧的肌肤，手指温暖软滑，这种摸法能让男人骨软筋酥。

“你在干什么？”丁忧呆呆地看着前面的电视机，欧加拉的手滑来滑去，拨拉着，没有一次动过她今天的新伤。

“你怎么遍体鳞伤啊！你背上的伤那么触目惊心。”欧加拉泫然欲泣。

“触目惊心？什么意思？”丁忧问，“你又不是第一次见到我身上的伤。”

欧加拉知道丁忧的意思，她不是不明白触目惊心这个词的意思，而不是不明白欧加拉用这个词的意思，“我看到你后背的伤，觉得心里非常震惊而难过。”

丁忧有点晕，扭过头，脸上一条条伤药的黄色，很是凄惨，却也很滑稽，“那你要不要看看前面？”

丁忧脑袋一根筋儿，说着就要把被子掀开。

欧加拉连忙把被子给她裹好，“你背上的伤不多，我给你处理一下！”

欧加拉用棉签蘸着伤药涂抹着丁忧的后背，随口问道：“刘太太，蒋春妮，为什么那么信誓旦旦地说你杀了她丈夫呢？”

丁忧的表情有些凝滞，“因为我知道，谁杀了她丈夫。”

十三　没有无辜的人

“谁？”欧加拉问。

丁忧没有隐瞒，“她儿子，刘小勇。”

“你怎么知道的？未卜先知吗？”

丁忧摇摇头，看着自己胳膊上的伤口，“我一直都知道。”

欧加拉心思细腻，觉得此事不同寻常，“你一直都知道？什么意思？难道？你是始作俑者？”

“始作俑者什么意思？”丁忧问，但是没有等欧加拉解答，“我在刘峰死之前，就知道他的儿子刘小勇要杀他。”

之前卧室里的场景还是很温馨的，丁忧包在被子里，看着电视里的新闻，欧加拉贴着她裸露的后背，穿着紧身裙高跟鞋，斜倚在浴巾上，波浪大卷发垂在腿上，很仔细地给丁忧擦着后背的伤口。

但是现在欧加拉的手僵住了，半晌，她低声问：“你之前就知道？那你为什么没有告诉警察呢？告诉我们也行啊！你为什么没有告诉任何人呢？那是一个生命，价值连城啊！”

“我不是没有告诉过任何人。”丁忧说。

“你告诉谁了？他还是死了啊！”欧加拉问。

“我告诉了想让刘峰死的人。”丁忧还是一本正经的。

她的这种态度，很讨人嫌。

“为什么啊？人命关天！”欧加拉颤声说，她真的无法理解丁忧的脑回路。

丁忧不以为意地皱了皱眉，问道：“我后背弄好了吗？”

这么一个自私、不负责任的人！

欧加拉可没有心情接着处理她的后背了，把棉签一甩，扭身下床，坐到对面的沙发上。

丁忧把浴巾扔到地上，靠着枕头半躺着，看着对面的欧加拉。

欧加拉一张鲜艳欲滴的俏脸，满是怒容，双腿侧放，高跟鞋正立，优雅地坐着。

她就是生气，也那么充满风情，并风骚。

丁忧看着欧加拉，伸出一只胳膊，摸着床边的拐杖。

“在中国法律中，人人有检举的义务，但是知情不报，并不是犯法，哦，刘峰是美籍华人，美国大部分州的法律，对于知情不报，都没有什么定罪吧？”丁忧一本正经。

“这不是法律不法律的问题！”欧加拉怒道，“这是道德修养与助人为乐的问题！因为你隐瞒，一个无辜的生命被剥夺了！”

“我只坚持一件事，欧加拉，”丁忧神色凛然，“该死的人，绝不无辜！”

欧加拉迷茫地看着她。

丁忧裹在被子里，只露着一个脑袋，“他并不无辜，杀人者，被杀者，都不是无辜的人。”

“怎么说？难道背后还有一个悲伤凄惨的故事？”欧加拉问。

每个人都有故事。

丁忧皱了皱眉，在想应该从何说起。

她先跟欧加拉讲了李吉利小时候，蒋春妮未婚生子，诬陷老人为孩子的父亲，蒋嫂跳河自杀，蒋春妮离开农场，一去不归，十年后带着刘峰回农场，带走了李吉利。

欧加拉听得眼圈都红了，“我多愁善感了！李吉利的养父，那位老先生真是太不容易了，他真伟大，大爱无疆。蒋春妮，吉利的妈妈，真是一个太过自私自利、冷酷无情的人了！”

“自私自利，冷酷无情？”丁忧品味着这两个词，她明白什么意思。

“今天我和森少去接这位刘太太蒋春妮女士，就觉得有些奇怪，”欧加拉回忆，“我只能看出她的趾高气扬和不可一世，她是特别以自我为中心的一个人，她连伪装悲伤都不愿意，她的丈夫死得那么惨。不过她对后来的这个小儿子，倒是很溺爱。”

欧加拉中文真的很不错，用了溺爱，而不是疼爱、喜爱等词语。

“李吉利跟随刘峰、蒋春妮夫妇去了美国，继承了刘峰叔叔的遗产，刘峰就是靠着这笔遗产做起生意，发了财。李吉利一直不肯改名，坚持用自己的名字，他对刘峰和蒋春妮没有什么感情，刘峰和蒋春妮对他也谈不上父母的责任，他十三岁就被送到了寄宿学校，十五岁的时候，蒋春妮怀孕，生下了刘小勇。刘小勇不知道为什么，却得到了他父母全部的宠爱。”

“绝大部分人，连森少这种对刘峰做过背景调查的人，都不知道刘峰还有另一个儿子，他一直以为刘小勇是刘峰和蒋春妮的独子。”欧加拉说，“但看样子，这个孩子真是被娇惯纵容得为非作歹、胡作非为。”

“李吉利只是他的父母得到遗产的工具，而刘小勇则是他们的宝贝。当李吉利在学校里勤工俭学刷厕所的时候，刘小勇已经可以很大胆地打自己父亲的脸，踢自己母亲的屁股了。”丁忧说。

“很多人私底下对刘小勇的评价很不好，但是刘峰和蒋春妮却非常以他为傲，据说他们两个人获得美国身份，是由于刘小勇这个定锚婴儿。”欧加拉对美国移民政策非常熟稔。

丁忧不太清楚刘小勇的秉性，但仅仅从表面上看，他绝对是败家子。

她还记得，那个阴雨连绵的冬天，她参加李吉利的葬礼，庄严肃穆中，李吉利的大学室友兼人生挚友张约翰几近崩溃，而跟李吉利有血缘关系的家人，蒋春妮和自己的丈夫貌合神离，刘峰一直在看手机，不是发短信，就是打电话，刘小勇带着一身酒气，不耐烦地问蒋春妮什么时候结束，死个人而已，怎么这么麻烦？

他们其实可以不来参加李吉利的葬礼，但因为有一个勋章，要在葬礼上发给英雄的家人，还是市长颁发的，这是一个很好的机会，所以他们就都来了。

那张蒋春妮搂着刘小勇，面容坚毅，刘峰举着勋章和市长握手的照片，上了当地报纸的头版头条，他们三个人因此获利不少。

当闪光灯闪动的一刹那，丁忧举着雨伞，冷眼旁观这一切，又看着李吉利静静的墓碑，刚刚封好的新鲜土壤，时间定格在那一刻。

市长走了，刘峰一家人很恭敬地目送那个白人胖老头，记者们都走了，然后刘峰一家就头也不回地离开了。

死去的李吉利，孤独而安静，就如他生前。

阴郁的天色里，只有远处的丁忧站在伞下，张约翰跪在地上，抱着墓碑，痛不欲生。

一身黑衣的丁忧走过去，问跪在地上的张约翰："谁是他父亲？"

张约翰肩膀耸动，抬起头，金丝眼镜都歪了，"谁？"

"他离世之前，让我把一个纪念物交给他的父亲，那个叫作刘峰的人，不是他的父亲。"丁忧说。

十四　幸存者

狼狈不堪的张约翰期冀地看着丁忧，问道："能不能让我看一眼？"

"你是他的生活伴侣？男朋友？"丁忧问张约翰。

张约翰点点头，"他有些不敢见他的父亲，所以他决定先去缅甸做医疗援助，他觉得这样，可以让他重新审视自己的人生，回来之后，他会有勇气见他的父亲，告知这个传统的中国老人一切，关于他的一切。"

李吉利千辛万苦找到了老人，没有立刻和他相认，是因为他有一个男朋友，他怕这个传统的人接受不了。

但是谁也没想到，一念之差，便成永别。

丁忧把怀表壳给张约翰看，张约翰看着怀表壳，泣不成声，"这是他的父亲，中国人讲究落叶归根，这里不是他的根，不是他的故乡……"

丁忧看着李吉利的墓碑，"我们可以让他回去。"

"怎么回去？"张约翰抬头看丁忧，泪眼婆娑。

"把他挖出来，带回中国就可以。"丁忧回答。

张约翰虽然伤心欲绝，但是心智还在，惊讶地看着丁忧。

天已经黑了，墓地里只有静静的墓碑，还有他们两个人，远处的教堂，有点点的灯光。

一切都显得那么静谧而鬼魅。

欧加拉吃了一惊，"你们把他，李吉利，挖出来了？"

丁忧点点头，"嗯。"

欧加拉的震惊，无以复加，"上帝啊！"

"我们趁着天黑，还有下雨，墓地里面都没有人，就把李吉利的墓地给挖开了，土是新的，不是很实，很好挖，挖好之后，打开李吉利的棺材，他的肌肉组织都腐烂降解了，只有尸骨，我随身带了一个尸骨袋，和张约翰一起把李吉利的尸骨装进了尸骨袋里，然后把棺材盖盖回去，把土重新埋上，张约翰负责保管李吉利的尸骨，我回到中国，去找李老先生。"

欧加拉想想就觉得毛骨悚然，这两人脑袋抽什么风啊！

雨天，墓地里，挖棺盗尸！

“我的上帝！”欧加拉只剩下祈祷了，她不知道应该用什么语言来形容这两个人的行为。

“我们进行得很快，天还没有亮的时候，就回去了。”丁忧说，显然她并不觉得自己做了什么不该做的事，“张约翰一直把李吉利的尸骨放在自己在纽约的家中，想等一切都结束后，征求李吉利养父李老先生的意见，看是把他葬在无锡，还是牡丹江。”

“一切都结束后？”欧加拉问道，“尘埃落定？到现在为止，我只知道，李吉利是一个可怜的人，生命短暂，身世坎坷，而你做了一件又一件疯狂的事情！刘峰是一个冷漠的父亲，对自己的两个儿子的态度大相径庭，对李吉利太冷漠而不负责任了，但是他罪不至死啊！”

“他把自己的儿子推向了死亡。”丁忧说。

欧加拉看着丁忧，她已经不复之前那么愤怒，但是仍然很不理解，“我洗耳恭听。”

丁忧还能把黑的说成白的？

“你知道，我们一共八个人的医疗小组，隶属于无国界医生组织，2010年在缅甸的时候，遭到毒枭颂猜的绑架，被非法拘押一年。2011年年初，政府军与颂猜集团爆发内斗，医疗小组的八个人，除我之外全部遇难，很遗憾我当时在别的地方，躲过了这次灾难。有人甚至因为我幸免于难，而认为是我合谋者！由于医疗小组成员的死亡惨剧，国际刑警和联合国维和组织加快了对颂猜集团的围剿，在这次围剿中，颂猜集团被消灭，而我当时还在颂猜的营地。混乱中，我被冲撞进树林，受了重伤，人群乱哄哄的，我不知谁是颂猜集团的，谁是政府军，谁是国际刑警，谁是维和部队的，一个人躺在地上等死，但是后来，我还是被人找到了，送到医院抢救，虽然我留下了残疾，但是相对于医疗小组其他的七个人，我毕竟活了下来。”丁忧语气平淡，仿佛说的不是自己的经历。

欧加拉怜悯地看着丁忧，丁忧说这些好像跟李吉利没有关系，除了李吉利曾经是八人医疗小组成员之外。

难道是丁忧在说可怜，博同情？

显然她不是这样的人。

“我们当时进行医疗援助的地区，在颂猜组织的控制范围，当时该地区霍乱严重，我们双方达成了一个协议，颂猜给予我们一定的活动范围和交通路线，让我们救治当地人，但是如果我们超过了自由度的话，他就会不客气，他的不客气，你懂吧？”

欧加拉点点头，她虽然没有亲眼见过颂猜，但是听过许多传闻，这个毒枭非常残暴，最喜欢做的事情，就是把忤逆他、违背他意愿的人，吊在树上，拦腰砍断，让恶狗去吃内脏，或者直接干脆斩首，把头颅用尖利的竹竿挑起，放在营寨前面……

“我们接受了这个看似苛刻的协议，我们每天只能走一条路，只能在一个地方，只能做一样事情，救治方案由我们医疗小组定，但是去哪里，走哪条路，则由颂猜定。他每天都会叫他的副手，每天都是同一个人……”丁忧看了欧加拉一眼，欧加拉若有深意地回应她，“他带我们去我们应该去的地方，这样也好，保证了我们的安全，因为毒贩、地方势力、政府军经常会有混战，而且我们人生地不熟，那些村民，既惧怕我们，又不信任我们，我们要是自己去的话，可能还会遭到村民的打杀，但是颂猜在那些村民心中，却有相当高的地位，他很富有，经常对村民施以恩惠，医疗小组救治当地的霍乱，也可以算作他的恩惠。因为颂猜的面子，事情变得简单了，村民也乐于接受我们的救治。这对颂猜也是好事，这么做的话，他也不担心我们这个医疗小组里面有奸细，看到一些不该看到的东西，或者威胁他的势力，或者给政府军或是维和部队传递消息……”

“一直以来相安无事，我们救我们的人，我们不关心任何政治，作为医生，唯有生命值得重视。”丁忧接着说，她终于说到了李吉利，“李吉利在这个医疗小组中，承担着记账和出药的任务，他一直很尽忠职守，每支青霉素的用处都记得明明白白，他的账目非常细致整齐，我也很信任他，但是时间长了，我发现他每次出药，都不动我们带去的药品中的一批。”

此话怎讲？

十五　丛林生涯（一）

“因为是流动作业，我们带的药品有限，用药的一般规律是，先用离到期时间近的，当所有药品用得差不多了，到了警戒值的时候，再去补充药品，省得出现药品缺失，影响救治工作的情况，但是我发现，有一批药已经快过期了，李吉利仍然没有动用它们，他是一个细致的人，我很奇怪，他留着这批药品干什么？药品不同于食品，过期就等于作废，药效丧失是小事儿，还有可能产生毒素，但是我没有问他，他既然能选择到这么艰苦的地方做医疗救援，他的内心一定是善良正直而有责任感的……”

丁忧看上去情商为负，不通人情世故的样子，但其实还是能分辨好人坏人的。

她有这方面的天赋。

“我虽然没有问他，但我一直在留心这件事情。有一天晚上，在我们出发去另一个村子之前，他向我报告，说药品不够了，需要补充。我看了账目，如果加上他一直没有用的那批，药品是足够的；如果不算这批的话，那才不够用了。我告诉他还够用，等用完了他一直不动的这批之后再补充，他当时想对我说些什么，但最后还是什么都没说就走了，我知道他有隐情。李吉利走后，颂猜的副手来找我，提醒我明天要去的村子在密林深处，让我们一定要听从他的安排，不准乱走动，到了之后，就一定要在他的视线范围内活动，不准离开村子，不准有好奇心，不准到处闲逛，不准看不该看的地方，他强调了好几次，我当时就觉得有点不对劲儿。第二天，我们仍然跟着他启程去了下一个村子，在密林深处的一个村子，更原始，更神秘，那个村子里竟然有一个巫师，但显然这个巫师治不了霍乱。李吉利的隐情，还有颂猜副手的强调，我当时没有想明白怎么回事儿，但是现在全都明白了！”

人心险恶，世道多艰！

“当时是雨季，路上很难走，我们都穿着橡胶靴，能闻到空气中腐烂的气味，高大的乔木遮天蔽日，看不到太阳，还经常下雨，这种天气，我们都不是当地人，免疫系统很容易适应不了。医疗小组中的一个男生，还患上了回归热，我为他打了抗生素，但是不见好转。我们打算，等到了村子，让他静养，我们在村子里多待几天，等他恢复。当时天气非常潮热，昆虫多是有毒的，树上竟然还会掉下来蚂蟥，蚂蟥可以钻进人的身体里吸血，医疗小组的人，都穿着长衣长裤戴着连衣帽子。”

欧加拉听着，神色不定，这种地方，打死她都不会去的！

真是步步惊心，医疗小组也冒着很大的风险。

“一路上，李吉利一直心事重重的样子，我没有问他，我懒得对别人问东问西。但是当时在路上，我就应该问他！把一切都问出来，就不会有后来的事情了！我应该逼问他的！”丁忧想到当时的情况，有些情绪激动。

“等到了村子里，患病的男生病情反而更加严重了，他的身上甚至出现了黄疸，理论上说，抗生素有一定的作用时间，不会立刻康复，但是病情不应该更加严重啊！我想到了，因为是医疗小组的人，所以我当时随便找了一剂抗生素给患者注射，让李吉利记得记账，李吉利看我拿的抗生素，表情有些不对，我当时没有多想，后来发觉，我拿的是他一直没有动的那批药里的抗生素！”

“到了村子里，我发现情况很严重，有很多村民感染了疟疾、血吸虫病、伤寒、黑热症、败血症等等，最要命的是，一个临产的孕妇竟然也有回归热！那个孕妇很危重，已经昏迷，体温高达40℃，有胎停的迹象！我们当时有的药品是四环素，但是四环素孕妇忌用。口服红霉素，孕妇这个样子昏迷不醒，嘴都张不开，根本没法服用。有几支普鲁卡因青霉素对症，但是却在李吉利一直不动的那批药品里！那时候我只能问李吉利，我能不能用那些他一直不用的药品！”

“李吉利很紧张，根本不能回答我，我又逼问了他，我说时间很紧张，你他妈的赶紧告诉我！”丁忧说。

欧加拉莞尔笑了，她能想象，当时丁忧掐着腰，指着李吉利的鼻子，用飞刀似的小眼神扎着李吉利，恶狠狠地讯问。

“在我的逼问下，李吉利终于坦白，他不知道这些药品有没有毒副作用，但是绝对没有治疗作用！我没有骂他，我问他为什么知道这些药品没有治疗作用，他又犹豫了，我又骂他了，让他快点说，别像前列腺炎似的。李吉利只能告诉我，因为他知道，这批药是无国界医生组织从他生父的药厂采购的，他看到了药品的生产企业和产地代码，知道这批药品都来自他父亲的药厂，他父亲有一个药厂，给大制药企业生产药品。李吉利发现药品的来源后，很不放心，就测试了一些口服的片剂，发现里面没有药物成分，只有一些玉米淀粉和硬脂酸镁，跟安慰剂差不多，但是他没有说，他只是留着那些药品，想让它们过保质期，然后就处理掉。”

“真是一个唯利是图的人！”欧加拉点评，“他对他的生父还有怜悯之心的，余情未了。”

欧加拉真会用词，余情未了？

“李吉利并没有测试那些针剂，虽然医疗小组里的患者回归热一点也没有好转，但我还抱有一线希望，我测试了针剂，普鲁卡因青霉素，连味道都不对！那些都是假药！根本不能治病救人！”丁忧有些情绪失控，能想到当时她是多么的抓狂。

但是以欧加拉的专业眼光来看，刘峰虽然毫无廉耻与良知，唯利是图，然而他真是一个聪明的商人，他把药品卖给了无国界医生组织，这些药品没有流入正规市场，流入正规市场的，都是真药，无国界医生组织的医疗小组，去的都是贫穷落后、医疗设施不完善的地方，生病死亡率很高，而检测手段又很匮乏，死了人，一般只能想是救治不及时，或者有其他的并发症没有查出来，谁会想到药品有问题？

谁又会像丁忧似的，没有检测工具，自己喝一口青霉素针剂，尝出来味道不对？

真是一个胆大心细的人。

真是一个不要脸的人！

十六　丛林生涯（二）

“李吉利当时也很难过，很自责，的确他隐瞒药品问题，有一定的责任！但是买假药的不是他，卖假药的也不是他！冤有头债有主，我当时就决定，一定会让这个假药贩子死得很惨！”

刘峰死得的确很惨，有道是人在做，天在看，人要对得起自己的良心，否则平生做尽亏心事，不到半夜鬼叫门。

“我问李吉利为什么要瞒着我们！李吉利说，那是他生父的药厂生产的，我当时没有工夫跟他分辩，当务之急是想怎么办，才能救村子里的孕妇和我们小组的患者！我问带我们来的颂猜的副手，能不能走另一条路或者回去，找一些药品或者去找其他的医疗小组，但当地应该没有其他的医疗小组，我想留下一些人，用剩下的药品先救治村里面的人，然后我带着患者和孕妇去找维和部队，他们那里一定有青霉素！”

欧加拉深谙人性，那个所谓的颂猜副手，一定不会同意丁忧的做法。

“他不同意，他说人可以死在村子里，但不能因为要救人，就破坏协议和规矩，”丁忧现在还愤愤不平，“尤其是不能带着人找维和部队，维和部队救人的话，就会损伤颂猜的威信！我当时比较冲动，就算是现在，我也不会听他的！孕妇和患者已经出现心力衰竭的症状，再拖的话，他们可能真的会死在村子里！于是——”

丁忧停住，看着欧加拉，欧加拉正听得起劲。

丁忧咬了咬手指头，接着说：“其他人不知道怎么办才好，小组里面有几个人哭了，还有人在怪罪李吉利，他是有一定的责任，一切都乱糟糟的，时间紧迫！于是——我就把颂猜的副手打晕了！”

欧加拉惊讶地看着丁忧，简单粗暴是她的风格，但当时应该好一场战斗，刀头舔血的人，可不是那么容易打晕的。但是欧加拉已经大概猜到了丁忧所谓的“颂猜的副手”是谁了。

“我跟他相处了一段时间，已经摸清了一定的规律。颂猜虽然叫他只能带我们走一条路，去一个地方，其实不然，只要不去某几个地方，不走某几条路，去哪里，走哪条路，其实是他，颂猜的副手自己选择的。虽然村民大部分人都感染了疾病，没有什么实际的战斗力，但是我担心他们去向颂猜通风报信。为了避免村民闹事，我先让人把车上的药品搬下去，然后叫颂猜的副手上车，在村民看不见的地方，跟他乱七八糟地争辩了几句。然后趁着他不注意，就把他打晕了，把他打晕之后，我让医疗小组的人，把患者和孕妇抬上车，村民不让把孕妇也抬上车，我骗他们说，是颂猜副手让这么做的，他们还挺好骗的。我留下了五个人，在村子里救治其他人。我和李吉利带着颂猜的副手、患者、孕妇原路返回，去找青霉素。”

“这很冒险，因为我不知道路上会发生什么，而且我是打算去找维和部队要青霉素，这违反了我们和颂猜的协议，但是我把毁约和危险，控制在最小的范围里，留在村子里的五个人，他们遵守了协议，以颂猜的为人，他不会难为他们五个。这个村子是颂猜副手带我们来的，也是安全的地方，因为我是领队，所以我有责任冒风险，去救我的队员和孕妇，而李吉利，他的隐瞒导致现在的情况，他也有责任去承担他的错误，我当时只想找到青霉素，把人治好，没有想太多。”

人生真是步步为营。

“我一门心思要救人，我当时却不知道，我带着我们医疗小组的人，走进了某一个利益集团挖好的陷阱里，这个陷阱是让我们全军覆没，他们好坐得渔翁之利！我一直觉得李吉利的生父刘峰很无耻，但是这个利益集团，跟刘峰的无耻有的一拼了！”

“我怕颂猜的副手中途醒了，给我捣乱，所以我给他打了一针麻醉剂，反正我们也要补充药品，浪费一支麻醉剂也没有关系。李吉利开车，我照看车里的孕妇和患者，还有颂猜副手三个人。我告诉李吉利，要原路返回，去维和部队的驻地。但是在路上，我忽然想到，我还想在当地继续治病救人，如果去找维和部队，一定是完全超出了颂猜的容忍度，他一定会把医疗小组赶出他的势力范围，这样的话，缺少后续治疗，很多无辜的当地人会死于疾病，我只能找一个折中的办法，好吧，其实也不算是什么折中的办法，颂猜的协议要求很严苛，我怎么做，都违反了我们和他的协议。”

“我想到我们每去一个村庄，走的时候，都会在那个村庄里，留下一些常用药，以口服的为主，涂抹用药为辅，告诉他们用量与对症，希望他们能够自己处理一些常见病。其中有一个村庄，里面的孩子眼睛发炎，所以我们在那里留了一些青霉素滴眼液，我决定让李吉利开车去那个村庄，去找一些青霉素滴眼液静脉注射，这是我想到的折中的方法，幸亏我临时起意，决定不去维和部队，避开了一场屠杀。”

丁忧想到当时还心有余悸，当时已经有人埋伏在他们去维和部队驻地的必经之路上，他们这边只有五个人，她算是一个，李吉利算是一个，昏迷的颂猜副手平时很生猛，但当时根本没有任何战斗力，还有两个得了回归热的人。

对方是荷枪实弹的有组织杀手，他们要真的过去，完全是狼入虎口，有去无回！

幸好丁忧虽然经常抽风，但有时候还能抽对风。

“美国人一直想杀了医疗小组的成员，并嫁祸给颂猜集团，这样既能灭了我这个活口，也能操纵国际刑警和维和部队，一举两得，他们一直知道我们小组有一批药品是假药，他们利用这次机会伏击我们，但是没有想到，我竟然没有去维和部队那里找青霉素，而是去之前的一个村子！”

是啊！正常人碰到这种事，都是去找青霉素针剂，有哪个正常人，会想着用青霉素滴眼液去糊弄个注射剂出来？

十七　丛林生涯（三）

“虽然路不好走，丛林中有很多毒虫和毒蛇，但我们还是赶在天黑之前，到了有青霉素滴眼液的村庄，因为我们治好了他们的病痛，所以当我们回去的时候，村民们没有像第一次那样排斥我们，而是很热情地接待了我们。患者和孕妇已经出现了室颤动，我赶紧找到留下的青霉素滴眼液，灌入针剂里，给他们两个注射。村民看到颂猜的副手昏迷不醒很奇怪，我就说他睡着了，很快就会起来。天色已晚，黑夜里行进在丛林中，无异于求死，所以我们决定先留宿在这个村庄，第二天一早，再回那个村子，去和其他人会合。我一直没有休息，监看着孕妇和患者的情况，幸好到了午夜，他们身上的高热都退了一些。我还是打算回去，至于颂猜的副手清醒过来之后怎么处理，就随他了，他告诉颂猜，颂猜想要怎么做，也随意！”

欧加拉无语地看着丁忧，这个姑娘，心真是够大的了！

“我告诉李吉利，他可以直接去找维和部队，但是他也决定和我一起回去，我们两个都躲过了杀身之祸。不过那些埋伏在路上的杀手，看我们迟迟未去，知道情况有变，就派出了人侦察我们的行踪，他们查到我们在这个村庄里，因为我们的车很醒目。他们想要把我们杀死，并伪装成颂猜杀害的假象。颂猜能盘踞当地多年，并备受尊敬，跟他从来不侵犯当地村民、不影响村民的生活有很大关系，所以那些杀手为了把杀戮做得逼真，只是守在村庄外，等我们离开的时候再动手。”

有道是兔子不吃窝边草，一个毒枭对附近的人秋毫不犯，还恩威有加，是明智的选择。这样围剿的时候，附近村民非但不会去帮助敌对势力，反而会尽心尽力地窝藏颂猜。国际刑警和维和部队后期围剿颂猜的时候，花了好大力气才找到颂猜，跟颂猜平时的群众基础有很大关系。

“没想到村庄外面的森林里，有一群人等着杀我们，而那天午夜，孕妇竟然临产了！你知道，我之前一直都是神经外科医生，没有什么接生的经验。孕妇的情况很危急，她因为生病长时间卧床，胎儿胎位不正，还有脐带绕颈！村里的接生老妇，也不知道应该怎么做！我决定为孕妇进行剖腹产手术！如果保不住大人，那么我尽量保全孩子！”

欧加拉看着丁忧，换了一个姿势坐，依旧风情万种、勾魂摄魄，丁忧做决定倒是很快，虽然不管对错。

“那是我生平第一次，在恶劣的环境下给人进行剖腹产手术，一直昏迷的孕妇中途醒了，可能是太疼了。我告诉她，我会让她的儿子活下去，但我希望，她的儿子生下来是有母亲的，我希望她的儿子能有母亲疼爱和养育。我给孕妇做的是竖切刀口，很多已生育的女性村民过来帮忙，用烧酒来消毒器械，并给我一些止血和杀菌的草药，大家一起鼓励孕妇，孕妇有很强的生存欲望。我剖开她的肚子和子宫，从里面掏出了婴儿，婴儿已经窒息了。接生老妇看我把婴儿挖出来，很熟练地剪断了脐带，把婴儿倒扣着，拍着婴儿的小脚，把羊水拍了出来。我们都很担心，怕这个婴儿因为窒息太长时间活不回来了，但是这个孩子很坚强，他哇的一声哭了出来，他的声音给孕妇很大的鼓舞。我给孕妇打了一针麻醉剂，用缝衣针把她的子宫和肚子缝上，并涂抹了抗生素。”

丁忧虽然说得轻描淡写，但当时的紧张气氛，欧加拉也能感受到，缺医少药，环境恶劣，准妈妈还感染重病，她希望是生命的奇迹，“祈祷妈妈和宝宝福大命大。”

“他们都活了下来，”丁忧继续轻描淡写，“男孩一直没事，很健康，竟然没有传染上他妈妈的病，这可以说是奇迹，至于孕妇，她的肚子上留下很大一块疤痕，她的子宫壁容易破裂，不建议再次怀孕生子，其他的就都很健康了。”

“谢天谢地！”欧加拉完全沉浸在故事里。

“第二天早上，我们把孕妇留在村子里，她刚生完孩子，还有伤口，不能颠簸劳顿，我们把她托付给村民照顾，告诉村民她是哪个村子的人，等她完全恢复了，自己回去，或者她村子的人会来接她。告别孕妇、新生儿和村民们，我们，我、李吉利、颂猜的副手带着我们小组的患者要回去，和其他五个人会合。颂猜的副手说，回去之后他会联系颂猜，告诉颂猜我们擅自行动，我告诉他，我们小组的患者没有意识，他们没有错误，我是主犯，李吉利是从犯，颂猜想怎么做，随他的意思。但是医疗小组必须补充药品了，回到村子和其他人会合后，我会让李吉利去维和部队驻地那里取药品……”

丁忧沉默着，欧加拉没有催她，她知道，丁忧一定是回忆起了当时的枪林弹雨。

过了一会儿，丁忧才开口继续。

“回去的时候，李吉利在后面照顾患者，我和颂猜的副手在前面，颂猜的副手开车，经过沼泽地的时候，忽然响起了枪声。颂猜的副手选择那条线肯定确定那是安全的，他不知道开枪的是谁，但是枪弹的密度，显然是想把我们赶尽杀绝。颂猜的副手当机立断，把车开进丛林里，我们四个人，一个还是没有行动能力的病患，两个人没有武器，而他的武器只是一把手枪，他打算依靠自己对丛林的熟悉，带着我们逃走。他有扔下患者的想法，但我不能放弃自己的队员，理论上说，丢掉伤员逃生的概率更大，是我给他添麻烦了。李吉利比较瘦弱，患者是一个法国人，身材高大，他背不动，颂猜的副手背上患者，让我们跟着他走，他对丛林很熟悉，但是追杀我们的人，战斗力很强，他们就在我们周围。”

“他们是谁？”欧加拉问。

“受雇的杀手。”丁忧回答，“在丛林中，我们遇到了一个杀手，他掉进了蚂蟥堆里，被藤蔓缠住，浑身上下都是蚂蟥，我问他，是谁雇用了他们，只要他告诉我，我就可以让他死得干脆点，被蚂蟥钻进身体，吸干血死掉，很痛苦。”

十八　丛林生涯（四）

欧加拉忍不住发抖，她只要想到，一个人在热带丛林中，浑身上下爬满了吸饱了血的蚂蟥，就毛骨悚然。

“颂猜的副手因为要背着患者，所以把手枪给了我，”丁忧接着说，“我用手枪指着那个杀手，那个杀手立刻告诉了我雇用他的人，于是我信守承诺，用子弹了结了他。我不细说我们在丛林里的逃生了，你只要知道，我们差点死在那里就行了。我们只求自保，并没有攻击，但是追杀我们的杀手，有五个死在了丛林中，有死于蚂蟥的，有掉进沼泽淹死的，有被食人花吃掉的……那片丛林就是吃人的丛林，幸好在天黑之前，颂猜的副手把我们带到了颂猜的营寨外面。”

“谁雇用杀手谋害你们？这么丧心病狂？”欧加拉问。

“资金的出处是，刘峰名下的药厂，”丁忧说，“这是我后来才查到的。雇用那个杀手的人，只是一个中间人，我当时并不能确定是谁要杀我们，我提防的人太多了。”

欧加拉看着丁忧，她是一个容易走极端的人，也是一个太不容易的人。

“那些杀手是丛林雇佣军，他告诉了我一个陌生的名字，所以从那时开始，我决定不信任任何人。”

“不信任任何人？”欧加拉试探着问，“任何人，是所有的人？政府军、维和部队、国际刑警、你的医疗小组，还有颂猜的人，所有人，任何人？”

丁忧点点头，继续说下去：“后续的发展，证明了我的决定是正确的，任何人都不能相信。当我们到达营寨的时候，颂猜非常愤怒，对他的副手处以鞭刑。至于我们，他想杀了我们，并把我们的头颅用竹竿挑起，挂在营寨上，因为我是负责人，也是做决定的人，所以他把我踹倒在地上，用步枪指着我的脑袋，那个步枪，我记得是经典的热兵器，苏联的AK47，很少会卡壳，不过那天卡壳了……”

欧加拉紧张地看着丁忧，“发生了什么，让他放过你？我虽然没有见过颂猜，但是有些生意上的来往，听说他是一个喜怒无常、冷血无情的人。”

丁忧皱着眉头，她特别喜欢皱眉头，过了一会儿接着说：“我没怎么被枪指过，还是步枪，我不是很赞同你对颂猜的评价，他是一个有领导能力，并善于操控别人的人，能掌控那么多的亡命之徒，他还是有闪光点的。我们被囚禁的后期，医疗小组里的人，有些已经对他产生了依赖感，就是斯德哥尔摩综合征，你必须承认他身上的闪光点。就像当时，他用枪指着我，我真的以为他要杀了我，但是他后来没有杀我，我也不会感激他，因为当地疾病流行，杀了我，消灭我们的医疗小组之后，就不会再有医疗小组被派往这里了！他用步枪指着我，不过是为了威慑我，不会真的杀我，因为我还有利用价值。但是我们到了他的营寨，那里是他的老巢，他不会放心让我们回去泄露他们的踪迹，所以他决定，让人把其他五个人，都绑架回他的营地。”

“我们八个人，被关在颂猜营寨的牢房里，幸运的是，因为注射了药物，得回归热的患者已经清醒了。大家都很害怕，怕颂猜做出什么伤害我们的事，尤其是李吉利，他很愧疚，因为他觉得是自己的行为导致我们被囚禁。每隔一段时间，颂猜就会让人带着医疗小组的两个人，去附近的村子给人看病，其余的人囚禁在营寨里，这样过了很长时间，我们没有生命危险，因为我们对颂猜还有利用价值。但是时间长了，怎么办？尤其是雨季之后，雨季过后，昆虫和瘴气会减少，传染源也会减少，得病的患者就会少，我们就没有什么用处了。那段时间，我一直在想颂猜会怎么处理我们。”

“那时候，他的情况也不好，因为当地政府军、维和部队、国际刑警，都想剿灭他，他的敌人很多，对方摧毁了一些他的秘密通道，让他的生意也大受损失，毒品销售不出去，他就没有资金买武器来武装自己，对抗别人。热带丛林只分两个季节，雨季和旱季，雨季的丛林里到处都是死亡陷阱，旱季还能好些。过了雨季，他的敌人，有可能会趁机攻打进来。第一年的时候，他以我们作为人质，来牵制政府军和维和部队，这是我们在雨季外的用处……”

丁忧显然对于自己在颂猜营寨里的遭遇不愿多讲，“中途爆发了几次流血冲突，颂猜损失了一些，但他还是撑到了第二年的雨季，在第二年的雨季里，发生了一件大事，那件事你也知道。”

欧加拉试探着问丁忧：“是不是颂猜杀害人质的恶行？当时舆论沸沸扬扬，国际刑警压力非常大，因此他们决定不惜一切代价，歼灭颂猜团伙。”

丁忧点点头，“但我所知道的是，颂猜并没有打算杀我们，也不是他杀的我们，那是雨季的晚上，天气非常闷热，我被毒蛇咬伤了，被抬到他那里接受巫医的治疗，如果有抗毒血清的话，我也可以为自己治疗。那里蛇虫鼠蚁特别多，多数都有很强的毒性，所以我有佩戴雄黄驱虫的习惯。我不知道为什么那条毒蛇会咬我，但是它咬了我，使得我躲过了灭顶之灾。那天晚上，被派出去的医疗小组的两个成员也刚回来，除了我之外的医疗小组的其他七个人，都在自己的牢房里，严格说来，那并不是牢房，除了防守严密一些，跟其他人居住的地方都一样，几排竹屋，男女分开住宿。”

“那天晚上，我因为中了蛇毒非常虚弱，躺在颂猜巫医的竹板上。夜里我听到枪声大作，我以为又是政府军来进攻，但是雨季的夜晚，很少有进攻，这时候有人进来，把我拖起来，扔进麻袋。这个人背着我，我在麻袋里，意识不太清楚，但能感觉到，他是背着我躲避战火，他把我扔进了一个地穴里，我们就躲在那个地穴里。过了很久，直到第二天早上，颂猜把我们从地穴里放出去，我的蛇毒排出了一些，意识也清醒了，我才知道，医疗小组八个人，除了我，都死了。”

“我们住着的几排竹屋，密布弹孔，而其他的房子，几乎没有什么损伤，这证明对方并不是来攻击颂猜，而是来谋害医疗小组的，但是他们为什么要谋害医疗小组？我不明白，颂猜问我，要不要留下，跟他们做一伙，我没有回答。医疗小组的人员，都没有武器，当面对枪炮的时候，连自卫的能力都没有，他们的尸体惨不忍睹，你知道作为幸存者，是什么滋味吗？我觉得自己对于他们的死负有责任！”

所谓的天煞孤星，就是如此，全军覆没，只有她一个人幸免于难，还留下难以磨灭的伤痛。

十九　幕后黑手（一）

“我相信，不是颂猜杀了医疗小组的人，因为他没有理由杀害我们，我们是他的保护伞，如果他真的要杀，为什么会留下我一个人？”丁忧继续说，“尤其在雨季，医生很重要。第二天，我就知道了为什么，政府军要求对话，要确定我们是否还活着，除了我之外，其他人都死了。颂猜问我怎么办，我他妈的知道怎么办吗？我只能出现，并且如实陈述有人突袭颂猜的营寨，导致医疗小组除我之外的七个人全部遇难的事实，但是我还没有把经过完全说出来，就有人朝我放枪！我被流弹射中，颂猜的人赶紧把我弄进丛林，政府军的人说我已经投靠了颂猜，让我们小组其他人出来说话，我找不到其他能说话的人。”

彼时，颂猜已经穷途末路，有医疗小组在的话，政府军还能投鼠忌器，但是医疗小组的其他成员已经遇害，他们完全有理由猛力进攻颂猜，尤其是还有维和部队和国际刑警的支持。

“我当时不知道是谁派人来杀害医疗小组的成员的，但我知道，政府军能做出那样的举动，完全是确定了医疗小组的成员已被杀害这个事实！我一定要查出，是谁杀害了医疗小组的成员！是谁杀害了我的组员！我被判定投靠了颂猜，其他人已经遇害。没过多久，还在雨季里，政府军就联合维和部队、国际刑警，进攻颂猜的营寨，战事持续了大概一个月，颂猜集团被剿灭，颂猜被生擒，我被战火波及，受了重伤，等我醒来的时候，已经是在医院里了。我遭受了连番的审问和盘查，他们问我是否有和颂猜勾结，他们甚至问我，在来缅甸做无国界医生之前，是否贩毒制毒，是否认识颂猜！”

欧加拉非常同情地看着丁忧，这孩子太可怜了！

被绑架，同行都惨死，她还受了重伤，身体缺损，刚醒来，还都没有恢复，就受到了这么惨无人道的审问，她不是英雄，不是受害者，竟然是犯人？

“你记得我之前说过，我不能相信任何人，任何人。我知道我被陷害了，从一开始就被陷害，某些人本来想在颂猜的营寨里把我杀害，同时杀害医疗小组的人，并嫁祸给颂猜，然后以此为借口，进攻并剿灭颂猜，颂猜不承认没有关系，反正也没有人会相信他，他是毒枭，他是罪犯，他是凶手，但是他一直都不是我的敌人！我的敌人是，杀害我小组成员的人！并处心积虑要灭我的口、陷害我的人！”

“我在医院里的时候，医生给我的诊断是 PTSD，创伤后应激障碍，我选修过精神科，知道怎么能做到这点，所有人都在静观其变，某些人不能对我用刑，除了审问之外，他们不能折磨我，我从不理睬他们，把全部时间用在思考上，为什么会发生这件事，目的是什么？政府军根本不关心我们医疗小组，因为颂猜威胁了他们的利益，他们巴不得我们早点死，这样维和部队和国际刑警就能帮助他们剿灭颂猜了。但是政府军根本没有能力偷袭营寨，杀了医疗小组的人，即使他们有这个能力，他们会做的是杀了颂猜，而不是杀医疗小组的人。维和部队和国际刑警，一直受到颂猜牵制，不敢妄动，他们如果有能力，或者有计划，肯定是解救医疗小组的人，而不是杀害。”

“杀害医疗小组的不是这三方的人，他们有能力进行突袭，但是要在雨林中穿过政府军和维和部队、国际刑警的包围，绝不是容易的事情，肯定是有人放行，从没过几天政府军就要求谈话这件事上看，政府军很有可能是让那些杀手偷偷进入的人！但是我没有证据去问政府军的人，我更没有理由去打草惊蛇，有无数双眼睛在盯着我，我不能轻举妄动。”

丁忧一直都容易冲动，但那段时间却知道，自己最好的做法，就是什么也不做，沉默着，麻痹幕后黑手，她不能碰相关的一切，她要让那些人麻木了，掉以轻心，然后用力地给予他们迎头痛击。

“我在东南亚做了一年的康复，我的伤势很严重，三个月之后才能下床，但是肌腱和神经都有损伤，我不想坐轮椅，所以每天都在高强度训练，直到我能走路。在这一年的时间里，发生了很多事，其中有一件就是，我被洗刷了嫌疑，因为他们找不到证据，无法证明我和颂猜有勾结。我恢复了自由。当然某些人也有所顾忌，我说我手头有一些证据，如果我意外死亡，如果我被审判，这些证据就会被公布。他们不敢欺人太甚！”

“什么证据？”欧加拉问丁忧。

丁忧笑了，很鬼魅，“但是我也不能查政府军，这样的话会打草惊蛇，你还记不记得？在我进入颂猜营寨前，在丛林里也遭遇到伏击？那次一个掉进蚂蟥堆里的杀手，告诉了我一个名字。我决定从这个名字入手，关于这个人，你应该也听说过，他是一个解决麻烦的人。同时我也在查刘峰的药厂和那批假药，我要做的事情很多，我要一件一件来。在查的时候，我发现刘峰和那个解决麻烦的人有资金往来，刘峰曾经分几次，汇了大额款项给那个解决麻烦的人，其中一次是在我和李吉利在丛林里遭遇伏击之前，一次是在那之后。刘峰是一个奸商，但不是一个合格的武装分子，我决定先从他下手，在他身上练练手。解决麻烦的人，作为中间人联系雇佣军和杀手，干的都是非法的勾当，这么长时间都没有被抓到过，一定是一个警觉而小心的人，我不能惊动他。”

“我偷偷地查刘峰，发现他相对来说要简单得多。我说的简单，不是他是一个简单的人，而是他在这么大的一个阴谋里，其实是一个很不起眼的人物，只是一个棋子，而不是决策者。从他身上下手，是一个明智的选择。在查他的时候，我发现了一个惊人的秘密，他这个人，真他妈的太恶心了！”

二十　幕后黑手（二）

丁忧这么短时间里爆了几次粗口，欧加拉等着她继续说下去。

欧加拉已经觉得刘峰这样的人该死，死不足惜，难道他还有更恶毒的罪行？

“你之前已经知道了，刘峰带李吉利去美国，不是为了养育他，而是想利用他来谋得遗产，他对李吉利只像一个陌生人也好，因为陌生人最起码不会伤害你。李吉利刚开始去美国的时候很惨，他语言不通，在一个陌生的环境里，唯一能依靠的两个人，对他又很冷漠。他有一次被关在家中，饿了好几天，因为刘峰和蒋春妮去别的城市度假去了。他饿得实在受不了了，爬出窗户去别人家的院子偷吃了狗食，他很羞愧，他不吃又会饿死，他的邻居看到一个小孩竟然爬进自己的院子偷吃狗食，吓死了，赶紧报警。警察来了，把李吉利带走，发现他一句英文也不会，只能去找邻居，有邻居证明他住在刘峰的房子里，所以警察打电话叫刘峰和蒋春妮赶快回来把孩子领走。

“刘峰和蒋春妮过了很久才到警察局，李吉利说，那是他刚到美国之后，住得最好、吃得最好的一段时间，他还学会了两个英文单词，yes 和 thank。刘峰和蒋春妮没有把这件事当回事儿，想把李吉利领走就完了。警察威胁他们，说要起诉他们虐待儿童，还要给李吉利录口供，如果能证明刘峰和蒋春妮虐待了李吉利，就能剥夺刘峰和蒋春妮对李吉利的监护权和抚养权，把李吉利送到寄养家庭。李吉利当时很怕，他什么都不敢说，他一直都对这两人有一些特殊的感情，他不想害刘峰和蒋春妮进监狱，要不然，他也不会向我隐瞒假药的事。刘峰和蒋春妮诅咒发誓，绝对没有对李吉利不好，说家里冰箱里都是吃的，只不过李吉利有心理问题，才会去邻居家偷吃狗食。

“李吉利最后还是跟刘峰和蒋春妮回家了，但是儿童福利署对他们记录在案，会不定期抽查，看刘峰和蒋春妮有没有虐待李吉利。通过这件事，李吉利走出了他在美国的第一步，他去上了学，虽然有很多人欺负他这个外来客，但他知道，他必须学习好，学习好才能上大学，上了大学才能挣钱，挣了钱就可以回到中国，去找他的养父。第一步就是把英语学好，李吉利能用英语简单交流之后，就找了很多兼职，送报纸、修剪草坪、看孩子等。他就这样，一步一步实现自己的理想，上了大学，回了中国，但他一直都不知道一个秘密。

“只要他成年之后，他就有钱可以拿。他的叔公，也就是刘峰的叔叔立下的遗嘱，刘峰一直都没有告诉过李吉利。遗嘱是这样的，遗产由刘峰继承，但是李吉利成年之后，可以分走遗产的一半，在他未成年的时候，遗产由他的监护人代为保管，这也是刘峰不能弄丢李吉利监护权的原因。李吉利一直都不知道这份遗嘱，他到死也不知道，他以为刘峰带他去美国，就继承了所有遗产。”

“你是怎么知道这些事情的？”欧加拉问。

“我看了刘峰电脑里的重要备份。”丁忧回答，“不要问我怎么看到的，不合乎美国的法律。我也看了刘峰的邮件往来，通过这些证据，我整理出来一个脉络，一切的根源在于刘峰一直想侵吞李吉利的那份遗产。李吉利成年之后，他就一直担心李吉利会知道遗产有他一份的事实。刘峰担心，李吉利会要走遗产，当李吉利决定参加无国界医生组织的医疗小组之后，刘峰把自己药厂生产的药物推销给无国界医生组织采购部，并且给出了一个相对低廉的价格。采购部的人问他为什么这么做，他竟然很无耻地说，他作为一个中国父亲，不善于表达自己的情感，但是他很欣慰地看到自己的儿子，有这么崇高而伟大的理想，他决定尽自己所能，也出一份力，帮助他的儿子实现理想。他还希望组织不要告诉李吉利这件事，他习惯去默默地看他儿子的成长……他表现得很真诚，很感人，采购部的人都被他感动了，决定用他提供的一批药，你我都知道，这批药是假药。

“药品的审批都很严格，刘峰的这批假药，其实被查出来了，但是却被某一个权力人物给隐瞒下去，作为威胁刘峰的把柄。这之后，刘峰收到过一封邮件，上面是他提供药品的检验报告，他看到这封邮件显然很害怕，就回邮件问对方要干什么，对方竟然又给他发了另一封邮件，这封邮件是刘峰叔叔的遗嘱。对方说，如果刘峰能做一件事，不光所有遗产都是他的，他还能多得到一笔钱，很可观的一笔钱。

“刘峰是一个有野心的聪明人，他不聪明也不能发财，他当时就隐约知道会是什么事，什么情况，所有遗产都能归他所有？很简单，李吉利死了。刘峰想这件事，想了十多年，现在终于有机会了，对方给了刘峰一个地点，碰面的地点在曼哈顿，在此之后，就没有邮件往来了，我猜测后续的发展，都是通过碰面，毕竟邮件相对来说不安全。

“接下来，我通过了另一种途径来拼凑真相，在李吉利死后，刘峰的账户里，多出了一百万美元，这一百万美元怎么来的？不用多想。不过在那以后，刘峰每周的账目支出，多了一笔钱，每周五十美元，这五十美元，是他看心理医生的钱，原来他还是一个懂得恐惧的人。我看了心理医生的治疗笔记，不要问我是怎么看到的。刘峰是因为睡眠障碍来咨询的，他说他每晚都睡不着，只要闭上眼睛，就能看到一个浑身是血的人，站在他的面前向他索命，他亏心事做得太多了，日有所思，夜有所梦。他希望心理医生能治疗他的症状，或者直接给他开一些安眠药。

“刘峰的心理医生很负责，一直想用弗洛伊德的精神分析，来找到刘峰失眠症状的根源。刘峰肯定不能对心理医生讲自己做了什么罪恶，但是在一次催眠治疗中，刘峰给他的心理医生讲了一个故事。”

二十一　幕后黑手（三）

“刘峰讲了一个老马和小马的故事。故事内容是，农场的主人给了老马两块金子，告诉老马两块金子中，有一块是它的，还有一块是小马的，等小马长大之后，要老马把金子给小马，但是老马两块金子都想要，老马就想，怎么才能不给小马金子呢？过了好久好久，小马都长大了，老马很担心，小马知道农场主的话后，会自己来要金子。

“就在这时，老马遇到了一个很好的机会，一只受伤的鹰隼让小马把自己驮过河去，小马同意了，但鹰隼是老鸨的敌人，老鸨知道金子的事，就用两块金子贿赂老马，让老马想办法弄死小马和鹰隼。老马同意了，因为小马死了，金子就都是它的了，况且还能再多得一块金子。于是老马给了鳄鱼一块金子，让鳄鱼在水里咬死小马。故事的最后是，小马被鳄鱼咬死了，但是受伤的鹰隼飞走了，老马有了三块金子。”

这是一个有象征意义的故事，动物很多，但欧加拉听得很明白，“你是鹰隼？”

丁忧点点头。

“他为了钱，为了自保，竟然买凶杀死了自己的儿子！真是一个丧心病狂的人！”欧加拉非常愤慨，“但是，老鸨是谁？”

“我还在查，”丁忧接着说，“刘峰死后，我查了他的邮箱，发现那封鉴定报告的邮件和遗嘱的邮件都不见了，联系人里面也找不到那个邮箱了，有人在做清道夫。”

“那你为什么不报警？”欧加拉问，“报警，让警察抓他啊！然后审问！他买凶杀了自己的儿子！”

“没有证据。”丁忧回答，“在美国的司法体系下，我的发现都是违法的，不能作为证据。”

“那你，怎么做的？”欧加拉问得很惊慌，“忧忧，你不能矫枉过正，不能知法犯法啊！”

“我之前已经跟你说了，我没有杀刘峰。”丁忧重申，“我知道谁杀了他而已。”

“谁？”欧加拉问。

“不是我。”丁忧回答，“是刘小勇！”

“他？”欧加拉瞪大眼睛，“怎么会是他？”

“刘峰的睡眠障碍越来越严重，像他们这样的父母，能教育出来什么样的孩子？刘小勇醉酒、开车超速、和妓女开房，被抓住了好几次。刘峰一怒之下，没收了刘小勇的好几张卡，刘小勇就萌生出杀了刘峰，好拿到钱，继续鬼混的想法。别问我怎么发现的，警察很快就能查到他的身上。有人蠢到买麦角下毒，还刷自己的信用卡。”

欧加拉想了想，“我觉得那个孩子，倒是能干出这样的事情，但我不认为他有这样的智商，犯罪做得天衣无缝。”

“天衣无缝？”丁忧问。

“很完美的意思。”欧加拉解释。

“我懂天衣无缝的意思，”丁忧说，“但是刘小勇用自己的信用卡买的麦角，这是很愚蠢的行为，他可没有什么完美的犯罪。”

“我的意思是，刘峰有严重的睡眠障碍，”欧加拉进一步解释，“我虽然不懂麦角这些中药，但是警察局有人跟我解释过，凶手给刘峰下麦角，让刘峰产生幻觉，好像厉鬼索命一样，让他跳楼自杀。刘小勇一个不学无术的纨绔子弟，他能想到这么精妙的犯罪手法吗？”

丁忧没有回答，闭上眼睛，“我明天回奉城，有动机，有证据，还需要其他的吗？”

“我觉得你有所隐瞒，忧忧！”欧加拉站起身，很西化式地在丁忧惨不忍睹的脸上亲吻一下，“好好休息！”

丁忧勉强地接受了她的吻别，龇牙咧嘴。

警察很快确定刘峰的死亡原因是麦角中毒，导致幻觉，最后被卡车撞碎，在他的安眠药中，找到了麦角成分，确定是熟人作案，因为一般人无法接触到他的安眠药。警察很快开始排查与刘峰有关的人，林森、蒋春妮、刘小勇等。

他们发现，刘小勇竟然在 ebay 上买过酒石酸麦角碱，他难道当中国警察只能查询淘宝的购物记录吗？

刘小勇没有偏头痛的病史，他买这种药干什么？

而且他有条件对刘峰下药。

如果算上刘峰没收了他的银行卡的话，他也有动机。

只不过，蒋春妮对刘小勇太过溺爱，刘峰没收了他的银行卡，蒋春妮还给他了一个救急备用的。

刘小勇这种虚有其表的公子哥儿，根本扛不住警察的审问。

但是蒋春妮一直在给他打气，“宝宝，别怕！妈咪马上回美国，给你请最好的律师！妈咪一定要把你完完整整地带回去！”

刘小勇在拘留所里，跟一个妈宝似的，眼泪汪汪地看着他妈，“妈咪，你可一定要早回来啊！不要怕多花钱，一定要找最厉害的律师！”

“妈咪回来之前，一定什么都不要说！你有权请律师！律师不在的时候，你什么都不要说！”蒋春妮恋恋不舍，“什么都不要说！”

“没有律师在场，我什么都不说！”刘小勇大喊一声。

蒋春妮放心了！

中西法律体系都不一样，蒋春妮想得太多了。

而且她真的是，太高估了自己的儿子。

她带不走自己老公的尸体，又带不走自己的儿子，一个人孤零零地回美国。

她没有想到刚上飞机，她的宝贝儿子就把什么都招了。

但她根本什么都不在乎，她奔向了自己富有而自由的生活。

这么多年，她真的受够了！

刘峰是一个小气鬼！还在外面养了好几个小蜜！

她人老色衰，离婚？

刘峰这么精明的人，能分她多少钱？

她是一个贪心的人，刘峰能为李吉利的那份遗产买凶杀人，她可不会做那么傻的事！

她是一个非常非常聪明的人！

坐在头等舱里，看着眼前的精致果盘，蒋春妮保养过度的脸上，浮上一丝僵硬的笑容。

“都是妈咪让我做的！都是妈咪让我做的！”审讯室里，刘小勇终于哭喊着，“妈咪说会来救我的！妈咪快来救我啊！”

“你母亲，蒋春妮指使你的？”警察问刘小勇。

在拘留所里待了好几天，娇生惯养的刘小勇早已萎靡不振，竹筒倒豆子，把什么都说出来了，“是妈咪叫我这么做的，妈咪让我在网上买一种叫作什么酒石酸麦角碱的药，替换了爹地的安眠药！爹地现在失眠得发狂！妈咪说，吃了这种药，爹地就会更加发狂，他死了的话，别人都会认为他是睡不着发狂死的！谁也不会想到我们！妈咪说，爹地死了，我就能拿回我所有的卡，随便花钱！爱干什么就干什么！”

警察无语地看着刘小勇，他不知道李吉利的事，但是还觉得，刘峰死于刘小勇之手，实属自作自受，养了这么个儿子！

飞机已经远离中国领空，蒋春妮笑得越发地得意，她的表情令人害怕，这已经是一个癫狂的女人了！

她一辈子自私自利，没有任何良心和感情，凡事都只为自己。现在她终于做到了，她有钱有闲，不用受制于任何人了！

没有任何人可以跟她抢钱了。

她是不年轻了，但是她还有大把的时间可以享受啊！

刘小勇，他没用了！

中国和美国没有引渡条约，她不可能在中国受到惩罚，即使中国因为受害人和凶手都是美国籍，把刘小勇遣送回美国，刘小勇的证词，又能奈她何！

米兰达规则，刘小勇的证词是非法的！

蒋春妮笑得开心极了！

二十二　奔波

“刘太太，你为什么这么高兴？”

蒋春妮正旁若无人大笑的时候，过道对面，一个带着金丝眼镜、其貌不扬的年轻人问她。

蒋春妮觉得这个人有些眼熟，她的笑容僵在脸上，脊背一阵发凉，“你是？”

“张约翰，我是吉利的恋人。”张约翰很有礼貌。

蒋春妮隐隐觉得不对，“你怎么在这里？”

张约翰平静地看着蒋春妮，“我做了一个选择，教唆谋杀和强迫未成年人性贿赂，我更希望你接受后者的惩罚。”

蒋春妮冷汗淋漓，她现在真是骑虎难下了，在飞机上，中国，绝对不能回去，美国，好像……

她忽然镇定下来，发挥了强大的心理素质，面不改色，“你可别胡说啊！小心我告你诽谤！”

张约翰不再说什么，很淡定地微笑。

他这份笃定，让蒋春妮不寒而栗。

几天之后。

丁忧脸上的伤好了一些，没有之前那么恐怖了。

欧加拉在刑侦学院找到丁忧时，丁忧正在解剖小白鼠。

有些人天生喜欢杀戮和血腥，不知道丁忧是不是这样的人。

欧加拉看到小白鼠被剖开的肚子，就有一种丁忧很享用的错觉。

“我一直在跟进刘峰的案子，”欧加拉对丁忧说，“公安机关不打算把刘小勇移交到美国，因为他在中国国土上犯的法，入乡随俗，要接受我们这边的惩罚，蒋春妮回美国了，但是她刚下飞机，就被美国当地一个法务机构SVU，Special Victims Unit，中文翻译应该是特殊受害者小组给逮捕了……无所不知的姑娘，你知道这是怎么回事吗？”

欧加拉的语气，听着有些不太高兴，毕竟她觉得发生了这么多事，自己还是云里雾里的，丁忧也太不够意思了！

欧加拉可一直对丁忧尽心尽力的。丁忧怎么总是藏着掖着呢？

丁忧很小心地从小白鼠肚子里拽出一根细长细长的线，在灯下看，那根线发着光，“它怎么吃进去的？”

欧加拉看着那根线，眼光从线上移到小白鼠身上，这种小白鼠有些特别啊，它不是那种医用的小白鼠，而是家养宠物仓鼠，从门牙上能看出来。

“很奇怪，这根鱼线在这只老鼠的身体里，把它的消化系统都缠住了。”

丁忧把线取出后，又把仓鼠的肚子给封上了，原来她没有解剖这只仓鼠，而是在给它做手术。小仓鼠虽然像死了一样，但是黑漆漆、圆溜溜的小眼睛，还是会动的。

欧加拉觉得有点心酸，丁忧曾经是一个很有前途的外科医生，但现在只能给小仓鼠动手术，过一把瘾。

丁忧把小仓鼠放进玻璃盒子中，在它的肚皮上涂抹了一些抗生素药膏。小仓鼠的小眼睛黯淡无神，四个小爪子无力地耷拉着，看着萌萌的，特别可怜。

丁忧就地取材，用一个大针管抽了一管子葡萄糖，用一根细的橡胶管连上针头，另一头塞进小仓鼠的嘴里，然后把针管挂起来。

对于小仓鼠来说，这是一个非常简易的小急救室。

“出去走走？”丁忧提议，把欧加拉赶出去，还把门给反锁上了。

欧加拉想起来，她进来的时候，楼前面一个小男孩抱着装仓鼠的空笼子，哭得很伤心，草坪边缘，还被挖出来一个小土洞。

门关上了，她看不到那只躺在玻璃盒子里的仓鼠，但是她联想到楼外面哭得上气不接下气的小男孩、他怀里的空笼子、刚被丁忧剖腹又缝合的小仓鼠，“忧忧，你不是夺人所爱吧？”

“我怎么了？”丁忧问。

欧加拉指了指门，“那只小仓鼠啊？它的主人在楼下哭得很难过！你应该完璧归赵。”

丁忧一本正经地回答：“那只老鼠刚做完大手术，我要把它还回去，那小孩子肯定会把它养死的，他又不懂药物治疗，也无法提供无菌环境。”

两人还没出电梯，就听到外面的号啕大哭，声音很稚嫩，“你还我家白白！你把白白怎么了！白白……你的墓地，我都给你挖好了！”

欧加拉明白了，小男孩是看自己饲养的小仓鼠快死了，就在草坪上挖了一个洞，他看小仓鼠连动都不动了，就以为它真死了，伤心欲绝地要把小仓鼠埋葬，但没想到好巧不巧，遇到了丁忧，丁忧一看那只仓鼠就知道还活着，只不过是假死而已。

后续的发展应该是，丁忧发挥了自己沉默寡言、简单粗暴的特质，从小男孩手里抢走了要被埋葬的小仓鼠，小男孩当然不愿意给，但他怎么能抢得过丁忧，哭着喊着看着自己心爱的小仓鼠被丁忧抢走了！

法医大楼，外人又进不去，他就只能守在门口哭。

真是一个可怜的孩子，心心念念想着自己的白白，哭得可伤心了！

“他怎么还没走？”丁忧听到哭声，带着欧加拉走法医大楼的侧门。

“忧忧，他多可怜啊，”欧加拉劝说丁忧，“你赶紧去跟小朋友说，你把他的小仓鼠救回来了，他哭得那么伤心欲绝。”

丁忧当然不同意，“等那只老鼠好了之后，我会还回去的，我知道那小孩是谁家的。”

“那你为什么不告诉他小仓鼠还活着啊？”欧加拉问丁忧，丁忧的脑回路一般人都了解不了。

“那他会天天守在这里，问我那只老鼠怎么样了，能不能看老鼠，”丁忧很不耐烦地回答，“我会被他烦死的。你不要说了，老鼠好了之后，我自然会还回去的，我又不喜欢养老鼠。”

欧加拉无语，像丁忧这种性格，做了好事也会被人记恨的。

像那个小男孩，小仓鼠的主人，即使他最后得回了自己的小仓鼠，也不会感谢丁忧救了自己的宠物，他会一直把丁忧当成夺走自己宠物的人。

穿过一条林间小路，虽然小路上人很少，但是大美人欧加拉的回头率也非常高。

“你开车来的？”丁忧问欧加拉。

欧加拉点点头。

“那好，我们去停车场，”丁忧吩咐欧加拉，“然后去机场。”

机场?

欧加拉不敢相信地看着丁忧，“机场？去机场做什么？”

“一个小时之后，有一班飞机到无锡。我们去无锡。”丁忧很是淡定地回答。

二十分钟之前的事情，欧加拉没有记错，丁忧是说过，出去走走。

但在欧加拉的想法里，出去走走，也就是在这林间小路上走一走，谈谈心。

可不是坐飞机去无锡啊！

二十三　墓地

事态的发展，已经远远超出了欧加拉的预料。

在丁忧的行事方法里，提前半个小时到机场，买一张票，登机就可以走了，她把坐飞机出行等同于在门外乘公交。

“我需要带换洗衣服和化妆品，我出门要带很多东西！”欧加拉憋着口气开车。

“带钱，需要用的东西现买就可以。”丁忧不以为然。

“我的衣服和化妆品，有钱也没有地方可以买啊。”欧加拉气鼓鼓的，“我们晚上能到无锡，怎么也要过夜，睡衣、第二天的衣服、洗浴用品、护肤品、保养品，第二天早上的化妆品！你怎么能让我这样措手不及呢？”

“你要带的东西，真多。”丁忧很无奈，“对付一晚上吧。”

“你什么都不用带吗？”欧加拉问丁忧，“男人出门都需要带一些东西，女孩子不能太粗糙！”

丁忧看着窗外，“我带钱了。”

欧加拉也是经常出远门的人，只不过她的行程从来没有这么仓促过。

“去无锡住在哪里？我让人把我的东西送过去。”欧加拉退而求其次。

“不知道。”丁忧回答。

欧加拉彻底无语了。

这姑娘也太想一出是一出了。

不过欧加拉混乱的心绪，影响不了时间飞逝。

当天晚上，她们到了无锡苏南硕放国际机场。

突然间由北到南，气温陡升，出了机场，虽然是晚上，但天气仍然很闷热。

丁忧拎着公文箱，胳膊里搭着外套。

虽然事发突然，但好在是中午出的门，所以欧加拉修身的小西装里面，穿着一条无袖的真丝连衣裙，她只要把外套脱了，这一身打扮很适合南方的天气。

她把外套扔给丁忧，“拿好，我去找车！”

丁忧接过欧加拉的衣服，很严肃地看着她，“要车，不要人。”

欧加拉无奈地摇摇头，“君心难测。”

她穿着红色的真丝裙，手里挽着红色的铂金包，雪肤红唇，玲珑有致，绝对的艳冠群芳。

丁忧拿着东西，跟棍子一样杵着，看欧加拉顾盼生姿，走向一辆车，黑色低调的奥迪车。车里下来一个人，人高马大，至少有一米九，跟欧加拉倒是很般配。

丁忧曾经见过这人两次。

林森，号称森少。

欧加拉、林森两人见面，就是一个热情洋溢的大拥抱，欧加拉还很主动地长吻了林森。短暂的交流与寒暄后，林森把车钥匙交给欧加拉，远远对丁忧打了一个招呼，转身走了。

欧加拉拿着车钥匙，兴高采烈地招呼丁忧过去。

果然美女到什么地方，都有方便可循。

“去哪里？”欧加拉问丁忧。

“太湖那边。”丁忧说。

“不是我居功自傲，”欧加拉在高速上开着车，“但你想想，你这次是跟我一起来的，所以，飞机、汽车都勉强赶上了，但是你如果要是自己的话，你怎么办啊？所以像出远门这种事情，你不能想出去就出去！”

“机票可以买，国内航班提前半个小时就可以。至于汽车，机场提供租车服务，我有驾照。”

欧加拉摇摇头，朽木不可雕也，“你的驾照？别掉水里了！”

丁忧沉默不语，她的驾驶技术，真能把车开成潜艇。

一路上欧加拉照着丁忧的指引，上了通锡高速公路。太湖很大，浩渺无垠，如海一般，在夜色中，显得有些像黑洞，似乎能吞噬所有有生命的人，和这个世界。

“去哪里？”欧加拉调出导航，“江南大学方向去？又去大学？”

丁忧摇摇头，“墓地，梅山公墓，从西入口进去。”

“墓地？”欧加拉不确定地问，在看到丁忧十分肯定地点了头之后，“把梅山公墓几个字输进去，开导航。”

丁忧把地点输入导航，希望这个导航好使，别把她们带到苏州，或者是太湖里。

“你去公墓做什么？拜祭？中国人不是清明节的时候才拜祭祖先的吗？”欧加拉问。

“去见两个人。”丁忧回答。

见两个人？

半夜三更，去墓地见人？见鬼还差不多！

欧加拉没有细问，丁忧从来不缺惊吓。

梅山公墓顾名思义，就在太湖边的梅山上，是一块埋人的风水宝地，背山临水。

下了高速之后，整个路上一辆车都没有，偶尔经过一些村庄，也是死寂的。住在村子里的人，睡得早起得早，这么晚了，家里就算有人，也都睡了，谁家还亮灯！

欧加拉往山上开车，没来由地觉得很冷，她看着四周的黑暗，树木、影影绰绰的建筑、漆黑一片的山，想着山上有那么多的墓地，有那么多的幽魂，就觉得有点怕。

周围安静极了，能看到漆黑夜幕上的闪闪群星，山中要比市区凉爽很多，空气清新，满是大自然的味道。欧加拉想，这里还是挺浪漫的一个地方，要是能把丁忧换成某个帅哥的话，要是丁忧之前没有说什么去墓地见什么人的鬼话的话。

欧加拉想到这里，哀怨地剜了丁忧一眼。

山间小路，还要穿过人烟稀少的村庄，欧加拉把车灯调得暗一些，车速也不能太快，万一轧到老乡家的猫猫狗狗就不好了。

丁忧把窗户开了一条缝，山风真的很清凉。欧加拉把空调关了，把自己这边也摇下半个窗户。

“看到前面那棵榕树了吗？”丁忧指着前方，暗淡的车灯照着的一棵黑魆魆的榕树，那棵榕树很大，枝繁叶茂，树冠能有二十平方米，树干也是四五人环抱地粗壮，立在那里，尤其是在黑天，顶天立地得似乎能把天空戳破，“停在那棵榕树下面就行。”

欧加拉依言把车开过去，停在榕树下面。

榕树周围，有一些散落的小房子，但没有人住，一点人气都没有，车灯照过去，窗户黑洞洞的。榕树周围有一片很开阔的空地，再往上就没有车能开上去的路了，这里就是梅山公墓的西入口，每年的清明节，扫墓的人会坐着大巴车、小轿车从四面八方拥来，车就停在这里，周围会聚集很多附近村民，卖一些香烛冥币，那一天很热闹纷繁，活人比死人多，但除了那一天，这里总是冷冷清清的，逝者安静地长眠。

欧加拉没有把车熄火，问道："我们要爬山上去，你行吗？"

"试一试吧！"丁忧看着前面的山路，山虽然不高，但是很陡峭。

欧加拉刚要把车窗锁上，忽然目不转睛地盯着前方，"啊"的一声尖叫！

二十四　拜祭

丁忧顺着她的目光向前看去，一条土路向上就是梅山公墓的西大门，门很破旧，是那种老式的铁质栅栏门，中间一把大锁头。门虽然用锁头锁着，但想进去也很容易，只要从中间的缝隙里挤进去就行，丁忧挤进去完全没有问题，欧加拉虽然身材丰满，但其他地方都很纤细，上面压一压，下面压一压，也可以挤进去。

只不过，丁忧会挤进去，欧加拉却不会，大半夜地硬生生从一扇公墓大门挤进去，太有失风度，让人笑话了。

欧加拉的车灯已经关了。

公墓的门前，有一个人形的东西，黑乎乎的，看上去很庞大，南方的山区，能有熊这种动物吗？

大晚上的，一只熊怎么会出现在公墓外？

夜黑风高，能出现在这里的，只有一种东西。

或者不能称之为东西！

鬼！

欧加拉在胸前画着十字，“上帝啊！我们是不是见鬼了！”

“开灯，开车灯！”丁忧说。

“不能打草惊蛇！”欧加拉拒绝，“万一那边是一个厉鬼，我们一开灯，就会把它招惹过来！我们两个手无缚鸡之力的弱女子，怎么对抗得了？”

手无缚鸡之力？弱女子？

丁忧明白这两个词的意义，很疑惑地看了欧加拉一眼，她是不是用词夸张了？

欧加拉关着灯，开始倒车，但是路很窄，她还得提防着别倒进沟里了。

“你要干什么？”丁忧问她。

欧加拉总觉得，只要跟丁忧扯到一起，绝对没好事儿，半夜三更，墓地遇鬼，她回去一定要去教堂，让牧师给她驱驱邪。

“逃之夭夭！”欧加拉没好气地对丁忧说，现在门口有一个鬼，保不齐会呼朋引伴，一会儿要是一群鬼围攻她们，她可没法突围，万一这些鬼里面再有几个色鬼，那就更吃亏了！她可不像丁忧这么变态，见惯了生死，见惯了死人！

“把我先放下去。”丁忧说。

“你别闹了！忧忧！”欧加拉专心倒车，“我们阳气弱，可不要被那些鬼给害了！”

“这世界上没有鬼怪，”丁忧说，“即使有，有什么可怕的？让我下去，你要回去就回去。”

她胆子可真肥，要半夜里，一个人在墓地里待着。

“我不可能把你丢下！”欧加拉锁上车门。

欧加拉看着那个鬼，张牙舞爪地冲过来，它发现她们了！它斜着跑下来，刚好堵住了她们下山的路。

欧加拉手有些抖，看着那张牙舞爪一团黑的东西，心一横，决定一不做二不休，开车撞过去得了！

但万一那不是鬼，怎么办？

车外好像有呼喊声，只不过她把车窗都关死了，声音听不清。

“把车窗摇下来！”丁忧对欧加拉说。

欧加拉把车窗锁打开，没有进一步举动。

丁忧把车窗摇下，一股清新的冷风袭来，欧加拉打了一个哆嗦。

有声音吹散在山风中。

“丁医生吗？”

“是丁医生吗……”

欧加拉长舒一口气，用力把车灯打开。车灯的强光照过去，欧加拉发现张牙舞爪地把她们下山的路拦住的，不是熊，也不是鬼，而是一个一直在招手的人！

那人下意识地眯起眼睛，伸手挡住车光。

那人中等身高，较瘦，只不过方才黑暗给了他一层伪装，把他伪装成了很恐怖的存在。

“张约翰。”丁忧看着用手挡光的人说，“李吉利的同性伴侣。”

“物以类聚，人以群分。”欧加拉说了一句俗语，她知道张约翰这个人，他和丁忧曾经在一个下雨的夜晚，把刚刚入土为安的李吉利挖了出来。

能干出这种事的两个人又聚到一起，导致现在的一切看起来都那么正常、自然。

最不正常的反而是欧加拉了！

张约翰走近车子，看到丁忧，满脸欣喜，“丁医生，我等你一会儿了，我们去找李老吧！”

“李吉利已经落葬了吗？”丁忧打开车门问张约翰。

张约翰点点头，“我已经让吉利入土为安了。”

“我去拜祭一下他。”丁忧说。

“丁医生，你的心意我们心领了，但是现在天太黑，你腿脚不方便，我们明早再来吧！吉利领你的情。”张约翰非常感激。

丁忧没有坚持，让张约翰从后门上车，坐在后座。

欧加拉压抑着复杂的情绪开车。在张约翰的指点下，开了十分钟左右，到了一个小村子里。这个村子很小，只有十几户人家，算是离梅山公墓最近的聚居地，家家关门闭户，悄无声息，偶尔有两声狗叫。

虽然村子里人很少，但生活条件都不错，家家都是独门独户的小院子，二层小楼，典型的江浙一带富庶的农村。

欧加拉把车停在一扇大铁门前，张约翰下车，去把门打开，招呼欧加拉把车开进去。院子很大，停一辆车绰绰有余。

停好车后，欧加拉和丁忧下了车，张约翰把院门关上锁好。

欧加拉很自然地自我介绍，跟张约翰握了手。

“这个小院子很不错，”张约翰介绍着，把欧加拉和丁忧领进堂屋，把灯打开，“我租了两年。”

欧加拉第一次进这种南方乡下小楼，觉得很新奇，堂屋很大，有五十平方米，很亮堂、很高，有四根柱子，柱子之间拉着绳子，绳子上挂着腊肉。

张约翰看她很好奇的样子，开始介绍：“我租这个院子的时候，也是第一次进这种房子，也很新奇，这些腊肉还有干蔬菜，还有旁边的箩筐什么的，都是房主留下来的。院子里还有一些蔬菜水果，我不会养，就花钱雇了邻居一位阿姨帮我养。我们明天可以采摘一些，纯有机的，很健康。”

“有电啊！”欧加拉抬头看着灯泡，很惊讶，她以为农村都是烧煤油灯的。

“水电煤气都有，”张约翰介绍，“而且水质不错，有两个卫生间和浴室，热水器都是太阳能的。楼下有厨房，厨房里有烧火的灶台，也有煤气罐和电磁炉，我新买了洗衣机和冰箱，抽水马桶换成了智能的。”

欧加拉瞪大了一双妙目，这里的生活也太幸福了吧？

“李老年纪大了，好静，如果他觉得我们两个人太无聊的话，我还会去养一些猫猫狗狗。”张约翰说，“我前两天刚在邻居阿姨那里买了一些家养鸡下的土鸡蛋，阿姨还问我，要不要拿一些小鸡回来养。”

“他身体还可以吧？”丁忧问张约翰。

张约翰点点头，“李老在一楼里面的房间睡觉，他现在的身体不能熬夜，没有出来接待你们，很不好意思。”

“没关系，明早再说。”丁忧少有的客套。

“他完全清楚自己的状况，我们共同决定放弃治疗，时间变短了，但我希望他最后的日子是快乐的。”

张约翰说得很真诚。

二十五　怀念

奥迪车的后备箱里，有一个小的行李箱，张约翰帮忙把行李箱送进来，因为丁忧腿脚不方便，张约翰安排她和欧加拉住在一楼的客房。

“欧加拉小姐要是喜欢一个人住的话，二楼还有空房间。”张约翰对欧加拉说。

欧加拉非常新奇，“张先生，你真是太热情好客了，我和忧忧住一间房就可以。”

张约翰告诉了两人卫生间和浴室在哪里之后，就很礼貌地离开了。

欧加拉检视着行李箱，看着没有拆封的化妆品、护肤品，竟然还有香水，不禁笑得很甜蜜，“真是一个体贴入微的人！”

丁忧很快洗完澡回来了，浴室很大，至少有二十平方米，比一些人家的卧室都大，张约翰在浴室里放了全新的洗漱用品。

丁忧都洗完澡回来了，欧加拉还没有把她洗澡要用的东西整理出来，又是面膜，又是眼贴，又是胸贴的，还有身体紧致霜，乌七八糟一堆一堆的。

“你来无锡，是不是要拜祭李吉利？”欧加拉问丁忧，没耽误整理东西。

“嗯，还有拜访一下李老和张约翰。”

“我有一件事想不明白，百思不得其解，你们为什么要在美国，偷偷地把李吉利的尸骨挖出来，然后又半夜三更地在墓地前碰面？”

欧加拉用正常人的思维，真的想不明白。

“李吉利因为死在缅甸，所以被授勋和表彰，他被葬在英雄墓地，张约翰是他的伴侣，但是他们并没有结婚，能提出迁葬要求的只有李吉利的血亲。刘峰和蒋春妮，他们两个不会同意让李吉利的遗骸被迁回中国，美国政府也不会让一个美国英雄的遗骸被迁回中国。我虽然知道，李吉利死前要求被葬在中国，但是我没有证据，所以我们只能偷偷把他的尸体挖出来。”丁忧回答，很合理的样子。

“那你今天晚上怎么会跑到墓地呢？”欧加拉问。

“因为今天晚上，李吉利落葬。”丁忧回答得特别合理。

“落葬不是应该早上吗？”欧加拉对风俗还是挺了解的，“为什么晚上？

难不成是什么封建迷信的说法？”

丁忧摇摇头，“白天是走正规手续落葬的，必须提供死亡证明书。李吉利的尸骸是我们偷回来的，所以只能晚上偷偷地把他埋葬。我们的飞机稍微有些晚点，到的时候，张约翰已经把李吉利埋了，要不然我应该上山去找他们的。”

欧加拉思索着，这个解释真的好合情合理！

但他们做的事情，真的不是正常人能做出来的！

欧加拉拿着一堆东西站起来，“我去洗澡了，你好好组织语言，等我洗好澡回来，可以给我讲一讲蒋春妮的故事。”

丁忧看着她，“这件事应该由张约翰讲给你听。”

“他是不是已经回房休息了？”欧加拉问。

“他在院子里，等你洗好澡，你可以去院子里找我们。”丁忧说。

美貌都是需要保养的，欧加拉洗澡很慢，至少需要两个小时。

院子里满天星斗，有泥土和瓜果的清香，间或有几声虫鸣。

张约翰坐在门廊下，出神地看着星星，笑着说：“我看着天上的星星，就觉得吉利在看我。”

丁忧站在他旁边，“你在怀念他？”

“这几年每时每刻，我都在怀念他。因为我看到任何东西，都能想起他，我看到一个苹果，会想到他喜欢把苹果切成四瓣；我看到毛巾，会想到他不喜欢紫色的毛巾；我看到键盘，会想到他一打字，就会把 Shift 键和 CapsLock 键按错……”张约翰回忆着琐碎生涯的一点一滴，“我还记得，我们决定在一起的时候，他经受了多大的压力，他躲在宿舍外面，一直站在门外面，我知道他就站在那里，但是他就是不进来！我把他拉进来！我问他怕什么！我们从来就不应该为别人的眼光而活着！我们只为彼此，而不为任何人活着！”

丁忧对于同性恋没什么态度，不置可否，问道：“李老知道吗？”

“他可能不知道，”张约翰苦笑，临了他还是要瞒着一个人，“我跟李老说，我是吉利的好朋友，他没有多问。”

“他知道。”丁忧一语道破天机。

“知道？”张约翰愣了。

一个老人颤颤巍巍地从黑暗里走出来，问道："丁医生，是你吗？"

"李老？"丁忧在黑暗中问。

"我睡不踏实，你来了，我就放心了！"老人说，"你们都是好孩子，我什么都知道了，那天刘峰跳楼死后，我本来想去最近的派出所，但是最终还是没去，因为我对蒋春妮心存怜悯，吉利真是太可怜的一个孩子了！"

老人的语调里，有着悲天悯人。

张约翰站起来，"李老，我扶您回去。"

"丁医生，谢谢你，真的。"老人最后对丁忧说了一句话。

丁忧沉默着，看着夜空上的星星。

欧加拉洗完澡，神清气爽，却发现门廊下只有丁忧一个人，"咦？忧忧，怎么只有你一个人呢？"

丁忧没有回答这个问题，"李老是肝癌晚期，只有三个月的生命了。"

"闻者伤心。"欧加拉低声说。

"刘小勇在 ebay 上买的酒石酸麦角碱是假药，"丁忧接着说，"麦角碱含量也不够。"

欧加拉心一惊，"那刘峰怎么会中毒跳楼？"

"有人把药换成了真药，并且加了麦角碱的量。"丁忧很坦然。

"是你吗？"欧加拉问丁忧，这么做无异于玩火自焚。

夜色中，丁忧摇摇头，"是李老，他有药剂方面的知识。他早就知道自己是癌症晚期了，在这件事上，我决定只旁观、不插手。"

欧加拉很自私，竟然有放心了的感觉，多危险啊！

丁忧这次没有把自己陷进去！她没有实际举动。

至于刘小勇，即使他买的是假药，他也是犯罪的！

只不过，如果没有把假药换成真药，刘小勇可能犯罪未遂，他甚至不会被抓起来。

但是他有杀心！他完全是要杀了刘峰！

这真是矛盾！

可能完全不会有人查到老人身上，即使查到，那时候老人也早已不在人世了。

为什么生活总是这么复杂！

二十六　真相

“蒋春妮在美国被 SVU 抓了。”欧加拉说。

“丁医生。”张约翰刚好回来。

“蒋春妮那边怎么样了？”丁忧问张约翰。

“正在调查中，那边已经知道中国这边，把她确定为谋杀刘峰的人，虽然这并不能作为证据，但在最终审判上，还是会影响陪审团的。这个案子其实调查很久了，他们还发现，刘峰在出现睡眠障碍之后，立了遗嘱，唯一受益人是刘小勇，也就是蒋春妮一点财产都得不到。”

刘小勇被关在中国，他也得不到任何遗产。

“吉利在去缅甸之前，也立了遗嘱，因为当时我们两个合租了一个公寓。”张约翰回忆，“遗嘱内容是，如果他有意外，他的所有财产都归我继承，但是我要一直照顾他的养父李老，我们当时还开玩笑地算了遗产有什么，半年的公寓租约，一台电脑……就这么些东西。我说我们要一起照顾李老，就是不知道怎么让李老接受我们。我们当时都不知道吉利有一份遗产，他成年之后就属于他。”

这份遗产现在是张约翰的了。

“我动用这份遗产里的钱，买了墓地，租了这个院子，剩下的钱，我打算全部捐献给医疗救助机构。我正在筛查相关机构，希望能找到一个透明的、公正的机构，我希望这笔遗产能用到最需要的地方，而不是被某些人中饱私囊，换成奢侈品或者跑车。”

丁忧没有听明白。

欧加拉莞尔一笑，她知道张约翰指的是什么。

“张先生，”欧加拉还有满肚子疑惑，“我被这件事弄得晕头转向了，我想知道，既然你们都确定是蒋春妮教唆刘小勇谋杀刘峰，那为什么要坐视她回到美国呢？那样不就会逍遥法外了吗？而且蒋春妮到底是因为什么在美国被抓捕呢？”

张约翰看着丁忧。

丁忧问：“奥阿尔已经被逮捕了吗？”

欧加拉知道奥阿尔这个人，是美国移民局前局长。

张约翰点点头，“他前天就已经被批捕了，但是今天晚上会有一个新闻发布会，公告对他的批捕决定。”

“她总有自己的途径会知道的。”丁忧指着欧加拉。

欧加拉张大了嘴巴，“我知道了！奥阿尔是因为性侵害未成年男孩被逮捕的吗？纽约的交际圈，很多人都在传他有特殊的癖好。”

张约翰点头，“是，已经立案公诉了。”

“这和蒋春妮有什么关系？”欧加拉问，但是她隐隐觉得这会非常恶心。

“奥阿尔有特殊癖好，喜欢小男孩。很多移民家庭为了得到永久居留权，对他进行性贿赂，现在已经有好多个当年的男孩长大成人，对奥阿尔和自己的父母提起诉讼。吉利当年被刘峰和蒋春妮夫妇虐待，虽然警方没有立案，但是他们把这件事报告给了移民局，让移民局留意。奥阿尔当时是移民局总律师助理，他分管这件事，蒋春妮投其所好，把吉利送给了他，而奥阿尔也顺利地让蒋春妮和刘峰得到了永久居留权，这是吉利这辈子，最不能提及的痛苦往事。”张约翰的声音很沉痛。

蒋春妮和刘峰冷漠对待李吉利，导致有被驱逐的风险，但是他们利用了另一种令人发指的手段去维护了自己的利益！

欧加拉无法理解，直摇头，“他们真不配为人父母！”

张约翰继续说：“吉利从小接受传统的中国文化熏陶，这样的屈辱遭遇，他永远不愿提及。我只知道他少年生活不幸，只当是他父母不爱他，没有尽到自己的责任，我不知道，在他身上还发生了这样的悲剧！有一天，我们去救助站做义工，亲眼看到一个吸毒过量的阿拉伯男孩死在我们的面前。这个阿拉伯男孩，我们之前也见过几次，他无家可归，一直靠做男妓养活自己，吸毒很厉害，不把自己当人看，也不把自己的命当回事儿。他的家庭觉得这个男孩让自己脸面全失，把他赶出家门，这个男孩就一直在街上流浪，他死后，吉利崩溃了。那天晚上，他告诉了我这个男孩的故事。

“他说他刚去美国的时候，蒋春妮为了逃避被移民局处罚，每个周六，都会开车送他去一个汽车旅馆，在那个汽车旅馆里，总有一个很肥硕的中年男人等着他，让他给自己做口交。吉利觉得很羞愧、很罪恶、很无助，他一直都希望能有人来救他，但是蒋春妮无动于衷，只是把他送来，完事后把他接走。这样的经历持续了一年，可能从那时开始，吉利和女性就无法有正常的亲密接触。吉利前几次去汽车旅馆的时候，旅馆里还会有另一个小男孩，给那个中年男人口交，中年男人让吉利学习怎么做。然后就是吉利一个人，面对那个恶心而可怕的中年男人。吉利最后几次去汽车旅馆，有一个比他还小几岁的男孩在那里，吉利知道，那个男孩就是接替自己的人，他感到又高兴又悲伤，因为自己终于可以解脱了，但是另一个孩子又进入了苦海。

“吉利虽然只见过那个男孩几次，但是深深地记住了他，一个阿拉伯男孩，有一双漂亮的大眼睛，这个男孩经历了痛苦和屈辱之后，没有像吉利一样得到重生，而是沉沦了下去，他的父母牺牲自己的孩子，不知道是否迫于无奈，但是在那之后，却觉得耻辱和恼怒，把他赶了出去。这个男孩在街上流浪，用他最羞耻的技能谋生，沾染了毒瘾，最后死在了救助站。我不知道吉利身上还有这么痛苦的往事，他问我应该怎么办，我对他说，儿童性犯罪都是停不下来的，不管是为了给他们的过去讨回公道，还是为了避免其他的孩子成为受害者，他都应该站出来，起诉奥阿尔，还有他的父母。”

张约翰看着漆黑的山野和遥远的星空，沉默了一会儿，继续说：“但是吉利太善良了，他做不了这个决定，我告诉他，我会始终如一地支持他。”

二十七　恍如一梦

“吉利还是决定先去缅甸，等他经历了生死与奉献之后，他能更好地审视自己的人生，”张约翰继续说，“在他离开之前，他录了一个视频，交给我以防万一，这是他留在这个世界上最后的影像了。我不忍心让李老看到这个视频，我怕他老人家受不了。”

视频上，一个羞涩腼腆、面容清秀的中国大男孩，诚恳而勇敢地看着镜头，“我叫李吉利，1980 年 2 月 15 日出生于中华人民共和国黑龙江省牡丹江市下属革命农场，当你们看到这个视频的时候，我已经不在人世，但我保证，我所说的话全部属实……”

墓地即使是白天，也是冷森森的。

阳光苍白，四野无声，唯有墓碑静静默立，远处的天空湛蓝，青山绿野，太湖水烟波浩渺，如海一般。

李吉利的墓地在半山腰，道路曲折，先是顺着一条上山的蜿蜒小路走过去，还要再小心翼翼地顺着一条长十米左右、离地面有一米高的土坎上走过去，绕过几个人的墓地才是。

丁忧拄着拐杖走在陡峭的上山路上，很是艰难。张约翰和欧加拉想要帮她，都被她一摆手拒绝了。在土坎上，她拽着上面两边的松枝往前走，勉力没有掉下去。

等她站在李吉利的墓碑前，已经浑身湿透了，她这一路上，真是走得惊险万分。

张约翰拿着一束白菊花，是在他的院子里采摘的，欧加拉也拿着一枝花，拜祭的习惯。

只有丁忧两手空空，她上来太消耗体力了，气喘吁吁的。

张约翰把菊花放在李吉利的墓碑前，低低地诉说着什么，欧加拉也把手里的一朵花放了过去，默哀着。

丁忧只是站着看着墓碑，目不转睛地过了大概二十分钟，“走吧！”

欧加拉虽然很奇怪，但没有说什么。

“谢谢你，丁医生。”张约翰对丁忧说，“谢谢你来看吉利。”

丁忧看着墓碑，没有说什么。

老人躺在床上，窗外的阳光和煦，他虽然病入膏肓，却有一种平和的神态，对此人生，他没有什么放心不下的，也没有什么留恋。

在生命的最后时刻，体面而尊严，他做到了。

“保重。”丁忧对老人说。

老人看着她，微笑示意，说了一句很有深意的话：“孩子，命途无常，得过且过，千般万般，皆无是非对错。”

丁忧眼睛瞟着地面，点点头。

“丁医生，我在江南大学找了一份讲师的工作，”张约翰对丁忧说，“打算在无锡长居下去，你保重啊！”

丁忧点点头，还是瞟着地面。

欧加拉都想去地上找一找，她到底在瞟什么！

飞机飞上云巅。

真是仓促，欧加拉觉得像做梦一样，不到二十四小时，到无锡，离开无锡，拜祭扫墓，在一个农家院里，听一个逝去的人的生平。

“你怎么什么都不说啊？忧忧，你在想什么？”欧加拉问丁忧。

“我要回去给那只老鼠换药。”丁忧说。

老鼠？欧加拉都忘了还有什么老鼠的事，忽然想起来，丁忧实验室里还有一只仓鼠。

恍然一梦，隔了一天，小男孩还抱着空笼子在法医大楼的楼下哭着，只不过声音小了许多，他不可能哭一夜，应该今天早上起来，想起自己的小仓鼠，就又跑过来哭的。

丁忧看见那个哭得很忘我的小男孩，皱着眉头，带着欧加拉从侧门进入。

这小孩子真有毅力，都会蹲守了。

欧加拉越来越觉得，自己的生命里好像丢失了一天似的。

发生的那一切，都那么的不真实。

一天没见，盒子里的小仓鼠好像恢复了一些，鼓溜溜的圆眼睛里，有惊恐的意味，因为它看到了给自己开膛破肚的可怕的人。

丁忧面无表情地检查着小仓鼠，给它换了药，把葡萄糖针管拿走。

“蒋春妮在美国那边，强迫未成年子女性贿赂，量刑上肯定比不上中国这边的谋杀啊，有点得不偿失！”欧加拉对丁忧分析。

“她并没有被起诉什么大的罪名，她做了污点证人。”丁忧说。

污点证人作证可以减刑，甚至免刑！

“啊？”欧加拉惊讶万分，“那你们这么千方百计的，是要什么呢？她会逍遥法外的！”

“因为李吉利站出来控告奥阿尔，所以才能立案，所以才有其他受害者站出来。但李吉利的证词中，关键证人是蒋春妮。李吉利已经去世，他不能站在大陪审团面前申述，蒋春妮的供述就变得非常关键。公诉人为了起诉奥阿尔，跟蒋春妮达成了控辩交易，在女子监狱服两年刑，不剥夺她的国籍身份，不会把她遣送回中国，蒋春妮答应了，并做了供词，以辅助证明李吉利的证词。”丁忧说。

欧加拉听得有点晕，搞学术、搞辩论、搞举证真不是她的强项，她只能理顺一下，“为了钉死奥阿尔，所以让蒋春妮回去作证，蒋春妮为了自己的利益和自由，不能不作证？”

丁忧点点头，“李吉利的案子是这样的，奥阿尔的其他受害者可以并案起诉，对，就是为了钉死奥阿尔这个杂种。”

“奥阿尔已经身败名裂，他将受到法律的严惩。一个娈童癖在监狱里，在那些粗暴的男人当中会过得痛不欲生，因为罪犯在外面也是有妻子儿女的。但是忧忧，蒋春妮只要过两年，就会重获自由，难道她的罪行，就这么容易被宽恕吗？”

欧加拉用一双水汪汪的眼睛期待地看着丁忧，看着丁忧很冷酷地对待小仓鼠，虽然她救活了这只小仓鼠，但是她真的没什么人情味。

过了好一会儿。

丁忧的关注力终于从四仰八叉的小仓鼠上，回到了欧加拉身上，“宽恕？我不是一个宽容的人。”

欧加拉看着丁忧，试探着：“你？”

“多关注这个女人，如果有什么变化，打电话通知我，我好高兴一下。”丁忧很酷地说。

欧加拉看看丁忧，又看看小仓鼠。窗外，晴空万里。

二十八　审判

光阴荏苒，时间飞逝。

奥阿尔的审判，各界关注，原告众多，所以耗日长久。

欧加拉当时并没有太理解丁忧的意思，但是现在有些明白了。

这么长时间以来，她一直通过自己的关系网，来跟进奥阿尔的审判，也同时关注着蒋春妮这个女人的最终命运。

案子效率比较低下，半年之后，蒋春妮的证供被采纳，她被移交到低监控级别的女子监狱服刑。

丁忧离开无锡后的三个月后，老人离世，他生命的最后时刻，张约翰一直陪伴在他的身边，兢兢业业地充当着李吉利的角色。

老人过世后，张约翰将老人和李吉利葬在一处，他去就近的江南大学任教，经常去墓地看望他们。

欧加拉得知蒋春妮被移交到女子监狱后，就一直留心她在女子监狱的状况。

没想到，第一个星期，就有一个食道割伤的事故报告，是蒋春妮把吃饭用的餐刀给吞吃了下去，救护人员把她的气管割开，才取出餐刀。

欧加拉立刻去找丁忧，告诉了她这件事。

丁忧只是很淡定地“哦”了一声。

换到欧加拉不淡定了，“忧忧！你不要这么事不关己的样子嘛！”

“事不关己？”丁忧奇怪地问欧加拉，“就这点事？”

欧加拉彻底无语，都把餐刀吞进肚子里了，蒋春妮得神经病了吧？

但是后来她发现，相对于蒋春妮之后的遭遇，吞吃餐刀，真不是什么大事。

一个月之后，蒋春妮的医疗报告上出现，直肠破裂、肛道破裂、全身大面积瘀伤。

这种伤是怎么造成的，欧加拉心知肚明。

在进监狱之后，蒋春妮几乎每个星期都会进急救室，导致监狱方面不得已，经常要关她的禁闭。

欧加拉又找了丁忧几次，把蒋春妮进急救室的报告告诉给丁忧。

关于治疗的专业术语，丁忧应该比欧加拉了解得更多，什么缝合术，什么肠道切除……

丁忧皱了皱眉。

关于这些，欧加拉的心态很复杂，不能以对错评判，蒋春妮是不是什么好人，但这么做，是否有私刑凌驾于法律之上的嫌疑？

“她两年之后，还会出去，她出去之后，就绝不会是她进去的状态了，”欧加拉问，“你知道她会经历这些吗？”

丁忧皱着眉头，“我不需要知道细节，我只要知道，她不会好过就行。”

“忧忧！”欧加拉语重心长地对丁忧说，“对于蒋春妮这样的人，我不做评判，可以说她自作自受，甚至可以说是报应，但是我关心的是你，你这么做，你不觉得是玩火自焚吗？”

丁忧奇怪地看着欧加拉，“怎么了？我觉得，对一个人最好的惩罚就是，把她对别人做出的罪行，都强加在她自己身上一遍。”

欧加拉很紧迫地看着丁忧，她真的太担心丁忧了，“但你们的所作所为，都不是正常的途径啊，太危险了！尼采说过，当你凝视深渊的时候，深渊也在凝视你。我怕你会被深渊吞噬啊！忧忧！”

欧加拉真的是急了，不用语境奇怪的成语了，而是尼采都上来了。

“尼采？他说过什么管我什么事，我又不认识他。”丁忧说。

“别岔开话题，忧忧！”欧加拉一双修长柔软的手按住丁忧的肩膀，“跟尼采没有关系！你是一个正义而善良的人，但是你容易走极端！我真的很担心你！我怕你按照你自己的一条路走下去，会回不来！你才千辛万苦回到正常的生活轨迹，为什么要孤身涉险呢？你有你的希望，你的幸福在手边！忧忧，请放下你心里的执念！”

阳光从窗外照进来，很明媚，如同虚假的生命。

丁忧的眼神，坚定而固执，直直地看着欧加拉好久。欧加拉一脸的关怀，以她的经验来看，她不一定能劝住丁忧，而丁忧，真的会让自己陷入万劫不复的深渊。

欧加拉看着丁忧的眼睛，她没有自信了，她果然劝不住丁忧。

丁忧皱着眉，咬着嘴唇，握住欧加拉的两只玉手，把它们移到椅背上，从欧加拉俯下的身体、丰满的胸部前挤出，站在窗前看着外面。

“我曾经寄托希望，但是我的希望被打破，”丁忧说，“我不关心这世界上有多少丑恶与不公！但我不允许，我的眼前有丑恶，我的生活中有不公！如果，我被不公平对待！如果，沉冤者因为见不得人的秘密不能得到昭雪，那么，我会自己去战斗！我要为枉死者讨回公道！我要让作恶者得到加之十倍的惩罚！”

丁忧的声音平静，但她的话却掷地有声。

即使窗外阳光晴好，洋溢着生命的气息。

但是欧加拉的心一点点往下沉，沉入深渊。

二十九　来不及了

许靖南站在挡住的窗帘前面，用力地握着双手，指节发白，他的脸上，早已没有了惯常的温文尔雅，取而代之的是阴沉而严肃的表情，“欧加拉！这件事，你为什么从来没有告诉过我？”

欧加拉眼眶里的泪水潸然欲滴，“我想自己先调查，然后看紧忧忧，我没有想瞒着你，但我不知道应该怎么告诉你啊！我被规定，有关颂猜的任何事情都不能告诉你！这种事，我也不能告诉任何人！我怕忧忧会被惩罚！”

欧加拉真的是很难过，强忍着没有流下眼泪。

“那你为什么现在告诉我了？”许靖南问她。

“我现在还有别的办法吗？”欧加拉反问，“我已经穷途末路了！”

许靖南沉默着。

“还有挽回的余地吗？”欧加拉问许靖南。

许靖南的语气漠然，“她如果一意孤行下去的话，恐怕事态的发展无法挽回。”

欧加拉忍不住，彻底哭出来了，眼泪断了线一样，无声地在光洁的脸庞上滑落。

“你知道她的计划和最终目标吗？”许靖南很沉稳地问。

欧加拉摇摇头，“我以为你能知道，你在颂猜身边那么多年，在缅甸的时候，你经历了忧忧当时经历的所有事，杀手、雇佣军、偷袭，你知道吗？”

许靖南掀开窗帘的一角，有黑衣人已经把几个门守住了，有几个人已经走进了宾馆里。

“还来得及吗？许先生。”欧加拉哽咽着问。

许靖南摇摇头，“他们已经来了。”

欧加拉眼睛亮亮的，“他们就算把所有出口都守住，你也有能力逃出生天！”

“欧加拉，我不能这么做。”许靖南对欧加拉说，脸上恢复了笑容，很温暖的笑容。

欧加拉茫然地看着他。

门外，节制而礼貌的敲门声响起。